LANA ROTARU

DANGEROUSLY Close

Moon Notes

Liebe*r Leser*in,

wenn du traumatisierende Erfahrungen gemacht hast, können einige Passagen in diesem Buch belastend sein. Sollte es dir damit nicht gut gehen, sprich mit einer Person deines Vertrauens. Auch hier kannst du Hilfe finden: www.nummergegenkummer.de

Schau gern auf S. 367, dort findest du eine Auflistung der potenziell belastenden Inhalte in diesem Buch. (Um keinem*r Leser*in etwas zu spoilern, steht der Hinweis hinten im Buch.)

Originalausgabe
1. Auflage
© 2024 Moon Notes im Verlag Friedrich Oetinger GmbH,
Max-Brauer-Allee 34, 22765 Hamburg
Alle Rechte vorbehalten
© Text: Lana Rotaru, 2023
Lana Rotaru wird vertreten durch die Agentur Härle
© Umschlaggestaltung: Rocket & Wink, Hamburg
Lektorat: Diana Steigerwald
Satz: Sabine Conrad, Bad Nauheim
Druck und Bindung: FINIDR, s.r.o.,
Lípová 1965, 737 01 Český Těšín, Tschechische Republik
Printed 2024
ISBN: 978-3-96976-049-9

www.moon-notes.de

Für dich.
Wenn du fest an dich selbst glaubst,
wirst du niemals daran zweifeln,
dich in die richtige Person verliebt zu haben.

Kapitel 1

Olivia

Die jährlich stattfindende Spendengala der HRA, der *Human Rights of America*, hatte schon viele Leben verändert. Hauptsächlich von jungen Frauen und Männern, die allein keinen Weg aus ihren gewalttätigen Beziehungen fanden oder die sich aufgrund vermeintlicher Liebe in die organisierte Prostitution oder den Drogenhandel hatten zwingen lassen.

Doch es gab auch dieses andere Beispiel.

Das von Sarah Mills.

Auch ihr Leben hatte sich durch die Spendengala radikal verändert.

Jedoch nicht zum Guten.

Und genau dieser Gedanke spukte mir seit Tagen durch den Kopf, weshalb ich heute Abend gar nicht hier sein wollte. Meine Eltern hatten mich dazu überredet, und ich konnte ihnen Wünsche nur schwer abschlagen.

»Die Colemans haben wirklich alle Register gezogen«, sagte Mom und lotste mich damit aus meinen Überlegungen. Wir standen an einer der Bars, die im barocken Ballsaal verteilt waren, umgeben von Prunk und Extravaganz, die mich schier zu erschlagen drohten. Geschwungene Linien und verspielte Blüten in Gold rankten sich kunstvoll an Kronleuchtern und Kerzenständern. Opulente Goldspiegel zierten die cremeweißen Wände mit samtiger Textur, und ein auf Hochglanz polierter Marmorboden verschwand beinahe unter gigantischen Blumenbouquets in noch größeren Vasen und dekadent dekorierten Tischarrangements.

Ja, der Saal, der jedes Jahr für diese Veranstaltung gemietet wurde, strahlte noch heller und schöner als sonst. Fast so, als wollte er sich von der düsteren Vergangenheit distanzieren, die seit zwei Jahren an ihm haftete.

Mein Blick glitt weiter und blieb an den geladenen Gästen meiner Heimatstadt Wilmington hängen. Alle waren in feinste Haute Couture oder maßgeschneiderte Designeranzüge gekleidet und nippten an ihren Champagnergläsern. Sie unterhielten sich, als wäre ich die Einzige, die seit Tagen unentwegt an das Unglück denken musste, das sich hier ereignet hatte. Aber vielleicht war es so. Menschen tendierten dazu, die Vergangenheit hinter sich zu lassen und nach vorn zu blicken. Besonders, wenn die Vergangenheit derart düster war.

»Da sind Clarence und Mercedes«, sagte Mom über die Hintergrundmusik hinweg und winkte mit ihrer Clutch einem untersetzten Mann um die sechzig zu, der soeben mit einer hochgewachsenen Frau in einem mitternachtsblauen Kleid den Saal betrat.

Clarence und Mercedes Henson waren mit meinen Eltern befreundet, seit ich denken konnte. Er war ein renommierter Staatsanwalt und sie Herzchirurgin. Ich war mit ihrer Tochter Josephine auf die *Rosehill Prep* gegangen, eine Privatschule, die ihre Schüler auf die Aufnahme an Elitecolleges und -universitäten vorbereitete. Leider war unser Kontakt nach unserem Schulabschluss eingeschlafen. So war nun mal der Lauf der Dinge, wenn die eine in Rhode Island auf die Brown University ging, die andere aber in Delaware geblieben war, um dort Journalismus zu studieren.

Ob mein nächster Artikel für den *Delaware Inquire* wohl darüber handeln sollte? Wieso es Menschen so schwerfiel, Kontakt über weite Distanzen aufrechtzuerhalten?

Auch wenn diese Geschichte vermutlich keinen Pulitzer-Preis gewinnen würde, war der Ansatz besser als jeder andere, der mir in den vergangenen Wochen in den Sinn gekommen war. Allmählich musste ich meine Schreibblockade wirklich überwinden. Auch Mrs Williams, die Professorin, die meine Masterthesis betreute, wurde langsam ungeduldig.

Ich sollte ihr ein Thema vorschlagen. Aber ich konnte mich nicht entscheiden.

Es war wie verhext.

Jedes Mal, wenn ich dachte, endlich etwas gefunden zu haben, worüber ich schreiben wollte, verflog mein Interesse kurz darauf wie Rauch im Wind.

Mom und Dad beobachteten die Hensons dabei, wie sie sich einen Weg in unsere Richtung bahnten. Dabei legte Dad Mom einen Arm um die Hüfte und zog sie noch ein Stück näher an sich. Es schien, als könnte er selbst nach über fünfundzwanzig Ehejahren keinen Millimeter Distanz zwischen sich und seiner Frau ertragen.

Wenn du fest an dich selbst glaubst, wirst du niemals daran zweifeln, dich in die richtige Person verliebt zu haben, hatte mir Dad einst geantwortet, als ich ihn nach dem Geheimnis einer glücklichen Beziehung gefragt hatte.

Ich mochte den Gedanken, dass es irgendwo auf der Welt jemanden gab, der so perfekt zu mir passte, wie meine Eltern es füreinander taten. Jedoch war die Welt verdammt groß und die Wahrscheinlichkeit, dieser Person jemals zu begegnen, klitzeklein.

Mit einem innerlichen Kopfschütteln wandte ich mich von meinen Eltern ab und der Bar hinter mir zu. Im Gegensatz zu ihnen hatte ich noch kein Getränk in der Hand.

»Jasmin. David. Wusste ich es doch, dass wir euch heute Abend hier antreffen.« Mr Henson begrüßte Mom mit einer freundschaftlichen Umarmung, dann reichte er Dad die Hand. Seine

Frau folgte seinem Beispiel, wobei sie meinen Eltern jeweils zwei hauchfeine Küsschen auf die Wangen hauchte.

»Natürlich.« Dad nippte an seinem Champagnerglas. »Ich lasse mir doch nicht solch ein Event entgehen! An Abenden wie diesem werden die interessantesten Geschichten geboren.«

»So kennt man dich. Immer auf der Lauer für eine Titelstory.«

Dad quittierte den freundschaftlichen Seitenhieb mit einem selbstironischen Lächeln. Er wusste, dass er ein unverbesserlicher Workaholic war – was als Chefredakteur des *Delaware Inquire*, der größten und auflagenstärksten Tageszeitung dieses Bundesstaates, wohl kaum zu vermeiden war. Aber dass bei ihm heute Abend die Arbeit im Vordergrund stand, bedeutete nicht, dass er keinen Spaß haben würde. Er wusste, wie er das Nützliche mit dem Angenehmen verband.

»Und Olivia, du bist auch hier!« Mrs Henson hauchte mir ebenfalls Küsschen auf beide Wangen, nachdem ich meine Bestellung abgeschlossen und mich der Gruppe zugewandt hatte. »Schau nur, wie wunderschön du aussiehst!« Ihr Blick glitt über mich, und ich strich mir verlegen über den fließenden Silberstoff meines Kleides. Es lag wie eine zweite Haut an und war am Rücken tief ausgeschnitten. Zwei feine Träger hielten es auf meinen Schultern, und dank des Beinschlitzes, der mir bis zur Hüfte reichte, besaß ich ausreichend Bewegungsfreiheit.

Vermutlich hatte das Kleid irgendwann ein Vermögen gekostet – laut Etikett stammte es von Valentino. Aber ich hatte es vor drei oder vier Jahren in einem Edel-Secondhandshop erstanden. Wieso sollte ich den Preis eines Kleinwagens für ein Kleidungsstück ausgeben, das ich nur zu einer Handvoll Gelegenheiten tragen konnte?

»Hallo, Mrs Henson. Hallo, Mr Henson.« Lächelnd nickte ich den beiden zu. »Ist Josephine nicht mit Ihnen gekommen?«

Mrs Henson schüttelte den Kopf. »Leider nicht. Sie hatte

es vor, aber ihr bevorstehender Uniabschluss hält sie zu sehr auf Trab.«

Diese Worte nutzte Mom, um Mrs Henson in ein Gespräch darüber zu verwickeln, wie schnell die Zeit verging, da ich ebenfalls bald mein Masterstudium abschließen würde.

Aber nur, wenn ich mich endlich für ein Thema entscheide. Seufzend nippte ich an meinem Ginger Ale, das ich mir statt Champagner bestellt hatte. Ich mochte keinen Alkohol, was mich früher auf Partys regelmäßig zur Außenseiterin gemacht hatte.

»Wie lief deine Verabredung mit Montgomery?«, fragte Mom Mr Henson, der sein Gespräch mit Dad beendet und den Platz mit seiner Gattin getauscht hatte. »David meinte, dass ihr euch diese Woche endlich miteinander getroffen habt.«

»Das wollten wir, ja.« Mr Henson verzog das Gesicht. »Ihm ist die Einführung seines Neffen Barry in den Gefängnisvorstand dazwischengekommen.«

»Gefängnisvorstand?«, fragte ich. »Geht es hier etwa um *den* Mr Montgomery? Direktor des *Hawthrone*-Gefängnisses?«

Mr Henson nickte, und mein Puls ging schneller. Für Menschen wie mich, die sich schon immer für Kriminalfälle interessierten, war Mr Montgomery so etwas wie ein Rockstar. Er leitete das größte und älteste privat geführte Gefängnis in Pennsylvania, das in zwei Standorte unterteilt war. Da gab es einmal die Hochsicherheit im Norden, mit der größten Anzahl an Entführern, Vergewaltigern und Mördern in ganz Pennsylvania. Und das »gewöhnliche« Gefängnis in Philadelphia, in dem hauptsächlich Kleinkriminelle wie Diebe oder Drogendealer einsaßen.

Ach, was würde ich dafür geben, ein Mal ein Interview mit jemandem wie Montgomery führen zu dürfen. Vielleicht könnte ich dieses dann in meine Masterarbeit einbinden?

Bliebe nur die Frage, zu welchem Thema – und natürlich, wie ich meine Eltern von der Idee überzeugen sollte, mich auch nur in die Nähe eines – und insbesondere *dieses* – Gefängnisses zu lassen. Ich wusste nicht, ob ihre teilweise übertriebene Fürsorge daher rührte, dass sie mich im Alter von wenigen Monaten adoptiert hatten. Aber als meine Vorliebe für die dunklen Kreise der Gesellschaft mich immer mehr zum Journalismus führte, waren sie wenig begeistert gewesen. Sie hatten sogar versucht, mich davon abzubringen, neben meinem Studium beim *Delaware Inquire* zu jobben. Als würde ich, nur weil ich Journalistin werden wollte, unweigerlich in Lebensgefahr geraten. Klar, es gab auch Fälle, in denen Presseleute bedroht oder gar körperlich angegriffen wurden. Sogar von einer Entführung hatte ich mal gehört, die in einem Leichenfund geendet war.

Aber das war doch nicht die Regel!

Ganz zu schweigen davon, dass es für mich nichts Spannenderes gab, als die finsteren Abgründe der Menschheit zu erforschen.

»Darf ich fragen, worum es bei dem Treffen gehen sollte?«, hakte ich mit schwer zu unterdrückender Aufregung nach. Moms Augenrollen, das mit einem Seufzen einherging, ignorierte ich geflissentlich.

»Die Staatsanwaltschaft wünscht sich, dass einer der Inhaftierten in einem laufenden Verfahren als Zeuge aussagt«, erklärte Mr Henson. »Nur leider scheint Mr Montgomery davon nicht viel zu halten. Jedenfalls vertröstet er mich seit Wochen.«

»Ich sagte dir bereits, dass es nichts Persönliches ist.« Mom lenkte die Unterhaltung zurück auf ein Terrain, das sie für sicherer hielt. »Montgomery ist ein harter Knochen. In der Vergangenheit habe ich mir auch schon das ein oder andere Mal die Zähne an ihm ausgebissen.«

Mit erhobenen Brauen sah ich zu ihr. Diese Worte hörte ich zum ersten Mal. Und ehrlich gesagt fiel mir die Vorstellung schwer, dass es jemanden gab, der Jasmin Abrams widerstehen konnte. Sie war eine knallharte Anwältin, die vor nichts und niemandem zurückschreckte, obendrein bildschön, klug und charmant.

Daher hatte es auch niemanden von uns überrascht, als die hohen Tiere ihrer Kanzlei sie vor zwei Jahren zu dem Team berufen hatten, das gemeinsam mit Mr Henson und seinen Leuten am Vermont-Fall gearbeitet hatte.

Ein Fall, der in die Geschichte einging.

Selbst jetzt, zwei Jahre später, konnte ich nicht daran zurückdenken, ohne eine zentimeterdicke Gänsehaut zu verspüren.

Westin Vermont, so hieß der wegen Mordes verurteilte Straftäter, dem die Medien den Spitznamen *Beast from the East* verliehen hatten, war in meinem Alter gewesen, als er den aufstrebenden Stern am Influencerhimmel Sarah Mills getötet hatte.

Und zwar genau hier.

An diesem Ort.

Während der *HRA*-Spendengala vor zwei Jahren, bei der ich ebenfalls anwesend gewesen war.

Kein Wunder, dass mich in Bezug auf heute Abend seit Tagen ein mulmiges Gefühl quälte.

Das genaue Motiv war trotz Vermonts Geständnisses noch immer unklar. Aber in Anbetracht der bekannten Details war anzunehmen, dass es eine Tat aus zurückgewiesener Liebe gewesen war.

Zuerst war Vermont Sarah auf ihren Social-Media-Kanälen gefolgt, hatte dann vermehrt Kontakt gesucht. Als Sarah online darauf einging und oberflächliche Interaktionen mit ihm pflegte, wurde Vermont gierig.

Er wollte mehr – und ging aus diesem Grund dazu über, Sarah zu verfolgen. Erst virtuell. Dann physisch.

Ironischerweise sprach Sarah in den Wochen vor ihrem Tod sogar von einem Stalker. Doch die Beweise reichten nicht aus, damit die Polizei tätig wurde.

Nachdem sich Vermont unbefugt Zutritt zu der Veranstaltung

verschafft hatte, über die Sarah den ganzen Abend auf Instagram berichtete, hatte er sie auf einem der Balkone im zweiten Stock mit seiner Anwesenheit konfrontiert. Was dort exakt vorgefallen oder gesprochen worden war, wusste niemand. Sarah konnte sich dazu nicht mehr äußern, und Vermont schwieg beharrlich. Allein, *dass* er dort oben gewesen und Sarah über die Balkonbrüstung geschubst hatte, hatte er gegen den Rat seines Anwalts gestanden.

Mich schüttelte es, als der Name immer wieder durch meinen Verstand geisterte. Wie eine verstorbene, ruhelose Seele.

Westin Vermont.

Westin Vermont.

Westin Vermont.

Es war absurd, dass ein Name durch eine bestimmte Tat zu so viel mehr werden konnte als einer Aneinanderreihung von Buchstaben. Plötzlich verband ich mit diesem Mann, den ich noch nie in meinem Leben persönlich gesehen oder gesprochen hatte, Emotionen und Gedanken, die sehr viel stärker und intimer waren, als sie hätten sein dürfen.

Und noch absurder war es, dass ich nie wieder an Sarah würde denken können, ohne gleichzeitig an Vermont denken zu müssen.

Es war wie bei Romeo und Julia.

Bonnie und Clyde.

Persephone und Hades.

Sarah Mills und Westin Vermont waren für alle Ewigkeit miteinander verbunden.

Ich verbannte die Gedanken aus meinem Kopf und konzentrierte mich auf das Gespräch zwischen Mom und Mr Henson. Aber da sie gerade darüber diskutierten, wer von ihnen das bessere Pilzrisotto-Rezept besaß, ließ ich mich erneut von meinen Überlegungen gefangen nehmen. Vermont war nicht der Einzige, der eine morbide Faszination in mir weckte. Auch Sarah vermochte das, wenn auch aus völlig anderen Gründen. Nicht zum ersten Mal erwischte ich mich bei der Frage, was Sarah so besonders gemacht hatte, dass Vermonts Wahl auf sie gefallen war. Was an ihr hatte ihn so sehr beeindruckt? Ihr sozialer Status? Ihre offene Persönlichkeit? Oder hatte es weniger spezifische Gründe gegeben?

War es womöglich nur ein grauenhafter Zufall gewesen, dass Vermont sich ausgerechnet Sarah ausgesucht hatte? Hätte es genauso gut jemand anders erwischen können?

Beispielsweise ... *mich?*

So abwegig diese Überlegung auf den ersten Blick wirken mochte, hatten Sarah und ich einige Gemeinsamkeiten besessen – was in mir unweigerlich das Gefühl erweckte, mit diesem tragischen Ereignis verbunden zu sein.

Wir waren am selben Tag geboren worden und gemeinsam auf die *Rosehill Prep* gegangen, hatten uns sogar während einer Klassenfahrt ein Schlafzimmer geteilt. Unsere Eltern befanden sich in denselben gesellschaftlichen Kreisen, und ...

Okay, ehrlicherweise war es das schon.

Obwohl wir in derselben Gesellschaftsschicht aufgewachsen waren, hatten Sarah und ich in zwei völlig verschiedenen Welten gelebt.

Ich war diejenige, die schon immer Journalismus studieren wollte.

Sie war diejenige, die jedes Jahr zur Homecoming-Queen gewählt wurde.

Ich sammelte massenweise Bücher, und das bis heute.

Sie Follower auf Instagram und TikTok.

Ich war seit zwei Jahren Single.

Sie ... *tot.*

Der letzte Punkt hatte sich mir gegen meinen Willen aufgedrängt und killte meine bereits überstrapazierten Nerven. Mein Magen drehte sich auf links, und mich fröstelte es grauenhaft.

Für gewöhnlich war ich eher unempfindlich – als angehende Journalistin musste man sich frühzeitig ein dickes Fell zulegen. Aber die Tatsache, dass ich im Gegensatz zu Sarah meinen zweiundzwanzigsten und dreiundzwanzigsten Geburtstag hatte erleben dürfen, war nichts, was ich einfach von mir wischen konnte.

Vor allem nicht heute Abend.

Nicht auf dieser Spendengala, die aus Pietätsgründen letztes Jahr ausgefallen war und somit zum ersten Mal seit Sarahs Tod wieder stattfand.

»Entschuldigt ihr mich bitte?«, platzte es aus mir heraus. Mom, Dad und die Hensons sahen mich mit besorgten Mienen an. »Ich gehe ein wenig an die frische Luft.«

»Ist alles okay?« Moms Stirn warf tiefe Falten, als sie mir eine Hand auf die Schulter legte. Ihre Finger waren warm und weich, dennoch zuckte ich zusammen, als pressten sich Eiswürfel auf meine Haut. »Du bist ganz blass um die Nase.«

»Ja … nein … ich meine …« Ich wusste selbst nicht, was ich sagen wollte, daher zwang ich mich zu einem unbekümmerten Lächeln. »Mir geht's gut. Hier drinnen ist es nur so stickig.« Zur Untermalung meiner Worte fächelte ich mir mit der freien Hand Luft zu.

Ehe Mom etwas sagen konnte, das meiner hauchfeinen Fassade noch mehr Risse bescherte, wandte ich mich an die Hensons.

»Es hat mich sehr gefreut, Sie beide heute Abend wiederzusehen. Bitte grüßen Sie Josephine ganz herzlich von mir.« Mit einem letzten Lächeln machte ich auf dem Absatz kehrt, stellte mein kaum angerührtes Glas ab und eilte an der Bar entlang. Auf der anderen Seite des Saals erstreckte sich eine Wand aus bodenhohen Fenstern. Diese führten auf die Terrasse, wo Sarahs Körper nach ihrem Sturz aufgekommen war.

Ich konnte nicht sagen, welcher Teil meines Verstandes mich ausgerechnet dorthin lotste. Aber ich kämpfte mir tapfer einen

Weg durch die Menschen, die sich zu einer Art lebendem Laby-
rinth vereinten.

Warum zum Teufel war ich heute Abend nur hergekommen?

Ich hatte die ganze Zeit über gewusst, dass ich es früher oder
später bereuen würde.

Und wie gewöhnlich konnte ich mich auf mein Bauchgefühl
verlassen.

Kapitel 2

Westin

Es hieß, die HRA hätte schon einige Leben verändert. Dazu konnte ich nichts sagen, weil mich dieser Reiche-Leute-Verein bis vor zwei Jahren nicht die Bohne interessiert hatte.

Aber eine Nacht – eine einzige *Entscheidung* – hatte alles verändert und mich enger mit diesen Leuten verbunden, als ich es jemals für möglich gehalten hätte.

»Ey, Vermont! Isst du den noch?« Fuzzy, ein schmächtiger Typ mit großen Augen, der mich an einen Breitmaulfrosch erinnerte, deutete mit dem Kopf auf den unberührten Puddingbecher auf meinem Tablett.

Wortlos schob ich das pissgelbe Plastikding über den kahlen Metalltisch. Von mir aus konnte er alles von dem Fraß haben, der uns heute Abend serviert worden war. Meinen Appetit hatte ich auf der hauchdünnen Matratze zurückgelassen, auf der ich mir Nacht für Nacht den Rücken verrenkte.

»Danke, Bro!« Fuzzy machte sich gierig über die dunkle Masse in dem Becher her, die so fest war, dass sie selbst mit viel Fantasie niemals als Schokoladenpudding durchgehen würde. Zwar war das Essen im *Hawthrone*-Gefängnis noch nie sonderlich gut gewesen. Aber bis vor zwei Wochen hatte ich zumindest vage erkennen können, was vor mir auf dem Teller lag. Nun hatte der Lieferant gewechselt, und alles – völlig egal ob Rührei, Lasagne oder Hähnchenschnitzel – sah identisch aus. Es war eine schleimig grün-braune Pampe, die nach in Gülle eingelegten Socken schmeckte.

Dabei hieß es, dass ein privat geführtes Gefängnis für Gefangene viel mehr Vorteile bot als ein staatliches.

Zumindest sitze ich nicht mehr in der Hochsicherheit fest.

Nach zwei Wochen in der leibhaftigen Hölle war ich überraschend in den Standardstrafvollzug verlegt worden. Bis heute hatte ich keine Ahnung, wie es dazu gekommen war.

»Wie kannst du diesen Fraß nur in dich reinstopfen, Fuzzy?« Mad Eye, der nach einer Figur aus dem Harry-Potter-Universum benannt worden war, weil er ein klobiges und schlecht verarbeitetes Glasauge besaß, verschränkte die Arme vor der Brust und schüttelte angewidert den Kopf. »Mich bringt bereits der bloße Anblick zum Kotzen. Ganz zu schweigen von dem Gestank.«

»Ich brauch die Vitamine«, konterte Fuzzy mit vollem Mund und spuckte dabei einige Klümpchen von sich. »Ich bin noch im Wachstum. Außerdem stehe ich auf die Bröckchen, die sie da reinmachen. Die knirschen so herrlich zwischen den Zähnen.« Zur Untermalung seiner Worte bewegte er den Unterkiefer hin und her, was ein Geräusch verursachte, als würde jemand über eine Schiefertafel kratzen.

Mad Eye gab ein Stöhnen von sich, als würde er jeden Moment den Kampf gegen seinen Würgereiz verlieren.

Sofort grinste Fuzzy noch breiter.

Ich kannte das halbe Hemd kaum, weil es erst vor wenigen Wochen zu uns gestoßen war. Aber ich war mir sicher, dass ich in meinen zwei Jahren Haft noch nie jemanden getroffen hatte, der auch nur annähernd so gut gelaunt war wie Fuzzy. Wenn ich es nicht besser wüsste, würde ich meinen, dass der neunzehnjährige Knabe auf Droge war. Aber dann würde Mad Eye seine Zeit mit anderen Häftlingen verbringen. Mein Knastvater, wie sich mein sechzig Jahre alter Zellennachbar selbst bezeichnete, verfolgte eine Nulltoleranz-Strategie, was Drogenkonsum betraf. Selbst Zigaretten verachtete er – was der Hauptgrund war, wieso ich bisher keine einzige Kippe geraucht hatte, obwohl es überraschend einfach war, an die Glimmstängel zu kommen. Mad Eye gehörte einfach zu den Leuten, die man lieber zu seinen Freunden als zu seinen Feinden zählte.

Meine beiden Kumpel verfielen in Schweigen, wodurch mir die schallende Geräuschkulisse im Gefängnisspeisesaal nur noch lauter vorkam. Ungefiltert bohrte sie sich in meinen Kopf, was sich anfühlte, als würde eine Heavy-Metal-Band zwischen meinen Schläfen für ihre World Tour proben.

Der mangelnde Schlaf in den letzten Nächten und die fehlende Nahrungszufuhr in den letzten vierundzwanzig Stunden waren eine schlechte Kombination.

Fuzzy suchte meinen Blick. »Was ist los, Mann? Du bist heute noch schweigsamer als sonst – und das will bei dir echt was heißen.« Sorge war in seinen hellen Augen zu erkennen, ehe sich diese auf Mad Eye richteten. Zumindest nahm ich das an. Fuzzy schielte so stark, dass es nie eindeutig war, wen oder was er ansah.

»Findest du nicht auch, Mad Eye? Ich habe Vermont heute noch keine zehn Worte sagen hören. Nicht mal sein geliebtes *Fick dich* ist ihm bisher über die Lippen gekommen.«

»Fick dich, Fuzzy«, murmelte ich, den Blick auf meine Finger gerichtet. Die Anspannung, die mir seit Tagen im Nacken saß und heute ihren Höchstwert erreicht hatte, hatte mich dazu gebracht, an meinen Nägeln zu knibbeln. Nun waren überall eingerissene und blutende Stellen zu sehen.

»Da!«, sagte Fuzzy empört. »Genau das meine ich! Er hat mir nicht einmal den Mittelfinger gezeigt. Er ist überhaupt nicht bei der Sache.«

Mad Eye lachte, was sich für mich jedes Mal so anhörte, als

würde ein Bär furzen. »Wenn du willst, zeig ich dir den Mittel-finger.«

Fuzzy setzte zu einer Antwort an, aber Mad Eye unterbrach ihn. »Lass gut sein, Kleiner. Heute ist sein Jahrestag. Da darf ruhig auch mal das Biest mies drauf sein. Morgen wird er uns sicherlich wieder mit seinem Sonnenscheingemüt erfreuen.«

In meinen Fingern zuckte es, und ich war versucht, Mad Eye mit einem Stinkefinger zu beglücken. Doch wie Fuzzy bereits er-kannt hatte, war ich nicht mit dem Herzen dabei.

»Heute ist sein Jahrestag?« Fuzzy sog scharf die Luft ein und wandte sich wieder mir zu. »Dann bist du heute vor zwei Jahren eingebuchtet worden?«

»Nein, nicht *der* Jahrestag, du Ochse!« Mad Eye schnaubte. »Der Tag seiner Tat. Heute vor zwei Jahren hat er das Internet-sternchen umgebracht.«

»Oh«, sagte Fuzzy. Mehr nicht.

Aber das war auch nicht nötig.

Oh war ziemlich passend.

Kapitel 3

Olivia

Der spätsommerliche Abendwind blies sanft über meine schweiß-feuchte Haut und brachte mich trotz der angenehmen Temperatur zum Frösteln. Wie konnte es sein, dass ich auf einmal so stark auf Sarahs Schicksal reagierte? Selbst nachdem die Medien den Mord bis ins kleinste Detail zerpflückt hatten, hatte ich nicht solche Probleme damit gehabt.

Vielleicht stand ich damals zu sehr unter Schock. Oder ich erlebe gerade einen heftigen Flashback.

Das waren durchaus realistische Möglichkeiten – vor allem, wenn man bedachte, dass ich an diesem Tag zum ersten Mal seit jener Nacht die *Max William Hall* betreten hatte.

Entschlossen zwang ich mich, die Terrasse genauer in Augenschein zu nehmen. Die Steinfliesen waren ausgetauscht worden, die schmiedeeisernen Tische und Stühle durch bequem wirkende Loungemöbel ersetzt. Es gab sogar neue Pflanzen, die in großen Terrakottakübeln arrangiert waren. In den Boden eingelassene Lampen rundeten das Ganze ab.

Dennoch brauchte ich nur die Augen zu schließen, um erneut die Fotos aus der Polizeiakte vor mir zu sehen. Wie Sarahs Körper dagelegen hatte … die Gliedmaßen in einem unnatürlichen Winkel abgespreizt und die dunklen Haare in Blut getränkt.

Jemand vom Servicepersonal hatte sie gefunden – nicht einmal ich selbst. Trotzdem schlug mir das Herz bis zum Hals, meine Atmung ging flatternd, und meine Hände zitterten, sodass ich meine Arme um den Oberkörper schlingen musste.

Am liebsten wäre ich auf der Stelle nach Hause geflüchtet. Aber wenn mich meine Eltern in diesem Zustand sahen – und das würden sie, egal, wie viel Mühe ich mir gab, unbemerkt an ihnen vorbeizukommen –, würde ich ihnen nur den Abend versauen.

Fest entschlossen, mich nicht von meinen Emotionen in die Knie zwingen zu lassen, begab ich mich in Richtung Garten. Der Country Club besaß eine wunderschöne und weitläufige Grünfläche, die sich hervorragend für einen kleinen Spaziergang eignete. Sicherlich würde ich zwischen Golfanlage, Tennisplätzen und dem kleinen Blumenpark am Ende des Weges den Kopf wieder frei bekommen.

Ich war noch keine fünf Minuten unterwegs, als ich aus der Richtung der Swimming- und Whirlpools Stimmen hörte, die so ausgelassen und fröhlich klangen, dass ich mich nur allzu gern von ihnen anlocken ließ. Was auch immer mich dort erwartete, es würde mich sicherlich von meinen düsteren Gedanken ablenken.

»Im Leben glaube ich nicht, dass sie deinen Schwanz in den Mund genommen hat«, schallte eine männliche Stimme.

»Glaub es oder glaub es nicht«, kam es von einer anderen Stimme zurück. »Aber Shanaya hat auf meinem Liebesknochen geknabbert, als hätte sie noch nie etwas Köstlicheres bekommen.«

Ein helles Kichern erklang, ehe eine weibliche Stimme einsetzte. »Okay, und genau damit hast du dich selbst verraten, Thomsen. Shanaya würde sich eher ihren linken Arm abhacken, als jemandem einen zu blasen, der sein bestes Stück *Liebesknochen* nennt!«

»Melissa hat recht«, meinte die erste Stimme. »Shanaya ist zwar nicht wählerisch, was ihre Sexpartner angeht. Aber wenn du sie nicht vorher lobotomisiert hast …«

»Lobotomisiert?«, rief die zweite Stimme – Thomsen. »Ich bin mir zu fünfundachtzig Prozent sicher, dass du dir dieses Wort gerade ausgedacht hast, Joseph.«

»Und ich bin mir zu einhundert Prozent sicher, dass du ein verdammter Wichser bist! Wie oft habe ich dir schon gesagt, dass du mich nicht Joseph nennen sollst? Ich hasse diesen Namen.«

»Nur, weil du nach deinem Daddy benannt wurdest, der dich …« Ein Geräusch, das an einen dumpfen Schlag erinnerte, unterbrach Thomsen. Daraufhin folgten verschiedene Reaktionen, die von einem verblüfften »Hast du mich gerade geboxt?« über ein amüsiertes Kichern bis hin zu einem gelangweilten »Nicht schon wieder« reichten.

Vermutlich wäre es klüger gewesen, mich aus dem Staub zu machen. Aber meine Neugier hinderte mich daran. Stattdessen näherte ich mich der Gruppe junger Leute ein paar weitere Schritte.

Obwohl ich nur vier Stimmen gehört hatte, entdeckte ich sechs Personen. Zwei hatten sich von der Gruppe distanziert, um in aller Seelenruhe miteinander rumzumachen.

Die anderen jedoch …

Einer von ihnen saß auf einer Sonnenliege und rieb sich das Kinn, während ein weiterer Kerl vor ihm aufragte und sich mit vor Zorn verzerrter Miene die Fingerknöchel rieb. Ein umgeworfener Plastiktisch lag zwischen ihnen und Spielkarten auf dem Boden. Eine der zwei Frauen tanzte im Takt einer Musik, die nur sie zu hören schien. Die andere rekelte sich auf einer der Liegen, als posierte sie für ein Playboy-Shooting.

Thomsen, der den Kiefer hin und her bewegte, als wollte er sicherstellen, dass Joseph ihm nichts gebrochen hatte, schwenkte den Kopf in meine Richtung, und seine Augen weiteten sich. Sofort breitete sich auf seinen Lippen ein Grinsen aus.

»Na, wen haben wir denn da? Wenn das mal nicht … halt, Moment! Wer bist du, und was machst du auf dieser Party?« Seine

Miene hatte sich gewandelt. Irritation stand ihm so deutlich ins Gesicht geschrieben, dass ich mir ein Augenrollen nicht verkneifen konnte.

Eric Thomsen war schon immer eine Knalltüte gewesen. Wie es schien, hatte sich daran nichts geändert.

»Red keinen Unsinn, Thomsen«, warf Melissa Carlisle von ihrer Liege aus ein, während Suri Michaelson hinter ihr ungestört weitertanzte. »Das ist Olivia Abrams. Wir waren zusammen auf der *Rosehill*.«

»Aber natürlich! Olivia!« Erics Gesichtszüge erstrahlten. »Ich habe dich überhaupt nicht wiedererkannt, so sehr hast du dich verändert.«

Melissa ließ den Kopf stöhnend zurück auf die Liege sinken. Sie wusste ebenso gut wie ich, dass Eric keine Ahnung hatte, wer ich war. Denn ich hatte mich seit unserem Schulabschluss vor fünf Jahren kaum verändert. Ich besaß noch immer dieselben goldbraunen Haarsträhnen, die mir in weichen Wellen über die Schultern fielen, dieselben blaugrünen Augen, die laut meines Ex-Freundes Todd an einen Waldsee bei Sonnenaufgang erinnerten, und dieselbe sportliche Figur mit dem A-Körbchen-Busen, der es mir ermöglichte, Oberteile – oder dieses Valentino-Kleid – ohne BH zu tragen.

Zu Erics Verteidigung könnte ich lediglich vorbringen, dass meine Lippen ungewohnterweise mit einer leuchtend roten Farbe bedeckt waren und ich meine Augen im Smokey-Eyes-Stil geschminkt hatte.

»Na los! Worauf wartest du? Komm zu uns!« Eric winkte mich zu sich, und ich war versucht, der Einladung zu folgen. Aber war das nicht das Letzte, was ich heute Abend gebrauchen konnte? Eine weitere Zeitreise in die Vergangenheit – und das ausgerechnet mit einer Handvoll Leuten, mit denen ich nie etwas zu tun gehabt hatte?

Aber was wäre die Alternative gewesen? Meinen Spaziergang durch den Garten des Country Clubs fortzusetzen, allein mit meinen Gedanken, die ich an diesem Abend unglaublich schlecht unter Kontrolle hatte? Oder zurück zu meinen Eltern zu gehen und den restlichen Abend so tun zu müssen, als hätte ich einen Riesenspaß?

Nein, das waren keine rosigen Aussichten.

Außerdem hatte ich diese Leute seit Jahren nicht gesehen. Vielleicht würde es ja ganz nett werden, mich mit ihnen zu unterhalten. Sicherlich hatten sie sich alle verändert.

Ich jedenfalls hatte das seit Sarahs Tod.

Ob es mir gefiel oder nicht.

Kapitel 4

Westin

Der Knast veränderte einen. An diesem Fakt gab es nichts zu rütteln.

Die fehlende Privatsphäre – sogar unter der Dusche oder beim Kacken. Die allgegenwärtige Dominanz der Wärter, die sie den Insassen bei jeder Gelegenheit mit Gewalt unter die Nase rieben. Und die unterschwelligen Aggressionen unter den Gefangenen, die an ein prall gefülltes Pulverfass erinnerten.

All diese Punkte hatten auch mich verändert.

Scheißegal, wer ich früher gewesen war. Es zählte nur noch, für wen mich die anderen *jetzt* hielten.

Doch obwohl ich inzwischen seit zwei Jahren einsaß, wusste ich noch immer nicht, zu welcher Kategorie ich gehörte. War ich ein Alphatier, ein Anführer, vor dem die anderen Respekt hatten, oder ein Mitläufer, ein leichtes Opfer, das sich Schutz suchend im Schatten der anderen verbarg?

Vielleicht stellte ich eine neue, eine dritte Sparte dar. Die des Chamäleons.

Bisher hatte ich mich schließlich unparteiisch – und vor allem unsichtbar – durch den Knastalltag bewegt. Jegliches Andocken an vorhandene Gruppen hatte ich vermieden. Ich wäre ja nicht einmal mit Mad Eye und Fuzzy in Kontakt gekommen, wenn der eine nicht mein Zellengenosse wäre, der den anderen adoptiert hatte.

Rückblickend betrachtet war es ganz nett, wenigstens die zwei um mich zu haben. Denn wenn du glaubtest, du hättest endlich deinen Platz in der Gefängnishierarchie gefunden, lag es durchaus im Bereich des Möglichen, dass sich am nächsten Tag alles veränderte. Zum Beispiel dadurch, dass dein Knastkumpel fort war. Im besten Fall war er entlassen worden, im schlimmsten Fall tot.

Ganz zu schweigen von den Momenten, wenn neue Insassen dazustießen und sich entweder durch Informationen von außen oder durch ihre Fäuste zu profilieren versuchten.

Daher konnte ich den Gong beim Abendessen kaum erwarten, der das Ende der Mahlzeit verkündete.

Dann musste der Großteil der Gefangenen zurück in die Zellen, während ich mit einer Handvoll anderer Insassen für eine halbe Stunde raus in den Hof durfte. Dieser war ein rund einhundert Quadratmeter großer, asphaltierter und von Betonmauern umgebener Platz, mit einem kaputten Basketballkorb, einer Reckstange und einer rostigen Metallbank.

Trotzdem war er für mich zu einem kleinen Paradies geworden.

Zum einen bekam ich dort meinen wohlverdienten Ausgleich zu meinem Job in der Gefängniswäscherei, wo ich an sechs Tagen in der Woche in einem unbelüfteten Raum mit niedriger Decke und lärmenden Industriewaschmaschinen schuftete.

Zum anderen war dieser Hof der einzige Ort, an dem ich für einen Moment vergessen konnte, wo ich war, warum ich einsaß und dass ich nie wieder lebend herauskommen würde.

Dort konnte ich durchatmen.

Dort war ich einfach nur Westin.

Nicht *Vermont*, wie mich meine Knastfreunde nannten.

Nicht *Gefangener sechs-vier-drei-acht*, wie die Wärter mich riefen.

Nicht das *Beast*, wie mich die ganze Welt betitelte.

»Das soll *Beast* sein?« Ein polterndes Lachen schallte an mein

Ohr, und ich wusste sofort, wer soeben hinter mich getreten war. Unweigerlich schlossen sich meine Finger fester um das pissgelbe Plastiktablett in meinen Händen. »Diesen Hänfling benutze ich als Zahnstocher, nachdem ich drei seiner Sorte zum Frühstück verspeist habe.«

Mehrstimmiges Gelächter war die Antwort, was ich mit einem Augenrollen quittierte.

Der Witz war lahmer als eine hinkende Schildkröte.

Eine Hand landete auf meiner Schulter. Die dazugehörigen Wurstfinger bohrten sich in meine Haut und trafen den Punkt zwischen Schulterblatt und Oberarmknochen.

Ungewollt zuckte ich zusammen.

»Was ist los, *Beast*? Schlottern dir bereits die Knie, nur weil ich mich mit dir unterhalten will?« Die Reibeisenstimme ging in ein dunkles Lachen über. »Keine Sorge, mein Junge. Ich werde dir schon nichts tun – vorausgesetzt natürlich, du befolgst brav meine Anweisungen.« Warnend bohrten sich die Finger noch tiefer in meine Muskeln.

Ich setzte mein in den letzten zwei Jahren perfektioniertes Pokerface auf und wandte mich herum. Dabei rutschte die Hand von meiner Schulter.

Mein Blick traf auf kleine Schweinsäuglein in einem runden Gesicht mit rasierter Halbglatze. Die Tätowierung einer Kobra schlängelte sich aus dem Halsausschnitt des verdreckten Unterhemdes und endete mit gespreizter Haube und aufgerissenem Maul auf der Wange meines Gegenübers.

»Cobra«, begrüßte ich den Mann mittleren Alters mit unbewegter Miene, obwohl ich wegen dessen Spitznamen gern spöttisch eine Braue in die Höhe gezogen hätte.

Wie der stämmige Typ, der mir gerade einmal bis zur Brust reichte, wohl wirklich hieß? Leider war sein Namensschild vom Stoff seines Knastoveralls gerissen worden. Und bisher hatte ich niemanden getroffen, der seinen echten Namen kannte – nicht, dass ich explizit danach gefragt hätte.

»Du weißt, wer ich bin.« Cobra lächelte breit. Seine zwei oberen Eckzähne, die ungewöhnlich lang und spitz waren, blitzten im Schein der Deckenlampen golden auf. »Das ist gut. Das erspart mir die Vorstellungsrunde, und ich kann gleich zum Geschäft kommen.« Seine Miene wurde ernst. »Ich suche eine zuverlässige Quelle, die mir dabei hilft, regelmäßig ein paar Dinge ins Gefängnis zu schleusen. Da du durch die Arbeit in der Wäscherei Kontakt zu den Lkw-Fahrern hast, ist meine Wahl – Trommelwirbel – auf *dich* gefallen. Herzlichen Glückwunsch!«

Ich erwiderte Cobras Blick unbewegt. Falls er dachte, mich würde seine Anfrage überraschen oder mir Freudensprünge entlocken, musste ich ihn enttäuschen. In der Vergangenheit waren einige Insassen mit ähnlichen Anliegen an mich herangetreten. Und allen hatte ich dasselbe geantwortet.

Such dir einen anderen Idioten, der für dich seinen Hals riskiert.

Ich würde bestimmt nicht das Wagnis eingehen, den Rest meiner Haftstrafe im Hochsicherheitstrakt absitzen zu müssen, nur damit irgendein Vollpfosten mit Höhenflug seine krummen Geschäfte fortführen konnte.

Dennoch hielt mich etwas davon ab, genau diese Worte Cobra vor die Füße zu spucken. Vermutlich war es die Aura aus kaltblütiger Gewaltbereitschaft, die ihn umgab. Ganz zu schweigen davon, dass er sich binnen der zwei Wochen, die er hier war, eine Gruppe aus willenlosen Schlägern zusammengestellt hatte. Drei von ihnen waren jetzt bei ihm.

»Danke, ich verzichte«, sagte ich und wandte mich zum Gehen.

Leider kam ich nicht annähernd dazu, die Bewegung zu vollenden. Blitzschnell packte Cobra einen meiner Oberarme, und ich blieb an Ort und Stelle stehen.

»Du *verzichtest*?« Cobras Stimme hatte einen merkwürdigen

Klang angenommen. Es war eine Mischung aus Unglaube, Überraschung und widerwilligem Respekt. »Ich weiß ja nicht, was du glaubst, wer du bist, und was dich denken lässt, du hättest hier eine Wahl, *Beast*. Aber lass dir eins gesagt sein …« Er trat drohend einen Schritt auf mich zu. Das Plastiktablett, das ich auf Höhe meines Bauches hielt, drückte gegen seine Brust und hielt ihn so auf Abstand.

Unweigerlich wanderte mein Blick durch den Raum. Die meisten Insassen, darunter auch Mad Eye und Fuzzy, waren längst auf dem Weg in ihre Zellen. Und der mickrige Rest, der sich noch hier tummelte und darauf wartete, endlich in den Hof entlassen zu werden, war schlau genug, sich aus Cobras Angelegenheiten rauszuhalten.

Ebenso handhaben es die zwei Wärter, die nur wenige Meter von uns entfernt standen und sicherlich jedes unserer Worte hörten.

Aber anstatt ihren Scheißjob zu machen und Cobra allein für den *Versuch*, sich innerhalb des Gefängnisses kriminell zu organisieren, zur Rechenschaft zu ziehen, starrten sie Löcher in die Luft.

So viel zum Thema *Die Polizei, dein Freund und Helfer.*

»Wenn ich sage, *spring*«, sprach Cobra weiter und lenkte damit meine Aufmerksamkeit zurück auf sich, »sind die einzigen Worte, die ich aus deinem verfluchten Kindermördermaul hören will: *Wie hoch?* Haben wir uns verstanden?«

Unwillkürlich glitt eine meiner Brauen in die Höhe. Hatte er gerade *Kindermördermaul* gesagt? Offenbar war die Information, dass Sarah in der Nacht ihres Todes einundzwanzig gewesen war und damit in jedem amerikanischen Bundesstaat als erwachsen galt, an Cobra vorbeigegangen.

Aber wozu sich die Mühe machen, ihn aufzuklären?

Hätte Cobra die Wahrheit kennen wollen, wäre es ein Leichtes für ihn gewesen, diese in Erfahrung zu bringen. Schließlich hatte ich mein Gesicht seit meinem Geständnis vor Gericht öfter in den Medien gesehen als im Spiegel.

»Ich habe gefragt, ob wir uns verstanden haben«, wiederholte Cobra, und seine Augen waren zu hauchfeinen Schlitzen verengt. Ein Kiefermuskel zuckte, wodurch die Schlange auf seiner Wange zum Leben erwachte.

»Ich hoffe sehr, dass wir uns richtig verstehen«, äffte ich seinen überheblich-bedrohlichen Ton nach. »Denn ich habe mich mehr als deutlich ausgedrückt. Ich bin nicht daran interessiert, *mit* dir oder *für* dich zu arbeiten. Also geh mir endlich aus dem Weg. Diese Unterhaltung nervt mich inzwischen mehr als der Anblick des hässlichen Regenwurms auf deiner Visage.«

Cobras Gesicht nahm eine tiefrote Färbung an.

»Sprich dein Gebet, *Beast*«, fauchte mein Gegenüber, ehe mir einer seiner Schläger das Tablett aus der Hand stieß. Der klebrige Matschklumpen verteilte sich geräuschvoll auf dem Boden und stellte damit eine wirklich passende Metapher für das dar, was unmittelbar danach geschah.

Eine Faust jagte in meinen Magen, und ein dumpfer Schmerz breitete sich in meinem Körper aus.

Gern würde ich behaupten, dass das meine erste Gefängnisprügelei war. Aber ehrlicherweise kam etwa alle sechs bis acht Wochen irgendein Arschloch auf die Idee, seinen Status aufwerten zu wollen, indem er sich mit mir maß. Als wäre ein Kampf gegen mich eine besonders eindrucksvolle Trophäe.

Für gewöhnlich waren solche Kämpfe fair. Zumindest hatte ich die Chance, mich zu wehren.

Aber natürlich hielt Cobra nichts davon.

Er kämpfte ja nicht einmal selbst.

Er stand einfach da und grinste mich selbstgefällig an, während zwei seiner Gorillas mich festhielten und der dritte mit Fäusten so groß wie Abrissbirnen auf mich eindrosch.

Angetrieben von einer masochistischen Neugier, fiel mein Blick auf die Wanduhr über dem Speisesaalausgang.

Es war achtzehn Uhr dreiundvierzig.

Ich hätte noch siebzehn Minuten auf dem Hof gehabt.

Siebzehn Minuten, um mich daran zu erinnern, wer ich wirklich war.

Aber heute würde ich ohne Hofgang auskommen müssen.

Ohne mein Paradies.

Ohne meinen Zufluchtsort.

So war das im Knast nun mal.

Und mal ehrlich …

Ich war das Biest aus dem Osten.

Ein verurteilter Mörder.

Als solcher hatte ich kein Paradies, keinen Zufluchtsort verdient.

Ich hatte das hier verdient.

Den Schmerz.

Die Erniedrigung.

Schlag für Schlag.

Kapitel 5

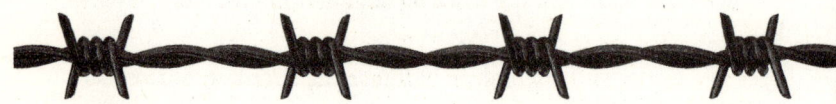

Olivia

»Olivia Abrams ...« Eric sprach meinen Namen mit einem seligen Lächeln aus. »Wie geht es dir? Was hast du seit dem Abschluss gemacht?« Er klopfte einladend neben sich auf die Liege.

Skeptisch beäugte ich den schmalen Platz. Eric machte sich so breit, dass ich fast auf seinem Schoß sitzen müsste, wenn ich neben ihm Platz nehmen wollte. Leider blieb mir keine andere Wahl. Alle anderen Möglichkeiten waren entweder belegt oder zu weit weg. Und gewiss würde ich nicht zu dem knutschenden Pärchen gehen, das sich gerade die Zungen so tief in den Hals steckte, als wollten sie einander die Mandeln massieren.

»Ich studiere Journalismus an der *Annenberg*«, antwortete ich auf Erics Frage und ließ mich auf der Kante der Liege nieder. Anschließend drapierte ich den Stoff meines Kleides über meine Beine. »Ich schreibe dieses Semester meine Masterarbeit.«

»Du studierst Journalismus?« Erics Augenbrauen schossen in die Höhe. »Ist ja abgefahren!«

Ach ja?

Es war ja nicht so, als wäre meine Wahl völlig unvorhersehbar gewesen. Bereits in der Schule hatte ich bei der Schülerzeitung mitgewirkt. Und in unserem letzten Jahr an der *Rosehill* hatte ich neben meiner Beteiligung am Jahrbuch sogar den Posten als Chefredakteurin bei der *Rosehill Gazette* inne.

Aber wie soll sich Eric daran erinnern, wenn er nicht einmal mehr weiß, wer ich bin?

Erneut konnte ich mich nicht davon abhalten, mit den Augen zu rollen. Dieses Mal jedoch über mich selbst. Was hatte ich mir nur dabei gedacht, Erics Einladung anzunehmen?

»Weißt du, wer noch eine verdammt heiße Journalistin ist? Lois Lane! Und kennst du ihr Erfolgsrezept? Ihre Beziehung zu Superman.« Eric zwinkerte mir vielsagend zu, was meine vorherige Sorge bestärkte. Es war ein Fehler gewesen, mich hierhinzusetzen. »Ich kann dir ebenfalls einen Höhenflug ber–«

»Thomsen! Halt endlich die Klappe!« Melissa, die bisher nicht gewirkt hatte, als hätte sie unserer Unterhaltung viel Aufmerksamkeit geschenkt, stützte sich mit ausgestreckten Armen hinter dem Rücken auf der Liege ab. »Du redest mal wieder nur Unsinn. Niemand von uns kann dein Gelaber noch ertragen.«

Erics Lippen teilten sich für eine Erwiderung, doch ein lauter Fluch kam ihm zuvor. Geschlossen drehten wir uns zur Lärmquelle herum.

»Ich sagte dir doch, dass ich nicht darauf stehe, wenn du mir in die Nippel beißt, Susanna.«

Das knutschende Pärchen hatte sich voneinander gelöst, und der Typ schob seine Partnerin grob von sich. Sein Hemd klaffte zusammen mit seinem Blazer weit auf. Die helle Brust leuchtete im Mondschein, wodurch die roten Striemen auf seiner Haut, die vermutlich von seiner Begleitung herrührten, besonders zur Geltung kamen.

Die Frau – Susanna – warf ihr kupferrotes Haar über die Schulter und erhob sich galant. Obwohl sie offenkundig betrunken war, schaffte sie es unfallfrei zu Melissas Liege, auf dessen Ende sie es sich gemütlich machte. Ein Bein über das andere geschlagen, fuhr sie die Konturen ihres perfekt sitzenden Lippenstifts mit dem Zeigefinger nach.

Sprachlos starrte ich in ihre Richtung – was jedoch weniger an ihr lag. Denn ich kannte sie überhaupt nicht. Aber dafür war mir die andere Person umso vertrauter.

Caleb Sanders.

Bisher waren wir einander nie persönlich begegnet, dennoch kannte ich seinen Lebenslauf besser als meinen.

Er war der Sohn des kürzlich vereidigten Bürgermeisters meiner Heimatstadt und niemand Geringeres als Sarahs große Liebe.

Die beiden hatten sich auf einer Charity-Weihnachtsfeier kennengelernt, und laut Sarahs Instagram-Post zu jener Nacht war es Liebe auf den ersten Blick gewesen.

Seitdem hatte ich Caleb ständig in Sarahs Storys oder auf Fotos gesehen.

Ich persönlich fragte mich zwar, worin der Reiz lag, sein Privatleben derart öffentlich zur Schau zu stellen. Dennoch hatte ich ihre Liebesgeschichte mit einer gewissen Faszination verfolgt. Wirklich *jede* noch so winzige Kleinigkeit hatte Sarah mit ihrer Community geteilt. Egal, ob es ein überraschender Blumengruß ihres Freundes oder eine süße Botschaft auf ihrem To-go-Kaffeebecher war, die Caleb den Mitarbeitern ihres Lieblingscafés aufgetragen hatte. Sogar bei den endlosen Shoppingtouren war die digitale Welt ständig dabei.

Aber Sarah stand auch zu den dunklen Tagen, als zwischen ihr und Caleb so heftig die Fetzen flogen, dass oftmals sogar Gegenstände durch die Luft geworfen wurden.

Ab dem After-Versöhnungssex-Video war für mich jedoch Schluss gewesen. Ich hatte die beiden erst wieder auf dem Schirm gehabt, als sie ihre einvernehmliche Trennung nach über zwei Jahren Liebes-Auf-und-Ab bekannt gegeben hatten.

Das war etwa ein halbes Jahr vor Sarahs Tod gewesen. Die beiden waren als Freunde auseinandergegangen, weshalb ich Caleb in den Wochen danach verblüffend oft auf Sarahs Fotos entdecken konnte. Erst nach ihrem Ableben war er von der Bildfläche verschwunden. Ihr Tod musste ihn stark aus der Bahn geworfen haben.

Umso mehr verwunderte es mich, dass er ausgerechnet heute Nacht hier war.

Als hätten dem alleinigen Erben eines milliardenschweren Immobilienmoguls die Ohren geklingelt, glitt Calebs Blick in meine Richtung. Sein Gesicht wirkte schmaler und kantiger, als ich es in Erinnerung hatte, und seine Haare fielen ihm lang und wirr in die Stirn. Doch am auffälligsten waren seine Augen. Bisher hatte auf jedem Foto, das ich von ihm gesehen hatte, ein verschmitztes Funkeln in seinen Iriden gelegen. Aber hier und jetzt war da nichts mehr. Kein Licht, kein Leben.

Vielleicht lag es an Drogen.

Aber vielleicht leidet er auch einfach nur unter der Last des heutigen Abends.

Verübeln könnte ich es ihm nicht.

Trotz ihrer Trennung hatte ich stets den Eindruck gehabt, dass Sarah und Caleb einander wichtig gewesen waren. So war Caleb beispielsweise für Sarah da gewesen, als sie ihre Großmutter auf dem Sterbebett begleitet hatte, während sie für ihn eine gigantische Party zum Abschluss seines Masterstudiums geschmissen hatte.

Caleb starrte mich noch einen Augenblick an, dann wandte er sich ab. Als erwachte ich aus einer Art Trance, kehrten meine Gedanken erst nach mehrmaligem Blinzeln ins Hier und Jetzt zurück.

Thomsen stöhnte theatralisch. Als ich mich zu ihm umdrehte, sah ich, wie er mit den Augen rollte.

»Das darf doch nicht wahr sein! Wie macht der Typ das nur? In dem einen Moment fingert er Susanna zum Orgasmus, und keine zehn Sekunden später steht die Nächste bereit, um ihren Platz einzunehmen. Was glaubt ihr Weiber eigentlich, was der Typ hat? Magic Fingers?«

»Es ist die Kohle«, meinte Joseph, während ich Eric mit offenem Mund anstarrte. »Entweder das, oder es liegt an diesem Getretener-Welpe-Vibe, der ihn seit Sarahs Tod umgibt. Jedenfalls kann es unmöglich an seinem Aussehen liegen. Dieser unrasierte Vagabunden-Chic war nicht einmal in den Achtzigern in.«

Eric schnaubte, während ich inständig hoffte, mir diese Konversation nur einzubilden. Die beiden Holzköpfe konnten das doch unmöglich ernst meinen. Als wäre es nicht beschämend genug, dass sie über uns sprachen, als wären wir überhaupt nicht anwesend, wagten sie es auch noch, Sarahs Tod in die Sache hineinzuziehen? Und das ausgerechnet am heutigen Abend?

Am liebsten hätte ich ihnen gehörig den Marsch geblasen. Denn weder zogen mich Calebs Geld noch seine vermeintlich talentierten Finger an. Meine Faszination galt allein seiner Verbindung zu Sarah und war ausschließlich von journalistischem Interesse.

Aber Eric und Joseph waren viel zu high, um einen Protest meinerseits richtig aufzufassen. Wahrscheinlicher würden sie mir vorhalten, ich wäre zu prüde, um zu meiner Schwärmerei für Caleb zu stehen.

»Apropos Sarah«, meinte Eric. Ob ihm vielleicht doch noch klar geworden war, wie pietätlos es war, Calebs verstorbene Ex-Freundin zum Gesprächsthema gemacht zu haben? »Habe ich dir eigentlich erzählt, was mir mein Cousin Henry neulich gesagt hat? Er hat einen Kumpel, dessen Vetter jemanden im *Hawthrone* kennt. Und der will aufgeschnappt haben, dass gar nicht Sarahs wahrer Mörder im Gefängnis sitzt, sondern jemand, der dafür bezahlt worden ist.«

Joseph, der träge die Spielkarten in seiner Hand mischte – wann auch immer er sie aufgehoben hatte –, zuckte gelangweilt mit den Schultern.

Die anderen hingegen hielten in ihrem Tun inne und spitzten die Ohren. Sogar Suri hatte ihren stillen Tanz unterbrochen.

»Dein Cousin Henry hat dir das erzählt?«, hakte Melissa mit unüberhörbarer Skepsis nach. »*Der* Henry, der die felsenfeste Überzeugung vertritt, dass er auf seiner letzten Geburtstagsparty von Aliens entführt wurde, aber in Wahrheit einfach total stoned den Avancen dieses einen Footballspielers erlegen ist? Meinst du *diesen* Henry?« Melissa schnaubte. »Ja, klar, *er* ist natürlich eine vertrauenswürdige Quelle.«

Eric warf Melissa einen bitterbösen Blick zu. »Glaub es oder glaub es nicht. Aber ich kann mir durchaus vorstellen, dass jemand aus den sozialen Brennpunkten für eine Million Dollar freiwillig in den Knast geht. Wieso sonst sollte der Typ plötzlich gestanden haben, obwohl bereits ein anderer als Hauptverdächtiger galt? Wenn er wirklich schuldig ist, hätte er einfach die Hände in den Schoß legen und abwarten können. Jetzt sitzt er lebenslänglich ein.«

»Ganz genau!« Melissa widmete sich wieder ihrem Handy. »Wieso sollte der Typ sein Leben für eine Million verkaufen, wenn er niemals die Gelegenheit erhalten wird, die Kohle auszugeben?«

Eric stöhnte. »Mensch, Mel, hast du noch nie eine Krimiserie gesehen? Es gibt Dutzende Gründe. Entweder er schuldete jemandem die Kohle, der sein Leben oder das seiner Familie bedroht hat. Oder jemand, der ihm wichtig ist, braucht eine lebenswichtige Operation, aber die Versicherung deckt die Kosten nicht, oder …«

»Haltet jetzt endlich die Klappe«, rief Joseph dazwischen. »Wenn ich heute Abend über Verschwörungstheorien hätte reden wollen, hätte ich auch bei meinen Alten bleiben können.«

Erleichtert über Josephs Eingreifen, drehte ich mich zu Caleb herum. Seine Miene wirkte noch lebloser als zuvor. Blass wie eine Wand sah er aus, die Augen vor Schmerz groß. Tiefe Ringe hatten sich unter seinen Wimpern gebildet, und seine Lippen waren so hell, dass sie blutleer wirkten.

Wenn ich nicht bereits zuvor gewusst hätte, dass es eine miserable Idee gewesen war, heute Abend hierherzukommen, wäre es spätestens jetzt klar gewesen.

Denn eine Sache war so sicher wie das Amen in der Kirche: Wenn ich ab sofort an Sarah und ihren Tod dachte, wären da nicht mehr allein sie, ihr Mörder und die eintausend Fragen, die sich mir in diesem Zusammenhang stellten. Jetzt gehörte auch Caleb Sanders zu dem Zubehörset meiner Albträume.

Kapitel 6

Olivia

Am nächsten Tag erwachte ich mit dröhnenden Kopfschmerzen, schwammiger Sicht und schweren Gliedmaßen. Erics Behauptung, dass Vermont gar nicht Sarahs wahrer Mörder war und nur des Geldes wegen die Schuld auf sich genommen hatte, hatte mir bis zum Morgengrauen den Schlaf geraubt. Dabei kam mir diese Vorstellung heute noch lächerlicher vor als gestern. Immerhin gab es für Vermont keinen Grund, so etwas zu tun.

Erics Argument, dass Vermont das Geld für jemand anderen angenommen hatte, passte nicht ins Bild. Sein Vater hatte seine Frau samt den zwei Kindern verlassen, als Vermont ein Kleinkind war. Vermonts Mutter zog ihn und seine ein Jahr jüngere Schwester allein groß, bis sie kurz vor Vermonts achtzehntem Geburtstag an Krebs verstarb. Seit dem Tod seiner Schwester, die vier Jahre später bei einem unverschuldeten Autounfall ums Leben gekommen war, hatte Vermont niemanden mehr.

Vielleicht ist das der Grund, wieso er so besessen von Sarah war? Weil er sich einsam gefühlt hat?

Ich rieb mir über das Gesicht. Meine Haare hingen mir wirr in die Stirn, und mein Mund war staubtrocken.

Ich brauchte einen Kaffee.

Aber zuvor musste ich den ekelerregenden Geschmack der Nacht aus meinem Mund bekommen.

In meinen Schlafklamotten, die aus Sweatshorts und einem XL-T-Shirt der *Philadelphia Eagles* bestanden, tapste ich ins Badezimmer. Nachdem ich mich ausgezogen hatte, stieg ich mit meiner Zahnbürste und der nach Zimt schmeckenden Zahnpasta in die Duschkabine. Das heiße Wasser prasselte auf meine steifen Glieder, und ich spürte, wie die Anspannung meinen Körper verließ. Nachdem Joseph das Sarah-Thema für beendet erklärt hatte, war der Vorschlag gefallen, Strip-Poker zu spielen – der perfekte Anlass für mich, um mich aus dem Staub zu machen.

Zurück im Saal, hatte ich meinen Eltern etwas von einem vergessenen Artikel erzählt und war geflüchtet, ehe mein Dad mich daran erinnern konnte, dass ich für die nächsten zwei Ausgaben bereits alle Arbeiten erledigt hatte. Die Begegnung mit Caleb Sanders hatte mich zusätzlich verunsichert, sodass ich es nicht länger auf der Gala ausgehalten hatte.

Heute schämte ich mich für meine Überreaktion. Gewiss hatte ich mit meinem überhasteten Abgang nicht den besten Eindruck hinterlassen.

Dabei hatte ich genau das vermeiden wollen.

Innerlich über mich selbst stöhnend, ließ ich den Kopf in den Nacken fallen. Sarah war vor zwei Jahren gestorben. Ihr Mörder saß hinter Gittern, und die Akte war geschlossen. Jeder – selbst Caleb – war wieder zur Tagesordnung übergegangen.

Nur mir schien das unmöglich zu sein.

Wieso?

Warum ließ mich das Thema nicht los?

Je intensiver ich darüber nachdachte, umso mehr erinnerte mich das Ganze an einen nervigen Mückenstich. Subtil juckend, raubte er mir langsam, aber sicher den letzten Nerv.

Um dem Jucken entgegenzuwirken, erlaubte ich meinen Überlegungen, sich auszubreiten.

Selbst wenn Vermont tatsächlich Geldschulden gehabt haben

sollte, weshalb war ihm keine bessere Lösung eingefallen, als sein Leben wegzuwerfen? Er hatte eine kleine Mietwohnung in einer guten Gegend besessen – von wegen sozialer Brennpunkt –, einen soliden Job in einer Holzfabrik, und sogar eine abgelaufene Mitgliedschaft in einem Fitnessstudio hatte ich unter seinem Namen finden können.

War all das nicht schützenswert gewesen?

Und überhaupt, wie hätte er die Fragen der Staatsanwaltschaft plausibel beantworten können, wenn er unschuldig ist?

Nein, das Gerücht, dass Vermont der falsche Täter war, war ebensolcher Bullshit wie der vermeintliche Tod von Beyoncé, der 2015 Twitter hatte heiß laufen lassen.

Und trotzdem gingen mir Erics Worte nicht aus dem Kopf.

Nach der Dusche zog ich mich in meinem Zimmer an und ging runter ins Erdgeschoss. Aus der Küche drangen leise Geräusche und der Duft nach frisch gekochtem Kaffee. Sofort knurrte mir der Magen.

»Guten Morgen, Schatz.« Mom lächelte liebevoll, als ich die Küche betrat. Sie trug wie jeden Sonntag ihren weiß-gelb gestreiften Morgenmantel über einem babyblauen Seidenpyjama. Ebenso wie Dad hielt sie eine Zeitung in der einen und eine Kaffeetasse in der anderen Hand. Ihre Haare hatte sie zu einem unordentlichen Dutt gebunden, und auf ihrer Nase saß ihre Lesebrille.

»Morgen«, erwiderte ich auf meinem Weg zur Kaffeemaschine. Es wunderte mich nicht, dass meine Eltern wach waren, obwohl sie nach mir nach Hause gekommen waren.

In unserer Familie galt schon immer ich als Langschläferin.

»Hast du gut geschlafen?«, fragte Dad, während ich mir eine extragroße Tasse Kaffee aus der Glaskanne eingoss. Obwohl meine Eltern im Besitz eines schicken Kaffeevollautomaten mit sämtlichem Schnickschnack waren, mochte ich den Filterkaffee aus dem altertümlichen Gerät lieber. Vermutlich wurde das Ding deshalb bei jedem meiner Besuche aus dem Wandschrank hervorgeholt.

»Geht so«, gestand ich und machte mich auf den Weg zum Tisch. Neben frischen Bäckereibrötchen gab es Croissants, verschiedene Wurst- und Käsesorten sowie diverse Aufstriche, die keinen Frühstückswunsch offenließen.

Die Beine auf die Sitzfläche meines Stuhls gezogen, nippte ich an meinem Heißgetränk.

»Hat das vielleicht etwas damit zu tun, wieso du gestern so schnell von der Gala verschwunden bist?«, hakte Dad nach.

Ertappt zuckte ich zusammen, kaschierte die Geste jedoch durch ein Schulterzucken. Ich hatte nicht vorgehabt, meinen Eltern von meiner Begegnung am Pool zu erzählen. Aber da das Thema aufgekommen war, gab es keinen Grund, ihnen etwas vorzumachen.

»Ich habe gestern zufällig aufgeschnappt, wie jemand meinte, dass Westin Vermont sich für sein Geständnis hat bezahlen lassen. Das hat mir keine Ruhe gelassen, also bin ich nach Hause, um zu recherchieren.«

»Es wundert mich nicht, dass dir ein solches Gerücht zu Ohren gekommen ist.« Dad faltete seine Zeitung zusammen. »Deine Mutter und ich haben letzte Nacht selbst einige sehr fragwürdige Theorien und Spekulationen bezüglich Sarahs Tod aufgeschnappt.« Ein Bein über das andere geschlagen und die Finger ineinander verschränkt um das Knie gelegt, lehnte er sich auf seinem Stuhl zurück. »Aber am Ende sind es nicht mehr als Fakten, die durch aufgestaute Emotionen und den Drang nach Selbstdarstellung so aufpoliert wurden, dass sie kaum noch Bezug zur Wahrheit besitzen.«

»Und das ist nur verständlich«, sagte Mom. »Immerhin haben sich die Leute zwei Jahre lang zurückgehalten und dieses Thema bestmöglich gemieden, um niemandem auf den Schlips zu treten.

Dabei war es vorherzusehen, dass eine Gala, die so eng mit Sarahs Ermordung verbunden ist und es für alle Zeiten sein wird, wie ein Trigger auf die Gäste wirkt. So manchen lässt der damalige Vorfall nicht mehr los.«

Ich verbarg meine Miene hinter meiner Kaffeetasse. Auch wenn Mom es nicht explizit sagte, wusste ich, dass sie mich damit meinte.

»Das Wichtige ist nur«, Mom legte mir lächelnd eine Hand auf den Arm, »dass du solchen Geschichten keine Beachtung schenkst. Ansonsten wirst du dich schnell im Nebel der Unwahrheiten verirren.«

Ich nickte im Schutz meiner Kaffeetasse. Natürlich nahmen meine Eltern an, dass ich den Gerüchten zumindest teilweise glaubte. Und ich konnte ihnen diesen Gedanken nicht verübeln. Um die Geschehnisse des Abends zu verarbeiten, hatte ich mich nach Sarahs Tod wie besessen in die Recherche gestürzt. Meine Eltern hatte dies anfangs so stark verunsichert, dass sie versucht hatten, mich zu einer Therapie zu bewegen. Aber das war nicht nötig gewesen.

Es war mir auch so gelungen, mit dem Thema abzuschließen.

Zumindest hatte ich das bisher angenommen.

Leider war ich mir inzwischen nicht mehr sicher, ob das wirklich der Wahrheit entsprach.

Kapitel 7

Olivia

»Olivia, ich freue mich, Sie wiederzusehen.« Mrs Williams, meine betreuende Professorin, lächelte mich herzlich an und deutete mit einer einladenden Geste auf den freien Stuhl ihr gegenüber. »Bitte setzen Sie sich doch.«

Ich folgte der Aufforderung und ließ mich, meine Handtasche auf den Schoß gezogen, nieder. Es war Donnerstagnachmittag, und die Spendengala lag fast zwei Wochen zurück. Trotzdem kreisten meine Gedanken hartnäckig um Sarahs Tod, was mich mittlerweile ernsthaft frustrierte.

»Es tut mir leid, dass ich unseren letzten Termin abgesagt habe. Ich musste mich um meine erkrankte Mutter kümmern.« Mrs Williams blätterte durch einen Stapel Papiere, ehe sie eines daraus hervorzog und mich wieder ansah. Ihr Lächeln wirkte jedes Mal so authentisch und aufrichtig, dass ich gar nicht anders konnte, als es ebenso wahrhaftig zu erwidern.

»Das ist nicht schlimm. Ich war mit meiner Arbeit in der Redaktion gut beschäftigt.« Da ich keine Vorlesungen mehr besuchen musste, war ich dazu übergegangen, an vier Tagen die Woche auszuhelfen, weil immer irgendwo Unterstützung gebraucht wurde.

Mrs Williams nickte, dann wanderte ihr Blick zum Blatt Papier vor sich. »Wow.« Sie hob mit großen Augen den Kopf. »Unsere letzte Unterhaltung ist bereits acht Wochen her? Wie schnell doch die Zeit vergeht. Aber so, wie ich Sie kenne, haben Sie die sicherlich genutzt, um gleich eine ganze Liste an möglichen Themen für Ihre Masterarbeit zu erstellen, nicht wahr?« Schmunzelnd faltete sie die Finger ineinander und legte diese vor sich auf dem Tisch ab. »Ich stelle mir die Arbeit in einer Zeitungsredaktion jedenfalls sehr kreativ und impulsiv vor.« Ihr Lächeln wurde noch herzlicher. »Also, schießen Sie los, Olivia. Ich wette, Sie können es kaum erwarten, endlich mit dem Schreiben loszulegen.«

Unbehaglich rutschte ich auf meinem Stuhl hin und her. Obwohl ich gewusst hatte, welches Gesprächsthema heute im Fokus stehen würde, war ich nicht darauf vorbereitet. Bis vor einer Stunde hatte ich sogar noch mit dem Gedanken gespielt, das heutige Treffen selbst abzusagen.

Aber was würde mir ein weiterer Aufschub von vier Wochen bringen? Ich war mir sicher, dass nicht einmal zwölf Wochen etwas an meiner Schreibblockade ändern würden.

Ich muss ehrlich sein, wenn ich meinen Abschluss schaffen will. Vielleicht kann mir Mrs Williams irgendwie helfen.

Begleitet von einem tiefen Atemzug, zwang ich mich, all meinen Mut zusammenzunehmen und zu meiner Unfähigkeit zu stehen. »Also, was das angeht …«

Mein Blick glitt auf die überfüllte Tischplatte vor mir. Neben drei leeren Teetassen türmten sich Bücher, Dokumente und ein zugeklappter Laptop. »Um ehrlich zu sein, habe ich kein einziges Thema, das ich Ihnen heute vorschlagen möchte.«

Mrs Williams' Augenbrauen schossen in die Höhe, wie ich bemerkte, weil ich sie nun doch anschaute.

»Ach nein?« Ihre Verblüffung wurde noch deutlicher, als ich den Kopf schüttelte.

Mrs Williams lehnte sich in ihrem Bürostuhl zurück und verschränkte die Arme locker vor der Brust. Ihr Blick ruhte schwer auf mir, und ich rutschte erneut auf meinem Platz hin und her. Scham schnürte mir die Kehle zu.

»Wie kommt das, Olivia?«, fragte Mrs Williams mit ruhiger Stimme. »Ich meine, verstehen Sie mich nicht falsch, es kommt oft vor, dass Studierende Probleme damit haben, ein geeignetes Thema für ihre Abschlussarbeit zu finden. Aber ehrlich gesagt hätte ich es nicht für möglich gehalten, dass *Sie* sich in diese Kategorie einfügen könnten.«

Die Scham kroch mir das Gesicht empor, bis meine Wangen glühten. Ich hielt ungemein viel auf Mrs Williams' Meinung, und sie zu enttäuschen, war wie ein Schlag ins Gesicht.

Da ich nicht antwortete, breitete sich eine qualvolle Stille im Büro aus. Allein mein beschleunigter Puls deutete darauf hin, dass die Zeit weiterzog.

»Was bedrückt Sie, Olivia?« Das Knarzen des Bürostuhls ließ mich den Kopf heben. Mrs Williams hatte die Arme voneinander gelöst und sich wieder gen Tisch vorgebeugt. Die Ellen gegen die Kante gestützt, sah sie mich an. »Bisher sind Sie mir stets als innovative und selbstbewusste Persönlichkeit begegnet. Sie nun derart devot und kleinlaut zu erleben, überrascht mich.«

Obwohl der Ausdruck in Mrs Williams' Augen so bohrend war, als wollte sie bis auf den Grund meiner Seele schauen, straffte ich die Schultern und setzte mich gerade hin. Es war eine Sache, auf professioneller Schiene zu versagen. Aber als *devot* zu wirken, verkraftete mein Ego nicht.

»Ich wünschte, ich könnte Ihre Frage beantworten«, sagte ich so ruhig, wie ich konnte. Doch ich hörte eine gewisse Gereiztheit in meiner Stimme mitschwingen. »Kein Thema will mich so richtig catchen. Jedes Mal, wenn ich denke, *Jetzt hab ich's*, verfliegt mein Interesse unmittelbar darauf wieder, und ich muss von Neuem anfangen. Es kommt mir vor, als wäre ich verflucht.«

Mrs Williams blickte mir bei meinen Worten starr entgegen.

»Ich bin froh, dass Sie sich mir anvertrauen, Olivia. Ehrlich gesagt habe ich denselben Eindruck – auch wenn ich es weniger als *verflucht* bezeichnen würde, eher als *blockiert*.« Einen viel zu langen Moment sah sie mich prüfend an. »Wir kennen einander ja inzwischen recht gut. Insofern denke ich, dass ich Ihre persönliche Entwicklung einigermaßen sicher beurteilen kann. Ich würde lügen, wenn ich behaupten würde, dass Sie sich während all der Zeit nicht verändert hätten.«

Die Hitze in meinem Gesicht schien bei diesen Worten regelrecht zu explodieren. Doch als sich meine Lippen teilten, um etwas zu erwidern, bedeutete mir Mrs Williams mit erhobener Hand, sie aussprechen zu lassen.

»Veränderungen sind etwas Gutes, Olivia. Das gesamte Leben besteht aus einem fortwährenden Fluss. In Ihrem Fall jedoch scheint Ihr Fluss durch irgendwen oder irgendwas eingeschränkt. Als würden Sie sich zwar weiterentwickeln, aber nicht ihr volles Potenzial ausschöpfen. Wie sagt meine Frau immer? Es erweckt den Eindruck, als würden Sie mit angezogener Handbremse fahren.«

Ich schloss den Mund und nahm mir die Zeit, über diese Worte nachzudenken. Mittlerweile kannte ich Mrs Williams seit fünf Jahren. In meinem ersten Semester hatte ich mich in ihren Psychologiekurs geschmuggelt, weil ich so neugierig auf die Person gewesen war, die alle Studierenden über den grünen Klee lobten.

Und ich war so was von nicht enttäuscht worden!

Vom ersten Moment an hatte mich diese Frau derart fasziniert, dass ich Woche für Woche wiederkam, um ihrer Vorlesung zu lauschen – auch wenn ich dafür eine essenzielle Veranstaltung schwänzen musste.

Naiv, wie ich damals war, glaubte ich, dass niemandem meine Anwesenheit aufgefallen wäre. Aber eines Tages, als Mrs Williams über die bevorstehende Prüfung sprach, meinte sie zu mir, dass sie meine Arbeit zwar nicht benoten dürfte. Dennoch wäre sie sehr neugierig, wie ich mich als Erstsemester-Studentin bei ihren Fragen schlagen würde.

Von diesem Tag an trafen Mrs Williams und ich uns einmal im Monat, um über mein Studium, meinen Job bei der Zeitung und mein Leben im Allgemeinen zu sprechen. Dass Mrs Williams einen Doktortitel in Psychologie hatte und ausgebildete Psychotherapeutin war, hatte sie mich dabei kein einziges Mal spüren lassen.

»Ich weiß, worauf Sie hinauswollen«, sagte ich, und meine Finger bohrten sich in meine Handtasche. Obwohl ich inzwischen wusste, dass manche Termine mit Mrs Williams emotional aufwühlender waren als ein Filmmarathon mit *Schindlers Liste*, *Forrest Gump* und *Der Soldat James Ryan*, brachen Momente wie jetzt immer noch unvorhergesehen über mich herein. Mrs Williams spielte mit ihrer Metapher auf Sarahs Tod an, der *schon wieder* einen Weg gefunden hatte, in den Fokus meines Lebens zu geraten.

Wie sollte es mir gelingen, dieses Thema jemals ruhen zu lassen, wenn mich gefühlt *alles* immer wieder in diese Richtung drängte?

»Leider täuschen Sie sich«, sprach ich weiter, als Mrs Williams schwieg. »Ich habe die Ereignisse am Abend der *HRA*-Spendengala vor zwei Jahren ausreichend verarbeitet. Ich habe mich lange und ausgiebig mit diesem Thema beschäftigt, habe recherchiert und mir selbst zahlreiche Fragen beantwortet, die mich anfangs gequält haben. Mir ist es durch Meditation und die ständige Wiederholung der Fallfakten gelungen, meine anfänglichen Panikattacken unter Kontrolle zu bekommen, und ich kann jetzt reinen Gewissens behaupten, dass es mir gut geht.«

»Das freut mich zu hören, Olivia.« Mrs Williams' Mundwinkel kräuselten sich, und ich wusste, dass ich in eine Falle getappt war. »Nur frage ich mich, wieso Sie sofort an diesen Abend denken müssen, wenn ich behaupte, dass etwas Sie blockiert.«

Erbost presste ich die Lippen aufeinander und verengte die

Augen. Manchmal verabscheute ich Mrs Williams ebenso sehr, wie ich sie vergötterte.

»Okay, Sie haben mich erwischt«, gab ich widerwillig zu. »Möglicherweise musste ich in den vergangenen Wochen vermehrt an Sarah Mills und ihren Tod denken. Aber das hat allein journalistische Gründe – keine psychologischen.«

»Ach ja?« Mrs Williams lachte herzlich. »Das müssen Sie mir bitte genauer erklären, Olivia. Denn ich dachte bisher immer, dass das eine stets mit dem anderen verbunden ist. Dass *allem*, was wir tun, die Summe unserer Lebenserfahrungen und Umgebungseinflüsse zugrunde liegt.«

Der Druck meiner Finger um meine Handtasche verstärkte sich. Es war nicht so, als fühlte ich mich von Mrs Williams vorgeführt oder bloßgestellt. Aber eine Zahnwurzelbehandlung ohne Betäubung hätte ich in diesem Moment lieber über mich ergehen lassen.

»Okay, erzählen Sie mir doch mal, welche journalistischen Gründe Sie für Ihre Neugier haben. Warum mussten Sie in den vergangenen Wochen vermehrt an diesen Fall denken?«

Am liebsten hätte ich die Lippen weiterhin fest aufeinandergepresst. Einfach nur, weil ich Angst hatte, dieses Gespräch fortzuführen.

Aber welche Wahl blieb mir, als mich meiner Furcht zu stellen?

Klar, ich hätte einfach aufstehen und gehen können. Aber dann hätte ich mir genauso gut eine neue Betreuerin suchen können. Denn nach einem solch kindischen Verhalten hätte ich mich nie wieder getraut, Mrs Williams unter die Augen zu treten.

»Vor etwa zwei Wochen fand zum ersten Mal seit Sarahs Tod die *HRA*-Spendengala statt«, presste ich hervor und erzählte in knappen Sätzen von meinen Empfindungen währenddessen, von der Begegnung mit Caleb und den Gerüchten, die Eric mir in den Verstand gepflanzt hatte.

Mrs Williams hörte mir geduldig zu, machte sich nur einmal eine Notiz auf dem Blatt vor sich.

»Das klingt in der Tat sehr aufwühlend. Kein Wunder, dass Sie sich auf kein anderes Thema fokussieren können. Ihre gedanklichen Kapazitäten sind bereits ausgeschöpft.«

Ich zuckte mit den Schultern. Sosehr es mir auch widerstrebt hatte, mich emotional zu entblößen, spürte ich, wie gut es tat, sich endlich jemandem anvertraut zu haben. Das nervtötende Jucken wurde bereits erträglicher.

Mrs Williams war wahrlich eine Meisterin auf ihrem Gebiet.

»Tja, schade nur, dass ich meine Masterarbeit nicht über Sarah schreiben kann«, meinte ich, als ich das Schweigen nicht länger aushielt.

»Warum nicht?« Mrs Williams klang aufrichtig verblüfft, was mich irritierte. Meinte sie das ernst?

»Na ja, weil …« Obwohl es sicherlich einhundert gute Gründe gab, wollte mir gerade keiner einfallen.

»Wäre das nicht pietätlos?«, fragte ich. Ich wusste nicht, was ich davon halten sollte, dass wir überhaupt über die *Möglichkeit* sprachen, Sarah zum Thema meiner Abschlussarbeit zu machen.

»Es käme natürlich auf die Herangehensweise an. Aber wenn es generell pietätlos wäre, über solche Geschehnisse zu schreiben, dürfte es keine Zeitungsartikel geben, keine Nachrichtenberichte oder Fallakten, die Studierenden zu Unterrichtszwecken vorgelegt werden.«

Damit hatte sie allerdings recht.

»Ich will Sie nicht zu etwas drängen, womit Sie sich unwohl fühlen, Olivia. Aber wie es den Anschein hat, beschäftigt Sie dieses Thema doch mehr, als Sie es sich bisher eingestehen wollten. Und da ich weiß, dass Sie keine professionelle Hilfe in Anspruch nehmen möchten – obwohl ich Ihnen eine wirklich tolle Kollegin empfehlen kann –, wäre es vielleicht eine Möglichkeit, sich auf diesem Weg mit Ihrer Blockade auseinanderzusetzen. Vielleicht hilft Ihnen das.«

Nachdenklich biss ich mir auf die Lippe. Obwohl Mrs Williams mir erst vor Sekunden überhaupt die Option aufgezeigt hatte, meine Masterthesis über Sarah zu schreiben, konnte ich mir jetzt schon kein anderes Thema mehr dafür vorstellen. Es fühlte sich so passend an, dass es fast lächerlich war, dass ich nicht selbst auf diese Idee gekommen war.

Meine Fingerspitzen kribbelten, und mich durchfuhr dieses warme Gefühl der Aufregung, das ich in den vergangenen Wochen schmerzlich vermisst hatte.

Noch wagte ich es nicht, es zu glauben, aber wie es den Anschein machte, hatte ich tatsächlich ein Thema gefunden, dem ich meine Abschlussarbeit widmen konnte.

»Da ich Ihre Thesis betreuen soll, wäre es natürlich wünschenswert, dass das Hauptaugenmerk auf dem psychologischen Aspekt liegt. Aber das sollte in diesem Fall keine Schwierigkeit darstellen. Sie könnten darüber schreiben, was die Verstorbene dazu bewogen hatte, ihr gesamtes Privatleben mit der digitalen Öffentlichkeit zu teilen. Oder welche Auswirkungen schnelllebiger Ruhm in der heutigen Zeit auf junge, unausgereifte Persönlichkeiten haben kann.«

»Oder«, hörte ich mich sagen, »ich widme mich der Frage, warum der Mörder getan hat, was er getan hat, und wieso seine Wahl auf Sarah gefallen ist.« Die Worte laut auszusprechen, fachte die kribbelige Aufregung in meinem Inneren zusätzlich an. Sollte ich im Zuge meiner Arbeit aufdecken können, dass Vermont Sarah aus Gründen ausgewählt hatte, die keinerlei Bezug zu mir besaßen, so würde ich mich vielleicht endlich von diesem Schatten lösen können, der mich bis in die finsterste Nacht verfolgte.

»Das wäre in der Tat eine interessante Frage – nicht zuletzt, weil zwar jeder Mensch, der mordet, einem gewissen Profil folgt, aber dennoch einzigartig ist.« Mrs Williams legte die Fingerspitzen zu einem Dach zusammen. Dann tippte sie sich damit an das Kinn. »Allerdings würden Sie sich mit diesem Thema von der Kooperationsbereitschaft des Mörders abhängig machen. Und der hat – bitte korrigieren Sie mich, wenn ich falschliege – seit seinem Geständnis mit niemandem über seinen Fall gesprochen. Nicht einmal mit seinem Anwalt.«

»Das stimmt«, gab ich zu, und zum ersten Mal, seit ich heute dieses Büro betreten hatte, hielt sich mein Kopf wie von selbst aufrecht.

Meine Masterarbeit über Sarah Mills und Westin Vermont zu schreiben, war genau das, was ich wollte.

Was ich tun *musste*.

Auch wenn ich dafür einem leibhaftigen Mörder begegnen musste.

»Aber nur weil Vermont in der Vergangenheit geschwiegen hat, bedeutet das nicht zwangsläufig, dass es so bleiben muss. Schließlich habe ich die letzten fünf Jahre von einer überaus talentierten Psychologin gelernt, wie man Leute dazu bewegt, einem Dinge anzuvertrauen, die diese lieber für sich behalten hätten.«

Kapitel 8

Westin

»Na, sieh mal einer an, wer heute schon wieder sein Bein belasten kann.« Mad Eye schenkte mir ein Grinsen, als ich in den Waschraum stieß. Es war halb fünf am Morgen, aber es reihten sich bereits ein halbes Dutzend halb nackter Männerleiber aneinander, um den Tag mit einer lauwarmen Dusche zu beginnen.

»Hat ja lange genug gedauert«, murmelte Fuzzy in seinen nicht vorhandenen Bart, ehe Mad Eye ihm den Ellbogen in die Seite stieß. »Was denn?«, echauffierte sich der Knabe. »Ist doch wahr! Sieh dir nur mal an, wie scheiße er nach zwei Wochen immer noch aussieht. Für diese Aktion hätte Cobra ein One-Way-Ticket in die Hochsicherheit kassieren müssen.«

Schweigend gesellte ich mich zu meinen Freunden. Sosehr ich Fuzzys Anteilnahme zu schätzen wusste, hatte der Kerl absolut keinen Plan davon, wie das Leben im Knast ablief. Und ich war es leid, es ihm zu erklären. Wäre ich zu den Wärtern gegangen, wie er es mir die ersten Tage immer wieder geraten hatte, wäre ich vermutlich tot. Petzen lebten im Gefängnis nicht sonderlich lange.

Und überhaupt …

Fuzzy übertrieb maßlos. *So* schlimm ging es mir gar nicht. Ich hatte weder eine Gehirnerschütterung davongetragen noch, wie beim letzten Mal, als ich mich hatte prügeln müssen, Blut gespuckt. Ein paar blaue Flecken sowie einige gebrochene Rippen waren nichts, was mich lahmlegte. Und mein angeknackster Fuß-knöchel wäre sicherlich auch bald wieder der alte.

»Wie geht's dir heute?«, fragte Mad Eye. Dass mein Knastvater dabei eine weiche Tonlage an den Tag legte, ließ einen eiskalten Ball in meinem leeren Magen entstehen. Mad Eye war niemand, der einem mit Einfühlungsvermögen begegnete. Wenn er sich doch daran versuchte, fühlte es sich für gewöhnlich an, als würde der Terminator einen an den Eiern quer durch eine Dornenhecke schleifen.

»Komm schon, Mad Eye, fang du jetzt nicht auch noch damit an. Du weißt genau, dass ich nichts gegen Cobra unternehmen werde. Wenn der Wichser mich kleinkriegen will, muss er sich beim nächsten Mal schon mehr Mühe geben.«

Mein Zellennachbar schnaubte abfällig und ging wie wir anderen Häftlinge einen Schritt weiter.

»Das meine ich doch gar nicht, Kid. Zwar würde ich dieser miesen Schlange am liebsten eigenhändig jeden Giftzahn aus dem stinkenden Maul reißen. Aber ich weiß, dass du deinen Scheiß allein geregelt bekommst.« Wieder rutschten wir auf. »Ich rede von gestern Abend. Nach deinem Hofgang hast du dich gleich ins Bett verkrochen, mir den Rücken gekehrt und geschwiegen. Hätte ich nicht ständig ein Blatt Papier rascheln gehört, hätte ich geglaubt, dass du einen Wichsmarathon gestartet hast.«

Trotz des Eisklumpens in meiner Körpermitte brachten mich Mad Eyes Worte zum Grinsen. War klar, dass dem alten Lust-molch keine andere Freizeitbeschäftigung in den Sinn kam.

Leider hielt meine Erheiterung nur so lange an, wie ich brauchte, um zu begreifen, dass Mad Eye mitbekommen hatte, was ich gestern Abend *tatsächlich* in meinem Bett getrieben hatte. Da wäre es mir doch lieber gewesen, er hätte mich beim Onanieren erwischt.

»Es ist nichts«, sagte ich, und das war nicht einmal gelogen. Ja, zugegeben, ich hatte während meiner gestrigen Schicht im

Waschsalon zum ersten Mal seit zwei Jahren einen Brief von außerhalb erhalten und war deswegen im ersten Moment mit der Situation überfordert gewesen. Aber nachdem sich herausgestellt hatte, dass das Schreiben von einer Journalistin kam, die sich mit mir wegen eines Interviews treffen wollte, war meine Aufregung schlagartig verblasst. Auch wenn ich zugeben musste, dass ich das elektronisch verfasste Schreiben so oft gelesen hatte, dass ich jeden Satz auswendig kannte.

Sehr geehrter Mr Vermont, mein Name ist Olivia Abrams, und ich arbeite als freiberufliche Journalistin für den Delaware Inquire. Für ein persönliches Projekt würde ich mich gern mit Ihnen treffen und Ihnen ein paar Fragen stellen. In der Hoffnung auf baldige Rückmeldung verbleibe ich mit freundlichen Grüßen.

Darunter war mit blauer Tinte eine krakelige Unterschrift gesetzt worden.

»Wenn es nichts ist, kannst du uns ja davon erzählen.« Mad Eye lächelte wissend.

»Ich kann euch aber auch meinen nackten Arsch zeigen, damit ihr beide an ihm lecken könnt«, erwiderte ich, ehe ich einen flüchtigen Blick in Richtung Duschen warf. Es waren noch drei Typen vor uns. Bei vier vorhandenen Duschköpfen sollte ich bald aus dieser Situation befreit werden.

»Wie du meinst«, sagte Mad Eye. »Aber wenn ein Stück Papier es schafft, dich so aus der Bahn zu werfen, dann hoffe ich in deinem Namen, dass es eine einmalige Sache war. Denn du weißt, die Arschlöcher hier können Angst riechen. Und letzte Nacht hast du danach *gestunken*.«

* * *

Ganz zu meinem und Mad Eyes Leidwesen war das Schreiben *keine* einmalige Sache. In den darauffolgenden zwei Wochen erhielt ich sechs weitere Male Post.

Alle Briefe stammten von ein und derselben Person.

Olivia Abrams.

In den ersten Schreiben entschuldigte sie sich nach dem bekannten Text dafür, falls ihre Briefe doppelt ankämen. Sie meinte, dass sie der Post im *Hawthrone* nicht traute und auf Nummer sicher gehen wollte.

Als ich sie weiterhin ignorierte, drückte mir einer der Wärter eine ausgedruckte E-Mail in die Hand, die an die allgemeine Gefängnisadresse geschickt worden war. Darin wurde darum gebeten, die Zeilen mit dem bekannten Text an mich weiterzutragen.

Anfangs hatte ich nicht gewusst, was ich von dieser Beharrlichkeit halten sollte. Doch inzwischen war ich nur noch genervt – was nicht zuletzt daran lag, dass Olivia Abrams es geschafft hatte, ihre E-Mail-Zustellung noch zu toppen.

Letzte Woche war ich ins Büro meines Betreuers zitiert worden, wo sich ein Mr-Als-ob-ich-mir-seinen-Namen-merken-würde vorgestellt hatte. Nach einem kurzen Plausch mit meinem Betreuer hatte der Schlipsträger mir einen verschlossenen Briefumschlag ausgehändigt und war verschwunden. Ich nahm an, dass er entweder ein Anwalt oder ein hohes Tier im *Hawthrone* war.

»Und? Wann hast du vor, die Kleine endlich zu erlösen?« Mad Eye warf mir über den Rand seines Buches einen fragenden Blick zu. Nach dem dritten Brief hatte ich mein Geheimnis nicht länger für mich behalten können und sowohl meinen Knastvater als auch Fuzzy eingeweiht – was ich bereits dreißig Sekunden später bereute. Während Fuzzy meinte, dass ich mir die Zeit für das Interview sparen könne, weil die Journalistin mit hoher Wahrscheinlichkeit potthässlich sei – immerhin hatte sie keine Fotos von sich mitgeschickt –, hatte Mad Eye mich gewarnt, dass ich in dem Interview auf keinen Fall erwähnen dürfe, dass er im Schlaf sprach.

Als würde sich ein Gespräch zwischen einer Journalistin und mir um die Schlafgewohnheiten meines Zellennachbarn drehen.

Aber da ich nicht einmal im Traum daran dachte, dieser Olivia Abrams zu antworten, geschweige denn, mich mit ihr zu treffen, waren Mad Eyes Sorgen ohnehin unbegründet.

»Nur weil ich das *Beast from the East* bin, bedeutet das nicht, dass ich durch die Gegend laufe und irgendwelche Journalistinnen *erlöse*.« Ich grinste Mad Eye verschlagen an und verschränkte die Arme hinter dem Kopf. Da in etwa einer halben Stunde das Licht ausgeschaltet wurde, mussten sich alle Insassen in ihren Zellen aufhalten. Und da es hier nichts Spannendes zu tun gab, hatte ich mich bereits zum Schlafen hingelegt.

»Du weißt genau, was ich meine.« Mein Zellennachbar schnaubte und richtete seinen Blick wieder auf die Seiten vor sich. »Was glaubst du wohl, wie lange die Zeitungslady noch um deine Gunst buhlen wird? Du lässt sie bereits die dritte Woche am langen Arm verhungern. Bald wird sie es aufgeben.«

»Das hoffe ich.« Ich schloss die Lider. »Denn ehrlich gesagt habe ich ein bisschen Angst, was sie sich noch einfallen lassen wird, um mich zu nerven.«

»Tu doch nicht so cool, Kid. Wir wissen beide, dass du die Aufmerksamkeit genießt. Seit zwei Jahren sitzt du schon ein, und bis auf deine erste Woche hast du kein einziges Mal Besuch erhalten. Nicht einmal an Thanksgiving oder Weihnachten.«

»Wer sagt denn, dass ich das nicht genau so will?«, konterte ich schärfer als beabsichtigt. Mad Eyes Worte hatten mich genau dort getroffen, wo es wehtat. Zwar behauptete ich ständig, dass es mir egal war, seit zwei Jahren kein vertrautes Gesicht von außerhalb gesehen zu haben. Doch ich musste zugeben, dass Einsamkeit in einem Laden voller Menschen umso qualvoller war.

Hinzu kam, dass sich Cobra in den vergangenen Wochen auffällig ruhig verhielt, was meine Nerven immens strapazierte. In der ersten Zeit nach unserem Zusammentreffen hatte er mich immer wieder daran erinnert, dass der Zug für eine gemeinsame Zusammenarbeit noch nicht abgefahren war – ich solle mir die Sache noch einmal durch den Kopf gehen lassen.

Als ich Cobra klargemacht hatte, dass ich meine Meinung selbst dann nicht ändern würde, wenn mich seine Gorillas tagtäglich besuchen würden, war Cobra mit einem verkniffenen Grinsen verschwunden.

Wenig überraschend, hatten mich besagte Gorillas in den darauffolgenden Tagen *tatsächlich* täglich während meiner Arbeit im Waschsalon aufgesucht. Doch ich hatte meine Meinung wie angekündigt nicht geändert.

Ich wusste nicht, ob meine Sturheit Cobra davon überzeugt hatte, mich endlich in Ruhe zu lassen. Oder ob es daran lag, dass mich seine Prügelaffen eines Tages so fertiggemacht hatten, dass ich einige Tage auf der Krankenstation verbringen musste. Jedenfalls hatte ich in den vergangenen zwei Wochen nichts mehr von der falschen Schlange gesehen oder gehört.

Leider sagte mir mein Instinkt, dass diese friedliche Zeit bald enden würde.

Mad Eye schlug sein Buch geräuschvoll zu und lenkte mich damit zurück in die Gegenwart.

»Bist du denn überhaupt nicht neugierig, von welchem Projekt die Rede ist?«

»Nope.« Ich hatte Mühe, meine Mimik unbewegt zu lassen. Denn die Wahrheit war, dass ich scheißneugierig war. Aber wenn ich das zugab, hatte ich verloren. Ich sah es schon vor mir, wie die anderen Insassen das neu aufgekommene Medieninteresse an mir für ihre Zwecke ausnutzten. Zum Beispiel, indem sie irgendwelche Knastgeschichten über mich erfanden, um Kohle einzustreichen, oder Situationen kreierten, um sich selbst ins Rampenlicht zu drängen.

So oder so, mein einigermaßen ruhiges Leben wäre damit vorbei.

Und das wollte ich unter allen Umständen vermeiden.

Mad Eye fokussierte mich noch einen Moment, dann seufzte er. »Du glaubst vielleicht, dass es dich nicht interessiert. Oder dass du es kaum erwarten kannst, bis dich die Zeitungslady wieder in Ruhe lässt. Aber lass mich dir eins sagen: Du redest Bullshit! Und das weißt du auch. Du bist ein cleverer Bursche. Dir ist bewusst, dass du diesen Schuppen nur in einem Leichensack verlassen wirst. Deswegen würde *ich* an deiner Stelle alles dafür tun, um mit der Zeitungslady reden zu können. Um wenigstens für eine Stunde diesem Albtraum zu entfliehen, den wir Alltag nennen.« Er zuckte mit den Schultern, dann drehte er mir den Rücken zu. »Aber was weiß ich schon, nicht wahr?«, brummte er. »Ich bin nur ein alter Sack, der seit zehn Jahren hier festsitzt und noch fünf vor sich hat.«

Kapitel 9

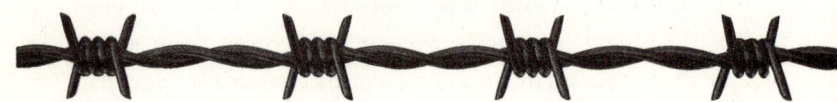

Olivia

Ich war noch nie ein geduldiger Mensch gewesen. Als Kind hatte ich den Weihnachtsmorgen nie erwarten können, als Teenie meine erste Fahrstunde und schließlich den Tag meiner Volljährigkeit. Erst an meinem einundzwanzigsten Geburtstag hatte ich so etwas wie inneren Frieden gefunden – das hatte ich zumindest gedacht. Denn die letzten drei Wochen hatten mich eines Besseren belehrt.

Wie ein Junkie, der auf das Erscheinen seines Dealers wartete, hatte ich jeden Vormittag vor meinem Wohnheim auf den Postboten gelauert. Doch kein an mich adressierter Umschlag war dabei gewesen.

Es war zermürbend.

Dennoch weigerte ich mich, aufzugeben. Ja, ich hatte es mir deutlich leichter vorgestellt, mit Westin Vermont in Kontakt zu treten. Aber jetzt, da ich mich auf diese Fragestellung für meine Masterthesis eingeschossen hatte, würde ich alles daransetzen, meinen Willen zu bekommen.

Das schuldete ich mir selbst.

»Ich schwöre dir, Liv, wenn in dem Brief irgendetwas Verwerfliches steht, werde ich dich mit ins Verderben ziehen.« Dean, ein Junganwalt aus Moms Kanzlei, tupfte sich mit seiner Serviette die Mundwinkel sauber, ehe er das Papier zerknüllte und auf seinen Teller warf.

Da meine ersten Kontaktversuche zu Vermont gescheitert waren, hatte ich Dean um Hilfe gebeten – auch wenn es mich viel Überredungskunst gekostet hatte. Zwar war es nicht per se illegal, einem Häftling auf diese Weise ein Schreiben zukommen zu lassen, jedoch war es alles andere als üblich. Und weil ich auch noch darauf bestanden hatte, dass Dean verschwiegen gegenüber meiner Mom – seiner Vorgesetzten – blieb, war ich ihm gleich doppelt dankbar für seine Unterstützung.

Daher lud ich ihn heute auf einen Snack an einem Imbiss ein. Leider hatten die Leute bei *Gellar, Humberts and Son* kaum Zeit für Pausen.

»Ich habe dir bereits erzählt, was in dem Schreiben steht.« Ich trank den letzten Schluck meiner Cola Light.

»Das hast du«, gab er zu. »Aber woher soll ich wissen, ob du mir die Wahrheit sagst? Vielleicht hast du mich Nacktfotos oder eine Morddrohung überbringen lassen?« Er grinste mich schelmisch an, und ich bemerkte ein weiteres Mal, wie niedlich er aussah. Bedauerlicherweise war ich nicht auf diese Weise an ihm interessiert. Im letzten Jahr, als er sein Jurastudium abgeschlossen und in der Kanzlei begonnen hatte, waren wir ein paarmal miteinander ausgegangen. Aber es hatte nicht gefunkt.

»Ich verspreche dir, sollte ich dich jemals als Kurier für Nacktfotos an einen Gefängnisinsassen missbrauchen, bekommst du Abzüge.«

»Nichts anderes wollte ich hören.« Er zwinkerte mir zu, wurde jedoch sofort wieder ernst. »Aber jetzt ohne Flachs, Liv. Was willst du machen, sollte der Typ dich – wenig überraschend, wenn ich das mal so anmerken darf – weiterhin ignorieren? Steht und fällt mit diesem Interview nicht deine Masterarbeit?«

Ich senkte den Blick auf die Glasflasche in meiner Hand. Unbewusst hatte ich an dem Etikett geknibbelt.

»Nicht direkt«, gestand ich. »Ich könnte Sarahs Fall noch immer aus einer anderen Perspektive beleuchten. Aber das will ich nicht. Es fühlt sich falsch an.«

Dean bedachte mich mit einem mitleidigen Ausdruck, ehe sein Handy auf dem Tisch vibrierte. Reflexartig griff er danach und fixierte das Display. Ich wollte nicht neugierig sein. Aber als seine Augenbrauen in die Höhe schossen, ein Lächeln an seinen Mundwinkeln spielte und er immer wieder zwischen seinem Telefon und mir hin- und hersah, konnte ich mir ein »Was ist los? Wieso grinst du so?« nicht verkneifen.

»Also entweder lagen doch Nacktfotos in dem Umschlag – dann fordere ich sofort meine versprochenen Abzüge –, oder du besitzt die gleiche eiserne Willenskraft wie deine Mutter. Mir hat soeben John McGuillty geschrieben. Er ist Vermonts Betreuer, und dreimal darfst du raten, wer gerade in seinem Büro war, um zum ersten Mal seit zwei Jahren einen Namen auf die Liste von Personen zu setzen, die ihn besuchen dürfen.«

* * *

Mein Puls glich einem Rennwagenmotor, als ich zum wiederholten Mal innerhalb der letzten fünfzehn Minuten das Gummiband aus meinen Haaren zog. Meine Strähnen fielen mir wie ein Wasserfall über die Schultern und ins Gesicht.

Was zum Geier trieb ich hier eigentlich?

Ich hätte längst unterwegs sein müssen, um pünktlich zu meinem Besuchstermin bei Vermont zu erscheinen. Stattdessen stand ich noch immer in meinem Wohnheimzimmer und schnitt meinem Spiegelbild eine Grimasse.

Jetzt reiß dich am Riemen!, mahnte ich mich selbst und nahm einen tiefen Atemzug. Ich hatte mir so viel Mühe gegeben, dieses Treffen zu arrangieren. Jetzt, da es endlich so weit war, durfte ich nicht den Schwanz einziehen.

Das war schlichtweg inakzeptabel.

Und unpassend.

Genauso unpassend, wie es überhaupt zu diesem Treffen kommen gelassen zu haben ...

Was zum Teufel hatte ich mir nur dabei gedacht, dem *Beast from the East* persönlich begegnen zu wollen? Allein bei dem Gedanken daran, was er Sarah angetan hatte, ballte sich mein Magen zu einem festen Knoten zusammen, und die Härchen auf meinen Armen ragten wie Zinnsoldaten in die Höhe.

Dennoch zwang ich mich, das Gummiband über meine Finger zu ziehen, bis es auf meinem Handgelenk saß, meine Handtasche zu schnappen und hinauszugehen. In Institutionen wie dem *Hawthrone* galt eine Nulltoleranz-Grenze. Sollte ich zu spät kommen, wäre der Termin hinfällig.

Auf meinem Weg aus dem Wohnheimgebäude ging ich gedanklich noch einmal alles durch, was ich über Sarahs Mord wusste.

Laut Obduktionsbericht war ihr Körper bei dem Aufprall auf den Marmorfliesen im wahrsten Sinne des Wortes *zerschellt*. Massive Brüche und Verschiebungen der Knochen, geplatzte Organe, innere Blutungen, ein buchstäblich gespaltener Schädel sowie starker Blutverlust hatten zum sofortigen Tod geführt. Bis hierhin war alles logisch und wenig überraschend.

Was für einen tätlichen Angriff sprach, war der zerrissene Träger an Sarahs Kleid, ihr fehlender Fingernagel sowie ihr verlorener Schuh.

Auch ohne Vermonts Geständnis oder den polizeilichen Abschlussbericht lag nahe, dass sich Sarah vor ihrem Sturz mit jemandem gestritten haben musste. Leider waren auf ihrem Körper und ihrer Kleidung zu viele verschiedene Fingerabdrücke und DNA-Spuren gewesen, als dass die Polizei diese hätte angemessen auswerten können.

Deswegen war der Bericht der Spurensicherung auch nicht viel interessanter. Diese hatte neben dem fehlenden Fingernagel auch Sarahs High Heel und einen winzigen Glassplitter auf dem Balkon gefunden, von dem Sarah gestürzt war. Nach einer kurzen Laboruntersuchung hatte sich bestätigt, dass er zu einem Handy-display gehörte.

Da Sarahs Telefon, das sie immer bei sich getragen hatte, jedoch unauffindbar gewesen war, hatten die Behörden vorerst nur vermuten können, dass der Splitter zu ihrem Handy gehörte.

Ich verließ das Wohnheim und eilte über den Parkplatz zu meinem Auto. Ein frischer Herbstwind peitschte mir die Haare ins Gesicht, und ich band sie hastig zu einem Knoten zusammen. Zwar wollte ich einen professionellen Eindruck erwecken, aber das mussten jetzt meine enge schwarze Jeans, die weiße Bluse samt dem kaffeebraunen Cardigan sowie meine weißen Sneaker erledigen.

Ich startete den Motor, gab die Zieladresse ins Navi ein und fuhr auf die Hauptstraße, ehe ich mich wieder auf Sarahs Fall fokussierte.

Nach der Tatortsicherung hatte die Polizei Anwesende befragt. Darunter auch mich. Leider konnte ich ebenso wenig Hilfreiches beitragen wie alle anderen, sodass die gesamte Hoffnung auf dem verschwundenen Handy lag.

Jedoch war Sarahs Telefon ausgeschaltet und damit nicht ortbar. Tage später erhielt die Polizei einen Hinweis. Der anonyme Anrufer hatte aufgeschnappt, wie ein gewisser Elliott Shoemaker mit jemandem über Sarahs Handy gesprochen hatte. Mit dem Fund des Telefons in Shoemakers Wohnung stand der Hauptverdächtige fest.

Neben dem belastenden Beweismittel beschlagnahmten die Polizeikräfte auch einen Rechner voller Dateien über Sarah. Offenbar hatte Shoemaker, der als überaus talentierter Hacker bekannt war, monatelang jeden Bericht, jeden Zeitungsartikel und jedes Interview mit oder über Sarah akribisch gesammelt. Es schien, als wäre er regelrecht von ihr besessen gewesen.

Noch vor Ort war er verhaftet worden.

In der darauffolgenden Befragung beteuerte Shoemaker unermüdlich seine Unschuld und beharrte darauf, Sarah nie persönlich begegnet zu sein. Auch sagte er aus, am Abend der Gala sein vierzehn Monate altes Baby zu Hause beaufsichtigt zu haben. Ein gewisser Austin Camaro habe ihm zweitausend Dollar gezahlt, damit er die Daten auf dem Telefon rette, die nach der Zurücksetzung auf Werkseinstellungen verloren gegangen seien.

Während die Polizei Shoemakers Alibi sowie seine Aussage prüfte, erschien Vermont auf der Wache. Er gestand den Mord und gab zu, dass Shoemaker sämtliche Berichte und Fotos von Sarah für *ihn* gesammelt hatte. Vermont war nach eigener Aussage in Sarah verliebt gewesen und kannte Shoemaker aus der Schule.

Auf die Fragen bezüglich des Handys und der angeblich gezahlten Geldsumme hatte er geschwiegen. Dennoch blieb der Polizei nichts anderes übrig, als Shoemaker freizulassen und Vermont einzusperren. Im Detail konnte er erklären, wie er Sarah über die große Freitreppe hoch in den zweiten Stock gefolgt, ihr den mit Mahagoniholz getäfelten Flur nachgeschlichen war und sie schließlich in der großen Bibliothek mit dem angrenzenden Balkon zur Rede gestellt hatte.

Und in weniger als einer Stunde sitze ich ihm gegenüber.

Noch immer kam mir diese Vorstellung surreal vor.

Daher war es vermutlich von Vorteil, dass ich noch ein ganzes Stück Weg vor mir hatte. Dass mich dieser quer durch Philadelphia führte – und das ausgerechnet während der Feierabend-Rushhour –, war hingegen weniger schön. Immer wieder leuchteten die roten Bremslichter des Wagens vor mir auf und entlockten mir ein genervtes Stöhnen.

Verfluchter Mist! Wenn das so weiterging, würde ich wirklich zu spät kommen. Dabei wollte ich dieses Treffen jetzt, da ich mich dazu überwunden hatte, in den Wagen zu steigen, auch unbedingt durchziehen.

Ich rutschte auf meinem Sitz hin und her und trommelte mit den Fingern zum Beat des laufenden Songs auf dem Lenkrad herum. Jared Leto, der Sänger meiner Lieblingsband *Thirty Seconds to Mars*, vermochte es als Einziger, mich zu beruhigen.

Aber auch seine Magie besaß Grenzen, und so hielt ich den steigenden Druck in meinem Inneren nicht länger aus, als der Wagen vor mir nach geschlagenen zwei Minuten erneut nur einen Meter vorwärtsrollte.

Begleitet von einem wüsten Fluch, schwenkte ich das Lenkrad nach rechts und scherte auf den Busstreifen aus. Bis zu meiner Abfahrt waren es nur wenige Hundert Meter.

Den Blick stur nach vorn gerichtet, um den teils verblüfften, aber hauptsächlich wütenden Gesichtern und Gesten der anderen Fahrenden zu entkommen, setzte ich meine Reise fort.

Dank meiner Recherche über das *Hawthrone* wusste ich, dass es derart weit außerhalb lag, weil das Gefängnisgebäude – das *Death Eye* – im Zentrum mehrerer abgeriegelter Zonen lag. Die Sicherheitsvorkehrungen verstärkten sich mit jedem von hohen Mauern umgebenen Bereich.

Obwohl die Bezeichnung »Auge des Todes« passend erschien, da in Philadelphia die Todesstrafe formal legal war, verursachte sie mir dennoch eine unangenehme Enge in der Brust. Diese steigerte sich auf ein beinahe unerträgliches Maß, als ich schließlich mein Ziel erreichte. Vor einem riesigen Eisengittertor blieb ich mit heruntergefahrener Seitenscheibe stehen.

»Name und Grund Ihres Besuchs«, dröhnte eine blecherne Stimme aus der Gegensprechanlage. Unzählige Kameras waren zwischen den Stacheldrahtrollen verteilt, und ich musste hart schlucken, als mir bewusst wurde, dass ab sofort jede meiner Bewegungen aus den verschiedensten Blickwinkeln aufgezeichnet wurde.

»Olivia Abrams für Westin Vermont«, brachte ich gepresst hervor, und meine Finger krampften sich fester um das Lenkrad. Obwohl ich die letzten Tage genutzt und das neutrale Aussprechen dieses Namens geübt hatte, bildeten sich Schweißperlen auf meiner Stirn, und Nervosität kroch wie eine Horde Ameisen meinen Nacken empor.

Dabei hatte ich keinen Grund, derart aufgeregt zu sein. Das Treffen war offiziell angemeldet, ich hatte sämtliche Papiere bei mir, die ich für den Einlass in die Strafvollzugsanstalt benötigte, und objektiv betrachtet war dieses Interview auch nicht anders als die, die ich zuvor geführt hatte – zumindest wenn man außer Acht ließ, dass ich noch nie mit einem verurteilten Mörder gesprochen oder mich mit einem im selben Raum aufgehalten hatte.

Die Sekunden, die es dauerte, bis der erlösende Summton erklang und das Tor scheppernd zur Seite ruckelte, fühlten sich wie eine halbe Ewigkeit an. Ich merkte erst, dass ich die Luft angehalten hatte, als ich die erste Schwelle von insgesamt drei Grenzposten passiert hatte und das Tor mit einem lauten Knall wieder ins Schloss eingerastet war.

Mein Herz galoppierte in der Brust, und der Stoff meiner Bluse klebte mir am Rücken. Aber auch wenn das Adrenalin kochend durch meine Adern peitschte, lotste ich meinen Wagen zum nächsten Grenzposten, wo mich zwei uniformierte und sichtbar bewaffnete Polizisten in Empfang nahmen.

Während sich der eine an das geöffnete Autofenster stellte und ich erneut meinen Namen und den Grund meines Aufenthalts nennen musste, inspizierte der andere fachkundig meinen Wagen. Mit einem kleinen Elektrogerät in der Hand ging er einmal um das Auto herum, öffnete den Kofferraum, spähte durch die Scheiben auf die Rückbank und lugte sogar mit einem an einer Teleskopstange montierten Taschenspiegel unter das Auto.

Dann nickte der Polizist seinem Kollegen zu, und dieser gab die Geste mit ausdrucksloser Miene an mich weiter.

Der Kloß in meinem Hals schwoll weiter an, als ich die Bewegung erwiderte. Vor allem, weil die Hand des Polizisten neben mir während der gesamten Prozedur an der Pistole an seiner Hüfte verweilt hatte. Unweigerlich sah ich mich der Frage gegenüber, ob mich diese Sicherheitsvorkehrung beruhigen oder warnen sollte.

Als sich auch das zweite Tor mit einem lauten Warnton öffnete, ruckte mein Kopf in Richtung Frontscheibe, und ich fuhr weiter, bis ich den dritten Grenzposten erreicht hatte. Hier wiederholte sich das vorherige Verfahren, wobei ich dieses Mal gleich drei bewaffneten Polizisten gegenüberstand und für eine ausgiebige Kontrolle meines Wagens ebendiesen verlassen musste. Nun wurden auch zum ersten Mal die von mir ausgefüllten Papiere sowie mein Ausweis kontrolliert. Ich musste mich krampfhaft davon abhalten, vor Nervosität nicht irgendwelchen sinnlosen Quatsch von mir zu geben.

Jesses! Ich würde drei Kreuze machen, wenn ich diese ganze Prozedur endlich hinter mir hatte.

Allein die Gewissheit, dass ich nach dem heutigen Tag nie wieder den Drang verspüren würde, eine Haftanstalt aufzusuchen, erleichterte mich.

Doch obwohl ich nun wieder in mein Auto einsteigen und weiterfahren durfte, hielten sich meine Glücksgefühle in Grenzen. Denn mein nächster Halt war das Zentrum des Gefängnisareals.

Das *Death Eye.*

Kapitel 10

Olivia

Ich hatte mir zuvor keine Gedanken darüber gemacht, wie der Parkplatz einer Haftanstalt aussehen könnte. Aber dass er vollkommen überfüllt war und ich erst einige Minuten lang im Kreis fahren musste, ehe ich den Platz eines Land Rovers einnehmen konnte, hätte ich nicht erwartet.

Um die verlorene Zeit wettzumachen, musste ich regelrecht zum Haupteingang sprinten. Mein Puls beschleunigte sich dabei mit jedem Schritt, bis er das Niveau von schlagenden Kolibriflügeln erreichte.

Wenn meine Eltern jemals erfahren sollten, dass ich hier war, würden sie einen Herzinfarkt erleiden und mich mit ihrem letzten Atemzug enterben.

Vor den Glastüren des hoch in die Luft ragenden Gebäudes, dessen graue Fassade sich kaum von den schwer in der Luft hängenden Herbstwolken abhob, hielt ich unweigerlich inne. Obwohl mir die Zeit davonrannte, konnte ich nicht anders, als die aggressive Rauheit zu registrieren, die mir mit unsichtbaren Tentakeln bis unter die Kleidung kroch und meine Haut liebkoste, bis sich diese anfühlte wie von einer Eisschicht überzogen.

Ich schüttelte diese Überlegung von mir und betrat das Foyer. Dieses war noch dunkler, trister und grauer, als es auf den Bildern der Internetseite gewirkt hatte. Einfach alles, vom Boden über die

Wände, sogar die Stühle für die Wartenden, strahlte eine derartige Trostlosigkeit aus, dass ich förmlich spüren konnte, wie mit jedem Herzschlag ein Stück meiner Lebensfreude und Energie aus mir herausgesaugt wurde.

Meine Handtasche fest unter den Arm geklemmt, schluckte ich gegen den Kloß in meiner Kehle an, atmete einmal tief durch und trat mit gestrafften Schultern an den Anmeldeschalter. Hinter einer Plexiglasscheibe saß eine uniformierte Polizistin, die ihr schwarzes Haar streng zurückgebunden trug. Ihr Gesicht war, sofern ich das beurteilen konnte, ungeschminkt, und der Blick aus ihren dunklen Augen wirkte alles andere als freundlich.

Prima. Genau das, was ich für mein überstrapaziertes Nervenkostüm brauchte. Nicht.

»Guten Tag«, sagte ich und hoffte, meine Atemlosigkeit mit einem freundlichen Lächeln kaschieren zu können. »Mein Name ist Olivia Abrams. Ich bin hier wegen meines Besuchs bei Westin Vermont.«

Die Polizistin musterte mich mit in die Höhe gezogener Augenbraue, dann richtete sie ihren Blick auf den Computermonitor schräg vor sich.

»Die Besuchergruppe, der Sie zugeteilt sind, ist bereits hineingegangen.« Sie deutete mit einem Finger auf einen Metalldetektor am anderen Ende des Raums, durch den soeben eine ältere Frau mit grauen Haaren trat. Als sie mich wieder ansah, meinte sie: »Bitte vereinbaren Sie einen neuen Termin und kommen beim nächsten Mal früher.«

Sprachlos starrte ich sie an. War das ihr verdammter Ernst? Ich war maximal eine Minute zu spät. Wenn sie gewollt hätte, hätte sie mich einfach zu den anderen gehen lassen können.

Aber darum geht es ja. Sie will *nicht.*

Ärger wallte in mir auf. Klar, ich war zu spät gekommen und hatte dadurch mein Anrecht auf den Termin verspielt. Aber abgesehen davon, dass es sich hierbei um eine so marginale Verspätung handelte, weigerte ich mich, zu akzeptieren, dass ich nach all meinen Bemühungen so kurz vor dem Ziel gescheitert sein sollte.

Drei Wochen hatte ich benötigt, um Vermont überhaupt davon zu überzeugen, einem Treffen zuzustimmen.

Zwei weitere Wochen waren ins Land gezogen, während ich auf einen freien Termin gewartet hatte.

Und nun sollte das alles wegen weniger Sekunden umsonst gewesen sein?

Auf keinen Fall!

Dafür war ich zu stolz.

Außerdem wollte ich mir beweisen, dass ich stärker war als meine Angst vor einem Treffen mit Vermont. Denn es bestand durchaus die Gefahr, dass ich nicht den Mut fand, mich um einen weiteren Termin zu bemühen – oder dass Vermont ein neues Treffen ablehnen würde.

Eine riskante Idee formte sich zwischen meinen Schläfen, die mich so oder so ins Gefängnisinnere bringen würde – entweder in den Besuchsraum zu Vermont oder in einen Verhörraum mit meiner Mom als meine Anwältin.

Meine Eltern hatten mich gelehrt, dass ich nichts gewinnen konnte, wenn ich nicht gelegentlich etwas riskierte. Und in diesem Fall ging es nicht nur um eine einmalige Gelegenheit, sondern buchstäblich um meine Zukunft.

Mit einem breiten Lächeln schlüpfte ich in meine Rolle und neigte den Kopf zur Seite.

»Ich glaube, wir missverstehen uns, Madam. Eigentlich bin ich sogar zu früh dran. Barney hat gesagt, ich soll erst um Viertel nach vier kommen, um *nicht* mit der Besuchergruppe durch die Kontrollen gehen zu müssen. Er wollte mir eine lange Wartezeit ersparen.« Ich beugte mich der Scheibe ein Stück entgegen, als wollte ich der Polizistin, die laut Namensschild Ms Brewster hieß, ein Geheimnis anvertrauen. »Barney ist einfach ein Schatz, müssen Sie wissen. Bei unserem ersten Date brachte er mir ernsthaft einen Blumenstrauß mit. Ist das nicht süß? Ich meine, welcher Mann macht das heutzutage noch?« Ich setzte einen verträumten Blick auf, ehe ich mich wieder aufrichtete und in meiner Handtasche kramte. Dabei sprach ich im selben Mary-Sue-Plauderton weiter. »Deshalb ist es wirklich seltsam, dass er Sie nicht über diese Abmachung informiert hat. Er ist sonst total zuverlässig und überkorrekt – was vermutlich kein Wunder ist, als Neffe des Gefängnisdirektors.« Als wäre der letzte Teil meines Monologs kein gezielt platziertes Detail gewesen, zog ich die Papiere, die ich für den Termin hatte vorbereiten müssen, aus der Tasche und legte sie gemeinsam mit meinem Ausweis in die Öffnung der Plexiglasscheibe.

Ms Brewster, die bisher stoisch geschwiegen hatte, zog die Stirn in Falten. Sie schien keine Ahnung zu haben, von wem ich sprach.

Mist!

Ich hatte mich vertan.

»Barry«, beeilte ich mich zu sagen und lachte leise. Doch mir schlug das Herz bis zum Hals. »Ich meine natürlich Barry. Ich vergesse immer, dass niemand außer uns den Spitznamen kennt. Wie peinlich.« Mit den Augen rollend, holte ich mein Handy aus der Tasche, das ich permanent zwischen den Fingern festgehalten hatte, und winkte damit vor Ms Brewsters Gesicht. »Wie auch immer. Ich denke, es wäre am einfachsten, wenn ich Barry kurz anrufe. Dann kann er die Sache direkt mit seinem Onkel klären.«

»Barry«, wiederholte Ms Brewster nun unsicher. Jetzt, da ich mich an den richtigen Namen erinnert hatte, wusste sie natürlich, von wem ich sprach. Und aller Wahrscheinlichkeit nach wollte sie keinen Stress mit der angehenden Chefetage.

»Ja, Barry«, wiederholte ich mit dezenter Ungeduld. Je mehr

Zeit sich Ms Brewster nahm, um nachzudenken, umso größer wurde die Gefahr, dass sie zum Telefonhörer griff, um sich rückzuversichern. Das musste ich jedoch unter allen Umständen verhindern.

»Es war so aufregend für ihn, als Mr Montgomery ihn letzten Monat dem Gefängnisvorstand vorgestellt hat. Sicherlich haben Sie davon gehört.«

Ms Brewster schwieg auf meine Worte, aber ich erkannte in ihrem Blick, dass sie mit sich rang.

Das war meine Chance.

»Hören Sie, Ms …« Ich beugte mich abermals vor. Dieses Mal jedoch mit verengten Augen, als versuchte ich, den Namen auf der Uniform zu entziffern. »Ms Brewster, richtig? Spricht man das so aus? *Brewster?* Ein schöner Name. Ich bin mir sicher, davon gibt es hier in der Haftanstalt nicht viele.« Erneut hielt ich mein Handy in die Höhe. »Ich will Ihnen wirklich keine Umstände machen, und ich verstehe vollkommen, dass Sie nur Ihren Job machen. Deswegen rufe ich jetzt kurz Barry an, damit er die Sache in die Hand nimmt. Ich bin mir sicher, dass er bezüglich dieses Dilemmas Stillschweigen bewahrt, wenn ich ihn darum bitte.«

An meinem Lächeln festhaltend, drückte ich wahllos auf dem Display meines Smartphones herum. In meiner Brust wummerte es, und Schweißperlen bildeten sich in meinem Nacken. Wenn ich mich verkalkuliert hatte, saß ich ordentlich in der Patsche. Zwar könnte ich behaupten, Barry nicht erreicht zu haben, aber dadurch würde ich auch nicht zu meinem Interview kommen.

Ms Brewster sah mich noch einen Moment abwägend an, dann wandelte sich endlich der Ausdruck in ihren Iriden. Sie hatte eine Entscheidung getroffen.

»Sind das die Anmeldeunterlagen für Ihren Besuch?« Ohne eine Antwort abzuwarten, griff sie nach dem Papierstapel zwischen uns. »Sind sie vollständig und unterschrieben?«

Ich nickte, auch wenn ich am liebsten einen Jubelschrei ausgestoßen hätte.

Ms Brewster nickte ebenfalls – sichtbar missmutig – und blätterte die Papiere durch. Anschließend legte sie den Stapel zur Seite und nahm aus einem Karton neben dem Monitor etwas heraus. Den Blick fest auf mich gerichtet, schob sie mir durch die Öffnung in der Plexiglasscheibe einen Besuchsausweis zu.

»Tragen Sie diesen während Ihres gesamten Aufenthalts gut sichtbar am Körper.«

Mit bebenden Fingern griff ich nach dem eingeschweißten Ausweis. Ich konnte nicht glauben, dass ich es tatsächlich geschafft hatte.

Jetzt konnte mich nichts mehr aufhalten!

Zumindest hatte ich das angenommen. Aber das Schicksal und Westin Vermont hatten andere Pläne mit mir.

Kapitel 11

Olivia

Nachdem ich durch einen Metalldetektor hatte gehen müssen, dann meine Handtasche wie im Flughafen durch einen Scanner gejagt und mich am Ende von einer Polizistin hatte abtasten lassen, musste ich meine Wertsachen in einem dafür vorgesehenen Spind einschließen. Auch wenn es mir missfiel, konnte ich nachvollziehen, dass keine Gegenstände – nicht einmal ein Notizblock mit Stift – in den Besuchsraum mitgeführt werden durften. Gleichzeitig war der Gedanke, dass diese strengen Sicherheitsmaßnahmen vonnöten waren, beängstigend.

Mit der Überlegung im Kopf, wie es mir gelingen sollte, all meine Fragen inklusive der hoffentlich ausführlichen Antworten im Kopf zu behalten, folgte ich den anderen Besuchern zum zugewiesenen Raum. Dort angekommen, nannten wir der Reihe nach unseren und anschließend den Namen des zu besuchenden Häftlings.

Wenig überraschend handelte ich mir mit Vermonts Namen einige Blicke ein, die ich mit ausdrucksloser Miene an mir abprallen ließ.

Zumindest hoffte ich, dass meine Mimik ausdruckslos wirkte. Denn mir schlug das Herz bis zum Hals, sodass ich unweigerlich zusammenfuhr, als die Tür des Besuchsraums mit einem dumpfen Geräusch hinter uns ins Schloss fiel. Sofort ergriff das Gefühl des

Eingesperrtseins von mir Besitz, und in meiner Brust bildete sich eine eiserne Enge.

Schnell sah ich mich um. Metallische Stühle standen an metallischen Tischen, und das Licht von grellen Neonröhren brach sich in dessen glänzender Oberfläche. Unter der hohen Decke zeichneten Kameras jede Bewegung im Zimmer auf, und als mein Blick zufällig eine Handvoll Automaten an den Wänden streifte, an denen es Snacks und sogar Erfrischungsgetränke in Dosen zu kaufen gab, schossen meine Brauen in die Höhe. Einen Bleistift hatte ich aus Sicherheitsgründen nicht mitnehmen dürfen, aber Metalldosen waren erlaubt? Wussten die Leute hier denn nicht, wie leicht es war, daraus eine lebensbedrohliche Waffe herzustellen?

Die anderen Besucher hatten sich inzwischen auf die Tische und Stühle verteilt, sodass nur noch ein freier Platz in der Mitte übrig war. Hastig huschte ich dorthin. Die Möbel waren am Boden festgeschraubt, und die Kälte des Metalls kroch mir durch den Stoff meiner Jeans. Dennoch verspürte ich eine gewisse Erleichterung, mich in der Masse der anderen Anwesenden verbergen zu können.

Vielleicht fiel dadurch weniger auf, wie nervös und aufgeregt ich war. Denn, so ehrlich musste ich zu mir selbst sein, tief in meinem Inneren hatte sich eine gewisse Neugierde und Faszination festgesetzt. Verborgen zwischen der Angst, in wenigen Augenblicken einem leibhaftigen Mörder gegenüberzusitzen, und der Scham, dieses Projekt hinter dem Rücken meiner Eltern durchzuziehen, spürte ich das verräterische Kribbeln, das ich sonst nur von Blind Dates kannte.

Ich schob diese widersprüchliche Anwandlung darauf, dass Vermont als eine der komplexesten und interessantesten Persönlichkeiten der jüngeren Zeit galt, da er sich, entgegen der gewöhnlichen Handhabe eines Mörders, weigerte, über seine Tat zu sprechen.

Aber er hat seine Meinung geändert, und ich bin die Erste, die darüber schreiben darf!

Vielleicht war das Empfinden eines winzigen Funken Glücks also nicht vollkommen unpassend. Und wie ich dank meiner intensiven Recherche in der Vergangenheit wusste, gab es keinen Aspekt in Vermonts Leben, der bis zu seiner Tat seltsam oder verdächtig gewirkt hatte. Mit viel Fantasie könnte ich mir also einreden, dass mir gleich ein gewöhnlicher junger Mann gegenübertreten würde.

Ein lautstarkes Summen riss mich aus meinen Überlegungen, und ich unterbrach das Trommeln meiner Finger auf der Tischplatte. Stattdessen richtete ich meinen Blick auf die Tür an der gegenüberliegenden Raumseite, die sich just in diesem Moment öffnete.

Zehn Männer in neonorangen Overalls traten ruhig und gesittet hintereinander in das Zimmer. Augenblicklich verteilten sie sich auf die Anwesenden, während Vermont als Schlusslicht in der Tür des Besuchsraums stehen blieb. Obwohl mir meine gute Kinderstube verbot, jemanden offensichtlich anzustarren, konnte ich nicht anders.

Vermont sah … *verändert* aus.

Das traf es vermutlich am besten.

Seit seiner Verhaftung kursierte genau *ein* Bild von ihm in den Medien – und zwar jenes, das der Polizeifotograf für seine Akte gemacht hatte.

Jedoch besaß *dieser* Vermont hier keine Ähnlichkeit mit dem von vor zwei Jahren. Anstatt die dunklen Haarsträhnen an den Seiten kurz und auf dem Kopf länger zu tragen, hatte er sie auf wenige Millimeter abrasiert. Dadurch wirkten die harten Kanten in seinem Gesicht, die einst weiche, vermeintlich freundliche Züge gewesen waren, noch bedrohlicher. Auch sein Kreuz und seine Bizepsmuskeln waren um einiges breiter geworden, was sich trotz des Overalls überdeutlich zeigte.

Weiterhin ratlos dastehend, erweckte Vermont den Eindruck, als wollte er auf dem Absatz kehrtmachen.

Ich wusste nicht, was ich von diesem Gedanken halten sollte.

Ebenso unsicher war ich in Bezug auf die Frage, wie ich mich verhalten sollte.

Sollte ich auf mich aufmerksam machen? Vermont zu mir rufen? Ihm vielleicht sogar *winken*?

Ehe ich mich für diesen albernen Gedanken schelten konnte, sagte einer der Wärter etwas zu Vermont, worauf dessen Kopf in meine Richtung jagte. Unsere Blicke kollidierten miteinander, und auch wenn sich sein Äußeres verändert hatte, war eine Sache geblieben: Er besaß die strahlendsten blauen Augen, die ich jemals gesehen hatte. Bereits auf dem Medienfoto war mir aufgefallen, wie klar, tief und ruhig sie wirkten. Wie zwei zugefrorene Seen.

Doch nun, da ich sie live sah, konnte ich die eiskalte Emotionslosigkeit nicht bestreiten, die von ihnen ausging.

Ein Schauder perlte mir den Rücken hinab, während ich mich bei der Frage erwischte, ob genau dieser Blick am Ende Sarahs Untergang bedeutet hatte. War sie ebenfalls von diesem Augenpaar fasziniert gewesen, oder hatte sie die Gefahr gespürt, nur war es zu spät gewesen?

Meinen Blick weiterhin mit seinem gefangen haltend, näherte sich Vermont unserem Tisch. Mein Puls beschleunigte sich mit jedem seiner Schritte, bis mir das Herz kurz stehen blieb, da sich Vermont auf den Platz mir gegenüber sinken ließ.

Jetzt war es so weit.

Ich saß einem leibhaftigen Killer gegenüber.

So locker ich diesen Gedanken in Mrs Williams' Büro noch hatte von mir schieben können – und ihn selbst auf meinem Weg hierher noch hatte unter Kontrolle halten können –, war das jetzt nicht länger möglich.

Meine Hände zitterten, meine Knie schlotterten, und meine Kehle war wie zugeschnürt.

Dies wurde nicht gerade besser, als Vermont mich musterte, als würde mein Anblick nicht dem entsprechen, was er erwartet hatte.

Jetzt oder nie!

Ich zwang meine Angst in den Hintergrund – was nicht so leicht war, wie ich es mir gewünscht hätte – und räusperte mich.

»Guten Tag, Mr Vermont.« Meine Stimme klang wie eine Heliumversion von Micky Maus. »Ich freue mich, dass wir einander endlich persönlich begegnen. Wobei ich zugeben muss, dass ich erstaunt bin, dass Sie einem Treffen zugestimmt haben. Bisher haben Sie sich stets geweigert, mit jemandem über Ihren Fall zu reden. Darf ich fragen, was Sie zu diesem Sinneswandel bewogen hat?«

Vermont erwiderte meinen Blick schweigend. Er hatte sich, die Arme locker vor der Brust verschränkt, nach hinten gelehnt, die Miene eine Maske aus bilderbuchhafter Gleichgültigkeit und Arroganz.

»Nun ja«, sagte ich und konnte mir gerade noch ein unsicheres Lachen verkneifen. Stattdessen wischte ich mir unauffällig die schweißfeuchten Hände an meiner Hose trocken.

Jesses!

Das hier war nicht mein erstes Interview. Und auch wenn die Umgebung sowie die Umstände eine Premiere darstellten und eine angenehme Atmosphäre nahezu unmöglich machten, würde ich gewiss nicht zulassen, dass sie mir alles versauten.

»Im Grunde ist es auch unwichtig, *warum* Sie Ihre Meinung geändert haben. Für mich ist es allein von Bedeutung, *dass* wir nun hier zusammensitzen.«

Mein hoffentlich freundlich wirkendes Lächeln perlte an Vermont ab.

Natürlich hatte ich bereits damit gerechnet, dass es nicht einfach werden würde, einen flüssigen Gesprächsverlauf zu kreieren. Aber dass Vermont es mir absichtlich schwer machte, hatte ich nicht erwartet. Und ehrlicherweise ärgerte es mich. Er hatte dem Interview aus freien Stücken zugestimmt. Wieso gab er sich so unnahbar? Genoss er es, mich auflaufen zu lassen? Hatte er meiner Anfrage allein aus dem Grund zugestimmt, weil es ihm Spaß machte, wenn ich hier meine Zeit verschwendete?

Ich atmete tief durch, um meine aufkommende Wut unter Kontrolle zu behalten. Vielleicht tat ich Vermont unrecht, und er gehörte zu der Sorte Mensch, die etwas Zeit benötigte, um sich in neuen Situationen zurechtzufinden.

Ich nahm noch einen tiefen Atemzug.

Meiner Recherche nach fehlte vielen Insassen das Gefühl von Kontrolle, da so ziemlich jeder Bestandteil ihres Gefängnisalltags fremdbestimmt wurde. Vielleicht würde es Vermonts Zunge lockern, wenn ich ihm die Wahl der Gesprächsrichtung überließ.

Mit einem Lächeln auf den Lippen faltete ich meine Finger ineinander und legte sie vor mir auf dem kühlen Metalltisch ab. Wenn ich mir nur intensiv einredete, dass meine Anspannung nichts weiter war als eine meinem Kopf entsprungene Fantasie, wäre es mir vielleicht möglich, diese Lüge zu glauben.

»Mr Vermont, unsere gemeinsame Zeit ist äußerst begrenzt, daher will ich Sie nicht mit Fragen langweilen. Stattdessen möchte ich Ihnen die Chance einräumen, das Thema vorzugeben, über das wir uns unterhalten. Gibt es etwas, von dem Sie sich wünschen, dass es die Welt erfährt?«

Mein Gegenüber blieb stumm, und der Eindruck, dass er sich einen Spaß aus der Situation machte, verstärkte sich. Ich meinte sogar, ein Grinsen auf seinen Lippen zu erkennen.

Allmählich wurde ich wirklich sauer.

Die Stille an unserem Tisch wurde mit jedem meiner zu schnellen Herzschläge nervenaufreibender, was die leise geführten Gespräche um uns herum nicht besser machten. Während die anderen Anwesenden die Zeit nutzten, um sich auf den neuesten Stand zu bringen, verspottete mich mein Gegenüber.

Erneut keimte in mir der Wunsch auf, einfach aufzustehen und abzuhauen. Leider bezweifelte ich, dass das so einfach möglich wäre. Sicherlich müsste ich warten, bis die Besuchszeit zu Ende war. Doch bevor ich mich wie ein schmollendes Kleinkind in eine Ecke verzog und darauf wartete, von dieser Peinlichkeit erlöst zu werden, wagte ich lieber noch einen letzten Versuch, das Ruder herumzureißen.

»Natürlich habe ich mir vorab einige Stichpunkte aufgeschrieben, die ich gern mit Ihnen durchgegangen wäre, doch ungünstigerweise durfte ich meinen Notizblock nicht mitnehmen. Und auch wenn ich die meisten Themen noch im Kopf habe, möchte ich Ihnen stattdessen ermöglichen, sich alles von der Seele zu reden, was sich in den letzten vierundzwanzig Monaten bei Ihnen angestaut hat. Reden Sie einfach drauflos. Frei von der Leber weg, wie man so schön sagt.«

Erneut verstrichen die Sekunden, ohne dass Vermont auch nur mit der Wimper zuckte.

Ein frustriertes Stöhnen bahnte sich in meiner Brust an, und ich spürte einen plötzlichen Heißhunger auf Süßes. Stress-Essen war keine schöne Angewohnheit, aber jeder Mensch hatte Schwächen. Mein größtes Laster bestand nun einmal darin, dass ich mein Nervensystem mit Industriezucker auf Trab hielt, wenn ich mich in die Enge getrieben fühlte.

Mein Blick glitt zu den Automaten, die unweit von unserem Tisch standen.

»Ich hole mir etwas zu trinken«, sagte ich und wandte mich Vermont zu. »Möchten Sie auch etwas? Ich lade Sie ein.«

Erneut kassierte ich einen Korb. Gleichzeitig nahm ich ein Blitzen in Vermonts Iriden wahr.

Interessant.

Könnte es sich dabei um so etwas wie Sehnsucht handeln?

Da ich nicht wusste, ob ich mein Vorhaben ankündigen musste, sah ich mich um. Die beiden Wärter, die die Türen bewachten, wirkten wachsam, aber entspannt. Wahrscheinlich würden sie mich maximal dazu auffordern, mich wieder hinzusetzen.

Wozu sollten die Automaten hier stehen, wenn sich niemand daran bedienen durfte?

Animiert von der Aussicht, zumindest für einen Moment der angespannten Stille am Tisch zu entkommen, erhob ich mich und begab mich zum Getränkeautomaten. Zu meiner Erleichterung hielt ich kurz darauf zwei Pepsi-Dosen in den Händen. Spontan entschied ich mich, noch einen Schokoriegel zu kaufen, und kehrte mit meiner überteuerten Beute zurück zu Vermont.

Wortlos stellte ich eine Getränkedose in die Mitte des Tisches und legte den Riegel dazu.

»Ich hoffe, Sie haben keine Erdnussallergie«, scherzte ich und ließ mich wieder auf meinem Stuhl nieder. Ein zischendes Geräusch verdrängte die Stille, und als ich die braune Prickelbrause an meinen Mund führte, war da erneut dieses Blitzen in Vermonts Augen.

Doch seine Finger zuckten nicht einmal in die Richtung der Dose.

Aus Langeweile warf ich einen Blick auf meine Armbanduhr. Die Besuchszeit dauerte nur noch knappe fünfzehn Minuten. Selbst wenn Vermont sich urplötzlich dazu entschließen sollte, sein Schweigegelübde zu brechen, würde ich nicht einmal annähernd genug Stoff für meine Abschlussarbeit zusammenbekommen.

Ich sollte mich mit der Tatsache abfinden, dass dieser Ausflug reine Zeitverschwendung gewesen war und ich doch aus einer anderen Perspektive an Sarahs Fall rangehen musste.

Dennoch hatte dieses Treffen aus persönlicher Sicht einiges verändert. Dem Ursprung meiner wiederkehrenden Albträume leibhaftig gegenüberzusitzen und zu erkennen, dass es sich bei dem Monster unter dem Bett in Wahrheit nur um eine knarzende Bodendiele handelte, war, gelinde gesagt, bahnbrechend. Anstatt auf einen egozentrischen, manipulativen und vielleicht sogar psychopathischen Gesprächspartner war ich auf ein trotziges Kleinkind getroffen.

Und vermutlich war das der Grund, wieso ich auch die letzte professionelle Distanz zu ihm – ebenso wie den Rest meiner Furcht – über Bord warf.

»Wem versuchst du eigentlich gerade etwas zu beweisen?«, fragte ich. »Mir oder dir selbst?«

Ich drehte die Pepsi-Dose langsam zwischen meinen Fingern hin und her. Vermonts Blick folgte der Bewegung wie eine Katze, die ihre Beute nicht aus den Augen ließ.

»Ich meine, wenn du *mir* zeigen willst, was du für ein harter Kerl bist … bitte schön. Mach weiter. Mich juckt das nicht. Ich verschwinde hier in fünfzehn Minuten und werde mich auf meinem Weg nach draußen kein einziges Mal umdrehen. Du hingegen bleibst hier mit …« Ich sah mich demonstrativ um. »Nichts. Demnach sollte es dir egal sein, was ich von dir denke, wenn du das Getränk und die Schokolade annimmst.« Ich trank noch einen Schluck von meiner Dose. Die übertriebene Süße ließ meine Zunge klebrig werden. Zeitgleich entfaltete sich die erhoffte Wirkung, und das unangenehme Pochen zwischen meinen Rippenbögen beruhigte sich langsam.

»Wenn du dir aber *selbst* beweisen willst, dass du der Obermacker bist, indem du die kleine Journalismusstudentin verarschst, dann bist du sogar noch erbärmlicher.«

Vermont erwiderte meinen Blick – welch Überraschung – schweigend. Aber während meiner kleinen Ansprache hatte sein linker Mundwinkel immer mal wieder hauchfein gezuckt, bis er sich nun dazu entschieden hatte, sich eine Etage höher als sein rechter Nachbar anzusiedeln.

Da ich nichts mehr zu sagen wusste – und meine Silben auch nicht für jemanden verschwenden wollte, der sie nicht zu würdigen wusste –, verbrachten wir den Rest unserer gemeinsamen Zeit in Stille. Dabei sahen wir einander in die Augen, und ich fragte mich, ob wir uns eine Art Anstarr-Battle lieferten oder Vermont in seinem Kopf Sudoku-Rätsel löste.

Was es auch war, es endete mit einem Gongschlag.

Danach wurden die Häftlinge der Reihe nach aufgefordert, sich zu erheben und an der Tür einzufinden, die zum Zellentrakt führte.

Als Vermont an der Reihe war und aufstand, behielt er mich im Blick. Ich hätte eine größere Geldsumme darauf verwettet, dass er sich wortlos von mir abwenden und seinen Platz in der Schlange einnehmen würde. Doch er wusste mich abermals zu überraschen. Und zum ersten Mal auf angenehme Weise.

»Wenn ich die Wahl habe, ziehe ich Mirinda Pepsi vor«, sagte er mit einer Stimme, die ebenso tief, rein und ruhig klang, wie seine Augen aussahen. Dabei hatte er seine Hand langsam, fast schon provozierend träge, in meine Richtung ausgestreckt, was meinen Puls in die Höhe trieb. In der Mitte des Tisches hielt er an, und seine langen, dünnen Finger legten sich beinahe zärtlich um die Metalldose. »Aber meine Grandma hat immer gesagt, dass es unhöflich ist, eine Einladung auszuschlagen.« Er zog die Getränkedose mit einem schabenden Geräusch zu sich heran, und meine Kehle fühlte sich plötzlich viel zu eng für eine Erwiderung an. Trotzdem zwang ich mich zu einer Antwort, nur um nicht als ebenso sturer Bock dazustehen, wie er es ununterbrochen getan hatte.

»Vergiss den Schokoriegel nicht. Der war ebenfalls Teil der Einladung.«

Vermont beugte sich zu mir vor, als wollte er mir ein Geheimnis anvertrauen. »Erdnussallergie«, wisperte er, zwinkerte mir zu und kehrte mir den Rücken.

Sprachlos und mit einer zentimeterdicken Gänsehaut am gesamten Körper schaute ich Westin Vermont nach, wie er sich bei den anderen Häftlingen einreihte und anschließend gemeinsam mit ihnen den Besuchsraum verließ. Ohne sich noch einmal zu mir umzudrehen.

Jesses!

Ich stieß die angehaltene Luft geräuschvoll aus der Lunge. Obwohl Vermont keine fünf Sätze zu mir gesagt hatte, schwirrte mir der Kopf, als hätte ich soeben ein mehrstündiges Interview mit einem Friedensnobelpreisträger beendet.

Und mein Bauchgefühl sagte mir, dass sich dieser Zustand nicht so bald legen würde.

Kapitel 12

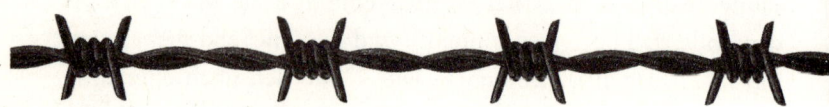

Westin

Warum zum Teufel hatte ich mich von Mad Eye nur dazu überreden lassen, Olivia Abrams zu treffen? Dass diese Verabredung
nur zu Problemen führen würde, war mir von Beginn an klar gewesen. Zwar hatte ich penibel darauf geachtet, dass niemand im
Raum mitbekam, dass meine Gesprächspartnerin bei der Zeitung
arbeitete, und verhindert, dass sie genug Stoff für einen Artikel
erhielt. Dennoch war dieses Treffen die reinste Katastrophe gewesen. Denn Olivia Abrams war keine altbackene Journalistin, die
ihren Job seit zwanzig Jahren machte und versuchte, durch ein
Interview mit mir ihrer Karriere neuen Schwung zu verleihen.

Sie war jung. Sexy. Und verdammt gefährlich.

Selbst ungeschminkt und mit Messy Bun war sie eine verfluchte Zehn. Das lag hauptsächlich an dem Selbstvertrauen, das sie
während der zweiten Hälfte der Unterhaltung an den Tag gelegt
hatte. Als wäre es ihr vollkommen egal, wie sie auf ihre Umwelt
wirkte.

Bisher hatte ich mich nicht für oberflächlich gehalten, geschweige denn für jemanden, der zu dreckigen Tagträumen neigte. Aber – heilige Scheiße! Während mein Gegenüber krampfhaft
versucht hatte, eine Unterhaltung in Gang zu bringen, hatte ich
mit den Augen immer wieder ihren goldbraunen Haarsträhnen
folgen müssen, die sich aus dem Knoten gelöst und bis zu ihrem

schlanken Hals gereicht hatten. Dabei hatte sich mir unaufhörlich die Frage aufgedrängt, wie Olivia wohl mit verwuschelten Haaren und nichts weiter als einem meiner Shirts am Leib aussehen würde.

Dass diese Fantasie ausgerechnet durch ein verräterisches Blitzen in Olivias blaugrünen Augen in den Hintergrund geraten war, war mir herzlich unwillkommen gewesen. Ohne Olivias Pokerface oder ihre einstudierte Journalistinnenstimme war es mir schwergefallen, an meiner Rolle festzuhalten.

Dabei *musste* die Welt weiterhin genau das in mir sehen, was sie sehen wollte. Einen egozentrischen und kaltherzigen Mörder, der weggesperrt gehörte.

Aber anstatt die Beine in die Hand zu nehmen und fluchtartig den Raum zu verlassen, als meine Interviewpartnerin begleitet von Frustration und Resignation verkündet hatte, dass sie sich etwas zu trinken holen würde, war ich wie ein dressierter Pudel sitzen geblieben.

Warum?

Die Antwort war offensichtlich. Olivia Abrams hatte mit der fehlenden Furcht in ihren Augen etwas in mir an die Oberfläche gelockt, das ich längst für vergessen gehalten hatte: aufrichtiges Interesse an einer anderen Person.

Während ich es gewohnt war, dass die Leute vor mir zurückschreckten, hinter vorgehaltener Hand über mich tuschelten oder mir ins Gesicht spuckten, hatte das Gespräch mit Olivia eine gänzlich neue und bisher ungekannte Richtung eingeschlagen.

Locker, direkt und authentisch hatte sie sich mir zum Abschluss präsentiert und dabei sogar den Anflug eines Flirts zwischen uns zugelassen.

Mit etwas Fantasie hätte ich mir vorstellen können, dass wir zwei gewöhnliche Menschen wären, die zufällig in Kontakt miteinander geraten waren und sich auf eine verdrehte Art und Weise sympathisch fanden.

Aber die Wahrheit hätte nicht ferner liegen können.

Olivia hatte mich aus rein egoistischen Gründen kontaktiert – und ich hatte ihrem Gesuch aus den gleichen Gründen nachgegeben.

Sie hatte mich unbedingt treffen wollen.

Ich hatte ihr unbedingt verdeutlichen wollen, dass das eine schlechte Idee war.

Und wer hatte am Ende sein Ziel erreicht?

Vermutlich wir beide.

Oder keiner von uns.

Zwar war es Olivia gelungen, mich binnen kürzester Zeit um den Finger zu wickeln, sodass ich ihr gegenüber sogar meine verstorbene Großmutter erwähnt hatte. Aber im Gegenzug dafür war ich mir sicher, dass ihr das Interesse an mir gehörig vergangen war.

Zumindest hatte ich seit einer Woche nichts mehr von ihr gehört.

Dass Mad Eye recht behalten hatte und mir die ausbleibenden Nachrichten der Jungjournalistin schlechte Laune bereiten würden, war jedoch ein Geheimnis, das ich mit ins Grab nehmen würde.

»Sag mal, hast du Fuzzy seit dem Mittagessen gestern gesehen?« Mad Eye ließ seinen Blick suchend durch den vollen Speisesaal gleiten.

»Vielleicht betet er noch immer die Pepsi an, die ich ihm geschenkt habe«, meinte ich. Es entsprach der Wahrheit, dass die braune Zuckerbrause nicht mein favorisiertes Getränk war. Zwar hätte ich nach zwei Jahren, in denen ich nichts anderes als das abgestandene Wasser zu trinken bekam, das es hier im Gefängnis zu jeder Mahlzeit gab, vermutlich sogar saure Milch zu mir genommen, nur um einen anderen Geschmack auf der Zunge zu spüren.

Dennoch war mir nichts anderes übrig geblieben, als die Getränkedose, zurück im Zellentrakt, an meinen Kumpel weiterzureichen. Olivia hatte sich durch ihre Voodoo-Künste in meinem Geist festgesetzt. Wenn ich auch noch die zuckersüße und sicherlich herrlich prickelnde Limo getrunken hätte, die sie mir geschenkt hatte, wäre ich vermutlich nie wieder von ihr losgekommen.

»Oder er muss in der Küche aushelfen«, mutmaßte ich weiter, da Mad Eye schwieg. Aber wieso sollte er auch reagieren? Wir wussten beide, dass ich nur Geräusche machte, um die angespannte Stille zwischen uns zu füllen. Fuzzy mochte zwar tatsächlich in der Küche arbeiten, aber er besaß zwei linke Hände und Füße und war deswegen noch in der ersten Woche zum Spüldienst abkommandiert worden – wofür ich Limery, dem Küchenchef, für alle Ewigkeit dankbar sein würde. Es war schwer genug gewesen, Fuzzy vor einer Horde wütender Inhaftierter zu schützen, weil er aus Versehen den vollen Topf mit Chili umgeworfen und dem Großteil der Insassen das warme Mittagessen genommen hatte. Als ihm jedoch am Tag darauf eine volle Salzpackung in die Masse der Frühstücksrühreier fiel, glich es einem Wunder, dass niemand meinen dürren Kollegen in der als »defekt« markierten Klokabine entdeckte, wo ich ihn zu seinem eigenen Schutz stundenlang eingesperrt hatte.

»Das gefällt mir nicht«, murmelte Mad Eye, der seine Suche fortsetzte. Auch ich ließ nun meinen Blick umherwandern. »Der Junge lässt nie eine Mahlzeit sausen.«

Da musste ich meinem Knastvater recht geben. Sogar wenn der grün-braune Matsch, der auf unseren Tabletts landete, Bezeichnungen wie Bœuf Bourguignon oder Halászlé besaß und mir allein bei dem Anblick der Appetit verging, haute Fuzzy rein, als läge vor ihm ein köstliches Stück Rinderbraten.

Ein ungutes Gefühl breitete sich in meiner Magengegend wie Giftgas aus, zusammen mit einem schlechten Gewissen. Ich war so von meiner Begegnung mit Olivia Abrams abgelenkt gewesen, dass mich Mad Eye auf Fuzzys Abwesenheit hatte aufmerksam machen müssen.

»Ich kann Carmichael fragen, ob er was weiß«, schlug ich vor. Für gewöhnlich mied ich den Kontakt zu anderen Häftlingen. Aber weil es um Fuzzy ging, war ich bereit, eine Ausnahme zu machen. Und Carmichael war einer von den Guten – sofern man vom Gefängnisniveau ausging.

Wir würgten unser spärliches Frühstück hinunter, das aus einer Scheibe trockenem Graubrot, einem Stück altem Käse und einem halb garen Frühstücksei bestand, und verstauten unsere Tabletts in den dafür vorgesehenen Metallwagen. Mad Eye begab sich zu seinem Job in die Schneiderei, während ich einen Abstecher in die Küche machte. Im Gegensatz zu ihm würde mir niemand auf den Sack gehen, wenn ich mal zehn Minuten zu spät aufkreuzte. Das war einer der abzählbaren Vorteile meiner Arbeit. Niemand hielt sich freiwillig im Waschsalon auf. Nicht einmal die Wärter.

»Carmichael.« Ich begrüßte den Küchenhelfer mit Handschlag, als ich ihn am anderen Ende des Raums fand. Das laute Scheppern und Werkeln, das so typisch für diesen Bereich war, dröhnte mir in den Ohren. Aber ich konnte nicht leugnen, dass es blitzsauber und aufgeräumt war. »Was geht, Bro?«

»*Beast!* Dass du dich noch einmal hierhinwagst.« Er grinste mich so breit an, dass seine schneeweißen Zähne im Licht der Neonröhren aufblitzten. »Hast du Todessehnsucht oder vergessen, was Limery dir angedroht hat, wenn du deinen Arsch noch einmal in seine heiligen Hallen beförderst?«

»Weder noch«, antwortete ich. Wenn es nicht um Fuzzy gehen würde, hätten mich keine zehn Pferde hierhinbekommen. Ich hatte zwar nicht direkt Angst vor Limery, aber ich wollte den Groll des Küchenchefs nicht zusätzlich anheizen. Er hatte mir immer noch nicht verziehen, dass ich seine beste Pfanne bei meinem Aushilfstag in der Küche zerkratzt hatte. »Ich bin nur auf der

Suche nach Fuzzy. Das hier ist bereits die zweite Mahlzeit, die er ausfallen lässt.« Ich sah mich in dem vor Metall und Chrom blitzenden Raum um. »Also? Wo habt ihr ihn versteckt? Oder komme ich zu spät, und Limery hat ihn bereits zu Hackfleisch verarbeitet?«

»Als ob sich der Chef solche Mühe geben würde. An ihm ist doch nichts dran.« Carmichael lachte bellend. »Nein, nein. Keine Sorge. Deinem Kumpel geht es gut – zumindest so gut, wie es einem auf der Krankenstation gehen kann.« Er zuckte mit den Schultern und schnappte sich das Geschirrtuch von der Anrichte. Als wäre ihm mein verdutzter Gesichtsausdruck entgangen, wandte er sich dem Tellerstapel zu, der soeben aus der dampfenden Industriespülmaschine kam.

»Wovon zum Teufel redest du?« Ich war Carmichael wie ein Schatten gefolgt und stand nun vor ihm. Um auf der Krankenstation zu landen – und dort über Nacht zu bleiben –, musste man wirklich am Arsch sein. Andernfalls wurde man notdürftig zusammengeflickt, mit Pillen vollgepumpt und zurück in seine Zelle geschickt.

»Wovon soll ich schon reden?«, meinte mein Gegenüber lapidar und nahm einen der Teller heraus. »Du kennst deinen Kumpel doch am besten. Wundert es dich da wirklich, dass er auf der Kellertreppe ausgerutscht ist und sich fast das Genick gebrochen hätte?« Ein und denselben Teller trocken rubbelnd, schüttelte Carmichael den Kopf. »Wir können froh sein, dass er auf seinem Weg nach unten gestürzt ist und nicht, als er bereits die Dosen mit den Bohnen nach oben bringen wollte. Ansonsten hätte Limery ihn umgebracht.«

Das mochte durchaus der Wahrheit entsprechen. Der Rest war jedoch frei erfunden. Erstens hatte niemand der Insassen Zugang zum Keller – nicht einmal Limery. Zweitens hatte es gestern Reispudding zum Mittagessen gegeben. Zwar war ich kein Sterne-

Knastkoch wie Limery, aber sogar mir war bewusst, dass Bohnen darin nichts zu suchen hatten.

»Komm schon, Bro.« Ich lehnte mich so an das Spülbecken, dass der Küchenkraft nichts anderes übrig blieb, als mir ins Gesicht zu sehen. »Was ist *wirklich* passiert?«

Carmichael erwiderte meinen Blick, seufzte leise und sah sich kurz um, ob uns jemand belauschte. Dann beugte er sich zu mir vor.

»Ich schwöre dir, *Beast*, wenn du jemandem erzählst, dass du das von mir hast, werde ich dir in jedes Essen Rattenscheiße mischen.«

Als ich mit einer Geste meine Lippen verschloss, stieß Carmichael ein unterdrücktes »Fuck!« aus und ließ die Schultern hängen.

»Gestern nach dem Essen habe ich wie jeden Dienstag die Vorratskammer inspiziert, um die Bestellung für die nächste Lieferung aufzugeben. Da habe ich gesehen, wie zwei Typen hier reingekommen sind. Sie haben ziemlich eindringlich auf deinen Kumpel eingeredet.«

»Wie sahen die Typen aus?«, hakte ich nach, obwohl ich mir die Antwort denken konnte.

»Wie welche, die es gar nicht mögen, wenn man ihren Boss unglücklich macht«, meinte Carmichael mit einem vielsagenden Blick, ehe er sich wieder seiner Arbeit widmete.

Es hätte mich nicht überraschen dürfen, dass Cobra sich einen neuen Knecht für sein Kooperationsangebot gesucht hatte. Dass dieser aber ausgerechnet Fuzzy war, verursachte mir brennende Übelkeit. Nicht nur, weil mein Kumpel gegenüber Mad Eye und mir keine Silbe verloren hatte – was für Fuzzys Verhältnisse eine Meisterleistung war. Ich war auch so sehr mit meinen eigenen Problemen beschäftigt gewesen, dass ich nichts von den Schwierigkeiten meines Kumpels mitbekommen hatte.

Mit einem dumpfen »Danke, Mann, hast was gut bei mir« verabschiedete ich mich von Carmichael und trat den Rückweg an.

Deswegen hat mich Cobra nicht mehr belästigt! Er weiß, wie er mich dazu zwingen kann, doch noch einzuknicken und seine Scheiße zu erledigen.

Cobra wusste genauso gut wie ich, dass Fuzzy, dem keine andere Wahl geblieben war, als Cobras Angebot anzunehmen, weder die mentale Stärke noch die Mittel besaß, um den Vertrieb für dessen illegale Geschäfte zu übernehmen.

Früher oder später wird Fuzzy Fehler machen – was bereits passiert sein muss, wenn seine aktuelle Wohnadresse die Krankenstation ist.

Fuck!

Am liebsten hätte ich meinen Groll in die Welt hinausgeschrien. Aber was hätte es mir gebracht? Nein, ich musste meinen Kumpel aus der Schusslinie holen. Und zwar schnellstmöglich. Fuzzy würde niemals eine zweite Tracht Prügel überleben. Oder dem stetig wachsenden Druck standhalten, den Cobra aufbauen würde.

Ich biss die Zähne fest aufeinander und ballte die Hände zu Fäusten. Noch hatte ich keine Ahnung, was ich tun konnte. Aber es war an der Zeit, der falschen Schlange die Giftzähne zu ziehen. Ein für alle Mal.

Kapitel 13

Olivia

Mein Leben war scheiße!

Okay, objektiv betrachtet mochte diese Ansicht überdramatisch wirken. Aber manchmal erschien einem alles düsterer, als es tatsächlich war.

Und in einer solchen Lage befand ich mich.

Seit ich vor zwölf Tagen Vermont gegenübergesessen hatte, dachte ich nur noch daran.

Ich redete mir ein, dass das allein daran lag, dass ich meine Abschlussarbeit nach unserem katastrophalen Nichtgespräch nun doch einem anderen Thema widmen musste. Einem, das nicht meinem Herzenswunsch entsprach und demnach unmöglich mein volles Potenzial entfalten würde. Aber es war schwer, sich an diese Schuldzuweisung zu klammern, da ich hauptsächlich das Bild von Vermonts angedeutetem Lächeln und sein keckes Augenzwinkern vor mir sah. Ebenso wie das sehnsuchtsvolle Flackern in seinen Augen, als ich die Getränkedose in seine Griffnähe gestellt hatte.

All das machte ihn so … *menschlich*.

Dabei wollte ich nicht auf diese Weise an Vermont denken. Ich wollte *gar nicht* an ihn denken.

Er war ein Mörder. Ein kaltherziges Monster. Er hatte Sarahs Leben aus einer Laune heraus ausgelöscht.

Als wäre es wertlos gewesen.

Frustriert über meine Gedanken, stieß ich mich von meinem Schreibtisch ab und begab mich zu der Küchennische, die ich in meinem Wohnheimzimmer eingerichtet hatte. Zwar bestand sie nur aus einer Kaffeemaschine und einer Handvoll Tassen, dennoch wollte ich sie nicht missen.

Fest entschlossen, nie wieder an Vermont zurückzudenken, goss ich mir einen großzügigen Schluck des schwarzen Goldes ein. Ich würde mich schon irgendwie dazu aufraffen, Sarahs Mord aus einem anderen Blickwinkel zu betrachten. Es würde mich nur viel Überwindung kosten.

Ein Vibrieren in meiner Hosentasche kündigte einen eingehenden Anruf an.

»Dein Treffen mit Vermont liegt jetzt fast zwei Wochen zurück, und du hast dich bisher nicht bei mir gemeldet«, sagte Dean, nachdem ich das Telefonat angenommen hatte. »Dafür kann es nur zwei Gründe geben. Entweder du bist völlig in das Schreiben deiner Arbeit vertieft, weil sich Vermont dir offenbart hat. Oder – und mein Instinkt sagt mir, dass das der wahrscheinlichere Fall ist – euer Treffen war die reinste Zeitverschwendung, und du schmiedest gerade Rachepläne, weil er dir deine Zukunft versaut.«

»Wärst du bereit, ihm eine brennende Tüte mit Hundescheiße zu überbringen?«, fragte ich und schlenderte zu meinem Bett. Vorsichtig, um den Kaffee nicht zu verschütten, ließ ich mich auf die Matratze sinken.

»Kommt drauf an, was ich dafür erhalte.« Dean schwieg ein paar Sekunden. »Also lief das Interview nicht gut?«

»Ich sag's mal so. Ein schlecht gelaufenes Interview wäre noch immer produktiver gewesen als das einstündige Schweigen zwischen uns.«

»Autsch.«

»Jap.« Ich spülte den bitteren Geschmack, den die Silben auf meiner Zunge hinterließen, mit einem großen Schluck Kaffee hinunter.

»Und wie geht es jetzt weiter?«

»Wie soll es schon weitergehen? Ich werde auf meine Professorin hören und mir ein anderes Thema überlegen.«

»Das tut mir leid«, sagte Dean. »Du brennst so für die Frage nach Vermonts Motiv – auch wenn ich zugeben muss, dass es mich erleichtert, dass du diesen Killer nicht wiedersehen wirst.«

Ich zuckte mit den Schultern und hielt tapfer an meinem vorgetäuschten Lächeln fest, auch wenn Dean es nicht sehen konnte. Bisher hatte ich meine Emotionen gut unter Kontrolle halten können. Aber je länger ich Dean in der Leitung wusste, umso schwerer fiel mir das. Sein Mitgefühl und die Gewissheit, dass ich mich jederzeit an ihn wenden konnte, ließen den Kloß in meinem Hals auf eine geradezu schmerzhafte Größe anwachsen. Ich hatte nie viele Freunde gehabt. Dass ich nun ausgerechnet Dean zu diesem elitären Kreis zählen durfte, bedeutete mir viel.

»Wenn ich dir irgendwie helfen kann, sagst du mir Bescheid, okay?«

Ich nickte mit brennenden Augen und presste ein »Versprochen« hervor, ehe ich das Gespräch beendete.

In meiner Brust pochte es, und ich musste mehrfach blinzeln, um die aufsteigenden Tränen zurückzuhalten. Es war lächerlich, dass ich wegen dieser Sache so emotional reagierte. Immerhin würde ich trotzdem meine Masterarbeit schreiben und mein Studium angemessen abschließen können. Mein Leben stand nicht plötzlich vor einem Scherbenhaufen – auch wenn es sich so anfühlte.

Kurz überlegte ich, Mrs Williams über mein Scheitern bei Vermont zu informieren, beschloss jedoch, damit bis zu unserem nächsten Treffen zu warten. Ich wollte ein alternatives Thema bereithalten, wenn ich mein Versagen zugab.

Schnell leerte ich meinen Kaffee, um mir einen neuen einzuschenken. Ich hatte noch zwei Artikel, die ich für den *Inquire* schreiben musste, und die Abgabefrist rückte beharrlich näher.

Gerade, als ich mich mit der leeren Tasse in meine Küchennische begeben hatte, vibrierte es abermals in meiner Hosentasche. Ich nahm an, Dean wollte sich noch einmal bei mir melden. Stattdessen sprang mir eine E-Mail entgegen, die mich so eiskalt erwischte, dass mir beinahe mein Handy aus den zitternden Fingern gerutscht wäre.

6438@jailmail.com
Betreff: Telefonat
olivia.abrams@delawareinquire.com

Wir müssen reden.
10/30/2024–5 pm
+1215 236 3300

Anstatt eines Namens stand der Hinweis darunter, dass diese E-Mail von einem Gefangenen des *Hawthrone Penitentiary* stammte und die Software *SpyJail* den Inhalt gescannt hatte.

Wie in Trance las ich die wenigen Zeilen erneut. Und erneut.

Obwohl ihr Sinn nicht klarer hätte sein können, kam es mir so vor, als starrte ich auf Hieroglyphen.

Ist das sein Ernst?

Dass die Mail von Vermont kam, stand außer Frage – wer sonst sollte mir über ein Gefängnis-Mailprogramm schreiben?

Aber warum zum Teufel kontaktierte er mich? War ihm langweilig? Oder glaubte er, dass ich so wenig Würde besaß, dass ich noch einmal mit ihm reden würde, nachdem er mich so hatte auflaufen lassen?

Er hat nicht einmal Hallo *geschrieben.*

Als wäre er sich seiner Sache sicher.

Energisch führte ich meinen Daumen zum Papierkorb-Symbol des E-Mail-Programms und beförderte diese Frechheit von Nachricht ins Cyber-Nirwana – zumindest in meiner Fantasie.

Denn in der Realität starrte ich weiterhin das Display an, als befände sich zwischen den wenigen Zeilen eine versteckte Botschaft.

Das darf doch nicht wahr sein!

Stöhnend warf ich den Kopf in den Nacken. Wieso brachte ich es nicht über mich, die Mail zu löschen? Was zum Henker war nur los mit mir?

Klar, Killer waren dafür bekannt, nach Macht zu streben. Viele waren wandelnde Egoisten, bei denen sich alles nur um sie selbst drehte. Sie liebten es, ihre Umwelt mit perfiden Manipulationsspielchen zu quälen oder auf ihre Seite zu ziehen.

Aber Vermont hatte sich bei unserem Treffen anders verhalten.

War das womöglich die Antwort auf meine Frage? Die Erklärung dafür, warum ich mich nicht von diesem Typen – diesem *Mörder* – lösen konnte?

Ich wusste es nicht. Was ich jedoch festmachen konnte, war der Fakt, dass ich das Mysterium um Vermont zerschlagen musste, wenn ich jemals aufhören wollte, an ihn zu denken.

Und wenn es dafür nötig war, mich ein weiteres – und eindeutig *letztes* – Mal mit Westin Vermont zu beschäftigen, würde ich dem Kampf entgegentreten.

Kapitel 14

Olivia

Ein. Letztes. Mal.

In Dauerschleife wiederholte ich dieses Mantra, als ich am nächsten Tag um Punkt siebzehn Uhr mit meinem Handy in der Hand auf meinem Bett saß und mich selbst davon zu überzeugen versuchte, dass das hier kein Fehler war.

Dabei *war* es einer.

Das stand so fest wie das Amen in der Kirche.

Dennoch prüfte ich erneut, ob mein Akku ausreichend geladen war, ich Empfang hatte und ob mein Lieblingskuli, der neben meinem Notizblock lag, auch wirklich schrieb.

Kurzum, ich war bestens gewappnet für eine weitere Runde *Verarsch die Journalistin.*

»Los jetzt!«, feuerte ich mich selbst an und drückte auf den Button mit dem Telefonhörer. Die bereits eingetippte Nummer wurde angewählt, und ich hielt mir das Handy ans Ohr. Mein Herz schlug mir bis zum Hals, und mein gesamter Körper zitterte, als riefe ich meinen Schwarm an, um ihn nach einem Date für den Abschlussball zu fragen.

Das erste Freizeichen erklang, doch anstelle von Vermonts Stimme drang eine mechanische Ansage zu mir durch. Ich wurde aufgefordert, die Häftlingsnummer einzugeben, die ich kontaktieren wollte.

Der Druck auf meine Brust verstärkte sich, als ich die vier Ziffern von Vermonts E-Mail-Adresse abtippte. Inzwischen wusste ich, dass die Häftlingsnummer der Schlüssel für jedweden Kontakt zu den Häftlingen war. Egal ob Briefe, E-Mails, Telefonate oder Besuche. Nur mit der Nummer war das möglich.

Meine Eingabe wurde durch ein helles Piepen bestätigt, dann ertönten drei Freizeichen, ehe eine hallende Geräuschkulisse durch die Leitung dröhnte. Vor Schreck hätte ich beinahe aufgelegt.

»Du rufst wirklich an«, sagte Vermont und klang dabei überraschter – und vor allem erleichterter –, als ich es jemals für möglich gehalten hätte. Aus seiner Sicht durfte es überhaupt keinen Grund geben, daran zu zweifeln, dass ich seiner Aufforderung wie ein dressiertes Turnierpferd nachkam. Er wirkte so von sich selbst und seiner Wirkung auf das Umfeld überzeugt, dass er sicherlich nicht in Erwägung zog, die Erde könnte sich um jemand anders als um ihn drehen.

»Abrams? Bist du dran?« Furcht schwang in Vermonts Stimme, und ich umklammerte mein Handy, als hinge mein Leben davon ab.

Was zum Henker sollte das? Wollte er mich in Sicherheit wiegen, indem er mir suggerierte, dass sich das Machtgefüge zwischen uns zu meinen Gunsten verschoben hatte?

Als würde ich ihm das abkaufen.

Selbst wenn Vermont nicht damit gerechnet hatte, dass ich anrief, würde er das niemals offen zugeben. Was auch immer er hier abzog, es war Teil einer Manipulation. Ganz bestimmt.

»Ist ein ziemlich blödes Gefühl, wenn man eine Unterhaltung erwartet, das Gegenüber sich aber in Schweigen hüllt, nicht wahr?« Ich zog die Beine in einen Schneidersitz. Vermont sollte gleich begreifen, dass ich mich nicht noch einmal von ihm an der Nase herumführen ließe. Wenn er sich im Knast langweilte, sollte er sich ein anderes Hobby suchen, als meine Zeit zu verschwenden.

»Das habe ich verdient«, sagte Vermont mit einem demütigen Ton, der das tiefe und gleichzeitig samtig anmutende Timbre seiner Stimme hervorhob. Unweigerlich überzog eine Gänsehaut meine Arme.

Verdammt!

Es war gnadenlos unfair, dass der Typ eine solche Stimme besaß. Der Klang war einfach zu sexy.

»Ja, das hast du.« Meine Laune sank mit jeder Sekunde, was nicht zuletzt an meinen widersprüchlichen Gefühlen und Gedanken lag.

»Also? Wieso wolltest du, dass ich anrufe?«, fragte ich, als sich mein Gesprächspartner in Schweigen hüllte.

Vermont nuschelte etwas, das ich nicht verstand.

»Wie bitte? Was hast du gerade gesagt?«

»Ich sagte, ich brauche deine Hilfe«, wiederholte er ungeduldig.

Jesses!

War das sein Ernst? Niemals hätte ich mit diesen Worten gerechnet. Oder mit dieser Stimme. Wieso musste der Kerl wie ein professioneller Hörbuchsprecher klingen? Fast wünschte ich mir sein Schweigen von unserem ersten Treffen zurück.

»Abrams?« Vermonts Stimme klang jetzt fast panisch, und mein Puls beschleunigte sich. Es war gar nicht gut, dass ich derart intensiv auf diesen Klang reagierte.

»Bist du noch dran?«

»Ja, bin ich.« Auch wenn ich nicht wusste, wieso. »Sag mal, wir haben doch Oktober, nicht wahr? Es ist nicht der 1. April, oder?«

»Schon klar, meine Bitte kommt überrasch–«

»Deine *Bitte*?« Ich konnte mir gerade noch ein trockenes Auflachen verkneifen. »Nenn mich gern kleinkariert, aber impliziert die Bezeichnung *Bitte* nicht, dass man *freundlich* fragt? Und sollte das Wort *Bitte* in dem Satz nicht vielleicht auch vorkommen?«

»Ist das eine Journalistenkrankheit?«, konterte Vermont gereizt. Zumindest interpretierte ich seinen Tonfall so. Denn andernfalls wäre er *amüsiert*. Und diese Vorstellung war im Augenblick nichts, womit ich mich auseinandersetzen wollte. »Ich meine, legst du immer jedes Wort auf die Goldwaage, oder genieße ich bei dir eine besondere Behandlung? Ich frag nur, damit ich mich künftig darauf einstellen kann.«

Künftig.

Ich schluckte hart.

Es hatte rein gar nichts zu bedeuten, dass Vermont von einer Zukunft sprach, in der ich seiner Meinung nach vorkam. Mit diesem Telefonat endete die Sache zwischen uns ein für alle Mal. Daran gab es nichts zu rütteln.

Ich räusperte mich und setzte mich aufrecht hin.

»Warum denkst du – unabhängig von deiner fehlenden Freundlichkeit –, dass ich dir helfen werde? Ich meine, es ist ja nicht so, als wäre ich dir wegen des grandios gelaufenen Interviews etwas schuldig.«

»Nein, du schuldest mir gar nichts.« Vermont klang seltsam zufrieden und gleichzeitig verbittert. Fast so, als hätte er mit einer solchen Reaktion gerechnet, wäre aber enttäuscht, weil sie tatsächlich gekommen war.

»Aber ich habe etwas, das du willst«, sprach er weiter und raubte mir damit die Gelegenheit, diesen Eindruck zu ergründen.

Mein Mund öffnete sich, um nachzuhaken, was er meinte. Doch das war nicht nötig. Es war offensichtlich, worauf sich Vermont bezog.

»Du willst dir meine Hilfe durch *Erpressung* sichern?« Ich wusste nicht, ob ich lachen oder auflegen sollte. Natürlich hatte Vermont allein aus diesem Grund einem Treffen zugestimmt. Um mich anzufixen. Und jetzt, da er etwas von mir wollte, hatte er ein perfektes Druckmittel in der Hand.

»Ich erpresse dich nicht, ich biete dir einen Deal an. Das ist ein Unterschied.«

»Ach ja?« Zu gern hätte ich nachgefragt, worin dieser seiner Meinung nach lag. Aber ich wollte nicht erneut die Diskussion aufbranden lassen, dass ich jedes Wort auf die Goldwaage legte.

»Der *Deal* ist also, ich tue dir einen Gefallen, und im Gegenzug erhalte ich das Interview?«

Vermont brummte bestätigend.

»Wieso sollte ich dir glauben, dass du dein Wort hältst? Du hast mich bereits einmal verarscht.«

»Das habe ich. Deswegen gibt es für dich keinen Grund, mir zu vertrauen. Trotzdem bitte ich dich, es zu tun. Denn es ist wichtig.«

Die Dringlichkeit seiner Worte war mir ebenso wenig entgangen wie das Wort *bitte*. Aber bedeutete das zwangsläufig, dass er auch nur eine Silbe dieser Unterhaltung ernst meinte?

»Um welchen Gefallen handelt es sich überhaupt?«, fragte ich. Vielleicht hatte ich Glück, und Vermont verlangte etwas derart moralisch Verwerfliches von mir, dass ich sofort ablehnen und auflegen konnte. Dann würde es mir sicherlich auch leichterfallen, die Endgültigkeit des unerreichten Interviews zu ertragen.

»Ich will, dass du jemanden für mich kontaktierst und ihn davon überzeugst, mich hier zu besuchen.«

»Wie bitte?« Meine Brauen schossen in die Höhe. »Du möchtest, dass ich die Kupplerin spiele? *Wieso?* Und um wen handelt es sich überhaupt?«

»Um meinen Ku–, um Elliott Shoemaker. Ich gehe davon aus, dass dir der Name etwas sagt?«

»Ja, das tut er. Aber warum soll ich ihn für dich kontaktieren? Ich meine, wieso rufst du ihn nicht einfach selbst an?«

»Glaubst du wirklich, ich würde den Umweg über dich gehen, wenn ich die Möglichkeit hätte, ihn eigenhändig an die Strippe zu bekommen? Wir hatten nur ein Mal Kontakt, seit ich einsitze, weswegen ich nicht weiß, ob er eine neue Nummer hat oder mich ignoriert. Jedenfalls versuche ich, ihn seit einer Woche anzurufen.«

Obwohl mich diese Worte nicht hätten überraschen dürfen, taten sie es doch. Und sie erweckten Mitgefühl in mir. Zwar hatte ich keine Ahnung, wieso der Kontakt zwischen Vermont und Shoemaker abgebrochen war, aber es musste schwer sein, wenn der ehemalige Freund einen mied.

»Okay, tun wir mal so, als würde ich ernsthaft in Betracht ziehen, dir diesen Gefallen zu tun. Was soll ich Shoemaker als Grund nennen, wieso du ihn sprechen willst?«

»Das kann ich dir nicht sagen«, wisperte Vermont mit gedämpfter Tonlage, die fast noch heißer klang als seine gewöhnliche Sprechstimme. »Zu viele Ohren, die zuhören.«

Im nächsten Moment dröhnte eine mir unbekannte Stimme aus dem Off durch die Leitung.

»Beeil dich mal, Arschloch! Du bist nicht der Einzige, der telefonieren will.«

»Fick dich, Hunderson«, rief Vermont zurück. »Da vorn sind noch zwei weitere Apparate. Und welch Überraschung – beide sind frei.«

»Ich will aber dieses Telefon. Da hat man zumindest etwas Privatsphäre. Und wenn ich meine Kleine anrufe, will ich nicht, dass ihr Perverslinge dabei zuhört, wie ich sie zum Orga–«

»Schon gut.« Vermont seufzte. »Gib mir noch eine Minute. Dann bin ich weg … und werde meinen Schädel so lange gegen eine Mauer donnern, bis ich dieses Bild aus dem Kopf habe«, fügte er so leise hinzu, als richtete er die Worte an sich selbst.

»Wenn es dir so wichtig ist, dass Shoemaker dich besucht«, ergriff ich das Wort, als es in der Leitung raschelte und Vermonts Atem wieder deutlich zu hören war, »wieso bittest du dann ausgerechnet *mich* um Hilfe? Ich bin mir nicht sicher, ob ich dafür die richtige Ansprechpartnerin bin.«

»Ach, bist du das nicht?« Den Ton in Vermonts Stimme konnte ich nicht anders als neckend bezeichnen.

Jesses!

Das wurde ja immer schlimmer.

»Immerhin hast du es geschafft, mir so lange auf den Sack zu gehen, bis ich keine andere Wahl hatte, als einem Treffen zuzustimmen«, sagte Vermont, und aus mir brach ein heiseres Lachen.

»Wow. Das war mit Abstand das mieseste Kompliment, das ich jemals erhalten habe.« Meine Mundwinkel hingen eine Etage höher, als angebracht wäre, was ich jedoch erst ein paar Sekunden später merkte. Aber ich konnte nichts dafür. Es war so erschreckend leicht, zu vergessen, mit wem ich telefonierte, wenn ich nicht diesen schrecklichen grellorangen Overall vor mir sah oder von der Tristheit des Gefängnisses erschlagen wurde. Und auch wenn ich es nicht gern zugab, Vermonts Humor traf genau meinen Geschmack.

Mein Gesprächspartner schwieg, aber seine Atmung hatte sich beschleunigt.

Nicht zum ersten Mal wünschte ich mir, wir würden diese Unterhaltung von Angesicht zu Angesicht führen. Ohne Vermonts Mimik war es schwer, ihn einzuschätzen. Dabei wollte ich unbedingt wissen, was gerade in seinem Kopf vorging – wenn ich schon nicht sagen konnte, was in meinem eigenen los war.

»Also? Tust du es?«, fragte Vermont nach einer langen Schweigepause. Seine Stimme hatte einen dunklen, rauen Ton angenommen, der etwas mit meinem Magen anstellte, das ich nicht näher analysieren wollte. Es war schlimm genug, dass ich mich bei dem Gedanken erwischte, wie es wohl klingen mochte, wenn Vermont die pikanten Stellen in meinen favorisierten Liebesromanen vorlas.

Um mich von diesem Kopfkino und dem Kribbeln zwischen meinen Beinen abzulenken, fokussierte ich mich wieder auf das

Telefonat. Vermutlich war es hochgradig naiv, auch nur darüber nachzudenken, diesen Deal anzunehmen. Aber mit dem in Aussicht gestellten Interview würde meine Wunsch-Masterthesis wieder ein ganzes Stück näher rücken. Und je länger ich mit Vermont sprach, desto mehr drängte sich mir die Vermutung auf, dass das *Beast from the East* nur eine Fassade war.

»Abrams?«, hakte Vermont vorsichtig nach. »Was sagst du?«

»Ich weiß es nicht. Und hör bitte auf, mich ständig Abrams zu nennen. Ich hasse es, mit meinem Nachnamen angesprochen zu werden. Ich heiße Liv.«

»Du willst, dass ich dich *Liv* nenne?« Vermonts vernehmbare Unsicherheit verdeutlichte mir, welches Fass ich ins Rollen gebracht hatte – und was für ein Fehler das gewesen war. Nicht nur, dass mich ausschließlich meine Eltern und ausgewählte Freunde wie Dean Liv nannten, während alle anderen Olivia zu mir sagten. Die Wirkung von Vermonts Stimme, als er meinen Namen sagte, toppte alle vorherigen.

Aber für einen Rückzieher war es zu spät, wenn ich vor ihm nicht endgültig das Gesicht verlieren wollte. Das Einzige, was ich noch tun konnte, war, Schadensbegrenzung zu betreiben.

»Natürlich, warum denn auch nicht? Oder willst du ständig von allen mit *Vermont* angesprochen werden, *Westin*?«

Vermont sog scharf die Luft ein, und ich schloss innerlich stöhnend die Augen. Wie zum Teufel hatte ich glauben können, dass es eine gute Idee sei, dieses Pferd zu reiten, wenn ich doch wusste, dass es unter mir zusammenbrechen würde?

Stille breitete sich zwischen uns aus, und ich war zu keiner Sekunde dieses Gesprächs näher dran gewesen, einfach aufzulegen.

Aber etwas hielt mich davon ab. Etwas, das stärker war als meine Vernunft.

»Liv«, wiederholte Vermont. Leise. Zurückhaltend. Fast so, als wollte er austesten, wie mein Name auf der Zunge schmeckte.

Adrenalin peitschte durch meine Adern, und ich hielt den Atem an. Mein Herz raste, als würde ich von einer Brücke in die Tiefe springen, mit Haien schwimmen …

… oder als würde ich wegen eines verurteilten Mörders ein Flattern im Bauch verspüren, weil der Klang seiner Stimme purer Sex ist!

Mein frustriertes Stöhnen zerriss die Stille, und Vermont gab einen Laut von sich, den ich nicht einordnen konnte, der jedoch das Ziehen in meinem Bauch verstärkte.

»Ich muss Schluss machen«, presste er hervor, und ich rechnete damit, dass er ohne Verabschiedung auflegte. Stattdessen sagte er: »Danke, Liv.«

»Wofür bedankst du dich?« Ich klang atemlos. Niemals würde ich mich daran gewöhnen, wie es sich anhörte, wenn Vermont meinen Namen nannte. »Ich habe doch gar nicht zugestimmt, Shoemaker zu kontaktieren.«

»Aber du hast angerufen und mir zugehört. Das ist mehr, als ich erwartet habe. Erwarten konnte.«

Da ich nichts zu erwidern wusste, malträtierte ich meine Lippe mit den Zähnen.

Ein letztes Mal atmete Vermont durch, dann legte er auf. Das Klicken dröhnte mir fast so laut im Ohr wie sein Dank.

Kraftlos ließ ich mein glühend heißes und von Schweiß überzogenes Handy in meinen Schoß fallen. Dann warf ich mich mit geschlossenen Augen rücklings auf die Matratze.

Ich hatte gewusst, dass es ein gigantischer Fehler sein würde, dieses Telefonat zu führen. Jedoch wäre ich niemals darauf gekommen, dass die Gründe dafür in eine gänzlich andere Richtung gingen.

Kapitel 15

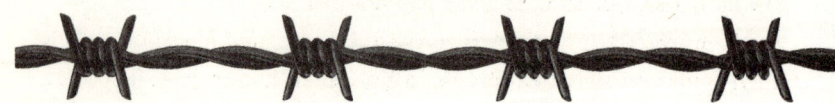

Olivia

Es hätte mich nicht überraschen dürfen, dass meine Gedanken in den darauffolgenden Tagen ausschließlich um das Telefonat mit Vermont kreisten. Doch es waren nicht nur seine Worte, die mir immer wieder durch den Kopf geisterten, als hätte mein Verstand sie auf Tonband gespeichert. Auch all das, was nicht gesprochen worden war, der *Vibe*, der zwischen uns geherrscht hatte, verfolgte mich Tag und Nacht.

Insofern war es vermutlich wenig verwunderlich, dass ich selbst drei Tage später immer noch nicht wusste, was ich tun sollte. Zu viele Fragen und unbekannte Variablen waren im Spiel.

Wie würde Shoemaker auf mein Erscheinen und den Grund dafür reagieren?

Welches kosmische Ungleichgewicht würde ich in Bewegung setzen, wenn ich ihn und Vermont wieder zusammenführte?

Und was würde es mit *mir* anstellen, wenn sich herausstellte, dass Vermont mich erneut verarscht hatte und mir keine meiner Interviewfragen beantwortete?

Oder – und ich wusste nicht, was schlimmer wäre – er ernsthaft Wort hielt und mir alles über sich erzählte, was ich wissen wollte?

Allein bei der Vorstellung jagte mein Puls uneinholbar davon, meine Knie wurden weich wie Pudding, und alles in meinem Kopf drehte sich.

Ich zwang mich, an etwas anderes zu denken, als ich die Stufen zu meinem Elternhaus emporstapfte. Mom und Dad sollten nicht mitbekommen, welches Chaos in mir herrschte.

Anstatt meinen Notfallschlüssel zu benutzen, betätigte ich die Türklingel und nutzte die Extrasekunden, um ein letztes Mal tief durchzuatmen. Ich hatte meine Eltern seit dem Wochenende der Spendengala nicht mehr gesehen. Das war inzwischen fast zwei Monate her. Zwar hatten wir in der Zwischenzeit immer wieder telefoniert, aber sie waren es gewohnt, dass ich sie mindestens zweimal im Monat besuchte. Aus dieser Perspektive betrachtet, war es kein Wunder, dass Mom mich in den vergangenen Tagen mehrfach angerufen hatte. Ihren Kommentar, dass sie und Dad ihr einziges Kind aktuell viel zu selten zu Gesicht bekamen, hätte es gar nicht gebraucht. Ich hatte den Wink auch so verstanden.

Schwungvoll öffnete sich die Tür, und Mom erschien wie eine wunderschöne Naturgewalt vor mir. Die Haare hatte sie locker hochgesteckt, und es lag eine mehlbestäubte Schürze über ihrer Jeans und dem weich aussehenden Pullover mit Carmenschnitt. Ihre Wangen waren gerötet, und ihre Augen strahlten wie Saphire.

Offenbar hatte Mom meinen Besuch zum Anlass genommen, mal wieder ihrem früheren Hobby nachzukommen und den Backofen anzuheizen.

»Liv, Spätzchen, wie schön, dich zu se–« Ihr glückseliges Lächeln fiel wie ein falsch zubereitetes Soufflé in sich zusammen, und Schatten verschleierten ihren Blick. Als sie über die Schwelle trat und meine Hände in ihre nahm, waren ihre Finger eiskalt.

»O mein Gott, Liebes. Was ist los? Du siehst grauenhaft aus.«

Angesichts dieser unvorhergesehenen Begrüßung war ich außerstande, zu reagieren. Ich hatte gewusst, dass es schwer werden würde, meinen Eltern zu verbergen, unter welchem emotionalen Stress ich derzeit stand. Dennoch war ich der irrwitzigen Illusion erlegen gewesen, zumindest einen Schritt ins Haus machen zu können, ehe ich wie ein schlecht ausgebildeter Soldat im feindlichen Gebiet aufflog.

»Mir geht es gut, Mom«, beteuerte ich. »Ich habe gerade nur schrecklich viel zu tun und schlafe wenig.« Mit einem verkniffenen Lächeln löste ich meine Hände aus ihrem Griff und schob mich an ihr vorbei ins Haus. Ich wusste, dass ich keine Chance hatte, dem Verhör zu entkommen. Aber es musste ja nicht gleich die halbe Nachbarschaft mitbekommen, wie ich in die Mangel genommen wurde.

Mom folgte mir. Als die Tür hinter uns ins Schloss gefallen war, gab es kein Halten mehr.

»Okay, was ist los, Olivia? Steckst du in Schwierigkeiten? Soll ich Dean anrufen, damit er dich rechtlich berät? Du weißt, als deine Mutter kann es schwierig für mich werden, dich vor Gericht zu vertreten.« Sie stieß einen langen Seufzer aus, der ihre Schultern kraftlos herabsacken ließ. »Ich wusste, dass dieser Tag kommen würde – du bist deinem Vater so ähnlich, dass es nur eine Frage der Zeit war, bis du dir mit deinem journalistischen Ehrgeiz Ärger einhandelst.«

Schweigend schlüpfte ich aus meiner Jacke. Ich liebte meine Mom. Aber manchmal wünschte ich, sie würde nicht jedes Mal vom Schlimmsten ausgehen, nur weil mal etwas vom Plan abwich. Vermutlich war das eine Berufskrankheit. Mom stand ständig mit Menschen in Kontakt, die vom rechten Weg abgekommen waren.

»Und ich dachte, du hättest dich gerade wegen meines Hangs zu gefährlichen Situationen in mich verliebt«, ertönte Dads Stimme hinter mir. Sein amüsierter Unterton erhellte augenblicklich mein Gemüt, und ich wirbelte freudestrahlend zu ihm herum. Ebenso wie Mom trug auch er Jeans und einen bequemen Pullover, und als er mir verschwörerisch zuzwinkerte, formte ich mit den Lippen ein *Danke!*.

Obwohl ich meine Eltern gleich stark liebte und respektierte, hatten Dad und ich schon immer eine engere Beziehung zueinander.

»Wegen deines Humors habe ich dich jedenfalls nicht geheiratet«, sagte Mom gespielt mürrisch und trat an mir vorbei in Richtung Küche. Nachdem ich meine Jacke an den Garderobenhaken gehängt hatte, folgte ich ihr. Dad lief in meinem Kielwasser.

»Nun erzähl mal, Spätzchen.« Dad setzte sich neben mich an den gedeckten Küchentisch. Mom stellte sich mit vor der Brust verschränkten Armen rücklings vor die Arbeitstheke und stierte uns mit ernster Miene an. Manchmal fragte ich mich, wie es für sie sein musste, dass Dad und ich auf einer Wellenlänge schwammen, während sie abseits am Strand zurückblieb.

»Was hat dich so intensiv in Beschlag genommen, dass du die Welt um dich herum vergessen hast?«

Ich öffnete den Mund, um die penibel ausgeklügelte Ausrede hervorzubringen, die ich speziell für diese Frage vorbereitet hatte. Doch als ich das ehrliche Interesse und gleichzeitig die Sorge in Dads Augen sah, brachte ich es nicht über mich, meine Eltern zu belügen. Sie hatten mir immer zu verstehen gegeben, dass ich jederzeit mit meinen Problemen zu ihnen kommen konnte. Dass ich nie allein war.

Sie hatten es verdient, die Wahrheit zu erfahren.

»Es ist kompliziert«, sagte ich. »Und das meine ich so wortwörtlich, wie es nur möglich ist. Denn ich bin an ein Projekt geraten, von dem ich selbst noch nicht weiß, was ich davon halten soll.«

Sofort setzte Mom zu einer Erwiderung an, die sicher in eine ähnliche Richtung gehen würde wie ihre vorherige Tirade. Daher sprach ich schnell weiter, um ihr den Wind aus den Segeln zu nehmen.

»Aber ihr müsst euch keine Gedanken machen. Ehrlich. Es ist nichts Gefährliches, Illegales oder dergleichen. Es ist einfach nur … schwer zu erklären.«

»Okay, wenn du das sagst, vertrauen wir dir natürlich«, meinte Dad und warf Mom einen vielsagenden Blick zu, den sie mit einem Augenrollen quittierte. Offenbar war sie in diesem Fall anderer Meinung.

»Aber du weißt, dass du dich jederzeit an uns wenden kannst, wenn du Hilfe benötigst, nicht wahr? Wir stehen immer hinter dir.«

»Das weiß ich, Dad. Und ich bin euch beiden dafür von Herzen dankbar. Nur will ich mir erst selbst im Klaren darüber sein, was ich von der ganzen Sache halte, ehe ich mich den Meinungen anderer stelle. Immerhin geht es dabei um *meine* Masterarbeit. Das macht die ganze Sache persönlich. Versteht ihr das?«

»Natürlich, Spätzchen.« Mom stieß sich von ihrem Platz ab und kam zu uns an den Tisch. »Und es freut uns ungemein, dass du in diesem Bereich endlich Fortschritte machst. Aber wir sind deine Eltern, und wir machen uns *immer* Gedanken um dich. Das ist nun mal unser Job.« Sie streckte die Finger über den Tisch und legte mir ihre Hand auf den Arm. »Wenn du selbst irgendwann Kinder hast, wirst du das nachvollziehen können.«

Tatsächlich konnte ich das schon jetzt. Und ich wollte meine Eltern auch gar nicht außen vor lassen. Seit ich mich erinnern konnte, hatten sie einen engen Bezug zu meinem Leben und meinen Entscheidungen. Doch in der Sache mit Vermont – beziehungsweise *Westin*, wie ich ihn jetzt aufgrund meiner großen Klappe nennen musste – war das nicht möglich. Zumindest, solange ich mir Gedanken darüber machen musste, wie sie auf dieses Thema reagieren würden.

»Okay, vielleicht könnt ihr mir ja doch bei einer Frage helfen«, gab ich nach, und die Mienen meiner Eltern hellten sich auf. »Stellt euch vor, ihr lernt jemanden kennen, vor dem ihr in eurem Umfeld gewarnt werdet. Diese Person soll toxisch, manipulativ und trügerisch sein. Nun seid ihr aber aus unvorhergesehenen

Gründen mit dieser Person in Kontakt geraten, und euer Bauch-gefühl widerspricht der Meinung der anderen. Würdet ihr eurem Instinkt vertrauen und den Kontakt zu der Person halten oder den vermeintlichen Erfahrungen der anderen glauben und auf Distanz gehen?«

»Das ist eine interessante Frage.« Dad rieb sich das Kinn. »Ich würde sagen, es kommt auf die Situation und die Tragweite mei-ner Entscheidung an. Ich meine, geht es nur darum, dass ich die Person kennengelernt habe und künftig keinen oder nur ober-flächlichen Kontakt mit ihr pflegen werde? Oder besteht die reelle Chance, dass ich eines Morgens gemeinsam mit ihr und meinen bis dahin ahnungslosen Eltern am Frühstückstisch sitze?«

Mit großen Augen starrte ich Dad an. Wie hatte er meine Wor-te derart auffassen können? Aber vermutlich sollte ich erleichtert sein, dass seine Gedanken in *diese* anstatt in die richtige Richtung gingen.

»Es geht nicht um einen potenziellen neuen Freund, Dad. Ro-mantische Gefühle oder dergleichen spielen in diesem Fall keine Rolle.« Kaum hatten die Worte meinen Mund verlassen, verspürte ich einen sachten Piks in meiner Brust. Er war so subtil, dass ich ihn leicht ignorieren konnte. Dennoch hatte ich ihn wahrgenom-men – auch wenn ich keine Ahnung hatte, was er bedeutete.

Schnell schob ich hinterher: »Wie gesagt, es hat etwas mit ei-nem möglichen Thema für meine Masterarbeit zu tun. Es ist also im besten Fall … berufliches Interesse.«

»Dann ist die Sachlage eindeutig«, meinte Mom entschieden. »Hör auf dein Bauchgefühl.«

»Dem stimme ich zu«, sagte Dad. »Denn jede Geschichte, ganz gleich, wie oft sie wiederholt wird, wandelt sich jedes Mal ein biss-chen. Das bedeutet nicht, dass sie plötzlich falsch ist. Es kommt einfach auf die Sichtweise an. Wahrheit ist subjektiv.«

Unweigerlich musste ich lächeln. Es war die richtige Entscheidung gewesen, mich meinen Eltern anzuvertrauen. Sie hatten dafür gesorgt, dass ich mich besser fühlte, und mir sogar in Erinnerung gerufen, dass ich mich immer auf meinen Instinkt verlassen konnte – auch wenn dieser in Bezug auf Westin ziemlich unvorhergesehen reagierte.

Ich werde ihn anhören. Vorurteilsfrei.

Das hatte er verdient. Und wenn ich dabei die Wahrheit über Sarahs Todesnacht erfuhr, umso besser. Denn je länger und intensiver ich mich mit Westin beschäftigte, umso stärker pochten die von Eric gesäten Zweifel in mir.

Kapitel 16

Olivia

Nach dem Treffen mit meinen Eltern konnte ich es kaum erwarten, Kontakt zu Shoemaker aufzunehmen. Ich wollte herausfinden, was der Grund für den Kontaktabbruch zwischen ihm und Westin war und warum dieser Shoemaker sehen wollte.

Leider stellte sich mein Vorhaben als sehr viel herausfordernder dar, als ich angenommen hatte.

Die Adresse, die mir Westin nach unserem Telefonat per Mail geschickt und die ich nach dem Essen bei meinen Eltern aufgesucht hatte, hatte sich als Sackgasse entpuppt. Statt Shoemaker bewohnte ein älteres Paar die Dreizimmerwohnung am Stadtrand.

Meine Social-Media-Recherche war ähnlich ernüchternd gewesen. Trotz größter Mühe hatte ich auf keiner der mir bekannten Plattformen Shoemaker finden können. Weder unter seinem Klarnamen noch unter irgendwelchen mit ihm in Verbindung stehenden Beiträgen.

Mir blieb also nichts anderes übrig, als Dr. Google zu befragen – auch wenn ich diese blinde Internetsuche verabscheute. Es war grauenhaft ermüdend, buchstäblich die Nadel im Cyber-Heuhaufen zu suchen und dabei auf mehr Müll zu treffen, als mir lieb war.

Aber ich hatte keine andere Wahl. Meine früheren Recherchen

hatten sich vorrangig auf Sarah und Westin bezogen, weshalb ich über Shoemaker so gut wie nichts wusste.

Widerwillig tippte ich die Schlagworte *Elliott Shoemaker* in die Suchmaske ein und wurde von Treffern erschlagen. Wahllos klickte ich den ersten Link an und las.

Die Zeit verflog, und als ich mir eine erste Pause erlaubte, waren bereits zwei Stunden vergangen. Viel Neues hatte ich nicht erfahren. Zwischen Zeitungs- und Blogartikeln, die sich hauptsächlich um Sarahs Ermordung und Shoemakers Verbindung dazu drehten, war ich nur auf eine Handvoll Beiträge aus Shoemakers Schulzeit gestoßen. Über eine Ehrung als Captain der Computer AG, die Teilnahme an einem Sommercamp für angehende IT-Profis und die Abschlussabsolventen der *Central Highschool* in Philadelphia.

Es war zum Haareraufen.

Auf diese Weise würde ich niemals erfahren, wie ich Shoemaker kontaktieren konnte.

Ich brauche eine andere Herangehensweise.

Und ich hatte auch schon eine Idee.

Nachdem ich mir einen frischen Kaffee gemacht hatte, setzte ich mich mit der Tasse und meinem Handy aufs Bett.

Ich hatte Deans Nummer in letzter Zeit so oft gewählt, dass ich sie inzwischen auswendig kannte.

»Wenn du dich zu so später Stunde meldest, kann das nur bedeuten, dass du was von mir willst.« Deans Worte erweckten in mir ein schlechtes Gewissen. Gleichzeitig war ich erleichtert, dass er nicht missmutig klang.

»So spät ist es doch noch gar nicht«, verteidigte ich mich halbherzig, auch wenn Dean recht hatte. Es war bereits nach zweiundzwanzig Uhr. »Immerhin bist du noch wach.«

»Wenn wir danach gehen, könntest du auch um drei Uhr nachts anrufen«, murmelte er eher zu sich selbst. »Aber du streitest ja nicht einmal ab, dass du was von mir brauchst«, fügte er lauter hinzu und raubte mir damit die Chance, auf seine vorherige Bemerkung einzugehen. »Also? Was kann ich dieses Mal für dich tun? Eine erneute Briefzustellung? Falls ja, verlange ich dieses Mal einen richtigen Nachtisch zu meinem Mittagessen. Nicht schon wieder einen Kaugummi, den du zufällig in deiner Tasche hast.«

»Wenn du mir in diesem Fall hilfst, bekommst du so viel Nachtisch, wie du essen kannst.« Nervös spielte ich an meiner Bettdecke herum. Ich wusste nicht, ob ich den Mut besaß, Dean um diesen Gefallen zu bitten. Zwar waren wir Freunde, und er hatte gesagt, dass ich mich an ihn wenden solle, wenn ich Hilfe benötigte. Aber sicherlich hatte er damit nicht die Unterstützung gemeint, die gerade durch meinen Kopf tanzte.

»Jetzt hast du mich neugierig gemacht.« Es erklang ein Rascheln, ehe ein dumpfes Geräusch folgte. Ich stellte mir vor, wie Dean von seinem Schreibtisch zur Couch gewandert war. »Was soll ich für dich tun?«

Ich nahm einen tiefen Atemzug, um meinen Mut zusammenzunehmen. Wenn ich diese Worte aussprach, gab es kein Zurück mehr. Aber ich wusste, dass mir nichts anderes übrig blieb. Ohne Deans Hilfe würde ich Shoemaker vermutlich niemals ausfindig machen.

»Ich benötige einen Auszug des Einwohnermeldeamts von Philadelphia.«

Schlagartig herrschte Stille in der Leitung.

»Was hast du gesagt? Sorry, ich hatte plötzlich so ein Rauschen im Ohr. Es klang, als hättest du gemeint, dass du einen Auszug vom Einwohnermeldeamt bräuchtest.«

Ich stöhnte innerlich. Natürlich reagierte Dean so. Was hatte ich auch erwartet? Dass er mir half? In *so* einem Fall? Das war vollkommen unsinnig. Was hatte ich mir nur dabei gedacht, ihn zu fragen?

»Vergiss es«, ruderte ich sofort zurück und wäre vor Scham am liebsten im Erdboden versunken. »Ich weiß auch nicht, wie ich dazu gekommen bin, dich zu fragen. Schieben wir es einfach auf die Uhrzeit und meine grenzenlose Übermüdung der letzten Wochen.«

Dean schwieg erneut, was die Stille in der Leitung schwer wirken ließ.

»Wofür brauchst du den Auszug?«, fragte er, und sein Tonfall erweckte in mir die Annahme, dass er ehrlich an einer Antwort interessiert war.

»Ich versuche, Elliott Shoemaker zu kontaktieren. Wegen meiner Masterarbeit. Da sich Vermont weigert, mit mir zu reden, wollte ich versuchen, auf diesem Weg an neue Informationen zu gelangen.« Dass Shoemaker in Wahrheit der Schlüssel für meine zweite Chance auf ein Interview mit Westin war, verschwieg ich. Dean hatte deutlich gemacht, was er davon hielt, dass ich Westin getroffen hatte. Ich wollte mir gar nicht vorstellen, wie er reagieren würde, wenn ich ihm die Wahrheit erzählte.

»Ich seh mal, was sich machen lässt«, sagte Dean schließlich, und ich quiekte aufgeregt in den Hörer. »Aber erwarte keine Wunder, okay? Je nachdem, mit wem von der Behörde ich Kontakt habe, kann es sein, dass ich ohne richterlichen Beschluss kein Land sehe.«

»Danke, Dean!« Am liebsten wäre ich meinem Kumpel um den Hals gefallen. »Du kannst dir nicht vorstellen, was mir deine Hilfe bedeutet – auch wenn es nur bei dem Versuch bleibt. Danke, danke, danke!«

»Schon gut.« Dean lachte nun gelöst. »Warten wir erst mal ab, ob ich überhaupt etwas herausfinden kann, ehe du mich nach meiner Wunschliste von *Saks Fifth Avenue* fragst. Ich meld mich bei dir, sobald ich was weiß.« Mit einem letzten »Gute Nacht« legte er auf, und ich blieb mit einem Bauch voller hoffnungsvoller Aufregung allein zurück.

* * *

In den nächsten drei Tagen hatte ich das Gefühl, als wäre ich auf Drogen. Ich konnte mich nicht konzentrieren, mein Ruhepuls lag im dreistelligen Bereich, und das Wort *Schlafen* fehlte in meinem Wortschatz.

Um mein Umfeld nicht zu beunruhigen, hatte ich mich in meinem Wohnheimzimmer eingesperrt und mich hinter meinen Laptop geklemmt. Während meiner Shoemaker-Recherche war ich auf einige Foren gestoßen, in denen ausgiebig über Sarahs Fall diskutiert worden war. Obwohl ich wusste, dass solche Gespräche in etwa so sachlich abliefen wie die im Reality-TV, klebte ich am Bildschirm.

Erst als mir Dean am Mittwochabend ein Foto mit den Worten *Es tut mir leid* aufs Handy schickte, gelang es mir, mich zu lösen.

Deans Worte, die im Vorschaufeld zu lesen waren, ließen bereits vermuten, was noch in seiner Nachricht stand, dennoch öffnete ich unseren Chat mit zitternden Fingern – und stutzte.

Die Fotografie einer Namenstabelle samt Adressen leuchtete mir entgegen, und mir klappte der Mund auf.

Er hat es geschafft!

Ich wagte kaum zu glauben, was ich da sah. Aber in der Bildmitte war eindeutig der Name *Elliott M. Shoemaker* zu lesen.

Aber wieso schreibt er dann, dass es ihm leidtut?

Mit gefurchter Stirn nahm ich das Foto genauer in Augenschein. Es dauerte einen Augenblick, doch dann fand ich die Antwort auf meine Frage, und in mir breitete sich Eiseskälte aus. Meine Hände waren mit einem Mal so taub, dass mir das Handy beinahe aus den Fingern gerutscht wäre.

Das darf nicht wahr sein.

Die Taubheit in meinen Händen verstärkte sich, je länger ich auf das Display starrte, bis mein gesamter Körper davon betroffen war.

Aber wie hätte es auch anders sein sollen? Denn der Grund für Shoemakers Kontaktabbruch zu Westin war dessen *Tod*.

Und der war bereits vor anderthalb Jahren eingetreten.

Zumindest stand das in dem Bemerkungsfeld neben seinem Namen.

Tränen stiegen mir in die Augen, ohne dass ich sagen konnte, was genau ich beweinte. Das Ableben eines jungen Menschen, dem ich nie persönlich begegnet war? Oder meine erneut zerplatzte Hoffnung, meine Masterarbeit über Sarahs Mörder schreiben zu dürfen? Denn es stand außer Frage, dass Westin mir niemals das Interview geben würde, wenn ich ihm erzählte, dass sein früherer Freund tot war.

Westin …

Der Gedanke an ihn sickerte wie brodelnde Lava durch mich hindurch und vertrieb die Kälte in meinem Inneren auf schmerzhafte Art. Wie zum Teufel war ich nur in die Situation geraten, einem Mörder die Hiobsbotschaft über den Verlust seines ehemaligen Kumpels mitteilen zu müssen?

An welcher Abbiegung meines Lebens hatte ich mich für die falsche Richtung entschieden?

Da ich auf diese Frage keine Antwort erhalten würde, wischte ich mir die Tränen von den Wangen und beschloss, mich auf etwas zu fokussieren, das zumindest teilweise in meiner Hand lag. Shoemakers Ableben. Gewiss würde Westin wissen wollen, was geschehen war. Und aus mir unbekannten Gründen verspürte ich das Bedürfnis, ihm diese Antworten zu geben.

Ich warf das Handy auf meine Matratze und wandte mich dem Laptop zu. Auf dem Bildschirm war noch immer das Forum offen, das ich zuletzt durchstöbert hatte. Auch dort war Shoemakers Name gefallen. Und das nicht zu knapp. Trotz Westins Geständnis gab es Leute, die Shoemaker die Schuld an Sarahs Tod gaben und ihm entweder denselben wünschten oder sogar drohten, ihn selbst herbeizuführen.

Solche Hasskommentare hatte ich in den vergangenen Tagen oft gelesen.

Ob die etwas mit Shoemakers Tod zu tun hatten? Hatte er dem öffentlichen Druck nicht standgehalten, dem er, im Gegensatz zu Westin, schutzlos ausgeliefert gewesen war?

Bei der Vorstellung kroch eine peinigende Gänsehaut über meinen Körper, und meine Haut fühlte sich plötzlich viel zu klein an.

Schnell schob ich diesen Gedanken von mir und tauschte die Seite des Internetforums gegen die meiner favorisierten Suchmaschine aus. Ohne weiter darüber nachzudenken, tippte ich *Elliott Shoemaker Tod* in das Suchfeld ein.

Sofort überrollte mich eine ganze Lawine von Treffern, weshalb ich, ohne groß darüber nachzudenken, das erste Ergebnis anklickte. Es war ein Link zur Homepage des *Wall Street Journal*.

Elliott Shoemaker, vor sechs Monaten zu Unrecht des Mordes an der aufstrebenden Influencerin Sarah Mills verdächtigt, wurde letzte Nacht aus dem Wrack seines verunglückten Wagens geborgen. Die Rettungskräfte konnten nur noch seinen Tod feststellen. Die Polizei schließt Selbstverschulden aus.
Der alleinerziehende Vater hinterlässt eine zwanzig Monate alte Tochter sowie viele offene Fragen.

Während sich ein Teil von mir noch über den aus journalistischer Perspektive eher ungewöhnlichen Text wunderte, nahm der Rest von mir mit Erleichterung zur Kenntnis, dass nicht der Online-Hass zu dieser Tragödie geführt hatte. *Wenigstens etwas.*

Dennoch war das nicht genug, um mich für ein Treffen mit

Westin gewappnet zu fühlen. Daher überprüfte ich das nächste Ergebnis meiner Suche. Auf der Homepage der *USA Today*.

Elliott Shoemaker, vor sechs Monaten zu Unrecht des Mordes an der aufstrebenden Influencerin Sarah Mills verdächtigt, wurde letzte Nacht tot aus dem Wrack seines verunglückten Wagens geborgen. Die Polizei schließt Selbstverschulden aus.
Der alleinerziehende Vater hinterlässt eine zwanzig Monate alte Tochter sowie viele offene Fragen.

Ich krauste die Stirn. Spielte mir mein übermüdeter Verstand einen Streich, oder war das exakt derselbe Text, den ich bereits zuvor gelesen hatte? Es kam vor, dass es innerhalb der Nachrichtenbranche mal dieselben Fotos zu bedeutsamen Themen gab. Aber wortwörtlich übernommene Artikel?

So etwas war mir noch nie untergekommen.

Neugierig, ob wenigstens die *New York Times* weitere Details über Shoemakers Tod ans Tageslicht brachte, klickte ich auf den nächsten Link.

Elliott Shoemaker, vor sechs Monaten zu Unrecht des Mordes an der aufstrebenden Influencerin Sarah Mills verdächtigt, wurde …

Ich brach ab.

Was zum Henker hat das zu bedeuten?

Es war eine Sache, dass zwei der größten und auflagenstärksten Zeitungen der USA ein und denselben Artikel veröffentlicht hatten. Doch dass auch noch die *Times* darin verwickelt war, war zu viel für einen glaubhaften Zufall.

Um wirklich sicher sein zu können, überflog ich noch schnell die Beiträge der *Los Angeles Times* und der *Washington Post*.

Wie befürchtet, präsentierten auch sie denselben Text.

Was zum …?

Meine Fassungslosigkeit und Beklommenheit, Shoemakers Tod betreffend, waren wie weggeblasen. Stattdessen dominierte brennende Neugier meine Gefühlswelt, begleitet von dem Wunsch, das Mysterium um diesen journalistischen Super-GAU aufzudecken.

Unter keinen Umständen würden gleich fünf der größten Zeitungen dieser Welt zulassen, dass ein und derselbe Artikel auf ihren Plattformen online ging.

Und überhaupt … Wieso gibt es diesen Artikel nur im Internet? Und warum war er mir nicht bei meiner vorherigen Recherche untergekommen?

Erst jetzt, da ich explizit nach Shoemakers Tod gegoogelt hatte, wurde er mir angezeigt. Und dass diese Worte es nie ins Printformat geschafft hatten, stand außer Frage. Meine Eltern besaßen seit Jahren Abonnements für die *Times* und das *Wall Street Journal*. Wenn sie von Shoemakers Tod erfahren hätten, wäre das unmöglich an mir vorbeigegangen.

Ich klappte den Laptop zu und begab mich in meine Kochnische, um neuen Kaffee aufzusetzen. Eigentlich war es viel zu spät für Koffein. Aber was machte schon eine weitere schlaflose Nacht aus?

Ich muss herausfinden, was hier los ist.

Mein Bauchgefühl sagte mir, dass hier etwas ganz und gar nicht mit rechten Dingen zuging.

Während ich Wasser und Kaffeepulver in die Maschine füllte, ließ ich meinen Gedanken freien Lauf. Irgendjemand musste sich einen morbiden Scherz mit diesem Artikel erlaubt haben.

Aber abgesehen von der Frage, wer derart technisch versiert sein könnte, um gleich alle großen Zeitungen zu hacken, müsste die Person auch noch ein Motiv haben.

Und obendrein, was war zuerst da: die Sterbemeldung von

Shoemaker beim Einwohnermeldeamt oder die Zeitungsartikel, auf denen die Notiz basieren könnte?

Vielleicht ist die Notiz vom Meldeamt ja ebenfalls gefakt?, schoss es mir durch den Kopf, während schwarze Tropfen in die Glaskaraffe fielen und einen herrlichen Duft verströmten.

Möglich war dieser Gedanke. Aber wer sollte sowohl ein Motiv als auch die nötigen Skills besitzen, ein solches Gerücht in die Welt zu setzen? Wer würde von Shoemakers Tod profitieren?

Ich nahm meine Lieblingstasse in die Hand und spürte, dass ich der Lösung dicht auf den Fersen war. Aber noch fehlte mir der letzte entscheidende Hinweis.

Beim schrillen Piepen der Kaffeemaschine fuhr ich vor Schreck zusammen. Doch genau diese Regung drängte meine umherwirbelnden Gedanken in die richtige Spur, sodass sich mir die Antworten auf meine Fragen wie von selbst offenbarten.

Natürlich!

Shoemaker musste es selbst gewesen sein. Er hatte seinen eigenen Tod vorgetäuscht, um dem medialen Rummel zu entkommen.

Er wollte sich und seiner kleinen Tochter einen Neuanfang ermöglichen.

Mein Herz pochte mit einem Mal wie wild, und ein aufgeregtes Kribbeln triezte meine Nervenenden. Sollte ich recht haben, würde das bedeuten, dass …

Stopp, ermahnte ich mich selbst. *Jetzt nur keine voreiligen Schlüsse ziehen.*

Es wäre niemandem geholfen, wenn ich mich in irgendwelche Verschwörungstheorien verrannte, nur weil mir diese besser in den Kram passten als die Wahrheit.

Mit meiner Tasse in der Hand begab ich mich zurück an den Schreibtisch. Es durfte nicht allzu schwierig werden, einen stichhaltigen Beweis für Shoemakers Tod zu finden. Beispielsweise sein Grab.

Aber wie soll ich nach dem Standort einer Ruhestätte suchen, wenn die Person womöglich noch am Leben ist?

Ganz zu schweigen davon, dass ich dem Internet nicht trauen durfte. Jedes noch so winzige Wort konnte von Shoemaker manipuliert worden sein.

Das ist doch zum Mäusemelken!

Genervt stellte ich meine Tasse auf den Tisch und drehte mich mit in den Nacken gelegtem Kopf auf meinem Bürostuhl herum. Ich hatte das Gefühl, in einer Sackgasse festzustecken, deren Wände unaufhörlich näher rückten, je intensiver ich über das Problem nachdachte.

Vielleicht sollte ich einen Spaziergang um den Block machen? Sicherlich würden meine müden Hirnzellen auf diese Weise wieder in Schwung kommen.

Ich schnappte mir mein Handy vom Bett, um eine geeignete Playlist herauszusuchen, als mein Blick auf das immer noch geöffnete Foto fiel. Bisher hatte mein Fokus allein auf Shoemakers Namen gelegen.

Aber er war nicht der einzige Shoemaker in Philadelphia.

Unter Elliotts Eintrag standen die Namen seiner Eltern. Inklusive Adresse.

Das aufgeregte Kribbeln kehrte in meine Adern zurück, und ich schickte einen stummen Dank gen Himmel, weil Dean die Zeilen rund um Shoemakers Namen nicht geschwärzt hatte.

Mein Blick fiel wieder auf die Adresse von Shoemakers Eltern. Wenn ich mich nicht täuschte, lag ihr Haus in der Nähe des Campus.

Ich könnte in zehn Minuten dort sein …

Noch bevor ich wusste, was ich mir von dieser Aktion erhoffte, war ich bereits in meine Schuhe geschlüpft, hatte mir meinen Autoschlüssel geschnappt und war aus der Tür verschwunden.

Die moralisch grauen Grenzen meines Handelns bereiteten

mir weniger Bauchschmerzen als angebracht. Aber meine Eltern hatten mich gelehrt, dass man für seine Überzeugungen einstehen musste. Und ich *war* davon überzeugt, dass an Shoemakers Tod etwas faul war.

Sogar nur acht Minuten später erreichte ich das Haus der Shoemakers. Trotz der späten Stunde war die untere Etage hell erleuchtet, sodass ich mir einen Parkplatz auf der gegenüberliegenden Straßenseite suchte. Die Nacht war dank des strahlenden Vollmondes mehr blau als schwarz, und ich konnte sogar eine Katze durch die Büsche des Vorgartens huschen sehen.

Und wie geht es jetzt weiter?

Adrenalin versetzte meine Sinne in Alarmbereitschaft, und es juckte mir in den Fingern, etwas zu unternehmen.

Aber was?

Ich konnte ja schlecht anklopfen und nachfragen, ob Elliott, ihr einziger Sohn, tatsächlich vor achtzehn Monaten bei einem Unfall sein Leben verloren oder seinen Tod nur vorgetäuscht hatte.

Sollte ich entgegen allen Hinweisen mit meiner Theorie falschliegen, würde ich mich maßlos blamieren und bei einer unschuldigen Familie alte Wunden aufreißen.

Ich kann aber auch nicht hier rumsitzen und nichts tun …

Abgesehen davon, dass mich meine eigene Neugier umbringen würde, wenn ich sie nicht endlich mit der Wahrheit befriedigte, schwand mit jedem Tag, den ich mich nicht bei Westin meldete, meine Chance darauf, dass er sein Wort hielt. Wer wusste schon, ob er seine Meinung mittlerweile nicht längst geändert hatte?

Doch das Universum schien Mitleid mit mir zu haben, denn just in dieser Sekunde trat eine Gestalt an eins der hell erleuchteten Fenster. Ich konnte nicht viel erkennen, nur, dass es sich um einen jüngeren Mann handeln musste, der sich mit jemand anderem im Raum zu unterhalten schien.

Mein Herz setzte einen Schlag aus, und bevor ich überhaupt

realisierte, was ich da tat, hatte ich mein Handy in die Hand genommen und die Nummer der Auskunft gewählt.

Nachdem mich eine mechanische Stimme darüber informiert hatte, was mich dieses Gespräch pro Minute kostete, begrüßte mich eine höflich-professionell klingende Frau, die mich nach meinem Namen und meinem Anliegen fragte. Ich weihte sie ein – natürlich mit falschen Daten – und wurde anschließend, nach Einwilligung zu einer Kostenzulage, endlich mit der Familie Shoemaker in der Cypress Street in Philadelphia verbunden.

Die Freizeichen dröhnten wie ein Gewitter in meinem Ohr, und mir schlug das Herz bis zum Hals. Die Wahrscheinlichkeit, dass es sich bei dem Mann am Fenster, der nun wieder verschwunden war, um Elliott handelte, war so gering, dass es fast lachhaft war.

Lachhaft bedeutet aber nicht unmöglich, redete ich mir selbst gut zu, während mir der Schweiß den Nacken hinabbrann und der Stoff meines Hoodies mir unangenehm am Rücken klebte.

Nach vier endlos erscheinenden Freizeichen wurde ich endlich erlöst.

»Shoemaker«, meldete sich eine weiche Stimme, die in mir das Bild einer Hausfrau mittleren Alters erweckte. Ich konnte Elliotts Mutter regelrecht vor mir sehen, mit ihren ordentlich frisierten Haaren und wachen Augen, die alles sahen.

»Ja … ähm … Hallo, Mrs Shoemaker.« Sämtlicher Übermut, der mich in diese Situation geführt hatte, war mir mit Ertönen ihrer Stimme abhandengekommen, und ich fühlte mich grauenhaft. Diese arme Frau hatte keine Vorstellung davon, dass ihre Welt jeden Moment aus dem Gleichgewicht geraten würde. Gleichzeitig wusste ich, dass das hier meine beste – und vermutlich einzige – Chance war, meinem Verdacht auf den Grund zu gehen. Deshalb hatte ich gar keine andere Wahl, als diese Gräueltat durchzuziehen. »Verzeihen Sie bitte die späte Störung. Mein Name ist Olivia

A… Alvarez. Ich war gemeinsam mit Ihrem Sohn Elliott auf der *Central Highschool*.« Der Knoten in meiner Brust zurrte sich mehr und mehr zusammen. »Ich … ich bin die letzten zwei Jahre in Australien gewesen und erst vor Kurzem zurück in die Staaten gekommen. Erst hier habe ich von dem tragischen Unfall Ihres Sohnes erfahren und möchte Ihnen an dieser Stelle mein herzliches Beileid aussprechen.«

Mrs Shoemaker reagierte mit Schweigen auf meine Worte. Allein ihre beschleunigte Atmung verriet, dass ich mich nicht getäuscht hatte – dieser Anruf war mit Abstand das Letzte, womit sie heute Abend gerechnet hatte.

»Ich möchte Sie gar nicht lange stören«, sprach ich weiter, ehe mich der Mut verlassen konnte. »Ich wollte Sie nur fragen, ob Sie mir verraten könnten, wo ich Elliotts Grabstelle finden kann. Wir waren zwar nicht besonders eng miteinander befreundet, dennoch ist es mir ein persönliches Anliegen, ihm die letzte Ehre zu erweisen, wenn ich schon nicht bei seiner Beisetzung anwesend sein konnte.«

Erneut erntete ich Stille, was mich unter den gegebenen Umständen nicht verwunderte. Dennoch wurde ich zunehmend nervöser. Sollte ich bei diesem Telefonat keine hilfreichen Informationen erhalten, bliebe mir nichts anderes übrig, als ein weiteres Mal Dean um Hilfe zu bitten. Dabei wollte ich genau das vermeiden. Er hatte mir bereits mehr unter die Arme gegriffen, als ich es hätte erhoffen können. Ich wollte seine Hilfsbereitschaft und unsere Freundschaft nicht ausnutzen.

Als das Schweigen andauerte, verstärkte sich mein innerer Konflikt. Einerseits war da der Wunsch, die Wahrheit zu erfahren, andererseits hatte ich Angst. Angst, die Grenzen anderer Leute zu übertreten, und gleich dazu die amerikanischen Bundesgesetze.

Aber wie es schien, war mir das Glück hold, denn im Hintergrund quietschte eine fröhliche Kinderstimme.

»Nana, guck mal, Daddy ist ein Pony.«

»Ein Pony mit Bandscheibenvorfall, wenn du nicht aufhörst, so auf mir herumzuhüpfen«, murrte eine dunkle, aber ziemlich jung klingende Stimme.

»Mom, hatten wir nicht besprochen, dass du Lexis so kurz vor dem Zubettgehen keinen Zucker mehr gibst? Ich versuche seit einer Stunde, sie schlafen zu legen.«

Schlagartig kam Leben in Mrs Shoemaker. Raschelnde Geräusche waren zu hören, ehe ihre Stimme dumpf, aber unverkennbar angespannt durch den Hörer klang. Offenbar hatte sie ihre Hand auf die Sprechmuschel gelegt.

»Nicht jetzt, ihr zwei«, zischte sie, ehe sie nach einigen Sekunden mit tonloser Stimme an mich gerichtet hinzufügte: »Entschuldigen Sie bitte, wie war noch mal Ihr Name?«

Ich dachte gar nicht daran, meine falsche Identität zu wiederholen. Stattdessen legte ich so schnell auf, als könnte ich damit eine tickende Zeitbombe entschärfen.

Und der Vergleich passte. Denn das, was ich soeben vernommen hatte, verursachte in mir eine Detonation epischen Ausmaßes.

Kapitel 17

Olivia

Ich habe recht.

Das war mein erster Gedanke, als sich die Puzzleteile in meinem Verstand an die richtige Position legten.

Shoemaker ist noch am Leben.

Ein hysterisches Kichern bildete sich in meiner Kehle, und ich musste die Lippen fest aufeinanderpressen, um einen Jubelschrei zu unterdrücken.

Denn dafür gab es keinen Grund.

Nur weil Shoemaker noch am Leben und gerade hier war, was schon eine enorme Portion Glück bedeutete, weil er seine Eltern gewiss nur besuchte und woanders lebte, hieß das nicht, dass er Westin im Gefängnis aufsuchen würde.

Noch habe ich mein Ziel nicht erreicht.

Und ehrlich gesagt hatte ich auch keine Vorstellung davon, wie ich dieses Wunder bewirken sollte. Ich konnte schlecht bei den Shoemakers klingeln und ihnen erzählen, dass ich soeben Elliotts vermeintlichen Tod widerlegt hatte und deswegen jetzt gern mit ihm reden wollte. Genauso gut hätte ich mit dem Gesicht voraus gegen eine geschlossene Tür rennen können.

»Das ist doch absolute Scheiße!« Kraftvoll schlug ich gegen das Lenkrad meines Wagens. Wozu war ich so weit gekommen, nur um so kurz vor dem Ende doch noch zu scheitern?

Am liebsten hätte ich meinem Groll mit einem lautstarken Schrei Luft gemacht. Aber die zentnerschwere Enttäuschung lähmte meinen Körper. Ich war gerade einmal in der Lage, die Zündung einzuschalten, damit ich mein Fenster ein paar Zentimeter herunterlassen konnte. Ich brauchte dringend frische Luft.

Lange saß ich da und suhlte mich in meinen Emotionen. Es war schwer zu sagen, ob es sich um Minuten oder Stunden handelte. Es fühlte sich wie eine Ewigkeit an.

Ich erwachte erst aus meiner Trance, als die Haustür der Shoemakers aufgerissen wurde und das Licht auf der Veranda anging.

Wie ein Reh, das vom Scheinwerferlicht erfasst wurde, katapultierte ich den Kopf in die Höhe und starrte mit großen Augen in die Helligkeit.

»Daddy«, rief eine Kinderstimme. »Ich will zu Nana! Geh zurück!«

»Pst. Sei ruhig, Lexis.« Ein Mann mit einer ausgewaschenen und tief in die Stirn gezogenen Basecap, einem dunklen Hoodie und einer Reisetasche in der Hand eilte mit einem Kleinkind auf dem Arm aus dem Haus der Shoemakers. Ein gestutzter Bart verdeckte die untere Hälfte seines Gesichtes, während die obere hinter einer Hornbrille verborgen lag.

Auf den ersten Blick hätte dieser Mann sonst wer sein können. Aber obwohl ich weder seine Gesichtszüge noch seine Haare erkennen konnte, war ich mir sicher, dass es sich hierbei um Elliott handelte, der nach meinem Anruf bei seinen Eltern verschwinden wollte.

Mit wachsender Panik sah ich ihm dabei zu, während mein Puls sämtliche messbaren Bereiche sprengte. Noch immer hatte ich keine Ahnung, was ich tun sollte, aber mit jedem Schritt, den Shoemaker sich von seinem Elternhaus distanzierte, sah ich meine Chance ein Stück mehr dahinschwinden, die Sache noch zu meinen Gunsten herumzudrehen.

Ich stürmte aus dem Wagen und lief Shoemaker nach.

»Elliott, bitte warten Sie. Ich muss dringend mit Ihnen reden.«

Anstatt stehen zu bleiben – natürlich nicht! –, zuckte Shoemaker nur ertappt zusammen, ehe er seine Schritte beschleunigte. Er hatte so lange Beine, dass ich regelrecht joggen musste, um die Distanz zwischen uns nicht größer werden zu lassen.

»Elliott, bitte! Bleiben Sie stehen«, keuchte ich. Ich war nur locker in meine Sneaker geschlüpft, ohne diese festzuschnüren. Diese Fahrlässigkeit rächte sich nun.

»Bitte, hören Sie mir nur fünf Minuten zu. Es ist wirklich wichtig.«

»Sie müssen mich verwechseln, Miss«, rief mir Shoemaker über seine Schulter zu. Erst als er am Straßenende einen alten Ford Escort erreichte, kam er auf dessen Fahrerseite zum Stehen.

Das war meine Chance.

Ich gab noch einmal alles, um kurz darauf endlich bei Shoemaker anzukommen.

»Elliott, bitte. Ich weiß, dass Sie Ihren Tod im Netz nur vorgetäuscht haben, und werde Ihr Geheimnis bewahren, das schwöre ich.« Nach Luft ringend, stützte ich mich mit den Armen auf meinen Oberschenkeln ab. Meine Lungenflügel brannten, und die kalte Luft reizte mit jedem Atemzug meinen Hals. Dennoch sprach ich weiter. Sollte ich nach dieser Aktion scheitern, konnte ich zumindest behaupten, alles in meiner Macht Stehende getan zu haben.

»Ich bin hier, weil mich Westin geschickt hat. Westin Vermont. Er braucht dringend Ihre Hilfe, und weil er Sie nicht selbst kontaktieren konnte, hat er mich gebeten, Sie ausfindig zu machen.«

Shoemaker, der soeben damit beschäftigt gewesen war, etwas aus seiner Hosentasche zu fischen – ich nahm an, es war der Autoschlüssel –, erstarrte mitten in der Bewegung. Doch er hatte sich schnell unter Kontrolle.

»Ich wiederhole, Miss: Sie müssen mich verwechseln. Ich kenne keinen Westin Vermont.«

Ärger wallte in mir auf … Ernsthaft? *Dieses* Spiel wollte er spielen?

Ich setzte zu einer Erwiderung an, doch Elliotts Tochter kam mir zuvor.

»Daddy, wer ist die Frau?«

Einen leisen Fluch ausstoßend, ließ Shoemaker die Sporttasche zu Boden fallen, verlagerte seine Tochter von einem Arm auf den anderen und startete einen neuen Versuch, den Wagenschlüssel aus seiner Hosentasche zu befreien. Dabei wanderte sein Blick immer wieder in Richtung Straße, als rechnete er damit, dass jeden Moment noch mehr Leute hier auftauchten.

Ich schluckte meine Wut hinunter und fokussierte mich auf eine hoffentlich neutrale Tonlage.

»Bitte, Elliott, ich bin wirklich nicht hier, um Sie in Schwierigkeiten zu bringen. Westin hat viel auf sich genommen, um mich davon zu überzeugen, Sie zu kontaktieren. Ich weiß nicht, ob Sie ihn in den letzten zwei Jahren mal gesehen haben, aber ihm scheint Ihr Besuch am Herzen zu liegen.«

Shoemaker ignorierte mich konsequent, während mich seine Tochter nicht aus den Augen ließ. Neugierig musterte sie mich, die Ärmchen fest um den Hals ihres Vaters geschlungen. Das Blau ihrer Iriden strahlte so intensiv und rein, dass mich eine Gänsehaut überzog. Der Gedanke war absurd, aber irgendwie kamen mir diese Augen seltsam vertraut vor.

Shoemaker hatte den Schlüsselbund aus seiner Hosentasche befreit und schloss den Wagen auf. Dann umrundete er den Wagen und riss die hintere rechte Tür auf. Ich folgte ihm intuitiv.

Shoemaker setzte seine Tochter in den Kindersitz auf der Rückbank, schnallte sie in einer beeindruckenden Geschwindigkeit an und warf die Sporttasche neben sie.

Als die Tür mit einem lauten Poltern zufiel und sich Shoemaker zu mir herumdrehte, wich ich automatisch einen Schritt zurück.

»Hören Sie, Miss«, sagte er mit schwerer, kraftloser Stimme. »Ich kann Ihnen nicht helfen. Bitte verstehen Sie das. Es tut mir aufrichtig leid.«

Perplex erwiderte ich Shoemakers Blick. Die Hilflosigkeit und Verzweiflung, die in seinen Augen schimmerten, verdeutlichten mir zwei Dinge: Was auch immer zu dem Kontaktabbruch zwischen den beiden Männern geführt hatte, Westins Schicksal war Shoemaker nicht egal. Im Gegenteil. Shoemaker schien unter der Erinnerung an seinen früheren Freund zu leiden.

Allerdings machte das die zweite Sache nur frustrierender. Er würde seine Meinung nicht ändern.

Obwohl ich gewusst hatte, dass die Chancen schlecht standen, traf mich diese Erkenntnis wie ein Schlag ins Gesicht.

Deswegen bemerkte ich zu spät, dass Elliotts Tochter das Fenster heruntergekurbelt hatte und mit zusammengezogenen Brauen zwischen ihrem Vater und mir hin- und hersah.

»Daddy, wer ist die Frau?« An mich gerichtet, fügte sie hinzu: »Du siehst aus wie eine Puppe.«

Elliott zuckte bei diesen Worten kurz zusammen. Mit einem heiseren »Lexis, mach sofort das Fenster zu!« ging er wortlos an mir vorbei, öffnete die Fahrertür und stieg ein. Als er den Motor startete, rutschte mir das Herz endgültig in die Hose.

»Daddy sagt, Mommy sieht auch aus wie eine Puppe«, plapperte Lexis munter weiter, nichts von der Anspannung ahnend, die mich in eisigen Klauen hielt. Die erneute Aufforderung ihres Vaters, das Fenster zu schließen, ignorierte sie konsequent. »Ich frage mich, ob das stimmt.« Sie verzog nachdenklich das Gesicht, während ihr Vater versuchte, aus der unheimlich kleinen Lücke auszuparken.

»Mommy lebt nämlich im Himmel bei den Engeln.«

Zu gern hätte ich dem kleinen Mädchen geantwortet. Aber ein erneuter Blick in ihre Augen hinderte mich daran.

Als hätte ich sie schon mal gesehen …

Natürlich war das unmöglich. Weder war ich Shoemaker noch seiner Tochter zuvor begegnet.

Und dennoch …

»Nana sagt, ich sehe aus wie Mommy. Dann weint sie immer. Ich frage mich, wieso.« Lexis zuckte mit den Schultern, und mich durchfuhr siedend heiß die Antwort auf meine Frage.

Nein! Das kann nicht sein.

Und dennoch wusste ich tief in meinem Inneren, dass es genau so sein *musste*. Es war die einzige logische Erklärung, warum mir Lexis' Augen so vertraut erschienen.

Weil ich sie tatsächlich schon einmal gesehen habe.

Nur eben nicht bei Shoemaker oder Lexis selbst.

Shoemaker hatte den Wagen aus der Parklücke befreit und hätte nur noch losfahren müssen. Stattdessen blieb er quer auf der Straße stehen und stieg aus dem Wagen. Er drehte sich zu mir herum, die Hände auf dem Autodach abgelegt. Mit schockgeweiteten Augen starrte er zu mir herüber.

Ob er anhand meiner Mimik erkannte, was ich soeben herausgefunden hatte? Oder hatte er seine Meinung doch wegen seiner ehemaligen Freundschaft zu Westin geändert? Was es auch war, ich war aufrichtig erleichtert, als Shoemaker trotz hörbarem Widerwillen sagte: »Fünf Minuten. Keine Sekunde mehr.«

Ich nickte. Dieses Eingeständnis war noch keine Zusage, Westin zu besuchen. Aber ich nahm, was ich bekommen konnte. Und wenn Shoemaker bereit war, mir zuzuhören, war er vielleicht auch bereit, mit mir ins Gefängnis zu fahren.

Ansonsten hätte ich nach diesem Treffen genug Stoff zum Nachdenken. Denn niemals war es Zufall, dass Lexis' Name im

Registerauszug bei den Shoemakers fehlte, obwohl Elliott ihr Vater war, ihre Mutter verstorben und ihre Augen das gleiche strahlende Blau wie Westins besaßen.

Westin und Elliott schienen nicht nur alte Schulfreunde, sondern auch durch die kleine Lexis miteinander verbunden zu sein.

Schließlich hatte Westin seine Schwester verloren – ebenso wie die kleine Lexis ihre Mutter.

Kapitel 18

Westin

Zehn Tage.

So lange hatte ich auf ein Lebenszeichen von Liv warten müssen.

Zehn Tage, die mir länger vorgekommen waren als die zwei Jahre, die ich inzwischen einsaß.

Das mochte melodramatisch klingen, aber auf jemanden, dem jeden Tag aufs Neue die Konsequenzen einer vermeintlich falschen Entscheidung unter die Nase gerieben wurden, wirkte der Vergleich ziemlich passend. Denn während Liv ihr Leben lebte, hatte ich Fuzzys Job als Cobras Knecht übernehmen müssen.

Mir war keine andere Wahl geblieben, nachdem mein Kumpel meinetwegen in die ganze Scheiße hineingezogen worden war.

Zwar bestand ich darauf, nur im Hintergrund zu agieren, sodass Fuzzy offiziell weiterhin den Vertrieb für Cobras Drogengeschäfte führte. Aber wir wussten alle, dass Cobra die Wahrheit kannte.

Und wir wussten auch, dass dieses Arschloch seinen Sieg über mich in vollen Zügen genoss.

Daher fiel es mir schwer zu sagen, was mich am heutigen Abend mehr umtrieb: Fuzzys Erleichterung und Dankbarkeit für meine Unterstützung, die jedes Mal in blanke Angst umschlug, sobald einer von Cobras Schlägern – und sei es nur zufällig – in seiner Nähe auftauchte. Oder Livs Brief, der mich vor fünf Minuten während des Abendessens erreicht hatte und aus einem einzelnen Satz bestand.

Ruf mich an, sobald du kannst.

Darunter stand eine Telefonnummer.

Selbst unter größter Folter hätte ich nicht in Worte fassen können, was dieses Schreiben in mir auslöste. Das lag auch an diesem verfluchten Kribbeln, das seit unserem Treffen in meiner Brust herrschte und jedes Mal von Neuem aufbrandete, sobald ich an die Journalistin dachte – was zu meiner Schande ständig geschah.

Seit ich Liv persönlich begegnet war, ihre Mimik und Gestik gesehen und sich ihre Stimme unwiderruflich in meinen Verstand gebrannt hatte, konnte ich nicht aufhören, sie mir in den alltäglichsten Situationen vorzustellen. Beim Zähneputzen. Beim Autofahren. Beim Schreiben dieses Briefes.

Ich konnte förmlich vor mir sehen, wie sie die wenigen Worte hingekritzelt hatte, ihre Unterlippe zwischen die Zähne gezogen und eine widerspenstige Strähne vor dem Gesicht baumelnd.

Ich war so was von am Arsch!

Denn, und das konnte ich kaum vor mir selbst zugeben, es war nicht allein sexuelle Anziehung, die mich in diesem Moment wie von der Tarantel gestochen von meinem Platz aufspringen und mein Essenstablett in den Metallwagen donnern ließ. Und zwar so heftig, dass ich mir neben den aufgeregten Rufen von Mad Eye und Fuzzy auch eine Verwarnung von einem Wärter anhören durfte.

Nein, mich begleitete noch etwas auf meinem Weg zum Gefängnistelefon.

Etwas, das sich gefährlich nach *mehr* anfühlte.

Ein *Mehr*, das ich mir nicht leisten konnte.

Nicht leisten *durfte*.

Mich selbst immer wieder daran erinnernd, dass Livs einzige Motivation, mit mir in Kontakt zu bleiben, das in Aussicht gestellte Interview war, hob ich den altmodischen Hörer von der Gabel und tippte die Nummer vom Brief ab. Zum Glück war es in diesem Gefängnis erlaubt, einmal im Monat eine Telefonnummer anzurufen, die nicht auf der vorher genehmigten Liste stand.

Es klickte in der Leitung, dann wurde ich aufgefordert, meine Häftlingsnummer einzugeben. Während ich das tat, schickte ich einen stummen Dank an Elliott. Er hatte vor zwei Jahren darauf bestanden, dass ich mir ein Telefonkonto einrichtete, damit wir in Kontakt bleiben konnten. Zwar hatten wir danach nur noch ein Mal miteinander gesprochen, aber dafür besaß ich jetzt ausreichend Guthaben, um Liv zu kontaktieren.

Es klingelte, und mit jedem Tuten beschleunigte sich mein Puls. Gefängnistelefonate waren eine komplexe Angelegenheit. Abgesehen davon, dass jeder Anruf aufgezeichnet und stichprobenartig abgehört wurde, wusste ich von den anderen Häftlingen, dass die angerufene Person jedes Mal aufs Neue darüber informiert wurde, dass ein Insasse aus dem *Hawthrone* in der Leitung war.

Erst nach einer Freigabe wurde eine Verbindung hergestellt.

All das wusste ich, dennoch erschien mir die Dauer, bis Livs Stimme brummend zu mir vordrang, wie eine Ewigkeit.

»Dein Timing könnte nicht mieser sein.«

Sämtliche Alarmsirenen schrillten in mir los, und anstelle des bittersüßen Ziehens in meiner Leistengegend, das ich verspürte, wenn ich Livs Stimme hörte, durchfuhr mich kalte Angst.

Was war los?

Steckte sie in Schwierigkeiten?

Brauchte sie Hilfe?

Oder – und am liebsten hätte ich über mich selbst gelacht, weil mir dieser Gedanke erst jetzt kam – hatte ich sie bei einem romantischen Date mit ihrem Freund gestört?

»Sorry, wenn ich dich und deinen Lover gerade beim Vorspiel unterbreche«, knurrte ich und schloss die Finger so fest um den Telefonhörer, dass mein Arm erzitterte. »Am besten schickst du mir beim nächsten Mal eine Kopie deines Kalenders mit, damit ich weiß, wann es dir passt.«

Mann! Was war nur mit mir los? Liv half mir, und ich Hornochse hatte nichts Besseres zu tun, als sie anzupampen.

Dabei kann sie gar nichts dafür, dass ich allein beim Klang ihrer Stimme einen Ständer bekomme.

»Wow, ich habe mir zwar bereits gedacht, dass es im Knast schwer ist, gute Laune zu haben. Aber dir muss ja eine gigantische Laus über die Leber gelaufen sein. Willst du darüber reden? Ich kann meinen Kampf gegen diesen Tankautomaten auch später fortführen.« Ihre einfühlsamen Worte trafen mich mitten ins Herz und animierten diesen Verräter, einen Salto zu veranstalten.

Verflucht. Was passiert hier gerade?

»Du kämpfst mit einem Tankautomaten?«, hörte ich mich fragen, während meine Stimmung raketenartig in die Höhe schoss. Zwar hatte Liv nicht dementiert, einen Freund zu haben. Aber sie hatte auch nicht bestätigt, vergeben zu sein.

Erbärmlich, wie ich war, klammerte ich mich an den winzigen Funken Hoffnung – nicht, dass es dafür auch nur den geringsten Grund gäbe. Selbst wenn Liv entgegen aller Wahrscheinlichkeit Single sein sollte, bedeutete das nicht, dass sie auch nur im Entferntesten auf diese Art an mir interessiert war.

Sie will das Biest. Nicht mich, rief ich mir in Erinnerung.

»Spar dir deinen Spott«, sprach Liv in meine Gedanken hinein, und Erheiterung blitzte durch ihren verärgerten Tonfall hindurch. »Dieses Mistding hat es auf mich abgesehen. Seit fünfzehn Minuten treibt es mich an den Rand der Verzweiflung.«

Meine Mundwinkel wanderten trotz wiederholter Ermahnung meinerseits weiter nach oben. Ebenso wie mein zuckender Schwanz.

»Ich würde niemals über dich spotten. Aber ich muss gestehen, ich kann den Automaten verstehen. Ich würde auch rumzicken, um deine Aufmerksamkeit länger zu genießen.«

Stille folgte meiner Aussage, ehe Liv scharf Luft holte. Erst da wurde mir bewusst, was ich soeben von mir gegeben hatte.

Fuck!

Ich hatte schon wieder mit ihr geflirtet. Dabei wollte ich mich doch von ihr fernhalten.

Aber wie sollte mir ein solches Vorhaben gelingen, wenn Liv mich vergessen ließ, wo und warum ich war, wo ich war. Sogar *wer* ich war.

»Ähm, soll ich vielleicht doch später noch mal anrufen?«, sagte ich nach einem Räuspern und stieß meine Stirn sacht gegen die Wand vor mir. So verlockend das Geplänkel mit Liv auch war, war es verschwendete Zeit. Während sie ihr Leben außerhalb dieser Mauern führte, auf Dates ging und ihre Zukunft plante, bestand mein Schicksal darin, bis zu meinem letzten Atemzug hier drinnen zu verrotten.

»Dann könntest du deinen Freund bitten, zu dir zu kommen und dir zu helfen«, schob ich nach, weil ich ein masochistischer Esel war. Doch ich würde erst dann aufhören können, mir vorzustellen, dass es Livs Hände waren, die mich unter der Dusche einseiften, wenn sie mir klipp und klar vor den Latz knallte, dass sie vergeben war.

»Ich weiß gerade nicht, ob ich mich geehrt fühlen soll, weil du glaubst, dass ich einen Freund haben könnte – wo ich doch so schrecklich anstrengend bin und jedes Wort auf die Goldwaage lege. Oder ob ich mich gekränkt fühlen muss, weil du mir nicht zutraust, dass ich meine Probleme allein lösen kann.« Obwohl ihre

143

Stimme weiterhin von Erheiterung durchzogen war, traf mich ihre Aussage wie ein Tritt in die Eier.

»Du hast keine Ahnung davon, was ich dir alles zutraue«, raunte ich mit einer Aufrichtigkeit, wie ich sie in Bezug auf Liv noch nie an den Tag gelegt hatte. »Wenn du wolltest, könntest du die ganze Welt im Sturm erobern.«

Meine Welt gehört dir jedenfalls bereits.

Erneut breitete sich Stille zwischen uns aus, aber dieses Mal versuchte ich nicht, sie zu füllen. Ich konnte es nicht. Dafür toste das Chaos in meinem Inneren viel zu stark. Mein Herz raste, mein Kopf war wie in Watte gepackt, und ich drohte, in der Vielzahl von Emotionen zu ertrinken, die mich überschwemmten.

Einige Minuten schwiegen wir einander an, was mich zunehmend nervöser machte. Zum einen, weil ich mich fragte, was da zwischen Liv und mir entstand. Zum anderen stresste mich der Umstand, dass die Dauer des Telefonats begrenzt war. Nach fünfzehn Minuten wurden diese aus Sicherheitsgründen automatisch beendet. Und dann war meine Häftlingsnummer für die nächsten vierundzwanzig Stunden für weitere Telefonate gesperrt.

»Also? Warum wolltest du, dass ich dich anrufe?«, nahm ich unsere zum Erliegen gekommene Unterhaltung wieder auf. Die anderen Häftlinge hatten ihr Abendessen beendet und waren auf dem Weg in ihre Zellen. Das bedeutete, Liv und mir blieben vielleicht noch fünf Minuten, ehe wir getrennt wurden.

»Ich wollte mit dir über Elliott Shoemaker reden«, sagte sie in einer Tonlage, die ich unmöglich einschätzen konnte. Rau und dumpf klang sie, aber nicht abweisend. Eher … *erregt*? War das möglich? War Liv – und sei es nur auf eine unbewusste und instinktive Weise – doch auf *diese* Weise an mir interessiert?

Diese Vorstellung verursachte einen Kurzschluss zwischen meinen Schläfen, und ich dankte Gott dafür, dass Atmen ein lebensnotwendiger Reflex war.

»Es war alles andere als leicht«, sagte Liv, und ich zwang mich zur Konzentration – auch wenn mich das alles kostete, was ich in diesem Augenblick zu leisten imstande war. »Denn unter der Adresse, die du mir genannt hast, lebt inzwischen ein älteres Paar. Ich musste mir erst einen Auszug des Einwohnermeldeamtsregisters besorgen, ehe i–« Ein lautstarkes Piepsen unterbrach Liv. »Nein! Das darf doch nicht wahr sein. Mein Akku ist leer.« Raschelnde Geräusche folgten. Schließlich schnaufte Liv ins Telefon.

»Verflucht! Meine Powerbank ist auch tot. Ich habe vergessen, sie aufzuladen.«

»Okay, dann komm zum Punkt«, erwiderte ich mit rasendem Puls. Es war vollkommen egal, ob ihr Akku leer war. In wenigen Minuten würde dieses Gespräch so oder so beendet werden. Vorher *musste* ich jedoch erfahren, was mit Elliott war. Lange würde ich es nicht mehr aushalten, für Cobra zu arbeiten. Ich benötigte dringend seine Hilfe.

»Hast du ihn gefunden? Hat er zugestimmt, herzukommen?«

»Die Sache ist kompliziert. Ich erkläre dir alles, sobald wir uns wiedersehen. Bis dahin musst du unbedingt Alexander Davenport auf deine Besucherliste setzen. Hast du mich verstanden? *Alexander Davenport.* Das ist von essenzi–«

Ein letztes Piepen ertönte, dann toste dröhnende Stille durch die Leitung.

Wollte mich das Universum verarschen?

Erst quälte es mich, indem es mir die utopische Vorstellung in den Kopf pflanzte, Livs Interesse an mir könnte über das versprochene Interview hinausgehen – wenn auch nur auf körperlicher Ebene. Und dann, als es endlich danach aussah, als würde ich Neuigkeiten über Elliott erfahren, ließ es mich im Regen stehen?

War das dieses Karma, von dem alle Welt sprach?

Weil ich mir tagtäglich zu Livs Bild unter der Dusche einen runterholte, wurde ich jetzt bestraft?

Ehrlicherweise quälte mich weniger die Frage, wer zum Teufel dieser Alexander Davenport sein sollte, als vielmehr die Überlegung, wie ich Liv nach diesem Telefonat jemals wieder unter die Augen treten sollte.

Dass Olivia Abrams mir gefährlich werden konnte, hatte ich von Beginn an gewusst. Doch seit heute gab es keine Zweifel mehr daran:

Sie besaß nicht nur die Macht, die Welt im Sturm zu erobern. Sie war auch in der Lage, mich zu zerstören – und zwar auf die grausamste aller Arten.

Emotional.

Kapitel 19

Westin

Die nächsten Tage verbrachte ich in einem zombiehaften Zustand. Im Grunde war alles wie immer. Ich wachte morgens auf, frühstückte, ging zur Arbeit, aß zu Mittag und arbeitete weiter. Nachmittags spielte ich mit Mad Eye Karten, las ein Buch oder trainierte. Aber ich lebte nicht.

Nicht wirklich zumindest.

Und das lag allein an Liv – beziehungsweise an dem Chaos, das sie in mir angerichtet hatte.

Ich konnte gar nicht in Worte fassen, wie sehr ich mich dafür hasste, es so weit kommen gelassen zu haben. Aber es nützte nichts, sich gegen die Wahrheit zu sträuben.

Fakt war nun einmal, dass das Telefonat zwischen Liv und mir etwas verändert hatte.

Es hatte *mich* verändert.

Früher war es okay für mich gewesen, keine Besuche, Anrufe oder Briefe von außerhalb zu erhalten. Nachdem der Kontakt zu Elliott abgebrochen war, hatte ich es sogar so *gewollt*. Es hatte mein Leben leichter gemacht, weil ich nicht ständig daran erinnert wurde, was ich aufgegeben hatte.

Aber jetzt, da ich wusste, dass es da draußen diese Frau gab, war von der eisernen Festung, die ich mir die letzten Jahre über erfolgreich aufgebaut hatte, kaum noch etwas übrig.

Stattdessen spürte ich unsichtbare Drahtfesseln der Einsamkeit, die mein Herz Stück für Stück enger umspannten.

»Es ist ein Verbrechen, dass so ein Stück Scheiße wie du Besuch erhalten darf. Und dann auch noch von so einem scharfen Gerät.« Watson, ein mittelalter Wärter mit Schnauzer, stieß mich grob von hinten an, was mich kurzzeitig zum Taumeln brachte.

Doch das war nicht der Grund, wieso ich die Zähne aufeinanderbiss, bis es in meinem Kiefer knackte. An dieses übertrieben dominante und respektlose Verhalten war ich inzwischen gewöhnt.

Das wahre Problem war, dass dieser Perversling extra mit einem anderen Wärter die Traktzuständigkeit für den heutigen Nachmittag getauscht hatte, weil er mitbekommen hatte, dass mich bereits zum zweiten Mal innerhalb von wenigen Wochen ein und dieselbe Person besuchte. Und Watson war ein grauenhaftes Tratschmaul. Bisher hatte niemand außer meinen Kumpels etwas von dem Kontakt zwischen Liv und mir mitbekommen. Aber wie lange würde das so bleiben, wenn sie mich weiterhin besuchte?

»Ich bin mir sicher, die Ärzte haben dasselbe gesagt, als deine Mommy dich nach der Geburt sehen wollte«, sagte ich mit unmenschlicher Beherrschung. Im Gegensatz zu einem tätlichen Angriff würde mich solch ein Spruch nicht sofort in Einzelhaft befördern, wo ich für die nächsten vier Wochen hocken und nicht einmal von Besuchen träumen würde.

Das bedeutete jedoch nicht, dass ich mit meinem losen Mundwerk ungescholten davonkam.

Watson packte mich fest im Nacken und riss mich so grob zurück, dass ich abermals ins Taumeln geriet. Hart prallte ich mit dem Rücken gegen ihn, wo er mir sogleich seinen Schlagstock an die Kehle presste.

»Du hältst dich wohl für witzig, was, du Made? Vergiss bloß

nicht, wer hier das Sagen hat. Ansonsten sehe ich mich gezwungen, dich daran zu erinnern.« Sein Atem verätzte mir die Nase, und der Druck des Stocks quetschte mir den Kehlkopf ein.

Was hätte ich dafür gegeben, diesem Wichser ins Gesicht spucken zu können, dass er sich nur wegen seiner Ausrüstung überlegen fühlte? In einem fairen Kampf hätte der Typ keine Chance gegen mich gehabt.

Aber natürlich wusste Watson das, weshalb es ihm so viel Spaß machte, mich zu triezen.

Mit einem festen Schubs gegen den Rücken ließ er mich los. Dabei stellte er mir ein Bein, sodass ich die Balance verlor und auf allen vieren landete.

»Wag es nicht noch einmal, meine Mutter mit deinem dreckigen Mördermaul zu erwähnen. Sonst zeige ich dir, wo du *wirklich* hingehörst.« Nach einem saftigen Tritt in die Seite, der mir einen dumpfen Schmerzenslaut entlockte und mich die Arme wegreißen ließ, sodass ich mit dem Gesicht auf den Betonboden aufprallte, ging der Wärter fröhlich pfeifend davon.

Mit vor Zorn verengten Augen sah ich ihm nach. Doch anstatt mich wild brüllend auf ihn zu stürzen, schluckte ich die bittere Galle meiner Emotionen hinunter und rappelte mich keuchend auf die Beine. Ich würde Watson nicht die Genugtuung schenken und mich wie das Biest benehmen, das er in mir erwecken wollte, nur damit er mich von Liv fernhalten konnte.

Im Gehen wischte ich mir das Blut von der Lippe, die bei meinem Aufprall aufgeplatzt war, und bog um die Ecke des lang gezogenen Flures.

Watson wartete bereits an der schweren Metalltür auf mich, die er widerwillig durch Drücken eines Knopfes für mich öffnete.

»Denk bloß nicht daran, die Kleine auch nur eine Sekunde lang falsch anzusehen, du verfluchter Frauenmörder. Ich beobachte dich.« Mit einem weiteren Schubser beförderte mich der

Wärter über die Schwelle. Dieses Mal war ich jedoch darauf vorbereitet gewesen. Problemlos hielt ich mich auf den Beinen.

Die Tür fiel mit einem lauten Scheppern hinter uns zu, was ich nicht weiter beachtete.

Ich hatte Liv an einem Tisch am Rand des Raumes entdeckt, und alles andere geriet für mich in den Hintergrund. Anstatt einer Bluse trug sie heute ein Tour-T-Shirt der Band *Thirty Seconds to Mars*. Sie hatte ihre Haare zu einem lockeren Zopf geflochten, der ihr über die Schulter fiel, und ihre Augen leuchteten wie der Mond, den ich letzte Nacht aus meiner Zelle heraus angestarrt hatte.

Sie sah umwerfend aus. Allein der unbekannte Typ neben ihr trübte den perfekten Anblick.

Das musste dieser Alexander Sowieso sein.

Ich konnte sein Gesicht nur teilweise erkennen, weil er sich Liv zugewandt hatte. Auch seine Statur, die unter einem dunklen Sweatshirt verborgen lag, die dunkelbraunen, kurzen Haare sowie der Vollbart verrieten nichts über ihn.

Wer war der Typ?

Und wieso war es Liv derart wichtig gewesen, dass er sie hierhinbegleitete?

Das werde ich vermutlich herausfinden, wenn ich zu den beiden hingehe, sagte ich zu mir selbst und beförderte mich mit einem gedanklichen Arschtritt in Richtung Tisch.

Ich hatte mein Ziel noch nicht erreicht, da drehte sich Liv zu mir herum. Das sanfte Lächeln auf ihren Lippen, das ihr dieser Alexander durch irgendeine Aussage entlockt hatte, erstarb augenblicklich, und ihre Augen weiteten sich.

»Du bist verletzt«, rief sie und machte Anstalten, von ihrem Platz aufzuspringen. Im letzten Moment hinderte sie sich daran, und ich wusste nicht, ob ich ihr dafür danken oder sie verfluchen sollte.

»Gefangener, setz dich hin«, bellte Watson unnötig laut, was mich innerlich die Augen verdrehen ließ. Aber ich folgte der Aufforderung und ließ mich, den Blick auf Liv gerichtet, auf den freien Stuhl ihr gegenüber fallen.

»Was ist passiert?«, fragte Liv.

»Bin wegen eines offenen Schnürsenkels gestolpert.« Lieber sollte mich Liv für einen Tollpatsch halten, als dass sie erfuhr, dass ich mich von Wärtern herumschubsen ließ.

Liv krauste die Stirn und wollte bereits zu einer Erwiderung ansetzen, doch der Typ zwischen uns machte mit einem verhaltenen Räuspern auf sich aufmerksam.

»Westin, es … es ist schön, dich zu sehen.«

Die Worte drangen nur dumpf an mein Ohr.

Wie unter Wasser.

Dennoch wirbelte mein Kopf mit einer solchen Geschwindigkeit zur Seite herum, dass es in meinem Nacken knackte.

Was zum Heiligen …?

Ich kannte diese Stimme. Ich kannte sie so gut wie meine eigene. Daran hatten auch zwei Jahre Funkstille nichts geändert.

Doch so sicher ich mir auch war, dass ich gerade Elliotts nasalen Klang gehört hatte, weigerte sich mein Verstand, das eben Gehörte mit dem sich mir bietenden Bild in Einklang zu bringen. Wie sollte dieser Typ hier, der unter dem Namen Alexander Was-auch-immer in dieses Gebäude gekommen war und mich gerade mit tomatenroten Wangen anlächelte, Elliott Shoemaker sein? Er besaß weder karottenorange Locken noch ein von Sommersprossen überzogenes Gesicht oder die hellgrünsten Iriden, die ich mir vorstellen konnte.

Dennoch …

Die Züge um die dunkelbraunen Augen hinter der altmodischen Hornbrille kamen mir vertraut vor.

»Es tut mir leid, dass ich mich so lange nicht habe blicken lassen«, sagte Alexander und wirkte aufrichtig.

151

»Ich sagte dir doch bereits, dass die Vergangenheit nicht so wichtig ist wie die Gegenwart. Die Hauptsache ist, dass du *jetzt* hier bist«, erwiderte Liv. Ich hingegen starrte Alexander – beziehungsweise Elliott, denn ich konnte nicht länger leugnen, dass das hier mein früherer bester Freund war – sprachlos an.

Er war hier.

Er war wirklich gekommen.

Der Sturm, der sich in diesem Moment in meinem Inneren zusammenbraute, ließ sich unmöglich in Worte fassen. Die ganze Zeit hatte ich zwar *gehofft*, dass es Liv gelingen würde, Elliott ausfindig zu machen. Aber ich hatte nicht daran *geglaubt*.

Geschweige denn, dass sie es schafft, ihn herzubringen.

Ich wusste nicht, ob ich lachen, weinen oder mir selbst eine reinhauen sollte, um mich davon zu überzeugen, dass das hier Realität war.

»Ihr zwei habt sicherlich einiges zu besprechen. Deswegen werde ich …« Liv deutete mit dem Daumen über ihre Schulter und erhob sich von ihrem Platz. Mit einem kleinen, zufrieden wirkenden Lächeln in meine Richtung begab sie sich zu den Getränke- und Snackautomaten.

»Und … ähm … wie geht es dir?«, fragte mich Elliott. Die Röte in seinen Wagen schien schier zu explodieren. Wenn ich diesen Anblick nicht bereits aus der Schulzeit gekannt hätte, hätte ich geglaubt, dass der arme Kerl Fieber hatte.

Immer noch unfähig, zu realisieren, dass ich nach all der Zeit tatsächlich Elliott wiedersah, konnte ich ihn nur anstarren.

Natürlich missinterpretierte er mein Schweigen und rutschte auf seinem Stuhl hin und her. Er sah überallhin, nur nicht in meine Richtung.

»Mir geht es ganz okay«, brachte ich mühsam über die Lippen, damit sich der arme Kerl nicht länger quälte. »Ich meine, klar, das hier ist nicht das *Ritz*. Aber du kennst mich.« Ich zwang einen

Mundwinkel in die Höhe, als sich Elliott mit großen Augen zu mir herumdrehte. »Ich habe zwei Jahre Mrs Fynster als Spanischlehrerin überstanden. So schnell zwingt mich nichts in die Knie.«

Elliotts Erleichterung stand ihm so deutlich ins Gesicht geschrieben, dass mich der Anblick unter anderen Umständen zum Grinsen gebracht hätte. Aber in diesem Moment hatte ich mehr als genug damit zu tun, die Fassung zu wahren, weil sich mein Herz so ungewohnt leicht und zerbrechlich anfühlte. Wie mundgeblasenes Glas.

»Und wie geht es dir? Du hast dich ja ziemlich verändert.«

»Na ja …« Elliott zog die Schultern gen Ohren und zupfte an den Ärmeln seines Pullovers. »Was soll ich sagen? Die Zeit war nicht leicht für mich. Für uns«, korrigierte er und lächelte gequält. Ich konnte unmöglich sagen, ob es daran lag, weil ihn die Erinnerung an die Vergangenheit peinigte oder er sich nicht traute, in meiner Gegenwart über seine Probleme zu reden. Dabei war klar, wieso er eine neue Identität angenommen hatte. Ich kannte Elliott und hatte selbst hier im Knast mitbekommen, wie langwierig und ausufernd die Hasswelle ihm gegenüber selbst nach meinem Geständnis gewesen war.

»Und wie geht es …?«

»Lexis«, half mir Elliott aus. Natürlich hatte mein früherer Kumpel auch meiner Nichte Tamara eine neue Identität verpasst. Immerhin besaß sie denselben Nachnamen wie einer der meistgehassten Menschen der USA.

»Lexis«, wiederholte ich mit rauer Stimme. Mein Herz wurde vor Melancholie tonnenschwer. Gleichzeitig musste ich lächeln. Der Name passte zu dem kleinen Wirbelwind, mit dem ich vor meiner Inhaftierung viel Zeit verbracht hatte.

Der Zweitname meiner Schwester Louisa war Alexandra gewesen, aber Elliott und ich hatten sie immer nur Lexis genannt.

»Ihr geht's gut.« Langsam kehrte eine gewisse Selbstsicherheit und Leichtigkeit in Elliotts Miene zurück. »Sie ist unglaublich klug. Und neugierig. Und sie wickelt jeden binnen kürzester Zeit um den kleinen Finger.«

Mein Lächeln wurde breiter, aber unter den Stolz in meiner Brust mischte sich ein bittersüßer Schmerz.

Es fiel mir schwer, an meine Nichte zu denken, weil ich dadurch auch zwangsweise das Bild meiner Schwester vor Augen hatte. Es war eine grausame Wahrheit, dass weder Louisa noch meine Mom oder ich miterlebten, wie Lexis heranwuchs und die Welt eroberte.

Unweigerlich glitt mein Blick zu Liv, die noch immer vor dem Getränkeautomaten stand und so tat, als könnte sie sich nicht entscheiden, nur um Elliott und mir ein wenig Privatsphäre zu ermöglichen. Dabei war ich mir sicher, dass sie jedes unserer Worte hören konnte.

»Ich glaube fest daran, dass Lexis zu einer großartigen, starken und selbstbewussten Frau wird. Sie braucht nur jemanden an ihrer Seite, der sie auffängt, wenn sie mal ins Straucheln gerät.«

Elliott folgte meinem Blick zu Liv, und ein Lächeln zupfte an seinen Mundwinkeln. Ich wollte gar nicht wissen, in welche Richtung seine Gedanken gingen.

»Tut mir leid, länger konnte ich nicht wegbleiben«, sagte Liv, als sie mit drei Getränkedosen in den Händen zurück an den Tisch kehrte. Ohne mich anzusehen, stellte sie eine Dose *Mirinda* vor mir ab. Elliott und sich selbst hatte sie jeweils eine Pepsi mitgebracht. »Der Wärter dort hinten«, sie deutete unauffällig mit dem Kopf zu Watson, »starrt mich schon die ganze Zeit so komisch an. Vermutlich denkt er, wir planen hier einen Gefängnisausbruch oder so.«

Einerseits hätte ich Liv gern beruhigt und ihr gesagt, dass der Wärter sie aus völlig anderen Gründen beobachtete. Andererseits waren Watsons erotische Fantasien das mit Abstand Letzte, worüber ich reden wollte.

»Kein Ding«, meinte ich und verlagerte mein Gewicht auf dem Stuhl so, dass ich meine Unterarme auf der Metallplatte abstützen konnte. Meine Hände fanden wie von selbst zu der eiskalten Dose, die in mir eine Woge der Wärme auslöste. Liv hatte sich gemerkt, was ich gern trank. Ich konnte mich nicht daran erinnern, wann mir das letzte Mal eine solche Kleinigkeit ein derartiges Flattern in der Brust beschert hatte. »Ich wollte Alexander gerade erklären, wieso ich ihn so dringend sprechen muss.«

Kapitel 20

Olivia

Atme!, befahl ich mir und schloss meine zitternden Finger um die Pepsi-Dose auf dem Tisch. Dabei ließ ich Westin keine Sekunde aus den Augen. *Du bist hier im Gefängnis und nicht auf einem Ferienponyhof. Solche Geschichten gehören hier zum Alltag.*

Obwohl mir dieser traurige Umstand bewusst war – immerhin liefen die Wärter mit sichtbaren Waffen an ihren Uniformen durch die Gänge –, kroch eine zentimeterdicke Gänsehaut meine Arme empor.

»Von wegen offener Schnürsenkel«, murrte ich und öffnete die zischende Metalldose. Westins knappe Erzählung über den Gangsterboss Cobra und seine *Spielchen,* wie Westin den Psychoterror bezeichnete, unter dem sein Kumpel Fuzzy seit Wochen litt, hatte mich eiskalt erwischt. Nun brauchte ich dringend eine Portion Zucker, um meine strapazierten Nerven zu beruhigen.

Dabei hat Westin nicht einmal zugegeben, dass Cobra ihn ebenfalls drangsaliert.

Aber das war auch nicht nötig. Von der dicken Lippe abgesehen, die Westin gerade präsentierte, hatte ihn seine Mimik verraten.

Schnell trank ich noch einen Schluck.

Wann zur Hölle war mir Sarahs Mörder so wichtig geworden, dass ich Angst *um* ihn hatte anstatt *vor* ihm?

Seit Erics Worte mit jedem Gespräch zwischen Westin und mir immer mehr Raum in meinem Kopf einnehmen, gab ich mir selbst die Antwort. Denn obwohl es möglich war, dass ich auf eine perfide Manipulation hereinfiel, sagte mir mein Bauchgefühl, dass Westin nicht das Biest war, das alle in ihm sahen. Selbst wenn er Sarah umgebracht haben sollte, fiel es mir immer schwerer, zu glauben, dass er aus Kaltherzigkeit gehandelt hatte.

Westin führte seine Hand an den Mund und wirkte überrascht, als frisches Blut seine Fingerspitzen benetzte. Offenbar hatte er kurzzeitig vergessen, dass er verletzt war.

»Du glaubst, das war Cobra?« Ein trockenes Lachen entfloh ihm. »Nein, da kann ich dich beruhigen. Damit hat er nichts zu tun.«

Obwohl ich es äußerst widerwillig tat, glaubte ich Westin. So, wie er diesen Cobra-Typen beschrieben hatte, bezweifelte ich, dass es nach einer Begegnung mit ihm bei einer aufgeplatzten Lippe blieb.

»Wenn ich dir helfen soll, brauche ich mehr als diese wenigen Infos«, mischte sich Elliott mit gedämpfter Tonlage ein und beugte sich ebenfalls über den Tisch. Obwohl die beiden Männer so leise miteinander sprachen, dass sogar *ich* Mühe hatte, sie zu verstehen, sah ich mich um. Ich wollte unter allen Umständen vermeiden, dass jemand dieses Gespräch belauschte – nicht, dass dieser Cobra noch irgendwelche Spitzel hier hatte.

Aber bis auf den Wärter, der uns seit seinem Erscheinen anstarrte, jedoch zu weit weg war, um etwas zu hören, schien uns niemand zu beachten.

»Kennst du seinen richtigen Namen oder den Grund, wieso er verurteilt wurde?«, hakte Elliott nach, aber Westin schüttelte den Kopf.

Elliott presste die Lippen zusammen, ehe er den Kopf senkte und die Arme vor der Brust verschränkte.

Ich kannte diese Geste, da ich in den vergangenen Tagen viel Zeit mit ihm verbracht hatte, um sicherzugehen, dass er bei seiner Meinung wegen Westin blieb. Zwar hatten wir dabei weder über dieses Treffen noch über Westin gesprochen, dennoch hatte ich die Zeit genossen. Es war ein schönes Gefühl gewesen, jemanden kennenlernen zu dürfen, der Westin wichtig war.

»Ich weiß, ich bringe dich mit dieser Bitte in eine miese Lage«, sagte Westin. »Du hast viel auf dich genommen, um dir und Lexis ein sicheres Zuhause aufzubauen. Aber ich würde dich niemals in eine solche Sache hineinziehen, wenn es eine andere Lösung gäbe. Dieser Mistkerl scheint ein enormes Netzwerk von Anhängern zu haben, wodurch es unmöglich ist, ihn von hier aus loszuwerden. Und Fuzzy steckt allein meinetwegen in dieser Scheiße. Cobra lässt seinen Frust an jemandem aus, der mir wichtig ist.« Kaum war die letzte Silbe verklungen, huschte Westins Blick für einen Sekundenbruchteil in meine Richtung. Ich konnte den Ausdruck in seinen Iriden nicht einordnen, aber in mir keimte der alberne Gedanke auf, dass er mich in seine Worte einbezog. Als glaubte er, ich könnte seinetwegen ebenfalls in die Schusslinie dieses Gangsters geraten.

»Aktuell scheinen die Wogen einigermaßen seicht zu sein«, sprach Westin weiter und wandte sich wieder Elliott zu. »Aber das wird nicht mehr lange so bleiben. Das spüre ich. Es braut sich ein Sturm zusammen. Cobra wird sich nicht ewig mit der aktuellen Situation zufriedengeben. Er will *mich* unter seiner Kontrolle wissen. Aber du kennst mich. Lieber würde ich …« Er brach ab und nahm seine Getränkedose ins Visier, die er schon die ganze Zeit zwischen seinen Fingern hin- und herrollte.

Elliott hatte Westins Ausführung schweigend über sich ergehen lassen. Aber ich glaubte, seinen Zwiespalt zu kennen, und fühlte mich verpflichtet, Elliott zur Seite zu stehen. Immerhin hatte ich ihn dazu bewegt, Westin anzuhören.

»Ich möchte ja nicht des Teufels Advokaten spielen«, sagte ich an Westin gerichtet. »Aber was stellst du dir eigentlich vor, *wie* Ell–, ich meine, Alexander dir helfen soll? Klar, er ist in manchen Bereichen überaus talentiert – schließlich haben wir nur seinetwegen so schnell einen Besuchstermin bekommen. Aber wie soll das dein Problem lösen? Wäre es nicht Erfolg versprechender, wenn du dich an die Wärter oder gleich an die Gefängnisleitung wenden würdest? So ein Typ wie Cobra gehört in Isolation.«

Westins Kopf ruckte in die Höhe, und sein stechender Blick bohrte sich in meinen.

»Du willst, dass ich mich an die *Wärter* wende?« Er gab ein trockenes Lachen von sich. »Ja, klar. Weil die ja auch so riesige Fans von mir sind. Was denkst du, von wem ich dieses kleine Souvenir hier habe?« Er zeigte mit seinem Finger auf seine blutende Lippe. »Ja, du hast recht, ich bin nicht wegen eines offenen Schnürsenkels gestolpert. Dieses Geschenk hier hat mir dieses Weltklasse-Arschloch«, er deutete mit einem subtilen Kopfnicken in Richtung des Wärters, der zu uns herüberstarrte, »verpasst. Er ist nämlich der Meinung, dass jemand wie *ich* nicht das Recht besitzt, Besuch von jemandem wie *dir* zu erhalten.«

Mein Mund klaffte einen Spaltbreit auf. *Das* war die Wahrheit hinter seiner Verletzung? Was glaubte dieser Wärter eigentlich, wer er war, dass er darüber urteilen durfte, welche Art von Besuch ein Gefangener verdiente und welche nicht? Vollkommen unabhängig davon, warum Westin einsaß, hatte der Wärter mit seinem tätlichen Angriff seine Aufsichtspflicht verletzt und ein Dienstvergehen begangen.

Der Typ gehört angezeigt und selbst hinter Gitter.

Neben loderndem Zorn diesem uniformierten Mistkerl gegenüber brannte noch eine zweite Emotion in mir auf. Und diese drängte mich dazu, meine Hand tröstend auf Westins zu legen. Aber es gelang mir rechtzeitig, meinen Arm dort zu lassen, wo er war. Denn abgesehen davon, dass Körperkontakt bei Besuchen strengstens verboten war und nur für Sekunden während der Begrüßung und der Verabschiedung toleriert wurde, bezweifelte ich, dass Westin überhaupt von mir angefasst werden wollte. Seit er diesen Raum betreten hatte, hatte er mich kaum beachtet. Die ganze Zeit fokussierte er sich auf Elliott und sah maximal in meine Richtung, wenn ich ihn direkt ansprach.

Aber wieso sollte es auch anders sein? Jetzt, da er bekommen hatte, was er wollte, brauchte er mich nicht mehr. Allein die Aussicht, dass ich aufgrund unseres Deals meine Masterarbeit über mein Wunschthema würde schreiben können, milderte meinen Frust.

»Westin hat recht«, sagte Elliott so plötzlich, dass ich unsanft aus meinen Gedanken katapultiert wurde, und wandte sich an seinen Freund. »Wenn mich die Vergangenheit eine Sache gelehrt hat, dann, dass die Menschen lieber verurteilen als sich die Mühe machen, der Wahrheit auf den Grund zu gehen. Deswegen helfe ich dir.«

Diese Worte ließen Westin förmlich vor Erleichterung aufstöhnen. Seine Haltung lockerte sich, und seine Miene brach wie eine geschlossene Muschel auf. Das Lächeln, das nun zum Vorschein kam, ließ ihn so jung, frei und dankbar wirken, dass ich das Gefühl hatte, einem vollkommen anderen Westin Vermont gegenüberzusitzen.

Einem, der mehr zu bieten hatte als seinen Ruf.

Das war der Westin, der es durch wenige ehrliche Momente geschafft hatte, mich für sich einzunehmen.

Nur deswegen hatte ich zugestimmt, ihm mit Elliott zu helfen.

Weil ich die Wahrheit erfahren und nicht die Verurteilung anderer Menschen verstärken will.

»Danke, Mann«, sagte Westin strahlend. »Ich weiß das wirklich zu schätzen. Dafür hast du was gut bei mir.«

Energisch schüttelte Elliott den Kopf.

»Sag so was nicht. Ich bin froh, mich endlich bei dir revanchieren zu können. Denn auch wenn ich in der Vergangenheit kein allzu guter Freund gewesen bin, habe ich nie vergessen, was du für mich getan hast. Nur könnte es ein wenig dauern, bis ich alle nötigen Unterlagen gefälscht habe, um eine Verlegung dieses Kerls in die Hochsicherheit einzuleiten, ohne dass es auffällt oder jemand Fragen stellt. Aber ich verspreche dir, ich werde mein Bestes geben und mich beeilen.«

»Mehr will ich gar nicht. Und ich meine es absolut ernst, El: Dass du mir hilfst, ist nicht selbstverständlich – ganz egal, was du mir deiner Meinung nach schuldest.«

Elliott presste die Lippen fest aufeinander und nickte. Seine Augen waren verräterisch feucht, was mir einen Kloß im Hals bescherte. Ich hatte zwar keine Ahnung, von welcher vermeintlichen Schuld die beiden sprachen – zumindest hatte ich *noch* keine Ahnung –, aber es war eindeutig, dass dieses Treffen eine Brücke über die Kluft zwischen ihnen geschlagen hatte.

Allein dafür hat sich die ganze Mühe schon gelohnt.

»Ich glaube, ich sollte mal aufs Klo gehen, um meine Kontaktlinsen zu richten«, meinte Elliott und erhob sich mit einem schüchternen Lächeln. Ich wusste, dass die Sorge schwer auf seinen Schultern lastete, jemand könnte seinem Geheimnis auf die Schliche kommen – so wie ich. Insofern verstand ich, dass er Westin und mich allein ließ, nachdem alles geklärt war.

Bei der Wärterin angekommen, die den Durchgang in Richtung Gefängnisausgang kontrollierte, redete er auf sie ein. Als sie den Kopf schüttelte, drehte sich Elliott mit großen Augen zu uns herum.

Mist. Scheinbar hatte er es nicht gewusst. Wer den Raum vor Ablauf der Zeit verließ, durfte nicht erneut hereinkommen.

Sichtlich zerrissen, verlagerte Elliott sein Gewicht von einem

Bein auf das andere. Schließlich überwog sein Verantwortungs-gefühl seiner kleinen Tochter gegenüber, sodass er nach einem knappen Winken in unsere Richtung durch die Tür schlüpfte und verschwand.

Seufzend wandte ich mich wieder zu Westin herum.

»Ich wette mit dir, ich werde mir die ganze Heimfahrt über anhören dürfen, wie schlecht er sich fühlt, dass er früher gehen musste.«

»Während der Heimfahrt?« Westins Tonlage war unmöglich einzuschätzen. Oberflächlich betrachtet, klang sie überrascht. Al-lein das Blitzen in seinen Augen bedeutete mir, dass sich mehr hinter seinen Worten verbarg.

Bloß ... was sollte das sein?

Verwunderung, weil ich mit Elliott gemeinsam hergefahren war?

Vielleicht sogar ein Funken Eifersucht?

Unsinn!, schalt ich mich selbst.

Nur weil ein irrationaler Teil von mir sich *wünschte*, dass Westins Geflirte mehr zu bedeuten hatte, bedeutete das nicht, dass es der Realität entsprach.

Aus diesem Grund musste ich hart gegen die aufkommende Enttäuschung in meiner Brust anschlucken. Sie war hier mindes-tens so fehl am Platz wie mein Traum letzte Nacht, in dem mich Westin gepackt und stürmisch geküsst hatte.

»Ja, ich hab Alexander angeboten, ihn mitzunehmen, weil sein Wagen in letzter Zeit immer öfter Probleme macht und ich ver-hindern wollte, dass er unterwegs mit einer Panne liegen bleibt.« Das Lächeln auf meinen Lippen fühlte sich grauenhaft an, wes-halb ich schnell einen weiteren Schluck Pepsi in meinen Mund kippte. Leider vermochte es die zuckersüße Brause nicht, den bitteren Geschmack wegzuspülen, der sich bei Westins knappem Nicken auf meiner Zunge ausbreitete.

»Es freut mich, dass ihr zwei euch so gut versteht. Ihr passt zusammen. Seht süß aus und all der Kram.«

Ich bewegte den Kopf unwillkürlich auf und ab – die Bitterkeit auf meiner Zunge war hinab zu meiner Kehle gewandert und verhinderte eine Erwiderung.

Zumindest bis ich realisierte, was Westin gerade von sich gegeben hatte.

»Was sagst du? Wir passen zueinander? Sehen *süß* zusammen aus?« Meine Stimme schrillte in die Höhe, was uns sämtliche Aufmerksamkeit der Anwesenden einhandelte. Der Wärter, der Westin die dicke Lippe verpasst hatte, machte sogar Anstalten, auf uns zuzukommen.

Sofort beeilte ich mich, die Situation zu entschärfen.

»Sorry, ich dachte, ich hätte eine Ratte an meinem Bein gespürt. Aber es war nur mein anderer Fuß.« Albern kichernd, winkte ich in die Runde, ehe ich mich wieder Westin widmete. »Sag mal, versuchst du, mich mit Elliott zu verkuppeln?«, zischte ich, nachdem der Wärter wieder an seinen Platz gegangen war und sich die anderen Anwesenden wieder ihren eigenen Unterhaltungen widmeten.

Nicht nur, dass Westin nicht auf dieselbe Art an mich dachte wie ich in meinen schwachen Momenten an ihn, jetzt wollte er mich sogar an seinen Kumpel verweisen?

Deutlicher hätte er mir keinen Korb verpassen können.

»Wolltest du deswegen herausfinden, ob ich einen Freund habe? Um abzuwägen, wie viel Aufwand du betreiben musst, um mich deinem Freund aufzuschwatzen? Habt ihr darüber gesprochen, als ich euch allein gelassen habe?«

Verblüfft wich Westin zurück. Seine Erheiterung war ihm aus dem Gesicht gefallen. Stattdessen wirkte er ertappt.

»Ich wollte nicht herausfinden, ob du einen Freund hast«, erwiderte er zu energisch, um glaubhaft zu klingen.

»Natürlich hast du das!«

Westin schwieg, aber ich sah, wie es in seinem Kopf arbeitete. Der Ausdruck in seinen Augen wandelte sich so rasend, dass es mich schwindelte.

»Ja, okay, du hast recht.« Er fuhr sich mit einer Hand über die kurz geschorenen Haare. »Aber das hatte ganz bestimmt nichts mit El– … mit *ihm* zu tun. Das kannst du mir glauben.«

»Und wieso wolltest du es dann wissen?«, fragte ich mit beschleunigtem Puls.

Wieder zögerte Westin eine Antwort qualvoll lange hinaus. Erst, als ich dachte, er würde mich ein weiteres Mal auflaufen lassen, sagte er: »Ich wollte es wissen, weil …« Ein lautstarker Gong unterbrach ihn. Das Ende der Besuchszeit war gekommen.

Während ich noch damit beschäftigt war, das Universum für dieses abgrundtief miese Timing zu verfluchen, brach Unruhe um uns herum aus. Der Reihe nach wurden die Häftlinge aufgerufen, um sich an der Tür zu den Gefängnistrakten einzufinden. Gemeinsam mit ihnen stand auch der Besuch auf, um sich zu verabschieden.

Als Westin dran war, erhob ich mich ebenfalls.

»Du schuldest mir noch eine Antwort«, sagte ich, um den Moment unserer Trennung hinauszuzögern. Obwohl ich wusste, dass wir nicht darum herumkommen würden, versetzte mich die Aussicht in Panik, dass dies womöglich der letzte Augenblick war, in dem ich Westin sah. Niemand konnte mir garantieren, dass er sein Wort halten und sich ein weiteres Mal für ein Interview mit mir treffen würde.

»Das tue ich«, antwortete Westin mit rauer Stimme, und etwas blitzte in seinen Iriden auf. Etwas Dunkles. Hungriges. Das auf seltsame Art und Weise genau das widerspiegelte, was in meinem Inneren vor sich ging.

Mein gesamter Körper kribbelte, als stöbe eine Ameisenarmee

durch meine Adern, und ich musste mich mit all meiner Selbstbeherrschung davon abhalten, die Distanz zwischen Westin und mir zu überbrücken und meine Arme um ihn zu schlingen.

»Ich wollte es für mich wissen«, sagte Westin schließlich, und meine Haut fühlte sich schlagartig um Nummern zu klein an.

Hatte ich mich verhört, oder hatte Westin gerade zugegeben, dass …

»Ich wollte es wissen, weil ich ständig an dich denken muss und die Ungewissheit, ob es dir mit jemand anderem ebenso ergeht, mich schier um den Schlaf bringt.«

Ich schluckte.

Einmal.

Zweimal.

Dreimal.

Doch der Kloß in meiner Kehle blieb. Dabei wollte ich unbedingt etwas auf Westins Geständnis erwidern.

Ein warnender Ruf hinderte mich daran. Der Arschlochwärter forderte Westin dazu auf, sich zu den anderen Insassen zu begeben, weil ihm ansonsten lange Tage in Einzelhaft bevorstanden.

Wortlos begab sich Westin an seinen Platz in der Reihe. Mit jedem Schritt, den er sich von mir entfernte, wurde das Blitzen in seinen Augen intensiver – was ich jedoch nur sehen konnte, weil Westin alles daransetzte, unseren Blickkontakt aufrechtzuerhalten. Erst, als er mit den anderen Häftlingen durch die schwere Metalltür verschwand und diese laut scheppernd hinter ihnen zufiel, erwachte ich aus meiner Trance.

Ich hatte keine Ahnung, was soeben geschehen war oder welche Konsequenzen das für mich hatte.

Aber eine Sache wusste ich: Entgegen jeder Logik und Wahrscheinlichkeit schien Westin auf dieselbe Art und Weise an mich zu denken wie ich an ihn. Und diese Gewissheit brachte nicht nur meinen Mund zum Lächeln, sondern auch mein Herz.

Kapitel 21

Westin

»Ich bin so was von geliefert!«

So, jetzt hatte ich es laut ausgesprochen. Zwar arbeiteten die Waschmaschinen hier unten dröhnend laut, sodass mein Eingeständnis nicht einmal Stewer, ein älterer Insasse, der noch länger in der Wäscherei tätig war als ich, wahrgenommen hatte. Aber dennoch entsprach es der Wahrheit.

Was hatte mich nur dazu geritten, Liv zu gestehen, dass ich auf sie stand? Dass ich entgegen aller Logik und Vernunft auf eine Art und Weise an sie dachte, die unangemessen und ziellos war? Denn selbst wenn Liv nicht mit entsetztem Schweigen reagiert hätte, würde sich nichts an unseren unvereinbaren Leben ändern.

Wenigstens muss ich mir keine Gedanken darüber machen, wie ich künftig mit ihr umgehen soll.

Dass Liv nie wieder einen Fuß auf dieses Gelände setzen würde, war so sicher wie das Amen in der Kirche.

Dabei – und das war vermutlich der größte Beweis für mein schwindendes Urteilsvermögen – hatte ich mich nur aus einem Grund dazu verleiten lassen, mein Herz sprechen zu lassen: weil ich aufgrund ihrer Schimpftirade bezüglich Elliott und meiner vermeintlichen Verkupplungsversuche geglaubt hatte, ihr Interesse an mir könnte über das versprochene Interview hinausgehen.

Was war ich nur für ein Hornochse!

Ein grober Stoß gegen meine Schulter riss mich aus meinen Gedanken, und ich hob automatisch den Blick von dem gigantischen Haufen Bettwäsche vor mir. Stewer nickte in Richtung Ausgang am anderen Ende des Raums.

Mit gerunzelter Stirn folgte ich seinem Blick, bis ich Fuzzy entdeckte, der fuchtelnd auf mich zulief, als wollte er Flugzeuge einwinken.

Was zum ...?

Auf der Stelle ließ ich alles stehen und liegen und rannte ihm entgegen.

»Was ist los?«

»Telefon ... Zeitungstussi ... Schnell!« Fuzzy stützte sich keuchend mit den Armen auf den Oberschenkeln ab. »Beeil dich!«

Maßlos verwirrt, was mein Kumpel von mir wollte, konnte ich Fuzzy nur anstarren. »Wovon zum Teufel redest du?«

Immer noch die Arme auf die Oberschenkel gelegt, hob Fuzzy den himbeerroten Kopf.

»Das Telefon oben ... es hat geklingelt, als ich ... die Metallwagen mit dem Dreckgeschirr ... holen wollte ... Bin aus Spaß drangegangen ... da war deine ... Zeitungstussi dran.«

Trotz Fuzzys abgehackten Sätzen, seiner röchelnden Stimme und dem lautstarken Dröhnen der Industriewaschmaschinen, die groß genug waren, dass ein Mensch darin Platz finden könnte, begriff ich endlich, was mein Gegenüber von mir wollte.

Liv hat angerufen? Um diese Uhrzeit?

Dafür musste es einen triftigen Grund geben.

Aber welchen?

Mein Magen raste wie ein unkontrollierbarer Fahrstuhl in die Tiefe.

War etwas passiert? Womöglich etwas mit Elliott? Hatte er bei seinem Besuch hier Hinweise auf seine wahre Identität hinterlassen?

Zwar konnte ich mir das nicht vorstellen – ich kannte Elliott und wusste, dass er in allem, was er tat, akribisch vorging. Aber sonst wollte mir kein Argument einfallen, wieso Liv unangekündigt um Viertel vor acht am Morgen im Gefängnis anrufen sollte.

»Was wollte sie?« Mein Puls raste wie ein Rennwagen, und das nervöse Kribbeln in meiner Brust drohte, in eine ausgewachsene Übelkeit zu kippen.

»Mit dir reden?« Fuzzy sah mich an, als zweifelte er an meiner Zurechnungsfähigkeit.

»Was hat sie *gesagt*?«, konkretisierte ich meine Frage mit einem innerlichen Augenrollen. Gerade konnte ich beim besten Willen nicht sagen, wer von uns beiden schwerer von Begriff war. »Und wehe, du sagst jetzt, dass sie mit mir reden wollte. Dass sie keinen Kaffeeklatsch mit dir oder Mad Eye abhalten wollte, kann ich mir denken – im Gegensatz zu ihren genauen Worten.«

Fuzzy sah mich noch einen Moment mit gefurchter Stirn an, dann richtete er sich mit einem tiefen Atemzug auf.

»Sag doch einfach, dass du eine Wiederholung des Gesprächs hören willst.« Er schnitt mir eine Fratze, ehe er sich übertrieben räusperte. »Also, es klingelte, und ich ging ran. Sagte brav *Hallo*, und sie antwortete mit *Hallo, mein Name ist Sexy Journalistin. Ich würde gern Westin Vermont sprechen. Ich sagte *Sorry, der ist unten in der Wäscherei. Soll ich ihm was ausrichten?* Hab ja schließlich gute Manieren«, fügte er mit einem Augenzwinkern hinzu, was mich nun tatsächlich mit den Augen rollen ließ.

»Jedenfalls fragte sie dann, ob es möglich wäre, dass ich dich hole, weil sie wirklich *dringend* mit dir reden muss. Ich meinte dann, *klar, ich lauf eben los.* Dann habe ich den Hörer fallen lassen und bin hergerannt.« Fuzzy beendete seine Erzählung mit einem selbstzufriedenen Grinsen, was in mir den Wunsch weckte, mich mit einem Klaps gegen seinen Hinterkopf bei ihm zu bedanken.

Warum zum Teufel hatte dieser Kerl nicht gesagt, dass sie *im-*

mer noch am Telefon war? Ich hatte sein sinnfreies Gestammel so interpretiert, dass sie um einen Rückruf oder Ähnliches gebeten hatte – was problematisch gewesen wäre, weil ich bisher keinen Grund gesehen hatte, ihre Telefonnummer auf die *White List* setzen zu lassen.

Ohne meinem niederen Impuls nachzugeben, meinem Kumpel eine reinzuhauen, rannte ich los, als wäre der Teufel persönlich hinter mir her. Ich hörte Fuzzy noch etwas rufen, aber ich beachtete ihn nicht. Stattdessen fokussierte ich mich allein auf die Sorge, *warum* Liv mich so dringend sprechen wollte.

Nass geschwitzt erreichte ich den Vorraum des Speisesaals, wo die drei frei zugänglichen Gefängnistelefone hingen. Zwei von ihnen waren unbesetzt. Am letzten jedoch …

Fuck. Ich hatte es befürchtet …

Natürlich war der baumelnde Telefonhörer nicht unbemerkt geblieben, und ausgerechnet Hunderson hatte es sich dort gemütlich gemacht. Dass er leise in die Sprechmuschel wisperte, verursachte in mir widersprüchliche Emotionen.

»Komm schon, Baby, stell dich nicht so an. Ist doch scheißegal, wie ich heiße. Wenn du darauf stehst, kannst du mich Vermont nennen. Oder Brad Pitt. Von mir aus auch Chris Evans. Ich will doch nur ein bisschen Spaß mit dir haben.«

»Hey, Arschloch«, rief ich und eilte auf Hunderson zu. Noch bevor ich realisierte, was ich tat, hatte ich ihn bereits an der Schulter gepackt, so heftig zu mir herumgerissen, dass ihm der Hörer aus den Fingern rutschte, und ihm meine geballte Faust von unten gegen den Kiefer gedonnert.

Ein unangenehmes Knacken dröhnte durch den langen Flur, ohne dass ich sagen konnte, ob es von meiner Hand oder Hundersons Kopf ausgegangen war, der ruckartig in seinen Nacken flog.

Aber meine Reue hielt sich in Grenzen.

»Ich gebe dir genau zwei Sekunden, um von hier zu verschwinden«, knurrte ich mit hämmerndem Puls. Gleichzeitig griff ich nach dem Telefonhörer, um meine zitternden Finger auf die Muschel zu legen. Liv sollte nicht noch mehr mitbekommen. »Ansonsten erhältst du eine kostenfreie Schleudergangfahrt mit deinen vollgepissten Unterhosen.«

Hunderson, der sich mit einer Hand den Nacken rieb und den Kiefer hin und her bewegte, funkelte mich erbost an. »Das wirst du bereuen, *Beast*. Dafür mache ich dich fertig.«

Da ich vor Hunderson in etwa so viel Angst hatte wie vor einem Hundewelpen, dessen Augenlider nach der Geburt noch geschlossen waren, sparte ich mir eine verbale Erwiderung und verabschiedete mich mit einem Mittelfinger.

Nachdem ich mir sicher war, dass Hunderson sich davongetrollt hatte, atmete ich erleichtert auf. Erst als ich mich daran erinnerte, wer am anderen Ende der Leitung auf mich wartete, jagte mein Puls wieder in die Höhe, und dieses Mal zitterten meine Hände aus einem anderen Grund.

»Liv? Bist du dran? Geht es dir gut? Was ist passiert?«

Es raschelte in der Leitung. Vermutlich hatte Liv das Telefon während ihrer »Unterhaltung« mit Hunderson weggelegt.

»Westin? Oh, hi! Ja, ich bin's.« Sie hörte sich im selben Maße piepsig an, wie ich angespannt und hektisch klang.

Was für eine Kombination.

»Sorry, wenn ich störe. Ich … ich wollte nur …« Sie verstummte, und in meiner Brust zog sich etwas zusammen. So wortkarg und nervös war Liv sonst nie. Sofort verstärkte sich meine Sorge, dass der Grund für ihren frühmorgendlichen Anruf einer Hiobsbotschaft geschuldet war.

»Was ist los, Liv?«

»Ich wollte mit dir reden«, presste sie hervor. »Über gestern.«

Fuck.

Obwohl es mich erleichterte, dass es kein Notfall war, der sie dazu animiert hatte, mich anzurufen, wäre mir ein solcher Grund deutlich lieber gewesen.

»Ich wollte eigentlich noch gestern Abend anrufen. Aber erst haben wir aufgrund der Feierabend-Rushhour ewig im Auto gesessen, dann hat Elliott darauf bestanden, mich zum Dank zum Essen einzuladen. Weil er aber Lexis ins Bett bringen musste, hat er für uns gekocht, und …«

Wenn Liv mir jetzt beichtete, dass sie und Elliott miteinander ausgingen, müsste ich mich auf der Stelle übergeben.

»… und ehrlicherweise habe ich nach deinem Geständnis ein wenig Zeit gebraucht, alles zu verarbeiten und mich zu sortieren. Deswegen …«

»Ist schon gut«, fiel ich ihr hastig ins Wort und hätte am liebsten aufgelegt. Zumindest würde diese Pein nicht mehr allzu lange andauern. Wegen Fuzzy hatte ich einige Zeit verloren, sodass dieses Gespräch vermutlich in wenigen Minuten automatisch beendet wurde.

»Ich brauche wirklich keine ausführliche Erklärung dafür, wieso du mir einen Korb gibst. Ich verstehe schon.«

»Das bezweifle ich«, beharrte sie. »Ich bin mir ja selbst nicht sicher, ob ich verstehe, was hier läuft. Denn ich möchte dir keinen Korb geben. Im Gegenteil. Nachdem du gestern so mutig warst und mir gesagt hast, wie du fühlst, verdienst du die gleiche Tapferkeit.« Ich hörte sie einatmen. »Du sagtest, dass du viel an mich denken musst … und mir geht es da genauso«, presste sie in einem Atemzug hervor.

Zumindest kam es mir wie ein Atemzug vor.

Das konnte jedoch auch daran liegen, dass meine Lunge den Dienst quittiert hatte und die Zeit stillzustehen schien.

Hatte ich mich gerade verhört, oder hatte Liv gesagt, dass sie mir *keinen* Korb geben wollte? Weil sie genauso viel an mich dachte wie ich an sie?

»Westin? Bist du noch dran?«

»Ja, das bin ich. Denke ich zumindest. Ich versuche gerade, mich daran zu erinnern, ob wir wirklich November haben oder ob ich für ein halbes Jahr im Koma lag und plötzlich der erste April ist.«

»Haha.« Livs sarkastische Erwiderung, die von Erleichterung und Erheiterung durchzogen war, wirkte wie ein gigantischer Eisbrecher.

»Tut mir leid, den konnte ich mir nicht verkneifen«, sagte ich lächelnd. »Aber ich meine es ernst. Nach deiner Reaktion gestern hätte ich jede Wette angenommen, dass du dich lieber von einer Brücke stürzen würdest, als jemals wieder mit mir zu reden.«

»Du hast mich total überrumpelt! Deswegen habe ich auch die halbe Nacht kein Auge zugemacht. Ich war viel zu aufgewühlt.«

»Das tut mir leid«, sagte ich aufrichtig, auch wenn das unüberhörbare Grinsen in meiner Stimme einen anderen Eindruck erweckte.

»Mir nicht«, sagte Liv plötzlich leiser und mit einer dunklen Nuance. »Ich habe zwar keinen blassen Schimmer, wie es jetzt weitergehen soll, aber ich bin froh, dass wir darüber gesprochen haben.«

Das Kribbeln in meiner Brust jagte mir blitzartig in die Leistengegend.

»Du kannst von Glück reden, dass du Fuzzy an die Strippe bekommen hast. Ansonsten hätte ich vermutlich nie von deinem Anruf erfahren«, sagte ich nach einem Räuspern.

»Ich hoffe, Fuzzy war der nette Kerl, der den Anruf entgegengenommen hat. Denn der zweite Typ war einfach nur …« Sie gab einen Würgelaut von sich.

Sofort intensivierte sich das wohlige Kribbeln in meinem Körper, weil Liv und ich auf derselben Wellenlänge waren.

»Ja, Fuzzy war der nette Kerl – auch wenn du das sicherlich

nicht behaupten würdest, wenn du wüsstest, wie er dich genannt hat. Jedenfalls solltest du hier besser nicht mehr ohne Absprache anrufen. Hunderson – dein zweiter Gesprächspartner – ist zwar ein Wichser, aber harmlos. Leider kann ich das nicht von allen hier behaupten. Du hattest wirklich Glück.«

Und ich auch.

Würde Cobra von Liv erfahren, würden sich meine Probleme vervielfachen. Ich konnte nur hoffen, dass Elliott Gas gab.

»Ich weiß. Aber ich kann dir doch nicht jedes Mal einen Brief oder eine Mail mit einem Terminvorschlag schicken, wenn ich mit dir telefonieren will. Das ist nicht nur megaumständlich, sondern dauert ewig. Laut meinen Informationen wird euch nur ein Mal die Woche gestattet, Mails zu lesen und zu verschicken, richtig?« Als ich bestätigend brummte, seufzte Liv. »Ich wünschte, du hättest ein Handy, damit wir miteinander texten könnten.«

»Das klingt ja fast so, als wolltest du dich jetzt öfter bei mir melden. Aber ganz ehrlich? Ich war nie ein Freund von SMS oder E-Mails. Ich spreche lieber persönlich mit den Leuten.«

»SMS sind ja auch die reinste Folter. Wie will man sich mit hundertsechzig Zeichen angemessen ausdrücken? Nein, eher müsstest du meine ellenlangen Sprachnachrichten in WhatsApp ertragen.«

»Whats-What?«, rutschte es mir heraus, und Scham erwärmte meine Wangen. Ich hatte nie viel mit diesem ganzen Technikkram zu tun gehabt. Im Gegensatz zu Liv. Als Journalismusstudentin kannte sie sich sicherlich bestens in der medialen Welt aus.

Livs Lachen verstärkte die Hitze in meinem Gesicht. »Wie bitte? Du kennst WhatsApp nicht? Seit welchem Jahrhundert sitzt du noch mal im Gefängnis?«

Ich wusste, dass sich Liv nur dem Flirt zwischen uns hingegeben hatte. Und ich nahm ihr die witzig gemeinte Frage auch nicht übel.

Doch ihre Worte riefen mir in Erinnerung, dass ich diese Leichtigkeit zwischen uns nicht zulassen durfte.

Sie machte die Tatsache, dass das zwischen uns zu nichts führen würde, nur quälender.

Sie hat ein Leben. Eine Zukunft. Ich habe nicht das Recht, ihr etwas davon wegzunehmen. Ich muss es schaffen, mich von ihr fernzuhalten.

Unsere Welten waren für alle Zeiten unvereinbar. Es war unsinnig, sich etwas anderes einzureden, nur weil wir unvorhergesehen miteinander in Kontakt geraten waren.

Wenn ich Liv noch tiefer in mein Leben lasse, wird sie früher oder später darin ertrinken.

Das durfte ich jedoch nicht zulassen. Es waren schon genug Leben durch jene Nacht vor zwei Jahren zerstört worden.

»Scheiße, ist das strange.« Liv lachte erneut in den Hörer. Dieses Mal war ihre Anspannung und Unruhe nicht zu überhören. »Ich komme mir vor wie auf der Highschool, als man so Ankreuzzettelchen über die beste Freundin weitergereicht hatte, weil man zu feige war, seinen Schwarm anzusprechen. Und dann, wenn man den Zettel zurückbekommen und erfahren hatte, dass der andere einen auch mochte, wusste man nicht, wie man reagieren sollte. Dann habe ich immer den größten Müll von mir gegeben.«

Dankbar ging ich auf den Themenwechsel ein. Wenn unser Telefonat schon jeden Moment beendet werden würde, sollte es in einer unverfänglichen Stimmung geschehen. »Wie hast du es denn später gehandhabt? Als du aus der Ankreuzzettelchen-Zeit herausgewachsen warst, meine ich.«

Liv schwieg, und ich fragte mich, ob sie nachdenken musste oder ob ihr die Antwort peinlich war.

»In der Seniorklasse oder später auf der Uni habe ich die Typen einfach gefragt, ob sie mit mir ausgehen wollen. Oder wir haben den Teil übersprungen und gleich miteinander rumgeknutscht.«

Obwohl ich mir sicher war, dass sie den zweiten Teil ihrer Aussage nicht ernst meinte, zuckte es in meiner Hose. Nicht zum ersten Mal erwischte ich mich bei der Frage, wie wohl Livs Lippen schmeckten. Sie nun über dieses Thema sprechen zu hören, war wie Öl für mein inneres Feuer.

So viel zum Thema unverfänglich.

Um mich nicht vollends in dem Traum zu verlieren, der zwischen meinen Schläfen Gestalt annahm, biss ich mir auf die Lippe und sagte: »Die Telefongespräche hier sind auf fünfzehn Minuten begrenzt. Wir werden also jeden Moment unterbrochen. Danach ist meine Häftlingsnummer erst wieder nach vierundzwanzig Stunden erreichbar.«

»Oh, ja, natürlich. Sorry. Dabei habe ich auf der Homepage des *Hawthrone* von dieser Regelung gelesen. Es gibt nur noch eine letzte Sache, die ich mit dir klären wollte: Ich habe nachgesehen, wann der nächste freie Besuchstermin wäre. Für das Interview, weißt du? Das Problem ist, dass es ausgerechnet an Thanksgiving wäre. Danach sind erst im neuen Jahr wieder Plätze frei.«

»Aha«, sagte ich. Naiverweise hatte ich das Interview völlig vergessen. Vielleicht auch verdrängt, weil ich mir absolut nicht vorstellen konnte, Liv jemals wieder unter die Augen zu treten. Nicht, seit ich wusste, dass sie genauso für mich empfand wie ich für sie.

Und dass mir nichts anderes übrig bleibt, als unsere Herzen zu brechen.

»Ich habe den Termin noch nicht gebucht«, sagte Liv in die Stille hinein. Da ertönte das leise Piepsen, das die letzte Gesprächsminute verkündete. »Ich wollte erst mit dir darüber reden. Immerhin weiß ich ja nicht, ob du bereits verabredet bist oder so.«

»Darüber brauchst du dir keine Gedanken zu machen«, gab ich monoton zurück. »Außer dir und Alexander hat mich noch nie jemand besucht. Und ich bin mir sicher, dass er an diesem Tag bereits Pläne hat.«

»Oh, okay. Dann, ähm, buche ich den Termin?«

»Von mir aus.«

Bringen wir endlich dieses verfluchte Interview hinter uns, damit ich beginnen kann, mich von dir zu distanzieren.

Sosehr mich der Gedanke auch schmerzte, Liv nach Thanksgiving nie wiederzusehen, war es die einzige Möglichkeit, jemals wieder zu dem Westin zu werden, der ich vor Livs erstem Brief gewesen war.

Ich musste wieder zum *Beast from the East* werden.

»Okay«, sagte Liv mit krächzender Stimme. »Darf ich dir noch eine letzte Frage stellen?«

»Wenn die Zeit dich lässt.«

»Hast du abgesehen von der Nussallergie noch irgendwelche Unverträglichkeiten? Oder gibt es Dinge, die du aus religiösen Gründen nicht isst?«

Meine Brauen wanderten in die Höhe. Ich hatte keine Ahnung, mit welcher Frage ich gerechnet hatte. Aber gewiss nicht mit dieser.

»Nein, sonst gibt es nichts. Wieso fragst du?«

»Nur so.« Livs gezwungenes Lächeln, das deutlich zu hören war, war wie ein Tritt in meine Eier. Und ich hatte diesen mehr als verdient.

»Gut. Dann sehen wir uns in zwei Wochen.«

Sofern ich bis dahin keinen Weg gefunden habe, die Zeit zurückzudrehen und unser erstes Treffen abzulehnen.

Kapitel 22

Liv

Beschäftigung war die beste Ablenkung – sagte man das nicht? In meinem Fall funktionierte dieses Prinzip jedenfalls. Um nicht ständig an Westin, unser letztes Telefonat oder unser bevorstehendes Treffen denken zu müssen, packte ich mir meinen Kalender so voll, dass ich kaum noch Luft zum Atmen hatte.

Ich besuchte meine Eltern, verbrachte mehr Zeit in der Redaktion als im gesamten halben Jahr zuvor, und ich traf mich immer wieder mit Dean und seiner neuen Freundin Sheila. Sie war eine Kommilitonin von mir, die ich sehr mochte.

Auch bei Elliott hatte ich einmal spontan vorbeigeschaut. Aber weil seine Freude eine Spur zu enthusiastisch gewesen war, war ich schnell wieder verschwunden. Daher hatte ich ihn auch nicht auf Westin, die Fortschritte bezüglich der Cobra-Mission oder die erwähnte Schuld zwischen ihm und seinem Kumpel ansprechen können.

In den wenigen Momenten, in denen ich nicht in Arbeit ertrank, beschäftigte ich mich mit meiner Masterthesis. Ich hatte sogar schon begonnen, mich tiefer in diverse Bereiche einzulesen, nur um mich davon abzulenken, dass all meine Arbeit von dem bevorstehenden Interview mit Westin abhing. Wenn er mich ein weiteres Mal auflaufen lassen würde, müsste ich komplett von vorn anfangen.

Westin …

Immer wieder gelang es ihm, sich in meine Gedanken zu schleusen. Dabei hatte ich am Abend vor Thanksgiving wichtigere Probleme als meine irrationale Zuneigung für Sarahs vermeintlichen Mörder.

Zum Beispiel die Tatsache, dass es meinen Eltern gelungen war, mich erneut in eine festlich geschmückte Halle zu locken, in der alle um uns herum geschwätzig an ihren Kristallgläsern nippten, während im Hintergrund ruhiger Jazz lief.

Hatte mir meine Anwesenheit auf der letzten Gala nicht genug Schwierigkeiten beschert?

Das Einzige, was mich beruhigte, war, dass wir uns nicht in der *Max William Hall* des Country Clubs befanden, sondern in der Stadtvilla der Familie Sanders. Angeblich sollte dieses Fest Edwin Sanders ehren, Calebs Vater, der zum Bürgermeister ernannt worden war, und einen Dank für das Vertrauen der Bürgerschaft darstellen. Aber niemand war so naiv, das zu glauben. Diese Veranstaltung diente allein dazu, das Vermögen der Sanders sowie ihre neu gewonnene Macht zur Schau zu stellen. Denn von der Wählerschaft meiner Heimatstadt konnte ich nur diejenigen entdecken, die Rang und Namen besaßen und die sich ohnehin auf jeder High-Society-Party herumtrieben.

»David. Jasmin. Wie schön, Sie zu sehen.« Mrs Sanders begrüßte meine Eltern mit Luftküssen, als diese mit mir im Schlepptau zu der Gastgeberin gingen. Ein kurzer Plausch mit der Hausherrin gehörte genauso zum Pflichtprogramm eines solchen Abends wie das eher obligatorische Glas Champagner – das ich konsequent ablehnte, auch wenn ich dafür unschmeichelhafte Blicke kassierte.

»Und Olivia. Ihre Tochter ist auch gekommen, wie reizend! Ich hoffe sehr, Sie amüsieren sich?« Mrs Sanders' Blick glitt zwischen uns hin und her. »Haben Sie schon die Austern probiert? Oder die Escargots? Wir haben für heute Abend extra einen

Sternekoch aus Frankreich herfliegen lassen. Er schwört auf ein Rezept mit Kaviar. Das müssen Sie kosten. Erst dann wissen Sie, was wahrer Genuss ist.« Ihr faltenfreies Gesicht strahlte mit der Festsaalbeleuchtung um die Wette, was für eine Frau ihres Alters beachtlich war. Die kleine, adrett gekleidete Frau wehrte sich bekanntermaßen mit Fettabsaugungen und regelmäßigen Liftings gegen den Zahn der Zeit, während ihr Ehegatte, Gerüchten zufolge, mehr Affären vorzuweisen hatte als sie Schönheits-OPs.

»Vielen Dank für die Einladung«, sagte Dad mit einem höflichen Lächeln. »Wir genießen den Abend in vollen Zügen.«

»Nichts anderes wollte ich hören«, erwiderte Mrs Sanders mit einem affektierten Lachen, als Caleb neben ihr erschien.

»Ich habe meine Pflicht erfüllt und bin jedem auf deiner und Dads Liste angemessen in den Arsch gekrochen«, sagte er an sie gewandt. »Kann ich jetzt mein Portemonnaie sowie meinen Wagenschlüssel zurückbekommen? Ich bin noch verabredet.«

Mrs Sanders stieß ein so hohes Lachen aus, dass es mir eisig den Rücken hinabrann.

»Caleb, Liebling, begrüß doch lieber unsere Gäste.« Mrs Sanders deutete mit beiden Händen in unsere Richtung. »Du kennst doch Mr und Mrs Abrams sowie ihre Tochter Olivia, nicht wahr?« Ihr Tonfall machte deutlich, dass sie keine andere Antwort als ein enthusiastisches *Aber natürlich!* hören wollte.

Caleb wandte sich zu uns herum, die Lider halb geschlossen, was sein zu Tode gelangweiltes und hörbar einstudiertes »Es freut mich sehr, Sie heute Abend hier begrüßen zu dürfen« noch unverschämter klingen ließ.

Er wollte sich wieder seiner Mutter zuwenden, da ruckte sein Kopf zurück in unsere Richtung.

Schlagartig wirkte er hellwach.

Mit aufgerissenen Augen starrte er mich an, als wäre ich ein Gespenst.

Oder der wertvollste Schatz, den er jemals gesehen hätte.

»Olivia? Du bist gekommen? Welche Überraschung! Ich habe nicht damit gerechnet, dich heute Abend wiederzusehen.« Er nahm mich in meinem schlichten, aber dennoch figurbetonten bordeauxroten Kleid mit dem eng anliegenden Halsausschnitt und den seidenen Trompetenärmeln in Augenschein.

Als er mir wieder ins Gesicht sah, lag ein Lächeln auf seinen Lippen. Es verwunderte mich, dass er sich tatsächlich an mich zu erinnern schien. Nach seinem zerstörten Zustand bei unserer letzten Begegnung hätte ich das nicht erwartet.

»Ihr kennt euch?«, fragte Mrs Sanders erstaunt.

»Flüchtig.« Caleb behielt mich im Blick. »Wir haben uns auf der HRA-Spendengala kennengelernt, aber leider keine Gelegenheit gehabt, uns ausgiebig zu unterhalten. Ein Umstand, den ich gern ändern würde.«

»Unbedingt!« Mrs Sanders' Mundwinkel reichten von einem Ohr zum anderen. »Am besten geht ihr raus in den Garten. Du weißt, wie schön er bei Mondschein ist. Denkt nur an eure Mäntel, Kinder. Nicht, dass ihr zwei euch noch erkältet.«

Meine Lippen teilten sich, um sowohl Caleb als auch seiner Mutter zu antworten, dass ich wenig Zeit hatte. Morgen früh war ich mit Westin verabredet und musste mich noch auf das Interview – so wie auf das Wiedersehen im Allgemeinen – vorbereiten. Doch Caleb gab mir keine Gelegenheit.

»Darf ich?« Er bot mir gentlemanlike seinen Arm an, sodass ich gar keine andere Wahl hatte, als diesen anzunehmen, wenn ich nicht unhöflich wirken wollte. Und ehrlicherweise war ich neugierig, wieso Caleb mich unbedingt sprechen wollte. Ob er fürchtete, ich könnte seiner Mutter gegenüber erwähnen, in welch desaströsem Zustand ihr Sohn am Abend der Spendengala gewesen war?

Begleitet von Mrs Sanders' geflötetem »Viel Spaß euch zweien« lenkte mich Caleb in Richtung Garderobe. Nachdem wir unsere Mäntel bekommen hatten, half er mir beim Anziehen und führte mich zielstrebig zur Terrassentür.

»Ich hoffe, du verzeihst mir, dass ich dich in Gegenwart meiner Mutter entführt habe«, sagte Caleb, kaum dass wir in den fünf Grad kalten Novemberabend hinaustraten. Der Temperaturunterschied verursachte mir einen kleinen Schock, aber die klare Luft war eine Wohltat für meinen erstickten Verstand.

»Vermutlich handelt sie gerade mit deinen Eltern deine Mitgift aus.« Er schmunzelte, den Blick auf den opulenten Garten gerichtet, der sich im silbrigen Mondschein wie ein verzauberter Wald vor uns erstreckte. Unter wunderschöne Rosensträucher mischten sich Marmorskulpturen und in Form geschnittene Buchsbäume. Es gab sogar einen kleinen Pavillon, dessen indirekte Beleuchtung ihn so perfekt in Szene setzte, dass er in Kombination mit dem angrenzenden Brunnen, aus dem beharrlich Wasser plätscherte, wie die traumhafte Kulisse eines Liebesfilms aussah.

»Ich wollte nicht das Risiko eingehen, dich erneut aus den Augen zu verlieren, ohne mit dir gesprochen zu haben.«

»Dir sei verziehen«, erwiderte ich mit einem Lächeln. »Aber nur, wenn du mir verrätst, *worüber* du so dringend mit mir reden willst.« Ich wandte mich zu Caleb um. Es war zu dunkel, um seine Miene klar deuten zu können. Aber seiner Körpersprache nach wirkte er entspannt.

Also erlaubte ich es auch mir, zu entspannen.

»Du hast keine Ahnung, wieso ich mich mit dir unterhalten möchte?« Nun sah Caleb mich an. Seine Augen funkelten, aber es war nur ein schwaches Echo von der Lebenslust, die früher in seinen Iriden zu sehen gewesen war. Sarahs Verlust hatte auch etwas in ihm getötet.

Als ich den Kopf schüttelte, lachte Caleb leise auf und schaute wieder nach vorn.

»Okay. Wow. Das heißt dann wohl, dass ich mir die Verbundenheit zwischen uns am Abend der Spendengala nur eingebildet habe. Das tut mir leid. Ich hatte den Eindruck, dass du an diesem Abend ebenso durch den Wind warst wie ich. Aber scheinbar lag das nicht an Sarah.«

Meine Brauen wanderten in die Höhe. *Darum* ging es Caleb? Er wollte sich gar nicht an mich ranmachen, sondern über *sie* reden?

Eine Woge der Erleichterung durchfuhr mich, während ich über mich selbst lachen musste. Wie hatte ich annehmen können, dass Caleb, dem ins Gesicht geschrieben stand, dass er noch immer seiner Ex-Freundin nachtrauerte, mich anbaggern wollte?

»Nein, du hast dir nichts eingebildet. Ich war ziemlich strange drauf an dem Abend. Und das lag tatsächlich an Sarah.« Jetzt, da ich wusste, dass Caleb mich nicht wegen irgendwelcher romantischer Hintergedanken in den Garten gelockt hatte, fiel es mir leichter, mich auf ihn und dieses Gespräch einzulassen. »Du hast mich nur überrumpelt. Zum einen kennen wir uns überhaupt nicht. Zum anderen bezweifle ich, dass es jemanden auf der Welt gibt, der wegen ihres Todes auch nur annähernd so sehr leidet wie du.«

Caleb lächelte melancholisch. »Ich wollte dich nicht überrumpeln. Ich dachte nur, es könnte ganz nett sein, sich mit dir zu unterhalten – gerade *weil* wir uns nicht kennen. In meinem Familien- oder Freundeskreis gibt es niemanden, dem ich mich noch anvertrauen könnte. Alle sind überzeugt, dass ich nach zwei Jahren Trauer endlich über sie hinweg sein müsste. Dabei habe ich das Gefühl, als würde ich mich jeden Tag ein Stück mehr verlieren. Manchmal schaffe ich es nicht einmal aus dem Bett, weil mir schon das Atmen zu viel ist. Weißt du, was ich meine?«

Ich nickte, obwohl ich mir sicher war, dass ich nicht einmal annähernd eine Ahnung davon hatte, wie es Caleb ging. Ich wusste nur, wie stark mich dieses Thema selbst nach zwei Jahren noch beschäftigte.

Einige Minuten gingen wir schweigend durch die Dunkelheit. Dann stieß Caleb ein leises Lachen aus. Als ich ihn ansah, meinte er: »Tut mir leid, ich musste gerade nur daran denken, wie unvorhersehbar das Leben manchmal ist. Niemals hätte ich es für möglich gehalten, dass ich mich ausgerechnet einer Fremden verbundener fühlen könnte als meinen Freunden. Aber allein hier mit dir spazieren zu gehen, gibt mir das Gefühl, mich nicht wegen meiner Albträume schämen zu müssen.«

»Das musst du auch nicht. Ich selbst wache auch noch regelmäßig mitten in der Nacht auf, schweißgebadet und mit dem Gefühl, kaum noch Luft zu bekommen. Besonders schlimm ist es geworden, seit ich das Gerücht von Eric im Kopf habe. Dass We-Vermont gar nicht Sarahs Mörder sein soll, meine ich.«

»Hast du ihn deswegen im Gefängnis besucht?« Caleb stellte die Frage so beiläufig, als ginge es um einen offenen Schnürsenkel. Doch in mir erweckte er damit eine ganze Lawine aus Emotionen und Gedanken, die mich niederzureißen drohten.

Abrupt, als wäre ich gegen eine unsichtbare Mauer gerannt, blieb ich stehen und starrte Caleb mit geweiteten Augen an. Die Kälte, die ich bisher nur in meinen unteren Extremitäten gespürt hatte, kroch mir durch den gesamten Körper.

»Woher weißt du, dass ich bei ihm im Gefängnis war?«

Caleb ging noch wenige Schritte weiter, als hätte er gar nicht mitbekommen, dass ich zurückgeblieben war. Dann hielt er an und drehte sich zu mir herum, die Gesichtszüge waren ihm entglitten.

»O Gott, nein! Olivia, so meinte ich das nicht.« Er hob abwehrend die Hände. »Ich habe dich nicht ausspioniert oder so etwas. Bitte, das musst du mir glauben.« Kopfschüttelnd murmelte er etwas, das sich nach »Was bin ich nur für ein Esel« anhörte.

Als er mich wieder ansah, lag Betroffenheit in seinem Blick. »Nach Sarahs Tod habe ich dem Gefängnisleiter, der ein alter Golffreund meines Vaters ist und schon lange zum engsten Kreis der Familie gehört, den Gefallen abgerungen, mich zu informieren, wenn es jemand wagt, Vermont im Knast zu besuchen. Ich war so in meiner Trauer gefangen, dass ich sichergehen wollte, dass dieser Mistkerl in seiner Einsamkeit erstickt, so wie ich es getan habe.«

Als ich schwieg, seufzte Caleb mit hängenden Schultern.

»Ich hatte diese Vereinbarung längst vergessen – und mittlerweile habe ich sie aufgehoben. Aber als du nach der Spendengala einen Besuchstermin beantragt hast, wurde ich eben noch darüber informiert. Es tut mir aufrichtig leid, wenn ich dir mit meiner Frage zu nahegetreten bin.«

Calebs Reue wirkte so aufrichtig, dass die Eisschicht, die sich um meine Organe gebildet hatte, langsam dahinschmolz. Seine Reaktion konnte ich sogar nachvollziehen. Ich selbst hatte nach dieser Tragödie immerhin ebenfalls nach einem Weg gesucht, das Gefühl von Kontrolle zurückzuerlangen, und deshalb alle Dokumente, die ich im Zusammenhang mit Sarahs Tod in die Finger bekommen hatte, wie einen Goldschatz auf meinem Rechner gehortet.

»Schon gut«, würgte ich heraus und zwang mich zu einem Lächeln. Nur weil Caleb hinter mein Geheimnis gekommen war, bedeutete das nicht zwangsläufig, dass es meinen Eltern ebenso ergehen würde.

Außerdem wird nach morgen vermutlich alles vorbei sein.

Nachdem Westin mich bei unserem letzten Telefonat abgewürgt hatte, bezweifelte ich, dass er mich nach dem Interview noch einmal wiedersehen wollte.

Bei diesem Gedanken zog sich mein Herz qualvoll zusammen. Ich hatte angenommen, dass etwas zwischen uns war – immerhin hatte Westin zugegeben, dass er viel an mich dachte. Aber entweder hatte ich seine Worte missverstanden, oder …

Ich wusste es nicht.

Sein Verhalten war für mich unerklärlich und verletzend. Daher war ich auch so nervös wegen morgen. Sollte sich meine Befürchtung bestätigen, dass die Sache zwischen Westin und mir bereits zu Ende war, obwohl sie kaum begonnen hatte, wusste ich nicht, wie ich damit umgehen konnte.

Mit einem innerlichen Kopfschütteln verdrängte ich den Gedanken und zwang mich, mich wieder auf das Hier und Jetzt zu fokussieren.

»Wir sollten wieder zurück zur Party gehen. Bevor noch jemand denkt, dass wir durchgebrannt sind«, sagte ich mit einem falschen Lachen und deutete mit den Händen in den Manteltaschen in die Richtung, aus der wir gekommen waren. Ehrlicherweise hatte ich keine Ahnung, wo wir uns befanden. Der Garten war noch größer, als ich gedacht hatte, und ich war zwischenzeitlich so in meine Gedanken vertieft gewesen, dass ich mir den Weg nicht gemerkt hatte. Nun konnte ich weder die Villa noch die Rosenbüsche oder den beleuchteten Pavillon entdecken.

Caleb nickte langsam, blieb jedoch stehen.

»Darf ich dir nur eine letzte Sache zu dem ganzen Thema sagen? Ich verspreche dir, danach lasse ich dich in Frieden.«

Ich nickte. Zwar hatte ich wenig Lust, dieses Gespräch fortzuführen, aber ich wollte Caleb auch nicht vor den Kopf stoßen. Insbesondere, da ich ohne ihn niemals den Weg zurück zur Villa finden würde.

»Ich weiß nicht, warum du bei Vermont warst – und es geht mich auch nichts an. Aber ich an deiner Stelle würde mir künftig zweimal überlegen, ob ich ihn wiedersehe. Zwar bin ich ihm nie persönlich begegnet, aber er muss ziemlich raffiniert sein, wenn man bedenkt, wie lange er im Verborgenen hinter Sarah her war. Dabei hat er jeden ihrer Beiträge und Videos sofort nach dem Posten kommentiert. Als hätte er den ganzen Tag am Handy darauf gewartet, dass sie etwas veröffentlicht.« Calebs Blick verdüsterte sich, und er presste die Lippen fest aufeinander. »Ich will nur verhindern, dass sich ihr Schicksal wiederholt. Es heißt nicht umsonst, dass Mörder Spezialisten darin sind, Menschen zu manipulieren.«

»Danke, Caleb. Ich werde deine Worte im Kopf behalten.«

Das würde ich tatsächlich. Nur aus völlig anderen Gründen, als mein Gegenüber glaubte. Denn Calebs Rat hatte einen Gedanken in mir angestoßen, der bereits seit Wochen unter meinen Überlegungen geschlummert und nun einen Weg gefunden hatte, sich zu befreien.

Plötzlich begriff ich, wieso mich Sarahs Mord selbst nach zwei Jahren beschäftigte. Mein Unterbewusstsein hatte mich permanent auf etwas hingewiesen. Ich hatte es nur nicht sehen wollen.

Aber nun erschien alles in einem völlig anderen Licht, und ich konnte unmöglich länger die Augen vor der Wahrheit verschließen.

Kapitel 23

Westin

Zeit war ein Miststück.

Wenn man etwas kaum erwarten konnte – wie beispielsweise das Wiedersehen mit einer verboten heißen Journalistin –, kroch sie träger davon als eine Schnecke mit Gipsverband.

Wenn man jedoch blanke Panik vor etwas hatte – wie beispielsweise einem Interview mit besagter Journalistin –, schien sich der Stundenzeiger im Sekundentakt fortzubewegen.

Und wenn man beides miteinander kombinierte – wie in meinem Fall –, erreichte die Absurdität ein vollkommen neues Level. So wusste ich nicht, ob ich vor Aufregung kotzen oder mir wegen der Aussicht, Liv nach diesem Treffen nie wiederzusehen, die Haare raufen wollte. Obendrein nervten mich Mad Eye und Fuzzy bei unseren gemeinsamen Mahlzeiten unentwegt mit ihren Fragen. Sie hatten mich natürlich so lange malträtiert, bis ich ihnen nach meinem letzten Telefonat mit Liv ein paar Details anvertraut hatte.

Dementsprechend gereizt war ich, als mich am Thanksgiving-Morgen eine junge Wärterin aus dem Waschsalon abholte, die ich nicht kannte, und zu den anderen Inhaftierten führte, die ebenfalls Besuch erhielten. Dass heute einer der bedeutsamsten Feiertage in Amerika war, merkte ich auch in diesem Jahr kaum. Zum Frühstück hatte es den gleichen Fraß wie immer gegeben, die Mehrheit der Leute war wie gewohnt angepisst, und arbeiten mussten wir im Gefängnis trotzdem. Nach meiner Verabredung mit Liv würde ich sogar wieder zurück in den Waschsalon müssen, um die verpasste Zeit nachzuholen, sodass mein Hofgang entfallen würde.

Je mehr ich über die ganze Thanksgiving-im-Gefängnis-Sache nachdachte, umso mehr wünschte ich mir meine betäubende Gleichgültigkeit der letzten zwei Jahre zurück.

Nur leider würde der Wunsch unerfüllt bleiben, weil Liv wie ein Tornado durch mein Leben gepflügt war und mehr Chaos angerichtet hatte als der Wirbelsturm Katrina im Jahr 2005.

Demzufolge wunderte es mich auch nicht, dass ich sofort wusste – *spürte* –, wo Liv saß, als ich gemeinsam mit den anderen Häftlingen den Besuchsraum betrat.

Wann war sie zur Sonne in meinem beschissenen Universum geworden?

Liv, die zuvor etwas auf der Tischplatte vor sich inspiziert hatte, hob den Kopf, und unsere Blicke trafen sich. Sie kollidierten regelrecht miteinander, und die damit einhergehende Erschütterung ging mir durch Mark und Bein.

Die Art und Weise, wie Liv mich ansah, unterschied sich grundlegend von der ihrer vorherigen Besuche.

Während früher eine gesunde Distanz in ihren Augen gelegen hatte und das Besinnen darauf, wer ich war und warum ich im Gefängnis saß, war heute nichts mehr davon zu erkennen.

Ich hatte das Gefühl, als sähe Liv *mich* an. Westin. Nicht länger das Biest.

Was zum Teufel hat das schon wieder zu bedeuten?

Zu gern hätte ich ausgiebig über diese Frage nachgedacht, aber mehrere Dinge hinderten mich daran. Zum einen erinnerte mich die Wärterin mit einem warnenden Räuspern daran, dass ich mal wieder als Letzter herumstand, zum anderen erhob sich Liv in diesem Moment von ihrem Platz, und ihr Anblick brachte mein Blut in Wallung. Zu einem cremefarbenen Feinstrickpullover mit

Rundhalsausschnitt und schwarzer Samtschleife auf der Brust hatte sie einen eng anliegenden dunkelbraunen Lederrock samt schimmernder Strumpfhose und knöchelhohen Stiefeln kombiniert. Ihr Haar trug sie offen, wodurch ihr die Strähnen seidig und glatt um das bildschöne Gesicht fielen.

Unter Aufbietung all meiner verbliebenen Konzentration zwang ich mich Schritt für Schritt näher an sie heran. Eine zarte Röte zierte ihre Wangen, und ihre Lippen leuchteten so einladend rot, dass ich die Fäuste in den Taschen meines Overalls ballen musste, um dem Drang zu widerstehen, sie zu packen und zu küssen.

»Hallo, Westin«, begrüßte mich Liv mit einer Tonlage, die ebenfalls neu war. Sie klang irgendwie … lauernd?

Ich konnte es beim besten Willen nicht sagen. Aber diese neue Selbstsicherheit war unbeschreiblich heiß.

»Ist es okay, wenn ich dich umarme?« Die Arme locker hängend, machte sie einen Schritt auf mich zu. Dann noch einen. Und noch einen. Mit jedem meiner zu schnellen Herzschläge vibrierten ihre Worte durch meinen Körper.

Als sie so dicht vor mir stand, dass ihre Brust bei jedem Atemzug meine streifte, hielten mich ihre Augen gefangen. »Ehrlich gesagt wollte ich das schon beim letzten Mal machen. Aber ich war zu feige. Dabei gibt es kaum etwas, was ich mir mehr wünsche.«

Fuck!

Ich wusste, dass das hier ein gigantischer Fehler war. Aber ich hatte schon lange nicht mehr die Macht, Liv irgendetwas auszuschlagen. Und ganz besonders keinen Wunsch, der meinem eigenen Verlangen hätte entsprungen sein können.

Da meine Stimme irgendwo in Richtung meiner Kniekehlen gerutscht war, brachte ich nur ein Nicken zustande.

Liv erstrahlte, ehe sie vorsichtig, als wüsste sie nicht so recht, wo sie mich berühren sollte, ihre Arme um mich legte und sich an mich schmiegte. Ihre Wange lehnte sie an meine Brust, genau auf Höhe meines Herzens, und ihre Finger drückte sie sanft in meinen Rücken.

In diesem Moment war ich sowohl im Himmel als auch in der Hölle. Daher akzeptierte ich die unausweichliche Gewissheit, diesen Moment bis an mein Lebensende zu bereuen, und schlang ebenfalls die Arme um Livs zarte Statur. Wenn mich schon der Teufel holen würde, sollte sich die Aktion wenigstens gelohnt haben.

Obwohl Liv nur einen Kopf kleiner war als ich, wirkte sie zwischen meinen Armen winzig. Ich wagte es kaum, meine Muskeln anzuspannen, aus Sorge, sie zu zerbrechen. Aber ich erlaubte mir, den Kopf vorzubeugen, bis meine Lippen hauchfein über ihren Haaren schwebten und ich ihren Duft wahrnahm.

Sie roch nach Kirsche und Vanille. Nach Freiheit. Leben. Liebe.

»Vermont. Es reicht mit der Begrüßung«, rief die Wärterin, die mich abgeholt hatte, und ich löste mich widerwillig von Liv. Ich konnte mich nicht entscheiden, ob ich dankbar sein oder die Wärterin verfluchen sollte. Denn obwohl meine rationale Hirnhälfte wusste, dass es so am besten war, trauerte ein Teil von mir der verpassten Chance nach, Liv zu küssen.

»Ich habe dir etwas mitgebracht«, sagte Liv, während wir uns auf die kalten Metallstühle sinken ließen, und schob mir das Etwas über den Tisch zu, das ich zuvor kaum beachtet hatte. »Er hat ein wenig unter der Eingangskontrolle gelitten – und das, obwohl ich mich strikt an die Anweisungen auf der Gefängnis-Website gehalten habe. Aber ich hoffe, du freust dich trotzdem. Es ist ein Kürbis-Schokoladen-Kuchen. Ich habe das Rezept von meiner Mom. Für gewöhnlich ist sie die Bäckerin in unserer Familie, aber nachdem du sagtest, dass du heute keinen weiteren Besuch erwartest, wollte ich dir eine kleine Freude machen. Also habe ich letzte Nacht so lange geübt, bis er mir gelungen ist.«

Auch nach Livs Wortschwall, mit dem sie eindeutig über ihre Verlegenheit hatte hinwegtäuschen wollen, starrte ich den in vier Teile zerschnittenen Minikuchen an, als könnte er jeden Moment zum Leben erwachen und mich beißen.

»Du hast für mich *gebacken*?« Ich hob den Kopf. Keine Ahnung, wie es mir gelungen war, wenigstens einen meiner Gedanken in vernehmbare Silben zu verwandeln. Aber ich war stolz auf mich, auch wenn meine Stimme blechern geklungen und ich meine mentale Überforderung ungeschönt preisgegeben hatte.

»Es ist keine große Sache«, wiegelte Liv ab, aber ich schüttelte den Kopf. Es war eine große Sache.

Eine verdammt große!

Wenn Livs Interesse an mir rein körperlich wäre, hätte sie keinen Kuchen für mich gebacken. Sie hätte vielleicht einen gekauft, aber sich bestimmt nicht die halbe Nacht um die Ohren geschlagen.

So etwas tat man nur für jemanden, der einem wichtig war.

Und zwar auf emotionaler Ebene.

Fuck!

Es war eine Sache, wenn ich mir selbst das Herz brach, indem ich den Kontakt zu Liv beendete. Aber wenn die Gefahr bestand, dass auch sie darunter leiden könnte, wusste ich nicht, ob ich den Schneid besaß, die Sache wirklich durchzuziehen.

»Danke«, zwang ich mich hervorzubringen. »Ich weiß zwar nicht, womit ich das verdient habe, aber … Danke.«

Liv strahlte mich an, und erneut bildete sich dieses warme Gefühl in meiner Brust. Wenn Liv und ich uns unter anderen Umständen kennengelernt hätten, wenn es für uns eine reelle Chance auf eine gemeinsame Zukunft gegeben hätte, hätte ich es mir zur Lebensaufgabe gemacht, sie jeden Tag zu diesem Lächeln zu bringen.

»Wir könnten natürlich darüber reden, wieso du diesen Kuchen verdient hast«, sagte Liv. »Aber ich fürchte, dass wir dann nicht genug Zeit für das Interview haben.«

Verdammt.

Das Interview.

Das hatte ich völlig vergessen.

Dabei zog diese Gewitterwolke seit zwei Wochen unaufhörlich Kreise über meinem Kopf und war dabei täglich größer und imposanter geworden.

»Dann sollten wir wohl besser beginnen«, meinte ich widerwillig. Die Worte hinterließen einen bitteren Geschmack auf meiner Zunge. Aber es brachte nichts, das Unausweichliche länger hinauszuzögern.

Liv nickte. Ihre Verlegenheit war verschwunden, und als sie die Hände vor sich auf dem Tisch faltete, wirkte sie so professionell wie bei unserer ersten Begegnung.

Sofort zog sich in meiner Brust etwas zusammen.

»Natürlich habe ich mich im Vorfeld ausgiebig über den Fall informiert. Ich habe die Polizeiakte gelesen, den Obduktionsbericht und selbstverständlich dein Geständnis. Trotzdem würde ich die Unterhaltung gern damit beginnen, *deine* Version der Geschichte zu hören. Erzähl mir einfach alles, was dir in den Sinn kommt. Darauf basierend, würde ich dann meine Fragen anpassen, wenn das für dich okay ist.«

Wenn das für mich okay ist?

Wollte Liv mich verarschen? *Nichts* davon war *okay* für mich. Mein Herz pumpte in Schallgeschwindigkeit, meine Hände zitterten, und meine Kehle war wie ausgedörrt.

Aber welche Wahl blieb mir, als dieses Spiel mitzuspielen? Ich hatte Liv versprochen, ihre Fragen zu beantworten, wenn sie mir mit Elliott half.

»Du hast die Polizeiakte gelesen?«, fragte ich mit einem halben Lächeln, das sich wie eine Fratze anfühlte. »Wie hast du denn die in die Finger bekommen? Und wofür brauchst du dieses Interview überhaupt?« Ich verschränkte die Arme vor der Brust und lehnte mich auf meinem Stuhl zurück. Um mich auf das Bevorstehende zu fokussieren, benötigte ich einen klaren Kopf. Und diesen bekam ich nur, wenn ich sowohl räumlich als auch mental Abstand zu Liv und ihrem Geschenk wahrte. »In deinem ersten Brief stand nur, dass du mich für ein persönliches Projekt befragen willst.«

»Es geht um meine Masterarbeit. Ich will über Sarahs Mord schreiben. Und auch wenn ich meine Quellen für gewöhnlich nicht verrate, vertraue ich dir, dass du mir keine Schwierigkeiten einhandelst.« Sie lächelte mich warmherzig an. »Meine Mom ist Anwältin, und die Kanzlei, in der sie inzwischen Partnerin ist, hat bei deinem Fall mit der Staatsanwaltschaft zusammengearbeitet. Ich bin nicht stolz darauf, aber es war überraschend einfach, an die Sachen zu kommen, weil sie oft von zu Hause aus gearbeitet hat.«

Ich grub meine Finger fest in die Oberarme. Es war unmöglich, auszumachen, was mich gerade mehr aus der Bahn warf. Dass Livs Mom dazu beigetragen hatte, dass ich hier verrecken würde. Oder der Umstand, dass Liv mir genug vertraute, um mir dieses Geheimnis anzuvertrauen.

»Dafür, dass dir das Interview so wichtig ist, scheinst du aber nicht optimal vorbereitet zu sein.« Ich hatte keine Ahnung, warum ich Zeit schindete, anstatt das abzuspulen, was ich mir die letzten zwei Wochen zurechtgelegt hatte. Aber die Tatsache, dass es hierbei um Livs Studium – um ihre Zukunft – ging, erschwerte es mir, an meinem Vorhaben festzuhalten.

»Ich meine, wie willst du dir alle meine Antworten merken, wenn du dir keine Notizen machen kannst? Wäre es da nicht besser, wenn wir miteinander telefonieren würden? Dann könntest du das Gespräch aufnehmen und es dir immer wieder anhören.«

Liv lächelte mich an. »Es ist lieb von dir, dass du dir Gedanken machst. Aber ich habe ein ziemlich gutes Gedächtnis. Außerdem – von der knapp bemessenen Telefonzeit einmal abgesehen – bevorzuge ich es, meinen Gesprächspartnern ins Gesicht zu sehen.

Das ist … persönlicher«, fügte sie mit einem Blitzen in den Augen hinzu, als wollte sie mir etwas mitteilen.

Aber was sollte das sein?

»Persönlicher?«, echote ich. »Also findest du es nicht strange, mit mir über dieses Thema zu reden? Ich meine, nach allem, was sich in den letzten Wochen zwischen uns ergeben hat?« Mit dem Kopf deutete ich auf den Minikuchen. »Schließlich hast du gebacken. Für mich. Einen Mörder.«

»Es mag dich überraschen, aber ich halte dich nicht für den eiskalten und herzlosen Killer, wie du in den Medien dargestellt wirst.«

Mein Puls explodierte, und Hitze jagte durch meinen gesamten Körper. Meinte Liv das ernst? Sah sie tatsächlich etwas anderes in mir als das Biest?

Wie sollte das möglich sein?

Und was noch viel wichtiger war, welche Konsequenzen könnte das mit sich bringen? Bestand die Gefahr, dass sie in meinem Namen das Urteil anfocht und der Fall neu aufgerollt wurde? Das war mit Abstand das Letzte, was ich gebrauchen konnte.

Ich muss ihr klipp und klar zeigen, dass sie sich in mir täuscht. Dass ich kein missverstandener Märchenprinz bin, sondern ein Monster.

»Du bezweifelst, dass ich das Leben einer jungen Frau aus einer Laune heraus ausgelöscht habe?« Obwohl sich jedes Wort wie Asche auf meiner Zunge anfühlte, lachte ich trocken auf. »Ist das der Grund, wieso du mir den Kuchen gebacken hast? Weil du einen Weg gefunden hast, um vor dir selbst zu rechtfertigen, dass du dich zu einem Killer hingezogen fühlst? Falls ja, tut es mir leid, dich enttäuschen zu müssen. Denn ich *habe* Sarah getötet. Weil ich es *konnte* und *wollte*.«

Liv erwiderte meinen Blick furchtlos. Zwar hatten ihre Augen sich für einen Moment geweitet, als sie scharf die Luft einsog. Aber sie hatte sich schnell wieder unter Kontrolle.

»Wenn das wahr ist, sollte es für dich ja kein Problem sein, mir zu erzählen, was in jener Nacht zwischen dir und Sarah vorgefallen ist.«

Ich biss die Zähne fest aufeinander. Was zum Teufel war hier los? Wieso reagierte sie derart abgebrüht? War das irgendeine abgedrehte Journalistentaktik? Oder hatte sie …?

Nein!

Das war unvorstellbar.

Liv konnte unmöglich die Wahrheit über jene Nacht herausgefunden haben. Dafür hatte ich gesorgt.

Trotzdem konnte ich nicht verhindern, dass ein sachtes Zittern meinen Körper beutelte.

»Du willst wissen, was in jener Nacht vorgefallen ist?« Provokativ reckte ich das Kinn vor und fixierte Liv mit ausdrucksloser Miene. Auch wenn es mich innerlich zerriss, diesen Weg einzuschlagen, waren mir zwei gebrochene Herzen lieber als zerstörte Leben.

»Fein. Ich erzähle es dir. Aber heul später nicht rum, wenn dir bewusst wird, dass du dich getäuscht und tatsächlich einen Killer in dein kleines, zerbrechliches Herz gelassen hast.«

Erneut machte Liv es mir unglaublich schwer, ihre Gedanken zu erraten. Fast schien es, als wäre sie mental abwesend.

»Wie ich bereits bei der Polizei ausgesagt habe«, begann ich und grub meine Finger so fest in meine Muskeln, dass sie sich taub anfühlten, »bin ich zu Sarah gefahren, nachdem ich herausgefunden hatte, wo sie sich an jenem Abend herumtrieb. Ich wollte sie persönlich treffen …«

»Um ihr zu sagen, dass du sie liebst«, fiel mir Liv ins Wort und brachte mich damit aus dem Konzept. Doch ich fasste mich wieder und nickte. Genau so hatte ich es bei meiner Aussage angegeben.

»Mir hat es nicht mehr gereicht, sie nur über das Internet zu bewundern.«

»Deswegen hattest du Elliott auch darum gebeten, das Netz nach Artikeln über sie zu durchforsten, nicht wahr? Weil du besessen von ihr warst.«

Bei dem Wort *besessen* zuckte ich zusammen, nickte jedoch, in der Hoffnung, dass es Liv entgangen war.

»Erlaubst du mir die Frage, was dich so an Sarah fasziniert hat?« Mit großen, unschuldigen Augen sah sie mich an. »Ich versuche nachzuvollziehen, wie man sich in jemanden verlieben kann, dem man zuvor niemals persönlich begegnet ist. Ich meine, wie geht das, ohne diese gewisse Chemie, die zwischen zwei Personen stimmen muss?« Als sie sichtbar schluckte, durchfuhr mich ein Stich. Ich wusste genau, dass sie ihre Worte auf uns beide bezog.

»Es war nicht *die eine Sache*, die ich an ihr geliebt habe«, sagte ich wie in Trance. »Es war das Gefühl, das sie in mir ausgelöst hat. Ich hatte zuvor jemanden verloren, der mir viel bedeutet hat. Der Schmerz war unbeschreiblich, weshalb ich einen Weg gesucht habe, mich von meiner Qual abzulenken. Dabei bin ich über Sarah gestolpert. Es ging mir nicht um sie persönlich. Es hätte auch jede andere Frau treffen können.«

Liv schwieg, doch das Mitgefühl in ihrem Blick verwandelte meinen Magen in einen Bleiklumpen. Wie konnte sie mich nach diesen Worten noch auf diese Weise ansehen? Als wäre ich ein Mensch und kein Monster.

Nach Fassung ringend, senkte ich den Blick auf den Kuchen zwischen uns. Leider blieb die Schwere auf meiner Brust. Zusätzlich bildete sich ein Kloß in meiner Kehle, der drohte den kläglichen Rest meiner Contenance in seine Einzelteile zu zerlegen.

Was mache ich hier nur? Warum breche ich diese Unterhaltung nicht einfach ab?

Ich hatte bekommen, was ich wollte. Elliott würde mir mit Cobra helfen. Warum riskierte ich, alles zu zerstören? Nur weil ich mich verpflichtet fühlte, mein Versprechen zu halten?

»Und … ähm … auf welcher Plattform hast du Sarah am liebsten verfolgt?« Liv schaute auf ihre Finger. Vermutlich war sie es gewohnt, Notizzettel bei sich zu tragen, um sich sicher zu fühlen. Dabei brauchte sie eine solche Stütze überhaupt nicht. Sie war auch so bemerkenswert.

»War es TikTok? Oder OnlyFans? Sicherlich hattest du bei Letzterem ein Premium-Abo für Sarahs Inhalte abgeschlossen, nicht wahr? Immerhin hat Sarah dort ganz exklusive Einblicke in ihr Privatleben geteilt. So etwas muss für dich wie der Heilige Gral gewesen sein.«

Da ich noch immer mit der Wahrung meiner Maske zu kämpfen hatte, traute ich meiner Stimme nicht. Ich zuckte nur mit den Schultern.

Aber so leicht ließ mich Liv nicht davonkommen. Das Schweigen zwischen uns dehnte sich immer weiter aus, bis mir keine andere Wahl blieb, als zu antworten.

»Was willst du hören?« Widerwillig sah ich auf, die Lippen zusammengepresst. »Dass ich bereit war, Geld dafür zu zahlen, Sarah noch näher zu sein? Dass ich mein letztes Hemd für sie gegeben hätte? Ja, verflucht! Das hätte ich! Bist du jetzt zufrieden?«

Liv erwiderte meinen Blick, ohne dass ich ihre Miene deuten konnte. Daher war ich erleichtert, als sie sich wieder auf mein Geständnis bei der Polizei bezog.

»Okay, also, du bist zum Country Club gefahren, um Sarah anzutreffen. Wie ging es dann weiter? Laut Fallakte bist du durch den Hintereingang in die Küche gelangt und hast dir eine herumliegende Kellneruniform geschnappt, um dich auf diese Weise unter die Gäste zu mischen.«

»So war es auch.«

»Das erklärt, wieso die Polizei unzählige fremde Fingerabdrücke auf Sarahs Leichnam gefunden hat, aber nicht deine. Die Kellner trugen alle Handschuhe.«

Ich nickte, obwohl mir Liv keine Frage gestellt hatte. Zwar beruhigte sich mein Puls langsam, aber mein Magen fühlte sich wie eine bayrische Brezel an.

»Okay, und was ist dann passiert? Nachdem du Sarah im Ballsaal entdeckt hattest, meine ich. Wie hast du sie hoch in den ersten Stock gelockt?«

»Das war einfach. Ich habe sie angerempelt. Als ihr Champagner auf das Kleid gekippt ist, hat sie nach einer Toilette gefragt, und ich habe sie in die obere Etage begleitet.«

»Ein kluger Schachzug«, gab Liv zu, was sich wie ein Schlag ins Gesicht anfühlte. Ich wollte nicht, dass sie mir eine solche Taktik zutraute, auch wenn es mich erleichterte, dass sie mir glaubte.

»Und woher wusstest du, dass sich im oberen Stockwerk Toiletten befinden? Oder war das geraten? Ich meine, laut Dokumentation des Country Clubs warst du weder Mitglied, noch hast du jemals dort gearbeitet.«

»Ich war zwar nie direkt im Country Club angestellt, aber ich hatte einige Monate zuvor dort gearbeitet. Die Holzfirma, bei der ich unter Vertrag stand, hatte den Auftrag bekommen, die von Termiten befallenen Bücherregale in der Bibliothek zu erneuern.«

Livs Augen weiteten sich. »Ernsthaft? Du hast zu den Bauarbeitern gehört, die dort wochenlang ein- und ausgingen? Unfassbar, dass wir uns nicht begegnet sind. Damals habe ich viele Nachmittage dort verbracht, weil ich meinen Dad bei seinen Interviews begleitet habe.« Liv schüttelte den Kopf, ehe sie sich leise räusperte und über den Tisch zu mir beugte. Als ginge es um ein gut gehütetes Geheimnis, fragte sie: »Und was ist dann passiert? Wie kam es dazu, dass du Sarah über die Balkonbrüstung geschubst hast?«

Der Ausdruck in Livs Augen war wie ein Strudel. Der Sog so mächtig, dass ich mich für alle Ewigkeit darin verlieren würde, wenn ich nicht achtgab.

»Weil sie es verdient hatte«, würgte ich unter Aufbietung all meiner mentalen Kraft hervor. Diese Worte über die Lippen zu bringen, hatte mir bereits vor zwei Jahren alles abverlangt.

Aber sie waren essenziell gewesen, um mein Motiv überzeugend darzustellen.

Ich hatte alle Zweifel im Keim ersticken wollen.

»Als Sarah und ich oben allein waren, habe ich ihr offenbart, wer ich bin«, sagte ich und hangelte mich an meinen Erinnerungen entlang. »Ich habe ihr meine Gefühle gestanden und ihr gesagt, dass wir zusammengehören. Aber sie hat mich verspottet und gemeint, dass jemand wie sie niemals mit jemandem wie mir zusammen sein würde.«

»Jemandem wie dir?«, hakte Liv mit gefurchter Stirn nach. »Ich dachte, sie wusste zuvor nicht, wer du bist. Das war doch der Grund, weswegen du zu ihr gefahren bist, oder? Um dich aus dem Schatten zu wagen und sie nicht länger aus der Ferne bewundern zu müssen.«

»Ja, so war es auch«, erwiderte ich hastig und rutschte auf meinem Stuhl hin und her. »Sie dachte vermutlich, dass ich tatsächlich ein Kellner war, und bezog sich darauf.«

»Ja, das kann sein«, räumte Liv nachdenklich ein. »Und was ist dann passiert?«

»Was wohl? Die Wut hat mich gepackt. Ich habe ihr gedroht, dass sie, wenn sie nicht mit mir zusammen sein will, niemals wieder mit irgendwem zusammen sein wird.« Betont gleichgültig zuckte ich mit den Schultern. »Daraufhin hat sie Panik bekommen und ist weggelaufen. Ich habe ihr den Weg abgeschnitten, weshalb sie nur noch auf den Balkon ausweichen konnte. Dort hat sie mich angefleht, sie gehen zu lassen. Aber ich habe nicht mehr klar denken können. Als sie dann versucht hat, um Hilfe zu rufen, habe ich sie zum Schweigen gebracht.«

Liv zog die Unterlippe zwischen die Zähne, während die Falten auf ihrer Stirn immer tiefer wurden.

»Und wie kam es dazu, dass du am Ende ihr Handy hattest? Es war doch ihr Telefon, das Elliott für dich bearbeiten sollte, nicht wahr? Laut seiner Aussage sollte er die Daten auf dem Handy retten, die nach einer Zurücksetzung auf Werkseinstellungen verloren gegangen waren.«

Ich verengte die Augen. Warum wurde ich den Eindruck nicht los, dass dieses Interview mehr und mehr einem Kreuzverhör ähnelte?

»Ja, es war ihr Handy, das ich auf meinem Rückweg durch die Bibliothek gefunden habe«, antwortete ich zögerlich. »Sie muss es bei ihrer Flucht verloren haben.«

Liv sah mich an, als könnte sie genau sehen, was ich gerade dachte. Dann sackten ihre Schultern kraftlos herab, und ein ergebenes Seufzen entwich ihr. »Okay, das war im Grunde alles, was ich von dir wissen wollte. Ich danke dir für deine Kooperationsbereitschaft.«

Da ich Liv nicht mit einem gelogenen »Gern geschehen« beleidigen wollte, erwiderte ich nur stur ihren Blick. Ich hatte angenommen, dass mich jetzt, nachdem ich das Interview überstanden hatte, Erleichterung durchfluten würde. Stattdessen fühlte ich mich seltsam leer.

»Darf ich dir noch eine letzte, inoffizielle Frage stellen, Westin? Sie hat nichts mit dem Interview zu tun, sondern interessiert mich aus rein persönlichen Gründen.«

»Was willst du wissen?«

Liv sah mich einen Moment schweigend an. Dann fand sie schließlich den Mut, die Worte laut auszusprechen, die ihr auf der Seele lasteten. Und mit dem mitschwingenden Schmerz sprengte sie mein Herz in tausend Scherben.

»Wieso war fast jede deiner Antworten gelogen?«

Kapitel 24

Liv

»Wie meinst du das?« Westin sah mich mit entgleisten Gesichtszügen an. In der letzten Dreiviertelstunde hatte ich die unterschiedlichsten Emotionen durch seine Mimik huschen sehen. Freude, Verlangen, Überraschung, Rührung, Resignation, Schmerz, Trauer, Erleichterung.

Und nun kann ich auch Entsetzen auf die Liste schreiben, rauschte es mir durch den Kopf, während ich Westins Blick erwiderte.

Hätte ich nicht bereits mit Sicherheit gewusst, dass Westin *nicht* Sarahs Mörder war, hätte ich mich spätestens jetzt in dieser Vermutung bestärkt gefühlt. Denn nur, weil Westin sich während unseres Gesprächs als eiskalter und emotionsloser Killer zu verkaufen versucht hatte, bedeutete das noch lange nicht, dass er auch einer war.

Dafür fühlt er einfach zu viel.

»Wie ich das meine?« Ich hatte meine Stimme auf ein absolutes Minimum reduziert, um sicherzugehen, dass uns niemand belauschte. »Genau so, wie ich es gesagt habe. Anstatt mir zu vertrauen und mir zu erklären, warum du den Mord an Sarah gestanden hast, obwohl wir beide wissen, dass du es nicht warst, wolltest du mir weismachen, dass du ein Monster bist. Warum?«

Westins Lippen teilten sich, während sein Gesicht immer blasser wurde. Ihm war anzusehen, wie es in seinem Kopf arbeitete.

»Du brauchst dir keine Ausrede einfallen zu lassen«, sagte ich kraftlos. Die Gewissheit, dass Westin mir nicht so sehr vertraute, wie ich angenommen hatte, schmerzte ungemein. »Zum einen haben dich deine Augen verraten – ich habe wohl verpasst, zu erwähnen, dass ich im Nebenfach Psychologie studiere und es mir daher ziemlich leichtfällt, die Mimik von Menschen zu lesen. Zum anderen war Sarah niemals auf OnlyFans registriert. Du konntest dort also gar kein zahlungspflichtiges Abo für ihren Account gebucht haben.«

Westin zuckte zusammen, als hätte ich ihn geschlagen.

»Ebenso wenig konntest du ihr Handy in der Bibliothek des Country Clubs gefunden und mitgenommen haben, denn Sarah hatte es während ihres Überlebenskampfes bei sich auf dem Balkon. Die Spurensicherung fand Glassplitter, die man ihrem gesprungenen Display zuordnen konnte. Aber das konntest du nicht wissen, weil diese Information unter Verschluss gehalten wurde. Dein Glück war es, dass du während deines Geständnisses kein Wort über das Handy verloren hast und niemand deswegen nachgehakt hat. Andernfalls hätte dir niemand dein Geständnis abgekauft.«

Westins Gesicht schien zu Stein erstarrt. Seine Lippen waren geöffnet, sein Gesicht kalkweiß. Deswegen sprach ich weiter.

»Ich gebe zu, ein Teil von mir kann nachvollziehen, wieso du Elliott schützen willst. Er und deine Schwester haben ein Kind zusammen, und du willst deiner Nichte ein ähnliches Schicksal ersparen, wie du es als Kind durchleben musstest. Aber deswegen kannst du doch keinen Mörder frei herumlaufen lassen. Du hättest Lexis selbst aufnehmen können, wenn du verhindern wolltest, dass sie ins Heim oder zu einer Pflegefamilie kommt. Du hättest dafür nicht dein eigenes Leben ruinieren müssen.«

»Ich …« Der Gongschlag, der das Ende der Besuchszeit einläutete, unterbrach Westin. Erschrocken sah er zur Wanduhr, dann

202

wieder zu mir. »Liv, bitte, ich flehe dich an! Vergiss, was du herausgefunden hast!«, presste er hastig hervor und sah mich dabei so eindringlich an, dass sich mein Herz schmerzhaft zusammenzog. Ihm war ebenso bewusst wie mir, dass uns die Zeit davonrannte. Jeden Moment würde er dazu aufgefordert werden, sich zu den anderen Häftlingen in die Reihe zu stellen.

Und wie es dann zwischen uns weiterging, wusste in diesem Augenblick keiner von uns.

»Westin, ich kann das nicht. Nicht, wenn es darum geht, einen Mörder davonkommen zu lassen.« Mir war so übel, dass ich mich am liebsten übergeben hätte. Obwohl mir das Gespräch mit Caleb gestern die Wahrheit vor Augen geführt hatte, hatte ich eine gänzlich andere Vorstellung davon gehabt, wie das Treffen zwischen Westin und mir heute ablaufen würde. Umso qualvoller traf mich die Realität.

Westins Gesichtszüge verhärteten sich, während unbändige Pein in seinen Augen aufblitzte. Er wusste, dass ich, sosehr ich ihn auch mochte und mir wünschte, das *Etwas* zwischen uns ergründen zu können, meine Prinzipien nicht über Bord werfen konnte.

Nicht für ihn.

Nicht für uns.

»Es tut mir leid«, sagte ich von Herzen und erhob mich von meinem Stuhl. Ich konnte nicht länger sitzen bleiben und so tun, als müsste Westin nur die richtigen Worte sagen, um meine Meinung zu ändern.

Die Kluft zwischen unseren beiden Seiten war zu gewaltig.

Westin erhob sich ebenfalls. Seine gesamte Körperhaltung wirkte wie die eines zum Tode Verurteilten auf dem Weg zum Galgen.

»Ich weiß, du hast keinen Grund, mir irgendetwas zu glauben. Aber ich schwöre dir, Liv, Elliott hat Sarah nicht getötet.«

»Wer war es dann?«

»Ich weiß es nicht«, gestand Westin mit hängenden Schultern und einem Blick, der mich für den Rest meines Lebens verfolgen würde. »Aber wenn er irgendetwas mit der Sache zu tun hätte, würde er an meiner Stelle hier sitzen. Niemals würde ich einen Mörder decken. Selbst dann nicht, wenn er mein bester Freund wäre.«

Mir rumpelte das Herz in der Brust, und ich wünschte, ich könnte in Worte fassen, was mir gerade durch den Kopf ging. Aber dazu blieb mir keine Zeit. Die Wärterin, die die Gefangenen in den Besuchsraum geführt hatte, rief in diesem Moment: »Vermont! Ab in die Reihe mit dir.«

Westin schien wie gelähmt. Es war schwer zu sagen, ob das an der verzweifelten Hoffnung lag, dass ich meine Meinung noch änderte, oder ob er schlichtweg nicht in der Lage war, sich von mir zu verabschieden. Erst nach einem weiteren und dieses Mal drängenderen Warnruf der Wärterin kehrte mir Westin den Rücken zu.

Mit schwerer werdenden Schultern sah ich ihm nach. Wie gern wäre ich ihm nachgelaufen, hätte ihm beteuert, wie leid es mir tat, dass unsere Bekanntschaft auf diese Weise endete. Aber was hätte es gebracht? Das Endergebnis würde sich dadurch nicht ändern.

Obwohl mir mein verräterisches Herz etwas anderes hatte vormachen wollen, hatte es für Westin und mich nie die Chance auf ein Happy End gegeben.

Nicht, nachdem er sich entschieden hatte, sein eigenes Leben für das eines Mörders zu opfern.

Kapitel 25

Liv

»Du verarschst mich, oder?« Dean starrte mich mit kugelrunden Augen an. »Das ist einer dieser Pranks, die gerade überall viral gehen, nicht wahr?« Sein Kopf zuckte in alle Richtungen, als erwartete er, dass jeden Moment Menschen aus ihren verborgenen Ecken sprangen und »Versteckte Kamera!« riefen.

Wenn es doch nur so wäre.

Ich senkte den Blick auf das Designer-Latte-macchiato-Glas in meinen Händen. Obwohl ich schwarzen Kaffee bevorzugte, war dieser Milchkaffee, den Dean mir serviert hatte, wirklich lecker. Ich sollte mich öfter selbst bei ihm einladen.

Dabei hatte ich gar nicht geplant, heute bei ihm vorbeizuschauen. Aber nach meinem Treffen mit Westin war ich zwei Stunden ziellos durch die Gegend gefahren, ehe ich akzeptieren musste, dass mein Kopf viel zu leer und mein Herz viel zu voll war, um zu meinen Eltern zu fahren, wo mich ein traditionelles Thanksgiving-Essen erwartete.

Also war ich bei Dean gelandet, der als Einziger außer Caleb von meinem Kontakt zu Westin wusste, und hatte ihm alles erzählt. Von meinen Besuchen bei Westin und unseren Telefonaten, von meiner Recherche und der Erkenntnis, dass Westin Sarah gar nicht getötet haben konnte. Ich erzählte Dean auch von Elliotts neuer Identität und unserem gemeinsamen Besuch bei Westin.

Nur den Punkt, dass ich den Kontakt zu Westin nicht länger allein wegen meiner Masterarbeit suchte, behielt ich für mich.

Es tat unheimlich gut, sich alles von der Seele zu reden. Zum Glück war Dean ein furchtbarer Workaholic, der die Feiertage allein verbrachte, weil Sheila zu ihrer Familie gefahren war. So musste ich zumindest kein schlechtes Gewissen haben, weil ich ihm Zeit mit ihr raubte.

»Liv!« Dean stöhnte theatralisch und lehnte sich rücklings an die dunkle Arbeitsplatte. Seine High-Class-Küche, die vor Chrom, Silber und schwarz glänzenden Akzenten nur so strotzte, war blitzblank. Man könnte denken, dass hier noch nie auch nur ein Topf angerührt worden war. Aber der Schein trog. Dean war leidenschaftlicher Hobbykoch und unheimlich talentiert. Sicherlich verwöhnte er Sheila regelmäßig mit romantischen Dinnern.

Dean nahm einen tiefen Atemzug. »Ich dachte, du wolltest Shoemakers Kontaktdaten, weil du bei Vermont nicht weitergekommen bist.« Er sah mich mit gefurchter Stirn und mit vor der Brust verschränkten Armen an. Seine helle Jeans saß ihm tief auf den Hüften, und er war barfuß. Ein locker sitzendes T-Shirt verdeckte zum Teil seinen trainierten Oberkörper. Mit den wirr vom Kopf abstehenden Haarsträhnen ähnelte er mehr dem Studenten, der er bis vor einem Jahr gewesen war, als dem aufstrebenden Junganwalt, der für meine Mom arbeitete.

»Hätte ich gewusst, dass du dir damit Vermonts Gunst erkaufen willst, hätte ich dir niemals geholfen.«

»Ich weiß«, meinte ich kleinlaut. »Deswegen konnte ich dir ja nicht die Wahrheit sagen. Aber es tut mir leid. Ganz ehrlich.« Ich hatte Dean nicht gern belogen. Nur war mir nichts anderes übrig geblieben, weil ich ihn nicht noch tiefer in die ganze Sache hineinziehen wollte.

»Das sagtest du bereits ein paarmal«, merkte Dean an, funkelte mich jedoch nur mit geringer Intensität erbost an. Ich war unfassbar erleichtert, dass er mich trotz meines Geständnisses nicht vor die Tür setzte – oder mich an meine Mom verpfiff.

»Aber was glaubst du, wie viel dir das alles vor Gericht bringen wird, wenn du wegen Beihilfe zur Urkundenfälschung angeklagt wirst? Wenn bekannt wird, dass du Shoemaker dabei geholfen hast, mit einer falschen Identität in ein Gefängnis einzudringen, wirst du dir bald selbst ein Interview zum Thema Häftlingsalltag geben können.«

Der Kloß in meinem Hals schwoll auf die doppelte Größe an, und meine Hände zitterten. Dean hatte recht.

Prompt fühlte ich mich noch schlechter, weil ich ihn eben doch in die Sache hineingezogen hatte.

Eine tolle Freundin war ich.

Als wüsste Dean genau, welche Gedanken durch meinen Verstand kreisten, stieß er ein schwerfälliges Seufzen aus und ließ die Schultern hängen.

»Keine Sorge, ich werde nicht gleich losrennen und dich mit einem scharlachroten Buchstaben auf der Brust brandmarken. Meine anwaltliche Schweigepflicht hindert mich daran«, fügte er mit einem Augenzwinkern hinzu, weshalb es mir vor Erleichterung schwindelte.

»Aber«, sprach Dean ernst weiter, »auch wenn ich es nicht gern tue, muss ich Vermont recht geben. Vergiss, was du herausgefunden hast. Vergiss am besten, dass du überhaupt bei ihm im Gefängnis warst.«

»Dean!« Mein Kopf war so energisch in die Höhe geruckt, dass eine kleine Welle des Milchkaffees auf meine Finger schwappte. Ich konnte nicht glauben, was ich da gerade gehört hatte. »Das kannst du nicht ernst meinen! Da draußen läuft ein Mörder frei herum. Und du willst, dass ich so tue, als wüsste ich das nicht?«

»Genau das rate ich dir – sowohl als Anwalt als auch als Freund. Denn noch ist nichts passiert. Wir alle können unser

Leben einfach weiterleben. Aber wenn du jetzt anfängst, in der Scheiße herumzurühren, wird sie nicht nur stinken, sondern auch an dir kleben bleiben.« Er stieß sich von der Arbeitstheke ab und kam zu mir an den hohen Küchentresen, an dem ich auf einem Barhocker saß. »Lassen wir mal außer Acht, dass nicht allein dein Hintern auf dem Spiel steht, sollte dir die Sache um die Ohren fliegen – denn wir wissen beide, dass Jasmin mir das Leben zur Hölle macht, wenn sie erfährt, dass ich zugelassen habe, dass sich ihre Tochter mit einem verurteilten Mörder trifft.«

»Einem zu *Unrecht* verurteilten Mörder«, warf ich ein, doch Dean stützte sich nur mit den Unterarmen auf der glänzenden Tischplatte neben mir ab.

»Was glaubst du, was passiert, wenn du jetzt zur Polizei gehst und erzählst, was du mir erzählt hast? Denkst du, die Einsatzleute dort lassen alles stehen und liegen und starten eine Großfahndung nach dem vermeintlich wahren Mörder? Nein. Im besten Fall stecken sie dich in eine Ausnüchterungszelle und halten dich dort so lange in Gewahrsam, bis du aufhörst, diese Geschichte von dir zu geben. Wenn du jedoch Pech hast, rollen sie den Fall neu auf und werfen Shoemaker in den Knast, der bis zu Vermonts Geständnis der Hauptverdächtige in dem Fall war. Dann wären die letzten zwei Jahre, die Vermont für seinen Kumpel eingesessen hat, umsonst gewesen.« Dean sah mich eindringlich an. »Ich meine es ernst, Liv. Solange du keine Idee hast, wer wirklich hinter dem Mord an Mills stecken könnte, und du keinerlei stichhaltige Beweise bieten kannst, wird dir niemand auch nur ein Wort glauben.«

Frustration stieg in mir auf, und meine Hand ballte sich fest um das Glas. Dean hatte erneut recht.

Außerdem wusste ich nicht einmal, ob ich Westin in Bezug auf Elliott glauben konnte. Ich *wollte* es zwar, aber das bedeutete nicht, dass ich es auch *konnte*.

»Was glaubst du, wieso das Gericht Vermonts Geständnis so bereitwillig gefressen hat?«, fragte Dean. »Ich war damals bei der Verhandlung anwesend und kann dir aus persönlicher Erfahrung sagen, dass dort *jeder* mitbekommen hat, wie lückenhaft Vermonts Aussage war. Hätte er damals nicht darauf *bestanden*, Sarah umgebracht zu haben, hätten die Beweise niemals ausgereicht, um ihn zu verurteilen. Aber der Richter hatte keine Wahl. Das öffentliche Interesse an dem Fall war so immens, dass er die Rufe nach einem Sündenbock nicht länger ignorieren konnte. Dabei war es ihm – und allen anderen – egal, ob es sich um den wahren Täter handelte oder um irgendein armes Schwein, das den Kopf für die Sache hinhält. Sie wollten den Fall abschließen und wieder beruhigt schlafen können.«

Ich hasste Dean dafür, aber ich musste ihm ein weiteres Mal recht geben. Inzwischen faszinierten mich Kriminalfälle lange genug, um zu wissen, dass nicht alle Schuldigen gefasst und nicht jede Akte angemessen abgeschlossen wurde. Ich wagte fast zu behaupten, dass mehr Kriminelle mit ihrem Handeln durchkamen, als dass sie gefasst wurden.

Dennoch …

Ich hatte allein deswegen über Sarahs Mord schreiben wollen, weil ich einen Weg gesucht hatte, mit diesem schrecklichen Erlebnis abzuschließen. Wie sollte mir das jetzt noch möglich sein, wenn ich wusste, dass die falsche Person hinter Gittern saß?

»Ich kann deine Argumentation nachvollziehen«, sagte ich, stellte mein halb volles Glas auf den Tresen und rutschte vom Barhocker. »Und ich bin dir auch sehr dankbar für deine Hilfe und Unterstützung …«

»Aber du wirst nicht auf mich hören«, fiel mir Dean ins Wort. Er hatte sich ebenfalls aufgerichtet, die Hände in den Taschen seiner Jeans vergraben. »Schon klar.«

»Es tut mir leid. Ich kann nicht.«

»Ich weiß. Du bist eben die Tochter deiner Eltern. Und ehrlich gesagt hätte mich jede andere Reaktion deinerseits verblüfft. Trotzdem wäre mir Akzeptanz lieber gewesen.« Er grinste mich schief an, was auch mir ein zaghaftes Zucken meiner Mundwinkel entlockte.

Einen Moment standen wir auf diese Weise da, dann hielt ich die Situation nicht länger aus und räusperte mich leise.

»Ich hau dann mal wieder ab.« Mit einer freundschaftlichen Umarmung verabschiedete ich mich von Dean. »Meine Eltern warten bestimmt schon auf mich.«

»Mach das. Ich muss auch zurück an den Schreibtisch.« Dean erwiderte meine Geste, und die Last auf meiner Brust wurde etwas leichter. Ich war dankbar für einen Freund wie ihn.

»Das heißt, du bleibst dabei, dass du allein sein willst?«, fragte ich auf dem Weg zum Garderobenständer, der neben der Tür stand. Dean lebte in einem schicken Loft, das mehr oder weniger aus einem großen Raum bestand und durch mobile Trennwände unterteilt war. »Du weißt, für dich ist bei uns am Tisch immer ein Platz frei.« Ich wusste kaum etwas über Deans Familie. Er hatte nur einmal erwähnt, dass zwischen ihm und seinen Eltern seit Jahren Funkstille herrschte.

»Danke, aber auch wenn ich deine Mom sehr gern mag, ist und bleibt sie mein Boss. Ich kann mir Schöneres vorstellen, als die Feiertage mit ihr zu verbringen.«

Das konnte ich ihm nicht verübeln.

»Okay, aber wenn du deine Meinung änderst, weißt du, wo du uns findest.« Ich schlüpfte in meinen Mantel, während Dean locker mit der Schulter neben mir an der Wand lehnte und mir zunickte. Vielleicht bildete ich es mir nur ein, aber heute wirkte er seltsam verändert. Als wollte er mit seiner fröhlichen Stimmung über etwas hinwegtäuschen.

Gott, Liv! Jetzt hör schon auf. Du siehst Gespenster.

Vermutlich war Dean nur überarbeitet.

Ich griff nach der Türklinke, drehte mich jedoch noch einmal zu Dean herum.

»Danke«, sagte ich aus tiefstem Herzen. »Für alles. Es ist nicht selbstverständlich, dass du jetzt, da du die ganze Wahrheit kennst, weiterhin hinter mir stehst. Dein Vertrauen und deine Freundschaft bedeuten mir viel.«

Dean lächelte mich an, doch die Geste wirkte gequält.

»Ich habe zwar nie behauptet, dass ich dir glaube, aber das macht wohl keinen Unterschied, nicht wahr? Immerhin hänge ich jetzt in der Sache genauso drin wie du.«

»Dean, ich …«

»Schon gut, Kleines.« Er zwinkerte mir lächelnd zu, doch seine Iriden wirkten traurig. »Ich bin schon ein großer Junge und weiß, was ich tue. Und nun hau endlich ab. Ich habe noch ein Date mit einer Pizza und einem ganzen Stapel Papiere.« Sanft, aber bestimmt legte er seine Hand auf meine und öffnete auf diese Weise die Tür seines Lofts. Mit einem leisen »Fahr vorsichtig« schob er mich hinaus.

Ich hatte keine Ahnung, was auf einmal mit Dean los war, aber ich konnte mich nicht von dem Verdacht lösen, dass ihn etwas beschäftigte. Etwas, das nichts mit mir oder diesem Fall zu tun hatte.

Kapitel 26

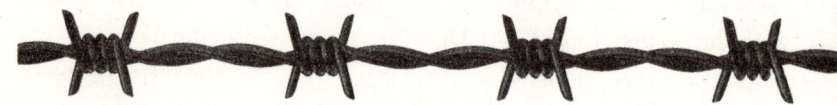

Westin

Als ich vor zwei Jahren den Mord an Sarah auf mich genommen hatte, hatte ich rein instinktiv gehandelt. Ich dachte nicht darüber nach, ob ich das Richtige tat oder ob es Alternativen gab.

Erst nach meiner Inhaftierung realisierte ich allmählich, was ich getan hatte. Aber da war es für einen Rückzieher bereits zu spät gewesen.

Nicht, dass ich mein Geständnis bereute. Bis heute stand ich fest hinter meiner Entscheidung. Denn Fakt war nun einmal, dass ich auf diese Weise Elliotts Leben gerettet hatte. Mein Kumpel hätte hier drinnen keine drei Tage überlebt. Entweder hätten ihn irgendwelche Wichser oder seine fortwährenden Gedanken und Sorgen um seine Tochter oder seine eigene Zukunft in die Knie gezwungen.

Demnach hatte Liv zumindest in diesem Punkt recht: Ich hatte die Schuld auf mich genommen, um ein Leben zu retten. Nur war es eben nicht das meiner Nichte, sondern das meines ehemals besten Freundes.

Aber bedeutete das zwangsweise, dass ich mein eigenes Leben ruiniert hatte?

Lange Zeit hatte ich diesen Eindruck nicht gehabt. Vor allem, weil ich, so wie die meisten Insassen, irgendwann aufgehört hatte, an die Zukunft zu denken.

Aber nun, da ich Liv kennengelernt hatte, fragte ich mich unentwegt, wie mein Leben wohl ausgesehen hätte, wenn ich nicht für Elliott ins Gefängnis gegangen wäre. Wären Liv und ich einander begegnet? Hätten wir diese starke Anziehung für den jeweils anderen empfunden? Und hätte für uns sogar die Chance auf ein Happy End bestanden?

Zwar kannte ich keine Antworten auf diese Fragen. Aber ich wusste, dass es mir in diesem Fantasieuniversum definitiv besser gegangen wäre als hier und jetzt, wo ich noch immer nicht begriff, dass ich Liv nie wiedersehen würde.

Seit sie hinter mein Geheimnis gekommen war und mir unmissverständlich klargemacht hatte, dass sie – trotz ihrer Zuneigung für mich – nicht den Mund halten würde, nagte zudem die Sorge an mir, was sie mit ihrem neu gewonnenen Wissen anstellen würde.

Würde sie zur Polizei gehen und mich auffliegen lassen? Würde sie alles, was ich zu schützen versuchte, wie eine Abrissbirne zum Einsturz bringen?

Ich wusste es nicht.

Und genau dieser innere Zwist ließ mich auf einem schmalen Grat balancieren.

Einerseits war da meine rationale Hirnhälfte, die mich dazu drängte, meine zertrümmerte Mörderfassade so schnell wie möglich wiederaufzubauen, um wenigstens den Anschein zu erwecken, als wäre alles beim Alten.

Andererseits lockte mich die zerstörerische Sehnsucht nach Liv, die wie ein schwelendes Feuer nur darauf lauerte, im richtigen Moment zur vollen Intensität aufzuflammen und alles um mich herum mit mir ins Verderben zu reißen.

»*Beast!* Gib den Ball her.« Carmichaels Ruf riss mich aus meinen Gedanken. Ich hatte nicht einmal mitbekommen, wie der Ball zu mir herübergerollt war.

Wortlos hob ich das abgegriffene Gummi vom Boden und warf es Carmichael zu. Es war Sonntag nach Thanksgiving und somit der einzige freie Tag in der Woche, an dem ich nicht in die Wäscherei musste, sondern mit den anderen Insassen zur regulären Hofzeit nach draußen konnte. Die Außentemperatur lag knapp über dem Nullpunkt, aber das schien niemanden zu stören. Alle genossen den freien Tag und die Zeit außerhalb der Zellen.

»Wie lange willst du eigentlich noch dieser Journalistin nachtrauern?«, fragte mich Mad Eye, als ich meine tauben Finger in die Taschen meines Overalls schob. Obwohl ich weder ihm noch Fuzzy von dem genauen Ablauf des Interviews erzählt hatte, wusste mein Knastvater, dass etwas nicht stimmte. Der Mistkerl kannte mich inzwischen zu gut.

»Ich trauere niemandem nach«, grunzte ich, den Blick stur nach vorn gerichtet.

»Ja, klar. Und Elton John ist meine große Liebe«, meinte Mad Eye augenrollend.

»Meinen Segen habt ihr«, murmelte ich, mit den Gedanken wieder woanders. Ich hatte Fuzzy entdeckt, der am anderen Ende des Hofs stand und sich mit Cobra – dieser wie gewohnt mit zweien seiner Gorillas im Schlepptau – unterhielt. Das Gespräch wirkte locker und entspannt. Aber ich wusste, dass der Schein trog.

Cobra hatte Fuzzy die letzten Wochen in Ruhe gelassen, weil er bekommen hatte, was er wollte – mich an den Eiern.

Aber wie zu erwarten gewesen war, reichte ihm das nicht mehr. Und da sich der Mistkerl an Fuzzy wandte, anstatt gleich mir seine neue Order mitzuteilen, konnte das nur eins bedeuten: Er wollte die Drogenmenge drastisch vergrößern, die ich für ihn über den geschmierten Wäschelieferanten ins Gefängnis schmuggelte. Und damit ich gar nicht erst auf die Idee kam, zu protestieren, impfte er Fuzzy mit Sicherheit ein, dass es *sein* Arsch war, der bei *meiner* Arbeitsverweigerung auf dem Spiel stand.

»Ich komm gleich wieder«, sagte ich an Mad Eye gerichtet und erhob mich von der Bank. Ohne auf seine Frage einzugehen, wohin ich wollte, steuerte ich Fuzzy an.

Mir war bewusst, dass es eine miserable Idee war, mich in meiner aktuellen Verfassung mit Cobra zu befassen – insbesondere, nachdem ich gestern von Elliott einen Brief erhalten hatte, in dem stand, dass er »das knifflige Spiel, das ich ihm empfohlen hatte«, schlussendlich geknackt und einen Sieg eingefahren hatte.

In Anbetracht dessen wäre es intelligent gewesen, die Füße stillzuhalten und keine unnötige Aufmerksamkeit auf mich zu lenken.

Aber das schwarze Loch in meinem Inneren, das von Livs Abwesenheit herrührte und sämtliche klugen Impulse verschlang, war zu dominant, um es zu ignorieren. Stattdessen tobte das Verlangen in mir, den Schmerz in meinem Inneren durch eine körperliche Auseinandersetzung mit Cobra und seinen Jüngern zu betäuben.

Immerhin stand es in den Sternen, ob ich jemals wieder die Gelegenheit erhalten würde, mich bei dem Arschloch für die vergangenen Wochen zu revanchieren.

»Darf ich mich zu eurem Kaffeeklatsch dazugesellen?«, rief ich. Sofort huschte Erleichterung über das Gesicht meines Kumpels, während Cobra über mein Erscheinen weniger erfreut zu sein schien. Seine Miene erstarrte für einen Sekundenbruchteil, ehe er sich mit einem falschen Lächeln ebenfalls zu mir herumdrehte.

»Aber gern doch. Wir haben gerade über dich gesprochen.«

»Das trifft sich gut«, sagte ich mit einem Haifischgrinsen, als ich die Gruppe Männer erreichte, und ballte die Hände in den Taschen meines Overalls zu Fäusten. »Denn ich habe ebenfalls etwas mit dir zu besprechen.« Ich gab Fuzzy mit einer Kopfbewegung zu verstehen, dass er sich vom Acker machen sollte. Wenn die Sache hier gleich hässlich werden würde, sollte er nicht in der Schusslinie stehen.

Mein Kumpel öffnete den Mund, aber ich schnitt ihm mit einem klaren »Mad Eye wartet auf dich« das Wort ab.

Zögerlich trollte sich Fuzzy schließlich davon, und meine Anspannung ließ minimal nach.

Jetzt konnte der Spaß beginnen.

»Weißt du«, sagte ich an Cobra gerichtet, ehe er meine Zeit mit irgendwelchen Kommentaren verschwenden konnte, »ich habe mir Gedanken gemacht und bin zu dem Entschluss gekommen, dass Fuzzy lange genug seinen Kopf für dich riskiert hat.« Ernst sah ich Cobra an. Ich wollte unmissverständlich klarmachen, dass ich hier nicht allein für meinen Kumpel, sondern auch für mich sprach. »Er steigt mit sofortiger Wirkung aus dem Dienst aus.«

»Ach ja?« Cobra grunzte amüsiert, und mit hochgezogenen Augenbrauen blickte er über seine Schulter. Prompt lachten seine Gorillas. »Und wieso sagt er mir das nicht selbst?« Er wandte sich wieder mir zu. »Wieso übernimmst *du* diesen Part für ihn?«

»Weil ich im Gegensatz zu ihm zwei unschlagbare Argumente im Gepäck habe.« Blitzschnell zog ich meine beiden Fäuste aus den Overalltaschen. Mir war bewusst, dass mir nur ein Schlag vergönnt war, ehe Cobras Prügelknaben über mich herfallen würden. Aber diese eine Chance wusste ich zu nutzen.

Beziehungsweise hätte ich sie zu nutzen gewusst, wenn nicht just in dieser Sekunde ein Ruf über den Hof geschrillt wäre, der sämtliche Aufmerksamkeit – inklusive meiner – auf sich lenkte.

»Alonzo Giordano? Antreten. Und zwar pronto!«

Die rechte Faust in der Luft knapp vor Cobras Gesicht schwebend, beobachtete ich die drei Wärter, die zielstrebig über das Pflaster schritten. Ich hatte sie zuvor noch nie gesehen, aber es war unschwer zu erkennen, dass *wir* ihr Ziel waren.

Mir blieb keine Zeit, darüber nachzudenken, wer die Typen waren oder was sie hier wollten. Schneller als jedes Kleinkind, das versucht hatte, die Finger in die Keksdose zu stecken, ließ ich die

Arme sinken und trat möglichst unauffällig einen Schritt zurück. Obwohl es mir zu keinem Zeitpunkt egaler gewesen wäre, wegen einer Prügelei für gewisse Zeit in Einzelhaft geschickt zu werden, wollte ich unter allen Umständen mitbekommen, was hier gleich geschah.

»Was gibt's?«, fragte Cobra mit einem arroganten Zungenschnalzen. Es war schwer zu sagen, ob er sich wirklich nicht von den ernsten Mienen der Wärter mit deren nutzungsbereiten Waffen einschüchtern ließ. In jedem Fall nahm er Anstoß daran, dass sie es gewagt hatten, ihn mit seinem bürgerlichen Namen anzusprechen.

»Das erfährst du, wenn du es erfährst«, bellte der Wärter in der Mitte, der einen ganzen Kopf größer war als seine zwei Kollegen, und packte Cobra an der Schulter. »Und jetzt halt die Klappe und beweg dich. Der Transporter zum Hochsicherheitstrakt wartet nicht.« Er drehte Cobra grob herum und ließ ein Paar Handschellen um dessen Handgelenke einrasten. Der vertraute Klang ließ meine Nackenhaare senkrecht stehen.

Falls es Cobra ähnlich ging, verbarg er es. Mit einem arroganten Grinsen auf den Lippen drehte er den Kopf träge von einer Seite zur anderen. Es schien, als sonnte er sich in der Aufmerksamkeit der anderen Häftlinge.

Als sich daraufhin unsere Blicke trafen, wurden mir zwei Dinge bewusst – und mit einem Mal schien die Zeit zu gefrieren.

Erstens: Während Elliotts Brief zu mir unterwegs gewesen war, hatten sich bereits die Rädchen des Justizsystems gedreht und Cobras Schicksal besiegelt – die Verlegung in den Hochsicherheitstrakt.

Zweitens: Cobra wusste, dass *ich* für diese Aktion verantwortlich war – warum sonst hätte ich vor wenigen Sekunden unsere Zusammenarbeit derart ad hoc aufkündigen sollen?

Aber ehrlicherweise war es mir egal. Denn ganz gleich, ob

Cobras Prügelaffen ihrem Boss so loyal gegenüberstanden, dass sie selbst nach dessen Verschwinden noch für ihn arbeiten und ihn rächen würden, oder ob sie ihn – was ich für wahrscheinlicher hielt – sofort vergaßen und sich einer neuen Gruppe anschließen würden: Die falsche Schlange einmal aufrichtig sprachlos zu erleben, war mir die Gefahr allemal wert, in der ich mich nun womöglich befand.

»Schöne Grüße an die Hochsicherheit«, wisperte ich. »Und mach dir keine Sorgen um den Stoff, der nächste Woche geliefert wird. Wir veranstalten dir zu Ehren eine kleine Abschiedsparty – kostenlos natürlich.« Mit einem Augenzwinkern wandte ich mich von Cobra ab, den die Wärter unter den Blicken sämtlicher Anwesenden abführten.

Seine lautstarken Schreie, Flüche und Drohungen mir gegenüber hallten über den Hof, aber ich blendete sie aus.

»Passiert das hier gerade wirklich?«, fragte Fuzzy, kaum dass ich ihn und Mad Eye erreicht hatte. Tränen standen ihm in den Augen, und er zitterte so stark, dass ich das Bedürfnis verspürte, ihm einen Arm um die Schulter zu legen.

Aber ich hielt mich zurück.

Jetzt, da Fuzzys Qual endete, war für mich der perfekte Zeitpunkt gekommen, zum vertrauten Knastalltag zurückzukehren – inklusive der Rolle, die ich die letzten zwei Jahre wie eine Zwangsjacke getragen hatte.

Vielleicht, wenn ich es mir selbst nur oft genug einredete, würden sich dadurch auch meine Probleme mit Liv in Luft auflösen, sodass ihr Abstecher in mein Leben nur noch eine bittersüße Erinnerung wäre.

Kapitel 27

Liv

In der Zeit, als überall in den Straßen Weihnachtsvorfreude einkehrte, fand auch ich allmählich zurück in einen Alltag, den ich mit viel Wohlwollen als »gewöhnlich« bezeichnen würde. Zwar drifteten meine Gedanken noch immer viel zu oft zu Westin und den damit verbundenen Fragen, wie es ihm wohl ging, ob er gelegentlich an mich dachte und wer Sarahs wahrer Mörder war. Aber – und das wertete ich als gigantischen Fortschritt – meine Überlegungen kreisten nicht mehr vierundzwanzig Stunden um diese Themen.

Gerade stand ich am Redaktionskopierer des *Delaware Inquire* und überflog den Einladungsflyer zur diesjährigen Weihnachtsfeier.

»Ich hoffe, dieses Jahr kommt nicht wieder dieser grauenhafte Santa Claus, der von uns Weihnachtsgedichte oder -lieder hören will, ehe wir die Schecks für unseren Weihnachtsbonus erhalten.« Cliff, einer der dienstältesten Journalisten der Zeitung, war hinter mich getreten und warf einen Papierball in den Müllkorb neben dem Kopierer. »Noch einmal ertrage ich es nicht, Sally *Coming Home for Christmas* singen zu hören.«

Da ich nicht wusste, was ich darauf erwidern sollte, holte ich meine Kopien aus dem Auswurffach.

Eigentlich hätte ich schon vor einer Stunde die Redaktion verlassen können. Aber da ich nicht nach Hause wollte, wo mir die Ablenkung fehlte und ich mich zwangsweise wieder mit meinen Gedanken beschäftigen würde, hatte ich Sally, der Bürodame, angeboten, ihr mit dem Papierkram zu helfen. Zwar wusste ich nichts von Buchhaltung, aber ich war eine Koryphäe, wenn es darum ging, Blätter zu kopieren.

»Lass mich raten, du wirst dieses Jahr nicht dabei sein, weil du an deiner Masterthesis schreibst.« Cliff warf mir einen Seitenblick zu. »David meinte, dass du dich deswegen in letzter Zeit kaum noch hier blicken lässt.«

Die Finger so fest um das Papier in meinen Händen geschlungen, dass es an den Seiten knitterte, biss ich die Zähne aufeinander. Eigentlich hätte es mich nicht wundern dürfen, dass Dad in der Redaktion über meinen bevorstehenden Uniabschluss sprach – immerhin kannten mich einige der Leute hier, seit ich laufen konnte. Aber wieso musste Cliff mich ausgerechnet *jetzt* auf meine Masterarbeit ansprechen? In einem Moment, in dem ich ausnahmsweise mal nicht an Westin gedacht hatte?

»Ich weiß noch nicht, ob ich zur Feier komme«, sagte ich mit einem verkniffenen Lächeln und machte auf dem Absatz kehrt, um Sally die Kopien zu bringen. Mir war bewusst, wie unhöflich es war, Cliff stehen zu lassen. Aber die Erwähnung meiner Masterarbeit hatte meine zuvor einigermaßen gute Laune in den Keller gejagt. Die Überlegung, wie es damit weitergehen sollte, reihte sich gleich hinter der Frage ein, was ich in Bezug auf Westin tun sollte. Wie sollte ich über einen Mordfall und den dazugehörigen Mörder schreiben, wenn der Verurteilte niemanden umgebracht hatte?

Sarahs Fall aus einer anderen Perspektive zu beleuchten, kam für mich inzwischen auch nicht mehr infrage.

Wenn ich mich Sarah und ihrem Schicksal widmen würde, dann so, wie ich es von Beginn an vorgehabt hatte.

Aber dafür müsste ich erst einmal wissen, wer Sarah wirklich *getötet hat.*

Nachdem ich die Kopien auf Sallys Schreibtisch gelegt hatte, ungeachtet dessen, ob sie sich an den Knicken störte, ging ich zurück zu meinem Arbeitsplatz, packte meinen Kram zusammen und verließ mit meinem Parker unter dem Arm die Redaktion. Es war unnötig, länger hierzubleiben, wenn sich meine Gedanken wieder um Westin, meine Abschlussarbeit und Sarahs Tod drehten. Da hätte ich mehr davon, während meines Grübelns mit einem Eisbecher auf meinem Bett zu liegen und auf dem Laptop *Friends* zu schauen.

Ich verließ das Gebäude, wo mich eisiger Nieselregen überraschte, der durch meine dünne Chiffonbluse drang, und Dean, der urplötzlich vor mir erschien.

»Was machst du denn hier?«, fragte ich. Seine Kanzlei lag am anderen Ende der Stadt.

»Ich wollte zu dir. Jasmin meinte, dass du heute den ganzen Tag hier sein würdest.« Verlegen rieb er sich den Nacken. Er hatte den Kragen seines hellgrauen Wollmantels hochgeklappt, aber seine sonnenblonden Haarsträhnen waren dem Regen schutzlos ausgeliefert. Dunkel und schwer hingen sie ihm ins Gesicht.

»Du wolltest zu mir? Wieso hast du nicht angerufen?«

»Weil das, worüber ich mit dir reden will, kein Thema fürs Telefon ist.«

»Okay …« Ein mulmiges Gefühl breitete sich in meinem Inneren aus, das ich kaschierte, indem ich in meine Jacke schlüpfte. »Worum geht's?«

»Um etwas, das mir seit Tagen durch den Kopf kreist.«

»Und das wäre?« Deans offensichtliche Nervosität begann auf mich abzufärben.

»Ich will, dass du mich begleitest, wenn ich den größten Fehler meiner verflucht jungen Karriere begehe.«

Kapitel 28

Westin

Wenn mir Mad Eye noch einmal mit dem Spruch kam, »Zeit heilt alle Wunden«, würde ich ihn erwürgen. Als wäre es nicht ätzend genug, dass mein Knastvater über den Schmerz Bescheid wusste, der mich seit Thanksgiving quälte, schien er auch eine gänzlich andere Definition von Zeit zu haben als ich. Meiner Meinung nach hätten die letzten Wochen reichen müssen, um über eine flüchtige Bekannte wie Liv hinwegzukommen.

Schließlich wusste ich kaum etwas über sie.

Nur, dass sie klug war, verflucht mutig, sarkastisch, einfühlsam, charakterstark, bodenständig, selbstbewusst, hartnäckig, fürsorglich, authentisch und verdammt heiß.

Fuck!

Mit beiden Händen an der Waschmaschinenöffnung abgestützt, schlug ich meine Stirn gegen das Metall. Wem zum Teufel versuchte ich hier eigentlich, etwas vorzumachen? Liv war ebenso wenig eine flüchtige Bekannte für mich, wie ich diese Influencerin umgebracht hatte. Und so mies, wie ich mich seit meinem letzten Treffen mit Liv fühlte, würden nicht einmal *Monate* ausreichen, um über sie hinwegzukommen.

»Vermont!« Watson erschien in der Tür der Wäscherei und bedeutete mir mit einer Kopfbewegung, zu ihm zu kommen.

Zu gern hätte ich so getan, als hätte ich den Wärter nicht gehört. Aber genau in diesem Moment lief keine einzige der zehn Industriewaschmaschinen.

Innerlich stöhnend, warf ich das letzte verdreckte Frotteehandtuch in die Trommel, das auf den Boden gefallen war, und folgte der Aufforderung. Ich hatte keine Ahnung, was er von mir wollte – und ehrlich gesagt interessierte es mich auch nicht. Aber ich war nicht in der Stimmung, mich mit ihm anzulegen.

»Was gibt's?«, fragte ich, als ich nah genug an ihn herangetreten war.

»Heute ist dein Glückstag, du Made.« Ehe ich darüber nachdenken konnte, was Watson meinen könnte, hatte er mich an der Schulter gepackt und so herumgedreht, dass ich mit dem Rücken zu ihm stand. Kühles Metall legte sich um meine Handgelenke, und kurz darauf ertönte das vertraute Klicken von Handschellen. »Gerade eben ist ein noch größeres Arschloch, als du es bist, in das Gefängnis gekommen. Und welch Überraschung, der Kerl will dich sprechen. Also beweg dich! Ich will keinen Stress mit McGuillty.« Mit Gewalt drehte er mich wieder so herum, dass ich vor ihm an der Schwelle zum langen Flur stand, der über eine Metalltreppe hoch ins Erdgeschoss führte. Mit einem Schubser signalisierte er mir, mich auf dem Weg zu machen.

Meine Gedanken rotierten, während ich mich meinem Schicksal fügte und über den unebenen Betonboden marschierte.

Worum zum Teufel ging es?

Wer wollte mich sprechen?

Und was hatte McGuillty, mein Häftlingsbetreuer, mit der Sache zu tun?

Etwa zehn Minuten liefen wir quer durch das Gefängnis, bis wir vor einer verschlossenen Metalltür anhielten. Obwohl ich erst ein Mal hier gewesen war – und dieser Moment über zwei Jahre zurücklag –, erkannte ich den Ort sofort wieder.

»Was machen wir hier?« Meine Stimme klang vor Anspannung

dumpf, und mir wummerte das Herz in der Brust. Es gab sicherlich Häftlinge, die dieser Ort glücklich stimmte. Aber ich gehörte zu der Kategorie, die bei diesem Anblick blanke Panik verspürte.

»Keine Ahnung. Aber ich für meinen Teil hoffe, dass McGuillty dir die Hölle heißmacht!« Watson grinste mich hämisch an, dann drückte er die Türklinke herunter und zog das schwere Metall auf.

Umgehend rann mir Schweiß den Nacken hinab, mein Mund fühlte sich staubtrocken an, und kleine Punkte tanzten vor meinen Augen.

Ich wollte nicht in diesen Raum.

Ich wollte nicht wissen, wer dort auf mich wartete.

Und vor allem wollte ich nicht herausfinden, *wieso* mich jemand in einen der Befragungsräume zitierte.

Der einzige Grund, der zwischen meinen Schläfen herumhüpfte, war der, dass Liv nach der Offenlegung meines Geheimnisses tätig geworden war.

Sie hat es wirklich durchgezogen.

Es war schwer zu sagen, was dieser Gedanke in mir auslöste.

»Beweg dich!« Watson stieß mich hart in den Rücken, und ich stolperte über die Schwelle.

Der Wärter folgte mir und dirigierte mich zu dem Tisch in der Mitte des diffus beleuchteten Raumes. Meine Erinnerungen an dieses zwanzig Quadratmeter große, fensterlose Zimmer waren verschwommen. Damals, nach meinem Geständnis, hatte mich hier ein armer Kerl aufgesucht, den das Gericht mir als Anwalt gestellt hatte. Aber nachdem ich unentwegt wiederholt hatte, dass *ich* Sarah Mills über die Balkonbrüstung gestoßen hatte, war ihm nichts anderes übrig geblieben, als wieder davonzumarschieren.

Doch heute sah die Sache anders aus. Anstatt eines Typen mit schütterem grauem Haar, mehr Falten im Gesicht als ein Shar-Pei und einem Anzug, der mindestens ebenso alt war wie sein

Träger, saß jemand am Tisch, der kaum älter sein konnte als ich. Die dunklen Haarsträhnen seltsam klamm aus dem Gesicht gestrichen, strahlte er mit dem teuer aussehenden Wollmantel über den Schultern eine Arroganz aus, die vermutlich einschüchternd wirken sollte.

Und vielleicht hätte sie das auch getan, wenn ich den Typen, der mir vor einer gefühlten Ewigkeit Livs ersten Brief überreicht hatte, weiter beachtet hätte.

Stattdessen haftete mein Blick an der Person hinter ihm.

»Ich sagte doch bereits, dass keine Handschellen nötig sind«, sagte der Anwalt – wer sollte er sonst sein? – mit vor Überheblichkeit strotzender Stimme.

Ich kannte Typen wie ihn. Reiche Snobs, die mit der Ansicht aufgewachsen waren, dass ihnen die Welt gehörte. Ich hätte meinen Gefängnislohn für einen vollen Monat darauf verwettet, dass der Typ auf ärztliche Kunstfehler oder ähnlich lukrative Bereiche spezialisiert war und zuvor noch nie einen Fuß in ein Gefängnis gesetzt hatte. Dass er nun hier war, war zu einhundert Prozent Liv geschuldet. Sie musste ihn zu dieser Aktion überredet haben.

»Und ich meinte bereits, dass das Gefängnisvorschriften sind.« Watson drückte mich grob auf den freien Stuhl zu meiner Rechten.

Von wegen Gefängnisvorschrift. Er genoss es einfach, seine Überlegenheit mir gegenüber zu demonstrieren.

»Wenn Sie so regelkonform sind«, sprach der Anwalt weiter, »haben Sie sicherlich kein Problem damit, die Handschellen nun, da der Insasse hier ist, wieder zu entfernen – und sich damit gleich mit. Oder ist Ihnen bei all den vielen Gefängnisvorschriften das Wissen über das Anwaltsgeheimnis abhandengekommen? Dies besagt klar und deutlich, dass die Gespräche zwischen einem Mandanten und seinem Anwalt streng vertraulich sind und der Schweigepflicht unterliegen.«

Watson verengte die Augen zu Schlitzen und stieß einen Laut

aus, der irgendwo zwischen Grunzen und Murren lag. Anschließend beugte er sich vor, um sichtlich widerwillig die unnötig fest
gezurrten Handschellen zu öffnen. Dabei flüsterte er mir ein »Wir
sehen uns später, du Made« ins Ohr.

Mit angehaltenem Atem zählte ich die Sekunden, bis Watson
den Besprechungsraum verlassen hatte und die Tür hinter ihm zugefallen war.

Es waren sieben.

Sieben Sekunden, in denen ich Zeit gehabt hätte, mich darauf
vorzubereiten, dass ich jetzt mit einem Typen und Liv allein war,
die schweigend an der gegenüberliegenden Raumseite stand und
mich seit meinem Eintreten beobachtete. Dass ihre ausdruckslose
Miene dabei wie in Stein gemeißelt aussah, wirkte sich zusätzlich
negativ auf meine Nerven aus.

»Mr Vermont.« Der Anwalt schob mir über den Tisch hinweg
eine simple, aber edel aussehende Visitenkarte zu. »Mein Name
ist Dean Storm. Ich bin als Anwalt bei der Kanzlei *Gellar, Humberts and Son* tätig. Ich wurde damit beauftragt, Sie in dem Mordfall Sarah Mills zu vertreten. Wenn Sie damit einverstanden sind,
würde ich Sie bitten, das laut und deutlich dort vorn in die Kamera zu sagen.« Er deutete mit einem Finger hinter mich. »Dann
können die freundlichen Leute der Überwachungsabteilung eine
Kaffeepause machen, während wir beide und meine liebreizende
Praktikantin uns in aller Ruhe miteinander unterhalten.«

Perplex drehte ich mich in die gewiesene Richtung. Tatsächlich entdeckte ich nach einigem Suchen eine Videokamera, die so
versteckt in einer dunklen Ecke hing, dass ich sie ohne das verräterische Leuchten ihres roten Lämpchens gar nicht wahrgenommen
hätte.

Was zur Hölle war hier los? Und was sollte ich jetzt tun?

Brav der mir ausgelegten Brotkrumenspur folgen, ohne zu
wissen, was mich erwartete? Oder auf die Barrikaden gehen, den

Anwalt in die Wüste jagen und mir damit jegliche Chance verbauen, herauszufinden, wieso Liv erneut einen Fuß über die Schwelle dieser Gefängnismauern gesetzt hatte?

Zumindest konnte ich sicher sein, dass alles, was hier gleich besprochen wurde, unter uns blieb.

»Ich bin damit einverstanden«, hörte ich mich sagen.

Ein dumpfes Keuchen unterbrach für einen Moment die Stille, aber ich wagte es nicht, mich zu Liv herumzudrehen. Im Augenblick wagte ich es nicht einmal, Luft zu holen, aus Angst, einsehen zu müssen, dass ich einen gravierenden Fehler begangen hatte.

Einige Sekunden verstrichen. Dann erlosch das rote Licht, und die Atmosphäre im Raum schien sich schlagartig zu verändern.

»Na endlich«, stöhnte der Anwalt mit einer Abgeschlagenheit, die so gar nicht zu dem professionellen Bild passte, das er vor wenigen Sekunden präsentiert hatte.

Ruckartig drehte ich mich zu ihm.

Seine vor Arroganz strotzende Miene war zu etwas geworden, das ich nicht benennen konnte, was ihn jedoch nahbarer und menschlicher wirken ließ. Fast schon sympathisch, wenn ich die perfekte Haut und die überteuert aussehenden Klamotten außer Acht ließ.

»Ich dachte schon, die Pappnasen würden mich mit irgendeiner sinnfreien Ausrede nerven, wieso sie die Kamera laufen lassen müssen.« Kopfschüttelnd kramte der Typ in seiner Manteltasche herum und holte sein Handy hervor.

Ohne Liv und mich eines Blickes zu würdigen, steckte er sich einen kabellosen Kopfhörer in die Ohrmuschel, fläzte sich auf seinen Stuhl und tippte, ein Bein über das andere geschlagen, auf dem Display herum.

Als er merkte, dass sowohl Liv als auch ich ihn anstarrten, als wäre er ein glitzerndes Einhorn, sah er mit in die Höhe gezogener Augenbraue auf.

»Was ist? Worauf wartet ihr? Ihr könnt euch jetzt bedenkenlos unterhalten.«

Erneut den Kopf schüttelnd, fokussierte er sich wieder auf sein Handy, während er sich auch den zweiten Kopfhörer in die Ohrmuschel fummelte.

Was zum Geier war hier los? Ich war felsenfest davon überzeugt gewesen, dass der Anwalt hergekommen war, um mich über Sarah und die Mordnacht auszufragen. Stattdessen beachtete er mich gar nicht.

Mein Hirn stand so unter Spannung, dass es drohte, durchzuschmoren. Dieser Umstand wurde nicht gerade besser, als Liv die Stille mit volltönender Stimme unterbrach.

»Ich will die Wahrheit erfahren, Westin. Die *ganze* Wahrheit.« Sie stieß sich von ihrem Platz ab und schritt langsam aus dem Schatten auf mich zu. Obwohl sie nur eine gewöhnliche Jeans, schwarze Bikerstiefel und einen Winterparker trug, raubte mir ihr Anblick den Atem. Die verführerische Röte auf ihren Wangen, das Blitzen in ihren Augen und die Andeutung ihrer Kurven unter der viel zu dicken Jacke waren das größte Geschenk und gleichzeitig die grausamste Folter.

»Du willst die Wahrheit wissen?«, echote ich und nahm eine ähnliche Haltung wie der Anwalt ein, nur dass ich zusätzlich die Arme vor der Brust verschränkte. Ich gab mir die größte Mühe, so abfällig und überheblich wie möglich dreinzublicken. »Ist das der Grund, wieso du hergekommen bist? Weil es dir nicht ausreicht, was du glaubst, herausgefunden zu haben? Brauchst du noch mehr Stoff für deine Masterarbeit, Miss Anwaltspraktikantin?«

»Du glaubst, *ich* wollte Deans Praktikantin werden?« Sie war neben dem Anwalt zum Stehen gekommen, sodass wir nur durch den Tisch zwischen uns getrennt waren. Die Arme auf das glänzende Metall abgestützt, stierte sie mich mit wildem Blick an.

»Du hast doch keine Ahnung! Er riskiert hier seinen Job und seine Zulassung! Sollte jemals herauskommen, dass er mich unter seine Fittiche genommen hat, *nachdem* er erfahren hat, was ich alles über dich und Elliott aufgedeckt habe, rollt auch sein Kopf. Aber er war bereit, diese Gefahr auf sich zu nehmen, um mir – um *uns* – zu helfen.« Ihr Blick intensivierte sich, bis ich das Gefühl hatte, als würde meine Haut jeden Moment in Flammen aufgehen. Mein Herz brannte bereits lichterloh.

»Ohne diesen Praktikantinnenvertrag und deine offizielle Bestätigung gerade eben würde ich bereits mit einem Fuß im Knast stehen«, sprach sie weiter. »Und zwar, weil ich *nicht* vorhabe, mein Wissen in irgendeiner Form zu veröffentlichen. Das macht mich automatisch zu eurer Komplizin.«

Meine Lippen teilten sich für eine Erwiderung, aber es wollte kein Ton herauskommen. Livs Worte waren wie tennisballgroße Hagelkörner auf mich niedergeprasselt und hatten den tosenden Sturm in meinem Inneren für einen Moment zum Verstummen gebracht. Allein die Erkenntnis, dass ich mich in Liv getäuscht hatte und sie gar nicht vorhatte, mein Geheimnis an die Öffentlichkeit zu bringen, strahlte so hell und klar in mir, dass mein Verstand wieder in Schwung kam.

»*Deswegen* diese Show?« Ich deutete mit dem Kopf auf den Anwalt. Mir war aufgefallen, wie einnehmend und vertraut Liv über den Typen sprach. Doch ich ignorierte meine Eifersucht und zwang mich zur Konzentration. »Damit du unter anwaltlicher Schweigepflicht stehst?«

»Wie hätte es mir sonst möglich sein sollen, in Ruhe mit dir zu reden, ohne ständig Angst zu haben, dass uns jemand belauscht?«

Sprachlos starrte ich Liv an. Ich wusste nicht, ob sie die klügste und mutigste Frau war, der ich jemals begegnet war, oder die naivste. Merkte sie denn nicht, dass dieser Kerl ihr allein deshalb half, weil er auf sie stand? Und wie konnte sie erneut hier sein, wenn sie wegen Elliott und mir Stress mit dem Gesetz bekommen könnte – Praktikantinnenvertrag hin oder her.

Sie ist hier, weil sie die Wahrheit erfahren will. Weil sie mir glaubt, dass Elliott unschuldig ist.

Mein Magen rebellierte, weil ich der Welle an Zuneigung für Liv kaum standhalten konnte.

»Und überhaupt«, zeterte sie weiter. »Was heißt hier, was ich *glaube*, herausgefunden zu haben? Willst du etwa noch immer behaupten, dass du Sarah getötet hast? Obwohl ich dich überführt habe?« Nun verschränkte auch sie die Arme vor der Brust. Doch die Geste kam zu spät. Ich hatte das Zittern ihrer Hände bemerkt. »Verdammt, Westin! Sarahs Mörder hat sie vor ihrem Tod monatelang gestalkt. Er hat auf jeden ihrer Beiträge reagiert – und zwar auf all ihren Social-Media-Kanälen. Du hingegen weißt nicht einmal, was WhatsApp ist.«

Ein ersticktes Lachen von dem Anwalt lenkte meinen Fokus auf ihn. Zwar tat der Typ weiterhin so, als wäre er beschäftigt, aber wir wussten alle, dass er jedes Wort dieser Unterhaltung mithörte.

Ich an seiner Stelle hätte es nicht anders gemacht.

Livs bohrender Blick zwang mich dazu, mich ihr wieder zuzuwenden. Aber was sollte ich sagen? Sie wusste schon zu viel.

Dabei gab es einen nicht zu unterschätzenden Teil in mir, der sich ihr anvertrauen, ihr alle Fragen beantworten wollte, damit sie mit der Sache abschließen und wieder glücklich werden konnte.

Aber es ging nicht.

Nicht, wenn ich dadurch das Risiko für Elliott und sie selbst unvorhersehbar erhöhte.

Nein, ich musste Liv, auch wenn es mich zerstörte, von mir stoßen, ehe ich den Absprung nicht mehr schaffte.

»Es tut mir leid. Aber du verschwendest deine Zeit. Ich kann dir nicht geben, was du dir von mir erhoffst.«

Sofort wandelte sich der Ausdruck in ihren Augen, und in Livs

Iriden trat eine Mischung aus Schmerz, Trauer, Enttäuschung und Resignation.

Ich fühlte mich, als hätte mich ein Weltklasseboxer windelweich geprügelt.

»Du glaubst, ich verschwende meine Zeit?«, sagte sie in einer Tonlage, die meine Pein verstärkte. Es hätte mich nicht gewundert, wenn mein Herz in dieser Sekunde vor Qual aufgehört hätte zu schlagen. »Mag sein. Vielleicht hast du recht, und die letzten Wochen waren eine gigantische Zeitverschwendung. Aber vielleicht täuschst du dich auch, und die Sache zwischen uns hätte sich zu etwas entwickeln können, das all die Lügen, die Geheimnisse und die Gesetzesbrüche überstanden hätte. Weil wir *einander* gehabt hätten.« Die Schultern energielos herabhängend, schüttelte sie den Kopf. »Aber offenbar bin ich die Einzige, die bereit war, das Risiko auf sich zu nehmen und es herauszufinden, weil ich in dir etwas gesehen habe, wofür es sich zu kämpfen gelohnt hätte.«

Einen Moment sah sie mich noch an, dann wandte sie sich an den Anwalt.

»Komm, Dean«, sagte sie, die Stimme belegt und ein sachtes Zittern im Körper. »Lass uns gehen. Es ist vorbei.«

Kapitel 29

Liv

Wieso tat Westin mir das an?

Wieso stieß er mich von sich, anstatt mir die Wahrheit zu sagen? Vertraute er mir noch immer so wenig?

Um mir unnötigen Schmerz zu ersparen, mied ich Westins Blick und trat an dem Tisch vorbei. Doch kaum befand ich mich mit Westin auf einer Höhe, schnellte sein Arm zur Seite, und seine Finger schlossen sich wie eine Greifzange um mein Handgelenk. Die Berührung war fest, aber zugleich unbeschreiblich sanft.

»Warte«, sagte er und erhob sich fließend von seinem Stuhl. Ehe ich michs versah, stand er vor mir, ganz dicht, sodass ich gar nicht anders konnte, als mich in seinen großen Augen zu verlieren. Bei unserer ersten Begegnung hatten sie mich an zwei gefrorene Seen erinnert. Doch sie ähnelten vielmehr zwei Waldbächen, die von der Frühlingssonne beschienen wurden. In ständiger Bewegung und dennoch kristallklar, sodass man das Gefühl hatte, bis auf ihren Grund schauen zu können.

»Worauf soll ich warten?« Aufsteigende Tränen ließen meine Stimme rau klingen.

»Darauf, dass ich endlich den Mut finde, das zu tun, was ich mir schon so lange wünsche. Soll mich doch der Teufel holen! Ich habe einfach keine Kraft mehr, gegen dich anzukämpfen. Auch wenn ich weiß, dass ich diese Entscheidung bis zu meinem letzten Atemzug bereuen werde.«

In der einen Sekunde, die ich benötigte, um Westins Worte zu verarbeiten, hatte er bereits die fehlenden Zentimeter zwischen uns überbrückt und seinen Mund auf meinen gepresst.

Kapitel 30

Westin

Was zur Hölle tat ich hier?

Obwohl ich mir diesen Kuss seit meiner ersten Begegnung mit Liv gewünscht und ihn mir in meinen schwachen Momenten in allen Farben ausgemalt hatte, wäre ich niemals auf die Idee gekommen, dass er jemals stattfinden würde.

Schließlich war sie *sie*.

Und ich war *ich*.

Doch in diesem Moment, als sich Livs und meine Lippen zum ersten Mal berührten, schien nichts davon eine Rolle zu spielen. Mein Verstand schaltete in den Ruhemodus, während mein Instinkt die Kontrolle übernahm. Sämtliche Sorgen, Ängste und negative Gedanken der vergangenen Wochen lösten sich in Luft auf. Obwohl mir bewusst war, dass es noch viele ungeklärte Dinge zwischen uns gab, fühlte sich dieser Augenblick wie die Lösung für alle Probleme der Welt an.

Liv schien es ähnlich zu gehen. Zart ließ sie meine Unterlippe zwischen ihren Lippen verschwinden, spielte mit mir, während ihre freie Hand an meiner Wange landete und sie mit ihren Nägeln über meine unrasierte Haut kratzte.

Augenblicklich stand mein Körper in Flammen, in meinem Schritt pochte es, und meine freie Hand war wie von selbst an Livs unterem Rücken gelandet, wo ich sie fest an mich presste.

Wie zwei Puzzleteile, die nur gemeinsam ein Ganzes ergaben, schmiegten wir uns aneinander. Die Spannung zwischen uns, die sich in den vergangenen Wochen angestaut hatte, vervielfachte sich, bis ich das Gefühl hatte, jeden Moment in einem Feuerwerk der Lust zu verglühen.

Noch nie hatte ich mich so schwerelos und gleichzeitig so geerdet gefühlt wie in diesem Moment.

Und noch nie hatte ich eine Frau mehr gewollt.

»Ich will ja kein Spielverderber sein«, warf der Anwalt ein, und würde ich nicht gerade in einer völlig anderen Sphäre schweben, hätte ich sicherlich den Wunsch verspürt, dem Typen eine zu verpassen. »Aber wenn euer Geknutsche nicht als Abschied gemeint ist, solltet ihr euch ranhalten. Ich gebe uns noch maximal fünfzehn Minuten, ehe der erste Wärter mit einer faulen Ausrede vorbeischneit, um nach dem Rechten zu sehen.«

Augenblicklich erstarrte Liv in meinen Armen. Es war schwer zu sagen, was der Grund dafür war. Die Erkenntnis, dass ich sie geküsst und sie es genossen hatte, obwohl sie mich hassen wollte?

Oder war es die Sorge, dass uns die Zeit davonlief und dieses Treffen trotz des einmaligen Moments drohte ebenso unbefriedigend zu enden wie die ersten beiden?

Doch als mich Liv mit ihren großen und viel zu schönen Augen ansah, wusste ich, dass ich keine andere Wahl hatte. Ich musste den Sprung ins Ungewisse wagen, weil ich es jetzt, nach diesem Kuss, niemals über mich bringen würde, sie zu verletzen.

»Du willst die Wahrheit hören, als Zeichen, dass ich dir vertraue?«, fragte ich mit lustgeschwängerter Stimme. Liv nickte kaum merklich, und ich konnte nicht anders, als mich dem Lächeln hinzugeben, das allein sie in mir hervorzuholen vermochte. »Dann hör genau zu, Miss Rasende-Reporterin. Du hast recht. Ich habe Sarah nicht getötet. Ich war an jenem Abend nicht einmal in der Nähe des Country Clubs.«

Sofort erstrahlte Livs Gesicht, und die Gewissheit, dass *ich* für dieses überschäumende Glück verantwortlich war, verursachte mir solche Schmetterlinge im Bauch, dass schwarze Punkte vor meinen Augen tanzten. Schnell, solange ich noch konnte, sprach ich weiter.

»An dem Abend, als die Polizei vor Elliotts Tür stand und ihn verhaftet hatte, war ich bei ihm. Seit Louisas Tod war ich das oft, vor allem, um ihm mit Lexis zu helfen. Er war zwar nicht unbedingt überfordert. Aber Louisas Tod hat ihn verändert. Als ich dir an Thanksgiving erzählte, dass ich Sarah im Netz gestalkt habe, weil mich das über den Verlust einer geliebten Person hinweggetröstet hat …«

»Hast du in Wahrheit von Elliott gesprochen.«

Ich nickte. »Er hat Louisa vergöttert. Seit ihrem ersten Aufeinandertreffen hat er in einer Tour von ihr geschwärmt, und trotz meiner nicht ganz ernst gemeinten Warnungen, auf keinen Fall etwas mit meiner Schwester anzufangen, immer wieder betont, dass er sie eines Tages heiraten würde. Als Louisa überraschend schwanger wurde, waren die beiden so unfassbar glücklich. Deswegen hat Lous Tod Elliott auch so stark aus der Bahn geworfen. Er hat kaum noch das Haus verlassen, nur noch vor seinem Rechner gehangen und alles um sich herum vernachlässigt. Anfangs habe ich ihm das durchgehen lassen. Es war seine Art zu trauern. Und er hat sich trotzdem um Lexis gekümmert. Aber da es im Laufe der Zeit nicht besser wurde, wurde ich misstrauisch. Eines Tages fragte ich ihn, was er am Rechner so treibt. Nach einigen Diskussionen hat er mir schließlich von Sarah erzählt. Ab da wusste ich, dass ich einschreiten musste. Ich überzeugte ihn davon, sich einer Trauergruppe anzuschließen, aber er war nur eine Handvoll Male dort.«

»Und trotzdem bist du felsenfest davon überzeugt, dass Elliott unschuldig ist?« Liv ließ ihre Hand von meiner Wange sinken, während ich den Druck meiner Hand an ihrem Rücken verstärkte.

Wenn sie sich ausgerechnet jetzt von mir distanzierte, wusste ich nicht, ob ich die Kraft fand, weiterzusprechen.

»Es muss ja nicht einmal absichtlich geschehen sein. Vielleicht haben sie sich wegen irgendetwas gestritten, und Sarah ist dann aus Versehen gestürzt.«

»Ich weiß, dass er es nicht war. Zum einen kenne ich Elliott. Wenn er etwas mit Sarahs Tod zu tun gehabt hätte, hätte er sich noch in derselben Nacht der Polizei gestellt. Seine Schuldgefühle hätten ihn sonst aufgefressen. Zum anderen war ich an dem Abend des Mordes bei ihm.«

»Was?« Liv schien erst jetzt zu registrieren, was ich da sagte. Ihr entglitten die Gesichtszüge, und ich musste sie festhalten, damit sie mir nicht entschwand. Glücklicherweise näherte sie sich mir unmittelbar darauf wieder. »Aber wieso hast du das nicht bei der Polizei angegeben? Ihr hättet euch doch gegenseitig ein Alibi geben können.«

»So einfach ist das nicht. Denn ich war zwar an dem Abend bei Elliott, aber zum Zeitpunkt von Sarahs Tod war ich mit Lexis allein. Elliott war bei Louisas Grab, nachdem ich erneut versucht hatte, ihn zu dieser Trauergruppe zu überreden. Aber selbst wenn es anders gewesen wäre, hätte ich Elliott unmöglich ein wasserdichtes Alibi bieten können. Jeder wusste, dass wir Freunde waren. Ebenso war bekannt, dass Lexis meine Nichte ist. Wer hätte mir also geglaubt, dass ich den ganzen Abend bei ihm war – so ganz ohne Beweise oder andere Zeugen?« Ich schüttelte den Kopf. »Nein, ich wusste, dass ich keine andere Wahl hatte, als die Schuld auf mich zu nehmen, wenn ich Elliott helfen wollte. Denn wie du sicherlich weißt, bin ich bereits in meiner Jugend mit dem Gesetz in Konflikt geraten. Damals habe ich zwar nur ein paar Scheine aus einer offenen Kasse im Supermarkt mitgehen lassen, weil Lou und ich nichts zu essen hatten. Aber vorbestraft ist vorbestraft. Da passte die Rolle des Mörders viel besser zu mir als zu Elliott, der zwar als Hacker bekannt ist, aber keiner Fliege etwas zuleide tun kann.«

Durch Livs Augen tanzten die unterschiedlichsten Emotionen, weshalb ich meinen Griff verstärkte. Ich würde es nicht verkraften, wenn sie mich losließ.

»Aber woher kanntest du dann die ganzen Details über Sarahs Mord?«, fragte sie. »Zum Zeitpunkt deines Geständnisses war nichts davon an die Öffentlichkeit gedrungen.«

»Das stimmt. Aber von meinem Job damals im Country Club kannte ich noch ein paar Leute vom Personal. Auch wenn sie mir nicht viel erzählen konnten, hatte es gereicht, um mir eine Story zusammenzubasteln, die die Geschworenen überzeugte.«

»Ach, Westin …« Liv schüttelte mit schwerem Haupt den Kopf. »Ich wünschte …« Das Ächzen der sich öffnenden Metalltür ließ Liv mitten im Satz unterbrechen, und wir stoben auseinander wie zwei gleich gepolte Magnete.

Wie der Anwalt vorausgesagt hatte, war Watson früher zurückgekehrt. Dass er noch immer angepisst war, weil der Anwalt ihn vor die Tür gesetzt hatte, sah ich ihm deutlich an. Doch überraschenderweise verspürte ich keine Genugtuung. Der Mistkerl war mir völlig egal. Dass Liv nun die Wahrheit kannte, erfüllte mich mit einem inneren Frieden, wie ich ihn noch nie verspürt hatte.

»Wir brauchen den Raum für ein anderes Gespräch«, meinte er griesgrämig, während er zwischen Liv und mir hin- und herschaute. Es war schwer zu sagen, ob er Verdacht schöpfte oder sich einfach nur fragte, wieso es diese absolut umwerfende Frau immer wieder zu mir hinzog – mich jedenfalls interessierte die Antwort auf diese Frage brennend.

»Dann trifft es sich ja gut, dass wir soeben fertig geworden sind.« Der Anwalt erhob sich, nun wieder vollends in seiner Rolle als reicher Snob, und gab Liv mit einem Nicken zu verstehen, dass sie ihm folgen sollte.

In diesem Moment hätte ich meinen linken Arm dafür hergegeben, um ihren Abgang zu verhindern. Aber das war unmöglich, deshalb tat ich das Einzige, was in meiner Macht stand.

»Hey, Rechtsverdreher«, rief ich dem Anwalt zu und griff nach der Visitenkarte auf dem Tisch. Wie angenommen, fühlte sich das Papier dick und schwer zwischen meinen Fingern an.

»Danke. Für alles.«

Der Typ – Dean – nickte mir mit einem freundlichen, ja fast schon freund*schaft*lichen Lächeln zu.

»Immer wieder gern. Und vergiss nicht. Wir sind jetzt ein Team. Du kannst dich also jederzeit an mich wenden, wenn du Hilfe brauchst.« Mit diesen Worten und einem sarkastischen Lächeln an Watson verließ er den Besprechungsraum. Liv folgte ihm, signalisierte mir jedoch, dass ich sie anrufen sollte, sobald ich die Gelegenheit dazu hatte.

Kapitel 31

Liv

»Du hast mir nicht gesagt, dass du in Vermont verknallt bist«, eröffnete Dean das Gespräch, kaum dass wir das Gefängnis verlassen hatten. Ich rechnete es ihm hoch an, dass er sich so lange
zusammengerissen hatte.

»Und du hast mir nicht verraten, dass du bei Candy Crush
in Level dreihundertachtundfünfzig bist«, konterte ich, den Blick
nach vorn gerichtet. Meine Lippen kribbelten noch immer von
dem Kuss mit Westin, und die Schmetterlinge in meinem Bauch
veranstalteten einen preisverdächtigen Kunstflug. Ich war mir sicher, noch die nächsten Tage an seine Lippen auf meinen denken
zu müssen. »Ich habe genau gesehen, was du vorhin am Handy
gemacht hast. So hat jeder von uns sein dunkles Geheimnis.«

Dean reagierte nicht auf meinen Versuch, die Stimmung auf-
zulockern, sondern begab sich zielgerichtet zum Parkplatz, wo wir
in seinen Mercedes stiegen. Der Duft nach Leder, Neuwagen und
Privilegiertheit kam mir nach unserem Aufenthalt im Gefängnis
noch stärker vor als auf dem Hinweg.

Nachdem der Motor gestartet und wir angeschnallt waren,
hielt ich Deans Schweigen nicht länger aus.

»Es tut mir leid, okay? Ich weiß, ich hätte es dir sagen müssen.
Aber ich wollte es mir selbst nicht eingestehen.«

Dean schnaubte, doch seine Lippen kräuselten sich, was seiner strengen Miene die Ernsthaftigkeit nahm. »Also dafür, dass du dir deine Gefühle nicht eingestehen wolltest, sah euer Kuss ziemlich sehnsuchtsvoll aus.«

Mit glühenden Wangen streckte ich Dean die Zunge raus, was seine Selbstbeherrschung endgültig zusammenfallen ließ.

Herzlich lachend, lenkte er den Wagen geschickt über die Straße.

»Keine Sorge, Liv, ich bin nicht wütend. Als du an Thanksgiving zu mir kamst und mir die Wahrheit erzählt hast, war es ziemlich offensichtlich, dass es dir nicht allein um Sarah und ihren Tod geht. Nicht mehr, zumindest.«

Die Hitze in meinen Wangen intensivierte sich, weshalb ich meinen Blick auf die Straße vor uns richtete. Obwohl es erst vier Uhr nachmittags war, hatte die Dämmerung bereits eingesetzt. Doch die strahlenden Lichter, die die Stadt in winterlichen Glanz hüllten, vertrieben die Finsternis und verliehen der Umgebung eine romantisch-gemütliche Atmosphäre. Trotzdem kam mir der Gedanke absurd vor, dass in knapp drei Wochen Weihnachten sein sollte. Für mein Empfinden lag die Spendengala erst wenige Tage zurück.

»Weißt du schon, was du jetzt machen wirst?«, fragte Dean mit einem Seitenblick, und ich wusste, dass er nicht nach meinen Plänen für heute Abend fragte.

»Was soll ich schon machen? Ich werde nächste Woche bei meiner Professorin um eine Aufschiebung meiner Masterthesis bitten und mich dann uneingeschränkt auf die Suche nach Sarahs wahrem Mörder fokussieren.«

Dean nickte, als hätte er bereits mit einer solchen Antwort gerechnet. Doch scheinbar bezog sich das nur auf die erste Hälfte meiner Aussage, denn verspätet entglitten ihm die Gesichtszüge, und er wandte sich so ruckartig zu mir herum, dass der Wagen gefährlich ins Wanken geriet. Ich konnte mir nur mühevoll einen spitzen Aufschrei verkneifen, während ich mich panisch mit beiden Händen an meinen Gurt klammerte.

»Was hast du gerade gesagt?« Mit großen Augen stierte mich Dean an. »Das war ein Witz, oder? Bitte sag mir, dass das ein Witz war!«

Mir schlug das Herz bis zum Hals, weshalb ich nicht antworten konnte. Erst als Dean sich wieder auf den Verkehr konzentrierte, war ich zu einer verbalen Erwiderung in der Lage.

»Welche Wahl bleibt mir denn? Westin sitzt unschuldig im Gefängnis, Elliott lebt in ständiger Sorge um sich und seine Familie, und der wahre Mörder läuft frei herum. Das ist nicht nur hochgradig unfair, sondern auch gefährlich. Oder ist es dir egal, dass womöglich weitere Tote in den letzten zwei Jahren hätten vermieden werden können, wenn nicht der Falsche im Knast sitzen würde?«

»Natürlich ist mir das nicht egal!«, echauffierte sich Dean. Die Hände presste er so fest um das Lederlenkrad, dass seine Fingerknöchel weiß hervorstachen. »Aber dein Leben ist mir wichtiger.«

»Das weiß ich zu schätzen. Aber ich kann nicht so tun, als wäre alles in Ordnung.«

»Und ich kann unmöglich zulassen, dass du dein Leben aufs Spiel setzt! Wie gedenkst du überhaupt, vorzugehen?«, fragte Dean weiter. »Selbst die Polizei hat den wahren Mörder nicht aufgespürt. Aber ausgerechnet *du* willst das schaffen?«

»Die Polizei hat überhaupt nicht nach dem Mörder gesucht«, konterte ich gereizter als beabsichtigt. Deans Seitenhieb hatte mich getroffen. »Du hast es doch selbst gesagt: Der Druck von außen war so groß, dass die Behörden nach dem anonymen Hinweis zu Sarahs Handy gar nicht anders konnten, als Elliott aufs Korn zu nehmen. Aber als Westin dann gestanden hat, befanden sie sich in einer so ungünstigen Situation, dass sie den Fall in Rekordgeschwindigkeit geschlossen haben, um Gras über ihre Unfähigkeit wachsen zu lassen. Deswegen kann ich mich ja auch nicht an die Polizei wenden, ohne erneut Elliott in die Schusslinie zu bringen.«

Dean schnaufte wie ein rotsehender Stier. Die Augen zu Schlitzen verengt, hatte er die Lippen fest aufeinandergepresst. Fast sah es so aus, als wollte er das Lenkrad zwischen seinen Fingern erwürgen.

»Ich hasse es, wenn man meine eigenen Worte gegen mich verwendet«, brachte er vernehmbar mühselig hervor. »Aber ich kann dennoch nicht zulassen, dass dich deine Gefühle für Vermont blind für die Gefahr …«

Ich stöhnte. »Hier geht es nicht um meine Gefühle für Westin. Nicht ausschließlich zumindest. Es geht vor allem darum, dass ich in keiner Welt leben will, in der sich jeder nur um seinen eigenen Kram kümmert. In der man die Augen vor der Wahrheit verschließt, obwohl sie einem regelrecht ins Gesicht springt. Zudem will ich verhindern, dass Sarahs Mörder hinter mir an der Kasse des Supermarkts steht oder der Mann, der mir wichtig geworden ist, von einem machtgierigen Mithäftling oder gewalttätigen Wärter sowohl mental als auch körperlich drangsaliert wird. Und das, obwohl er unschuldig im Knast sitzt. Ist das wirklich so schwer zu begreifen?«

Dean stieß mehrere wüste Flüche aus. »Das ist absoluter Bullshit, Liv, und das weißt du auch. Das Einzige, was du mit dieser Aktion bezwecken wirst, ist, dass wir *alle* im Knast landen.«

Nun war ich es, die die Lippen fest aufeinanderpresste. Dean hatte recht. Inzwischen steckten mehrere Köpfe in der Schlinge.

»Es tut mir ehrlich leid, dass ich dich in die Sache mit hineingezogen habe«, sagte ich. »Leider kann ich dir nicht mehr versprechen, als vorsichtig zu sein und dich künftig aus allem rauszu–«

»Nein!«, unterbrach mich Dean inbrünstig. Er kochte so sehr in seinen eigenen Emotionen, dass er seine Worte mehr knurrte als sprach. »Vergiss das gleich wieder. Du ziehst das nicht allein durch, haben wir uns verstanden? Keine Einzelgänge mehr. Wir stecken jetzt beide in der Sache drin, also sorgen wir auch gemeinsam dafür, dass wir da einigermaßen heil wieder herauskommen.«

Perplex starrte ich Dean an. Meinte er das ernst? Zwar war ich ihm aufrichtig dankbar für seine Hilfe. Aber ich konnte unmöglich erwarten, dass er …

»Ich will wissen, ob du mich verstanden hast, Liv.« Dean sah mit ernster Miene zu mir herüber. »Es ist mein absoluter Ernst, wenn ich sage, dass wir entweder als Team handeln oder ich dich auf direktem Weg zu deinen Eltern bringe und ihnen alles erzähle. Denn lieber riskiere ich meinen Job als dein Leben.«

Einen Moment sahen Dean und ich uns an – glücklicherweise hatte er den Wagen in eine Haltebucht gelenkt, ohne dass ich es mitbekommen hatte. Dann, als ich mir eingestehen musste, dass mein Kumpel mindestens so stur war wie ich, nickte ich. Mir blieb ja ohnehin nichts anderes übrig. Und auch wenn ich Dean niemals darum gebeten hätte, war ich unbeschreiblich froh, ihn weiterhin an meiner Seite zu wissen.

Dean nickte ebenfalls, dann lenkte er den Wagen zurück auf die Straße.

Den restlichen Weg bis zu meinem Wohnheim legten wir schweigend zurück. Aber das war okay. Für den Moment war alles geklärt. Und zum ersten Mal, seit ich im September auf der Spendengala gewesen war, hatte ich das Gefühl, dass die erbarmungslose Achterbahn, in die sich mein Leben verwandelt hatte, langsamer fuhr.

Kapitel 32

Liv

Vor meinem Wohnheim angekommen, bot ich Dean an, für einen Kaffee mit hochzukommen. Aber er lehnte ab, und wir beschlossen, in den nächsten Tagen zu telefonieren. Ich ließ meinen Kumpel nur ungern so davonfahren, aber ich musste seinen Wunsch respektieren, jetzt allein sein zu wollen.

Insgeheim war ich sogar froh, ebenfalls ein wenig Ruhe zu bekommen. Seit meinem Gespräch mit Westin vor zwei Wochen hatte ich den Eindruck gehabt, als würde ein gigantisches schwarzes Loch über mir schweben und mir sämtliche Energie aussaugen. Zwar war ich ständig unterwegs gewesen, hatte Leute getroffen und den Anschein erweckt, als ginge mein Leben auch ohne ihn wie gewohnt weiter. Aber das war eine Lüge gewesen. Und genau das hatte mich am meisten Kraft gekostet.

Nun, da Westin sich mir anvertraut, mich sogar *geküsst* hatte, war das schwarze Loch verschwunden, und an seine Stelle war eine innere Zufriedenheit getreten, die mich selig vor mich hin grinsen ließ.

Leider glich diese meinen Schlafmangel der letzten Tage nicht aus. Mir drohten die Augen buchstäblich im Stehen zuzufallen.

Mühevoll schleppte ich mich hoch in mein kleines Reich, steckte das Handy an die Ladestation neben meinem Bett, und dann, weil ich in diesem Moment nichts für Westin tun konnte, bestellte ich mir eine große Gemüsepizza, ehe ich unter die Dusche ging.

Am liebsten hätte ich Westins Duft, der hauchzart an mir haftete, beibehalten. Aber die Autofahrt, die Einlass- und Ausgangskontrollen im Gefängnis sowie die Begegnung mit dem Wärter, der Westin auf dem Kieker hatte, forderten ihren Tribut. Ich fühlte mich sowohl körperlich als auch mental beschmutzt.

Ich beendete meine Duschsession just in dem Moment, als mein Essen geliefert wurde. Die Pizza duftete herrlich, und ich machte es mir im Bademantel auf dem Bett gemütlich. Auf meinem Laptop schaltete ich meine Lieblingsserie ein, und so verbrachte ich gemeinsam mit Monica, Chandler, Ross, Phoebe, Joey und Rachel die nächste Stunde.

Nachdem die Pizza zur Hälfte verspeist und ich immer kraftloser in meinen Kissenberg gesunken war, musste ich den wahren Grad meiner Erschöpfung akzeptieren. Inzwischen gähnte ich mehr, als dass ich etwas von der Serie mitbekam. Also ergab ich mich, klappte den Laptop zu und schob ihn gemeinsam mit dem Pizzakarton zur Seite.

Allein mein Handy stellte ich noch schnell auf laut, damit ich auf keinen Fall verpasste, wenn Westin mich anrief.

* * *

Dass ich sofort eingeschlafen war, bestätigte nur, wie k.o. ich gewesen sein musste. Deswegen glich es einem Wunder, dass ich mein Handy wahrgenommen hatte, das lebhaft über mein Nachtschränkchen tanzte. Für gewöhnlich schlief ich so tief und fest, dass ich nicht einmal den Feueralarm im Haus meiner Eltern hörte.

Noch ein wenig desorientiert nahm ich das Telefon an mich und blickte auf das Display. Eine Nummer, die mir zwar bekannt vorkam, die ich jedoch nicht sofort zuordnen konnte, war zu sehen.

»Hallo?«, sagte ich, nachdem ich auf den grünen Hörer gedrückt hatte.

»Dies ist eine automatische Ansage«, schallte es mir ins Ohr, und ich zuckte zusammen, während sich mein Puls schlagartig beschleunigte. »Ein Gefangener des *Hawthrone Penitentiary* möchte Sie anrufen. Die Häftlingsnummer lautet sechs-vier-drei-acht. Sind Sie bereit, die Gesprächskosten zu tragen, dann sagen Sie *Ja*, um verbunden zu werden.«

»Ja«, rief ich enthusiastisch. Und nachdem es in der Leitung geklickt hatte, schob ich mindestens ebenso euphorisch nach: »Ich hätte nicht damit gerechnet, dass du mich noch heute anrufen würdest.« Zum Glück hatte Dean Westins Häftlingsbetreuer nach unserem Treffen mit Westin davon überzeugt, meine Handynummer auf die Telefonliste zu setzen, sodass er mich, als Praktikantin seines Anwalts, ebenfalls kontaktieren konnte.

»Tja, was soll ich sagen?« Westin schnurrte regelrecht, was mir einen kribbeligen Schauder über den Rücken jagte. Sein samtweiches Timbre erinnerte mich an flüssige Schokolade. »Die Aussicht, dich mit einem simplen Anruf so sehr zu erfreuen, dass sich deine Stimme regelrecht überschlägt, hat mich zu diesem kleinen Wunder bewogen.«

»Ich bin beeindruckt – vor allem, dass du unterwegs nicht über dein gigantisches Ego gestolpert bist.« Ich versuchte, mich möglichst cool zu geben. Aber mir steckte der Schlaf noch immer in den Stimmbändern, sodass meine Aussage sich rau und dunkel anhörte.

»Tu doch nicht so. Ich weiß genau, dass du mich magst. Sogar mehr, als du bisher bereit warst zuzugeben.«

Unweigerlich musste ich grinsen. Es tat unheimlich gut, Westin so glücklich und gelöst zu erleben.

»Red dir das ruhig ein, wenn dich das erholsamer schlafen lässt«, konterte ich und kuschelte mich wieder in meine Kissen. Es war schräg, aber jedes Mal, wenn ich Westins Stimme hörte, jagten kleine Blitze durch meinen Körper, die sich zielgerichtet auf das Zentrum zwischen meinen Beinen zubewegten. Ob ich ihn wohl dazu bringen könnte, mir die sexy Stellen aus meinem Lieblingsroman vorzulesen?

»Wieso fühle ich mich jetzt herausgefordert, dir zu beweisen, wie sehr du mich magst?« Westin lachte. »Aber keine Sorge. Ich habe noch das ein oder andere Ass im Ärmel, um dir die Wahrheit vor Augen zu führen. Schließlich habe ich mich bei dem Kuss vorhin bewusst zurückgehalten. Ich wollte dich nicht in eine unangenehme Lage bringen. Wie gemein wäre es dem Anwalt gegenüber gewesen, wenn du bei der Heimfahrt die ganze Zeit über mich und mein Talent beim Küssen gesprochen hättest?«

Ich prustete los, zog jedoch gleichzeitig den Stoff meines Bademantels enger um meine Beine. Auf keinen Fall durfte ich mich von dem verräterischen Pochen unterhalb meines Bauches ablenken lassen.

»Da ist es wieder«, sagte ich nach einem Räuspern, »dein gigantisches Ego. Auch wenn ich zugeben muss, dass du dich mit dieser Aussage selbst übertroffen hast.«

»Du willst mir nur nicht gestehen, wie sehr dir der Kuss gefallen hat.« Sein vernehmbares Grinsen war ansteckend.

»Hast du deswegen angerufen? Damit ich dich bauchpinsele? Falls ja, muss ich dich enttäuschen. Ich bin dir bereits einen Schritt entgegengekommen – und zwar von Angesicht zu Angesicht. Jetzt bist du dran.«

Auf der anderen Seite der Leitung herrschte Schweigen, doch ich nahm Westins beschleunigte Atmung zur Kenntnis.

»Okay, dann verrate ich dir jetzt was: Abgesehen von meiner Arbeit in der Wäscherei und den Mahlzeiten in der Cafeteria darf ich meine Zelle kaum verlassen. Aber jeden Tag um achtzehn Uhr habe ich die Möglichkeit, auf dem Hof ein wenig frische Luft zu tanken. Das war bis vor wenigen Wochen mein Tages-Highlight. Weil ich nur dort für kurze Zeit vergessen kann, dass ich im Gefängnis sitze.«

»Und warum ist es jetzt kein Highlight mehr für dich?« Meine Tonlage hatte sich unwillkürlich seiner angepasst. Ich wisperte meine Frage beinahe.

Als Westin schwieg, nahm ich mein Telefon vom Ohr und blickte auf das hell erleuchtete Display. Es war kurz nach achtzehn Uhr.

Mein Herz setzte einen Schlag aus, ehe es galoppierte. Westin nutzte seine Hofpause, um mich anzurufen? Weil er lieber mit mir sprechen wollte?

Der Gedanke erfüllte mich mit unbeschreiblicher Wärme.

»Vorhin, als ich nach Hause gekommen bin«, hörte ich mich sagen, »habe ich kurz überlegt, nicht duschen zu gehen, weil ich deinen Duft weiterhin wahrnehmen wollte.«

Westin brachte nur ein ersticktes Keuchen hervor, was mich meine unbedachte Aussage prompt bereuen ließ.

»Keine Sorge, ich war natürlich duschen.« Sachte schlug ich mit meiner Faust gegen meine Stirn. Warum zum Henker verhielt ich mich wie ein vorpubertierendes Ding, das zum ersten Mal mit seinem Schwarm sprach?

»Darum geht es nicht«, sagte Westin mit einem Ton, der mir eine Gänsehaut bescherte. Tief, dunkel und rau hörte er sich an. »Ich versuche gerade nur, das Bild von dir unter der Dusche zu verarbeiten.«

Oh. Mit dieser Erklärung hatte ich nicht gerechnet.

»Wenn das so ist, sollte ich wohl besser nicht erwähnen, dass ich im Bademantel im Bett liege, oder?«

Erneut gab Westin dieses unterdrückte Keuchen von sich.

Doch nun, da ich wusste, was es zu bedeuten hatte, entlockte es mir ein Grinsen, während sich das Pochen zwischen meinen Beinen verstärkte.

»Warum tust du mir das an?« Westins Worte klangen gleichzeitig gequält und erregt.

Unwillkürlich biss ich mir auf die Lippe.

»Wer von uns hat denn mit der Erinnerung an den Kuss angefangen? Außerdem, wieso sollte es dir besser gehen als mir? Seit ich dich an Thanksgiving umarmen durfte, denke ich daran, wie es sich anfühlt, deine Arme um meinen Körper zu spüren.«

»Liv!«, stöhnte Westin, und das Pochen zwischen meinen Beinen breitete sich in meinem gesamten Körper aus. Ich konnte mich nicht daran erinnern, wann ich das letzte Mal einen Mann so begehrt hatte.

»Ich wünschte, du könntest jetzt hier bei mir sein«, flüsterte ich so leise, dass ich mich selbst kaum hörte.

»Du hast keine Vorstellung davon, wie sehr ich mir dasselbe wünsche.« Die Sehnsucht in Westins Stimme brach mir das Herz, während es gleichzeitig mein inneres Feuer anfachte.

Ein paar Augenblicke hielt sich das Schweigen zwischen uns, dann rollte Westins Timbre erneut durch die Leitung. Die Sehnsucht war etwas anderem gewichen. Etwas Verzehrendem.

»Du sagtest, du liegst in deinem Bett und trägst noch immer deinen Bademantel?«

»Ja …« Das Verlangen in meiner Stimme übertönte die plötzliche Nervosität beinahe. »Wieso?«

»Weil ich mir dieses Bild einzuprägen versuche – damit ich daran denken kann, wenn ich selbst das nächste Mal unter der Dusche stehe.«

Nun war ich es, die aufkeuchte.

»Du willst an mich denken, wenn du das nächste Mal duschst?« Wenn er seinen nackten Körper berührte, ihn streichelte und dabei jeden einzelnen seiner Muskeln mit seinen Fingerspitzen lieb-koste?

Umgehend verwandelte sich das Feuer in meinem Inneren zu einem tosenden Flächenbrand. Gleichzeitig wurde das Pochen zwischen meinen Beinen zu einem rhythmischen Pulsieren.

»Wäre nicht das erste Mal«, gestand Westin.

Dieses Mal entfloh mir ein leises Stöhnen, weshalb ich mich mit geschlossenen Lidern entspannter hinlegte und den Gurt meines Bademantels lockerte. Plötzlich kam mir das Frottee viel zu dick und zu heiß vor.

»Weißt du, was ich mir vorhin unter der Dusche vorgestellt habe?«, fragte ich, ohne zu wissen, was ich hier eigentlich trieb. Mich selbst zu berühren, während ich telefonierte, war neu für mich. Hinzu kam, dass Westin keine Möglichkeit hatte, sich zu-rückzuziehen. Meiner Recherche nach befanden sich die Telefone der Gefangenen in einem frei zugänglichen Bereich. Uns könnte also jeden Moment ein Mithäftling oder das Ende der Telefonzeit unterbrechen.

»Was hast du dir vorgestellt?«, fragte Westin, als hätte er meine Zweifel gespürt und wollte diese zerstreuen.

»Wie es sich wohl anfühlen würde, dich ohne Kleidung anfas-sen zu dürfen. Wie es wäre, jeden Zentimeter deines Körpers zu erkunden, ihn fühlen und schmecken zu dürfen.« Wie von selbst fuhr ich mir mit meinem Zeigefinger über die Lippen, strich zärt-lich über meinen Mundwinkel, ehe ich ihn an meinem Kiefer ent-langfahren und über meinen Hals hinabgleiten ließ. Es war un-gewohnt, keine Frage. Aber es fühlte sich nicht falsch an. Nicht mit Westin.

»Es wäre schön, wenn du deiner Frage irgendwann auf den Grund gehen könntest.«

»Das finde ich auch.« Ich erreichte den Kragen meines Bade-mantels. »Aber bis es so weit ist, könntest du mir ja aushelfen.«

»Wie meinst du das?«, raunte Westin, ebenfalls hörbar erregt. Mein Zeigefinger befand sich auf Höhe meines Brustansatzes, und mein gesamter Körper stand so unter Spannung, dass ich regelrecht vibrierte.

Wie sollte ich in diesem Zustand etwas erwidern?

»Rede mit mir, Liv«, befahl Westin sinnlich. »Ich kann dich nicht sehen und werde auf keinen Fall weitermachen, ehe ich nicht sicher bin, dass du das zu einhundert Prozent willst.«

»Bitte«, wimmerte ich. »Ich will das. Ich will *dich*.«

»Okay, was soll ich machen?«

»Ich weiß es nicht«, wisperte ich. »Sag einfach irgendwas. Zum Beispiel, wie du mit deinen Fingern über deinen Körper streichst.«

Einen Moment herrschte Stille, dann sagte Westin: »Ich fahre mit meiner Hand über meinen Brustkorb.«

»Höher«, sagte ich, während ich meine Hand tiefer gleiten ließ. Als ich den Knoten meines Bademantels erreichte, öffnete ich diesen geschickt. »Fang höher an. Ich liebe dein Gesicht. Deine strahlenden Augen. Deine hohen Wangenknochen. Deinen Mund.«

»Und ich stehe unglaublich auf deinen Hintern«, erwiderte Westin. »Als du mich das erste Mal besucht hast und zu diesem Getränkeautomaten gegangen bist, hat mich der Anblick fast umgebracht. Ich war danach über eine Stunde hart.«

Wieder biss ich mir auf die Lippe, doch es gelang mir nicht, das Stöhnen zu unterdrücken, das mir bereits im Hals steckte.

»Wie fühlt es sich an, wenn du unter der Dusche an mich denkst und dich dabei selbst anfasst?«

Inzwischen hatte ich es aufgegeben, mich zu foltern, und war meinem Verlangen erlegen. Ein Bein angewinkelt, hatte ich die beiden Seiten meines Bademantels von meinem erhitzten Körper geschoben und meine Finger dorthin gelegt, wo ich Westins so dringend spüren wollte.

»Quälend«, raunte er am anderen Ende der Leitung. »Weil ich

mich einerseits schlecht fühle, dich als Wichsvorlage zu missbrauchen, aber gleichzeitig nicht anders kann, weil du mir völlig den
Kopf verdreht hast.«

Ich streichelte mit meinem Zeigefinger über meine Klit, ehe
ich mein Becken anhob, um erst einen und dann zwei Finger sanft
in mich hineingleiten zu lassen.

»Du musst dich nicht mehr schlecht fühlen. Ich habe kein
Problem damit, wenn du an mich denkst, während du dich streichelst.«

»Streichelst du dich denn gerade?«, fragte Westin mit einem
lauernden Ton, der mich das Telefon fester umschließen ließ.

»Ja«, keuchte ich.

»Fuck!« Westins Stimme war vor Erregung dumpf. »Diese
Vorstellung ist so verdammt heiß.«

»Wenn das so ist, soll ich dann den Lautsprecher anmachen,
damit ich beide Hände freihabe?«

»Du bist eine Sadistin.« Westin lachte heiser, und der Klang
trieb mich einen großen Schritt näher zum Orgasmus.

Sofort tat ich, was ich zuvor angekündigt hatte. Danach win-
kelte ich auch das zweite Bein an.

»Ich wünschte, du könntest dich jetzt auch anfassen«, meinte
ich.

»Wer sagt denn, dass ich das nicht bereits tue?«

Oh. Mein. Gott.

Ich wusste nicht, ob Westin es nur sagte, damit ich mich besser
fühlte. Aber die Vorstellung war so unbeschreiblich, dass ich es
nicht weiter hinterfragen wollte.

»Wie fühlt er sich an?« Inzwischen waren meine Bewegungen
unkontrolliert und allein meinem Instinkt geschuldet. »Rede bitte
mit mir. Ich will deine Stimme hören, wenn ich komme.«

»Und ich will, dass du dir selbst ein Bild davon machst, wie
er sich anfühlt. Irgendwann, das verspreche ich dir, wird es dazu

kommen. Jetzt sollst du deine Brust umfassen und mit deinem Zeigefinger und deinem Daumen deine Brustwarzen massieren. Das würde ich nämlich machen.«

Sofort tat ich, was Westin von mir wollte.

»Was würdest du noch machen, wenn du hier wärst?« Vor Lust klang meine Stimme belegt. Ich spürte, wie sich meine Muskeln anspannten, um sich auf das Kommende vorzubereiten.

»Ich würde dich küssen. Erst deinen Mund, dann langsam deinen Hals. Ich würde mit meiner Zunge deine Brustwarzen umkreisen, mit meinen Zähnen daran knabbern und sie anschließend mit meinen Lippen verwöhnen. Ich würde mich über deinen Bauch, über deine Hüften immer tiefer hinabbewegen, bis ich dich dort schmecken könnte, wo du dich gerade selbst berührst.«

Meine Muskeln wurden immer steifer und das Ziehen in meinem Unterleib stärker.

»Red weiter«, befahl ich stöhnend. Ich war so dicht vor dem Ziel, dass ich vermutlich sterben würde, wenn Westin ausgerechnet jetzt gezwungen wäre, aufzuhören.

»Ich würde deinen Po umfassen, ihn massieren und mit meiner Zunge immer wieder über deine empfindlichste Stelle gleiten. Dabei würde ich dich langsam, erst mit einem, dann vielleicht mit einem zweiten Finger, reizen, bis du …«

»Westin!«, keuchte ich. Mir polterte das Herz in der Brust, und ich bebte am gesamten Körper. Seine Stimme hatte mich so sehr in ihren Bann gezogen, dass ich das Feuerwerk nicht mehr hatte kommen sehen. Plötzlich war es da gewesen, hatte mich mit sich gerissen und wie ein Sturm von der Klippe gefegt, ehe ich hart, aber gleichzeitig unglaublich sanft wie auf Federn zurück in der Realität gelandet war.

Mein Puls wummerte, mein gesamter Körper fühlte sich platt an, aber mein Innerstes war erfüllt von einer Leichtigkeit und einem Strahlen, das ich so noch nie erlebt hatte.

Zwar war mir bereits zuvor bewusst gewesen, dass mir Westin sehr wichtig geworden war. Aber diese gemeinsame Erfahrung, sein Einfühlungsvermögen, seine emotionale Wärme sowie sein Respekt mir gegenüber hatten mir vor Augen geführt, dass da mehr zwischen uns war. Dass mehr von mir für Westin war, als ich bisher hatte zugeben wollen. Vor Dean. Vor Westin. Vor mir selbst.

Ich war drauf und dran, mich in Westin zu verlieben.

Kapitel 33

Westin

Hätte mir jemand am Anfang meiner Haft gesagt, dass es eine Zeit geben würde, in der ich breit grinsend durch das Gefängnis laufen würde – und das den ganzen Tag über –, hätte ich diese Person zweifellos für verblendet erklärt. Denn Fakt war nun einmal, dass es im Gefängnis kaum Gründe gab, gute Laune zu haben. Und noch weniger, wie ein Liebestrunkener zu strahlen.

Doch genau das tat ich seit einer Woche. Pausenlos. Wäre ich nicht voll des Glücks, würde ich mich vermutlich verabscheuen.

Aber ich konnte nicht anders. Liv machte es mir so leicht, den ganzen Scheiß zu ignorieren, der einem im Knast begegnete. Egal ob mieses Essen, nervende Freunde oder provozierende Mitinsassen – die Gewissheit, jeden Abend während meiner Hofpausen Livs Stimme hören zu dürfen, ihr Lachen, Meckern und Stöhnen im Ohr zu haben, machte alles so viel erträglicher.

»Kommt es mir nur so vor, oder schmeckt das Essen heute noch besser als gestern?« Fuzzy strahlte mindestens ebenso sehr wie ich, auch wenn der Grund für seine fröhliche Stimmung seine neu gewonnene Freiheit war. Wie ich vorausgeahnt hatte, hatten sich Cobras Anhänger, kaum dass ihr ehemaliger Boss zwangsversetzt worden war, in alle Himmelsrichtungen zerstreut und neuen Gruppen angeschlossen, die zumindest für den Moment anderen armen Schweinen auf den Sack gingen.

»Genau dasselbe sagtest du gestern bereits«, meinte Mad Eye mit trägen Kaubewegungen. Es war Mittag, und wir saßen an unserem Stammtisch im Speisesaal. Heute gab es angeblich Kartoffelpüree mit Schweineschnitzel. Aber der schleimige Matsch sah genauso ekelerregend grün aus wie der vermeintliche Möhreneintopf gestern.

»Und vorgestern sagtest du das auch schon«, warf ich grinsend ein und schob mir einen Löffel der Pampe in den Mund. Niemals würde ich es laut zugeben, aber der Knabe hatte recht. Mit viel Fantasie konnte ich mir tatsächlich einreden, dass das Zeug heute einigermaßen genießbar war.

»Ihr seid ja nur neidisch«, meinte Fuzzy. »Weil das Glas für mich jetzt randvoll und nicht mehr staubtrocken leer ist.« An mich gewandt fügte er hinzu: »Ich weiß zwar noch immer nicht, wie du das geschafft hast, aber dafür, dass du uns Cobra vom Hals geschafft hast, schulde ich dir was, Mann! Ich verspreche dir, ich finde einen Weg, mich zu revanchieren.«

Anstatt auf Fuzzys wiederholten Dank einzugehen, blieb ich bei unserer lockeren Unterhaltung. »Dein Glas ist randvoll anstatt staubtrocken leer? Ich dachte, der Spruch geht anders.«

»Außerdem, worauf sollten wir neidisch sein?«, konterte mein Knastvater. »Darauf, dass du später nicht mehr vom Klo runterkommen wirst, weil du zusätzlich zu deiner Portion Kotze hier auch noch meine in dich reingeschaufelt hast?« Er schüttelte den Kopf. »Ganz bestimmt nicht. Wenn ich auf jemanden neidisch werden könnte, dann auf unseren Romeo hier.« Mad Eye stieß mir grob mit der Faust gegen die Schulter. »Was würde ich dafür geben, noch einmal frisch verliebt zu sein. Dieses Gefühl ist besser als jede Droge.«

Meine Lippen teilten sich reflexartig, um Mad Eye zu widersprechen. Aber wozu die Mühe? Zum einen würde mir mein Knastvater kein Wort glauben, zum anderen hatte der Kerl ins

Schwarze getroffen. Ich war so was von vernarrt in Liv, dass es mich ängstigte.

Kommentarlos wollte ich seine Worte jedoch nicht stehen lassen, weshalb ich Mad Eye grinsend den Mittelfinger zeigte und ihm ein von Herzen kommendes »Fick dich« schenkte.

Fuzzy mischte sich in unsere Unterhaltung ein, auch wenn ich kein Wort verstehen konnte, weil sein Mund so voller Essen war, dass ihm beinahe alles herausfiel.

Ehe ich jedoch entscheiden konnte, ob ich das Risiko eingehen und nachfragen wollte, was er hatte beisteuern wollen, rempelte mich jemand grob an. Da ich am Rand der langen Sitzbank saß, war das nicht ungewöhnlich. Das wüste »Pass doch auf, du Wichser« ließ mich allerdings den Kopf heben.

»Hunderson«, stöhnte ich augenrollend. In den vergangenen Wochen hatte ich den Kerl kaum zu Gesicht bekommen. Leider saß er nicht, wie ich insgeheim gehofft hatte, neben Cobra in der Hochsicherheit.

Ich drehte ihm den Rücken zu und widmete mich wieder dem Essen. Meine gute Laune würde ich bestimmt nicht an diesen Mistkerl verschwenden.

»Deinetwegen ist mein Glas Wasser umgekippt«, zischte Hunderson. »Eine Entschuldigung wäre angebracht.«

»Wieso sollte ich? Abgesehen davon, dass *du* in *mich* reingerannt bist, hat sich deine Mutter auch nicht bei der Menschheit entschuldigt, dass sie dich geboren hat.«

Mad Eye lachte brummend, während sich Fuzzy an seinem Essen verschluckte und fast erstickte.

»Du hältst dich wohl für sehr witzig, was, *Beast*?« Hunderson knurrte seine Worte, weshalb ich auch ohne einen Blick wusste, dass er vor Zorn kochte. »Aber du bist nicht der größte Macker, nur weil du ein Mädchen vom Balkon geschubst hast. In Wahrheit bist du nur feige.«

Nun konnte ich nicht anders, als mich zu Hunderson herumzudrehen.

»Lass gut sein, Kid«, meinte Mad Eye beschwichtigend. »Er ist es nicht wert, dass du Stress bekommst. Denk an dein Date heute Abend.«

»Date?«, höhnte Hunderson, während ich Mad Eye einen warnenden Blick zuwarf. Es war eine Sache, dass er und Fuzzy über Liv Bescheid wussten. Aber ich konnte getrost darauf verzichten, dass alle anderen davon erfuhren – falls das nicht längst geschehen war.

»Meinst du etwa die Tussi, die dich in letzter Zeit wiederholt besucht? Mit ihr telefonierst du jeden Abend?« Hunderson verzog die Lippen zu einem dreckigen Grinsen, während ich die Zähne fest aufeinanderbiss und die Hände zu Fäusten ballte. Natürlich hatte sich Livs Anwesenheit herumgesprochen. Inzwischen hatte sie mich drei Mal in drei Monaten besucht, das Mal in dem Besprechungsraum mit dem Anwalt nicht mit eingerechnet.

Ich war selbst schuld, wenn ich geglaubt hatte, niemand würde ihr Beachtung schenken, obwohl der Grund ihrer Anwesenheit in diesem Gefängnis *ich* war.

»O ja, für die würde ich mich auch zusammenreißen«, spottete Hunderson. »Ich habe sie zwar noch nicht persönlich getroffen, aber den Gerüchten nach ist sie noch heißer, als ihre Stimme vermuten lässt.« Er leckte sich über die Lippen, und ich musste unweigerlich daran zurückdenken, dass Liv unfreiwillig in Kontakt mit Hunderson gekommen war.

Bei dem Gedanken, wie unangenehm ihr dieser Moment gewesen sein musste, verspürte ich den Drang, Hunderson überdeutlich klarzumachen, dass er es nicht noch einmal wagen sollte, auch nur an sie zu *denken*.

»Ich an deiner Stelle würde jetzt möglichst schnell das Weite suchen«, sagte ich gefährlich ruhig und erhob mich von meinem

Platz. Da Hunderson stehen blieb, presste ich mich mit meinem Oberkörper gegen das Tablett in seinen Händen. »Andernfalls wird dein umgekippter Trinkbecher dein kleinstes Problem sein.«

Hundersons Miene erstarrte, und er schluckte sichtbar. Bisher hatte ich nie das Bedürfnis verspürt, mir den Kerl genauer anzusehen. Doch nun nutzte ich die Gelegenheit.

Ich schätzte ihn auf etwa fünfzig. Tiefe Falten durchzogen sein Gesicht, und seine Wangen waren von grauen Stoppeln überzogen. Seine Tränensäcke hingen schwer herab, wodurch die unteren Ränder seiner Augen blutunterlaufen aussahen, und sein Haar war mehr grau als schwarz.

»Ich … habe keine Angst vor dir«, meinte Hunderson, obwohl sein Stottern und der viel zu feste Griff um das Tablett seine Worte Lügen straften. »Und ich habe kein Problem damit, dir zu zeigen, dass dein Treffer beim letzten Mal pures Glück war. Noch einmal wird dir das nicht gelingen.« Noch bevor die letzte Silbe verklungen war, kippte Hunderson sein Tablett nach vorn, sodass die grüne Matschepampe samt Teller in Richtung Rand rutschte, bis der schleimige Klumpen gegen meinen Overall prallte und an meiner Brust festklebte.

Die lauwarme Feuchte drang durch meine Kleidung und verursachte mir bitteren Ekel.

Augenblicklich verstummten sämtliche Geräusche im Speisesaal, und ich wusste, dass uns alle Anwesenden anstarrten. Das war so ein Phänomen im Knast. Die Inhaftierten bemerkten es sofort, wenn sich eine Schlägerei anbahnte.

Und Hunderson legte es definitiv darauf an, mich zu provozieren.

Langsam glitt mein Blick von dem kotzgrünen Fleck nach oben zu Hunderson. Obwohl er steif wie ein Brett dastand und seine Augen kugelrund waren, als könnte er selbst nicht glauben, was er getan hatte, lag ein Grinsen auf seinen Lippen.

»Vermont, lass dich nicht auf sein Spielchen ein«, zischte Mad Eye, während Fuzzy rief: »Hau ihm auf die Fresse! Der Wichser legt es ja regelrecht drauf an!«

Obwohl die beiden wie Engelchen und Teufelchen klangen, hatten sie beide recht. Hunderson *wollte* von mir fertiggemacht werden.

Aber wieso?

Er wusste, dass er keine Chance gegen mich hatte.

Mein Blick glitt durch den Raum. Ich entdeckte zwei Wärter, die uns beobachteten. Der eine war ein Neuling, der andere Watson.

Seine Miene wirkte neutral, ja fast schon gelangweilt, als wäre es ihm völlig egal, dass ich kurz davorstand, Hunderson aufzumischen. Aber mein Bauchgefühl sagte mir, dass da etwas faul war.

»Du verpisst dich jetzt, Hunderson«, sagte ich so ruhig, wie ich konnte, und nahm mein Gegenüber wieder ins Visier. »Andernfalls bringe ich dich dazu, das Zeug von meinem Overall *abzulecken*. Haben wir uns verstanden?«

Trotz wiederholten Schluckens erwiderte Hunderson meinen Blick, ohne mit der Wimper zu zucken.

Der Drecksack wusste genauso gut wie ich, dass ich in diesem Moment ohnehin verloren hatte. Zwar hatte ich mich bisher nicht auf ihn gestürzt und mir, sofern er es gut sein ließ, einen Monat Einzelhaft erspart. Aber dafür würde ich in der kommenden Zeit vermehrt auf solche Vollpfosten wie ihn treffen, die glaubten, mich herumschubsen zu können.

Denk an Liv!, rief ich mir in Erinnerung und ließ mich zurück auf meinen Platz sinken. Sollten mich die anderen doch für ein Weichei halten. Ich würde den Kontakt zu Liv nicht wegen dieses Wichsers riskieren.

Mad Eye nickte mir anerkennend zu, während Fuzzy enttäuscht seufzte. Aber beides nahm ich nur bedingt zur Kenntnis, denn meine Emotionen tobten so stark in mir, dass ich Mühe hatte, meine geballten Fäuste zu lösen. Dass die anderen Häftlinge über Liv Bescheid wussten, hatte meine gute Laune in Luft aufgelöst. Weiß der Geier, was sie mit diesem Wissen anstellen würden. Jedenfalls musste ich ab sofort vorsichtiger sein, wenn ich mit ihr telefonierte. Und ihre Besuche hier würden wohl auch erst einmal pausieren müssen.

»Seht ihn euch an«, höhnte Hunderson lautstark hinter mir, was meine Wut zusätzlich schürte. »Das gefährliche *Beast from the East* ist in Wahrheit nur die Pussy seiner Tussi.« Sein gackerndes Lachen ähnelte dem Geräusch von Fingernägeln auf einer Schiefertafel, und ich musste wirklich an mich halten, um nicht aufzuspringen und Hunderson eine zu verpassen.

»Ich wusste doch, dass dieser Typ nichts draufhat. Kleine Mädchen schubsen, das ist sein Ding. Aber ein fairer Kampf mit einem echten Kerl? Da pisst sich der Wurm in die Hose.«

»Hör nicht auf ihn«, wisperte Mad Eye, der verstohlen zu Hunderson blickte. »Er ist derjenige, der sich gerade fast vor Angst eingeschissen hat.«

Sosehr ich Mad Eyes Unterstützung auch zu schätzen wusste, prallten seine Worte wirkungslos an mir ab. Denn Hunderson war in diesem Moment dazu übergegangen, den Rest seines Mittagessens, das er noch auf dem Tablett hatte, großzügig in meinen Haaren zu verteilen.

»Was findet deine Perle nur an dir?« Hunderson massierte mir die schleimige Pampe regelrecht in die Kopfhaut, wobei er so viel Druck aufwandte, dass sich seine Fingernägel schmerzhaft in meinen Schädel gruben. »Hat sie Mitleid, weil sie denkt, du stirbst bald, oder hat sie eine Wette verloren und muss jetzt ihre Zeit mit dir verschwenden?«

Trotz besseren Wissens hielt ich die Sticheleien nicht länger aus – vermutlich, weil ich mir insgeheim dieselbe Frage stellte –

und sprang auf die Beine. Dabei schlug ich Hunderson das Tablett aus den Händen.

»Willst du wissen, was *keine* Zeitverschwendung sein wird? Dir meinen Fuß in den Arsch zu rammen.« Mad Eyes Ruf ignorierend, was ich hier aufs Spiel setzte, holte ich aus und donnerte Hunderson meine geballte Faust mitten ins Gesicht. Knochen knackten, und Blut spritzte durch die Luft.

Augenblicklich brandete tosender Lärm im Speiseraum auf, aber ich achtete nicht darauf, ob die anderen Insassen mich anfeuerten oder ausbuhten. Mein Fokus galt allein Hunderson, der sich gepeinigt die Hände vor das Gesicht hielt und ein paar Schritte nach hinten getaumelt war.

»Ist das alles, was du zu bieten hast, *Beast*?«, fragte Hunderson dumpf. Vermutlich hatte ich ihm die Nase gebrochen. »Am besten sag ich deiner Perle beim nächsten Mal, wenn ich sie am Apparat habe, dass sie sich lieber einen echten Kerl suchen soll. Du könntest sie ja nicht einmal vor einem Wadenbeißer-Köter beschützen.«

Obwohl ich wusste, dass es genau das war, was Hunderson warum auch immer wollte, rammte ich den Mistkerl mit vollem Körpereinsatz. Ächzend gingen wir zu Boden, wo ich den unter mir liegenden Wurm mit meinen Fäusten malträtierte.

»Vermont!«, drang Mad Eyes Stimme wie aus weiter Ferne an mein Ohr. »Hör auf! Das ist eine Falle. Verdammt, Vermont, genug jetzt!«

Mir gelangen noch drei weitere Treffer gegen Hundersons Rippen, ehe Mad Eye mich grob an der Schulter packte und von ihm riss. Hart landete ich auf dem Boden.

»Westin, hörst du mich? Du musst mit der Scheiße aufhören. Du wurdest gelinkt!« Mad Eyes Gesicht befand sich dicht vor meinem, was ich aber erst nach mehrmaligem Blinzeln erkannte. Als erwachte ich aus einer Trance, brauchte ich einen Moment, bis ich begriff, was er von mir wollte.

»Ich wurde gelinkt?«

Mein Knastvater nickte und deutete mit dem Kopf in Richtung der gegenüberliegenden Raumseite. Dort entdeckte ich Watson, der breit grinsend ein Handy auf mich gerichtet hielt.

Fuck!

Das konnte unmöglich etwas Gutes bedeuten. Watson wusste bestens darüber Bescheid, dass Handys im gesamten Gefängnisgebäude strengstens verboten waren. Dass er ausgerechnet jetzt eins dabeihatte, bestätigte nur, was Mad Eye gesagt hatte: Die Ratte hatte mich gemeinsam mit Hunderson hereingelegt.

Aber wieso?

Um mich wegen eines tätlichen Angriffs in Einzelhaft zu stecken, benötigte Watson keinen Videobeweis. Die Zeugenaussage des anderen Wärters, der gerade verschwunden war, hätte genügt.

Während ich mir von Mad Eye auf die Beine helfen ließ, ohne Hunderson auch nur eines Blickes zu würdigen, ratterten meine Gedanken. Doch egal, wie fieberhaft ich auch nachdachte, ich kam immer wieder zu demselben Ergebnis: *Liv.*

Watson wusste, dass sie mich wiederholt besucht hatte, ehe sie gemeinsam mit ihrem Anwaltskumpel hier aufgekreuzt war. *Und dann hat er auch noch mitbekommen, wie wir auseinandergestoben sind, als er in den Verhörraum kam.*

Am liebsten hätte ich meinen Kopf gegen die Wand geschlagen. Wieso hatte ich nicht gleich erkannt, dass Watson mit Hunderson unter einer Decke steckte? Jetzt waren die beiden im Besitz eines Videos, das mich als genau das Monster zeigte, für das mich die ganze Welt hielt. Weil ich einen Typen verdrosch, der sich nicht einmal wehrte.

Den Blick weiterhin auf mich gerichtet, ließ Watson das Handy sinken. Sein ekelerregendes Grinsen jagte mir einen Schauder über den Rücken, und mein Magen ballte sich zusammen.

Es war mir scheißegal, ob die ganze Welt diese Aufnahme von

mir sah und sich in der Annahme bestätigt fühlte, dass ich genau dort war, wo ich hingehörte. Was mir hingegen kein bisschen egal war, war die Frage, wie Liv auf diese Bilder reagieren würde.

Völlig in meine Gedanken vertieft, hatte ich nicht mitbekommen, dass Fuzzy den Tisch verlassen hatte. Erst als er neben Watson auftauchte, kehrte ich ins Hier und Jetzt zurück.

»Hey, Arschloch, weißt du denn nicht, dass es verboten ist, jemanden ohne dessen ausdrückliche Erlaubnis zu filmen?« Schon hatte er Watson das Telefon aus der Hand gerissen und war damit flink wie ein Wiesel abgehauen.

Der Wärter rannte ihm nach, aber Fuzzy war schneller. Im Laufen drückte er auf dem Display herum, und ich hoffte, er wusste, was er tun musste, um sämtliche Filmbeweise zu vernichten. Dann, nachdem er hoffentlich erfolgreich gewesen war, warf er das Telefon auf den Boden und trat kräftig mit der Ferse seines Schuhs darauf.

Sprachlos starrten Mad Eye und ich unseren Kumpel an, während Watson gar nicht mehr aufhörte zu fluchen. Als er Fuzzy schließlich erreichte, hatte er eine ganze Litanei von Drohungen und Verwünschungen hinausposaunt.

»Dafür wirst du in der Einzelhaft verrotten«, knurrte Watson und drehte Fuzzy beide Arme hinter den Rücken. Sofort schnappten die Handschellen zu. »Ich mach dich fertig, du Kakerlake! Du wirst den Tag deiner Geburt bereuen.«

»Das war es mir wert«, sagte Fuzzy leichthin und zwinkerte mir im Vorbeigehen zu. Ich wusste nicht, ob ihm wirklich klar war, was er gerade getan hatte oder welche Konsequenzen auf ihn warteten. Aber er hatte gesagt, dass er einen Weg finden würde, sich für meine Hilfe mit Cobra zu bedanken. Und mit dieser Aktion gerade hatte mein Kumpel mir definitiv den Arsch gerettet.

Kapitel 34

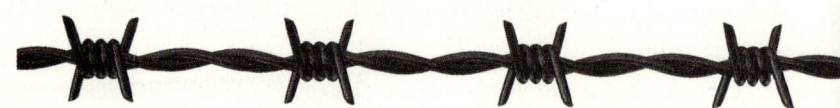

Liv

Die nächsten Tage waren weird. Als besäße ich drei verschiedene Persönlichkeiten, wechselte ich immer wieder zwischen der Studentin Liv, der Detektivin Liv und der echten Liv hin und her.

Die Studentin Liv war die wohlerzogene Vorzeigetochter, die pflichtbewusst ihrem Zeitungsjob nachkam, auf Weihnachtsfeiern vorbeischaute und über Witze lachte, die alles andere als komisch waren. Sie gaukelte allen vor, dass sie ihr Leben im Griff hatte und motiviert an ihrer Masterarbeit schrieb.

Die Detektivin Liv hingegen verbrachte ihre freie Zeit hinter den verschlossenen Türen ihres Wohnheimzimmers und studierte alle Polizeiunterlagen, Aussagen und anderen Dokumente, die sie entweder bereits besaß oder die sie von Dean erhalten hatte, bis sie jedes Wort auswendig kannte.

Allein die echte Liv entsprach jener, die ich die letzten dreiundzwanzig Jahre zu kennen geglaubt hatte. Sie nahm kein Blatt vor den Mund, stand für ihre Überzeugungen ein und lachte laut und herzlich, ohne sich Gedanken zu machen, was ihr Gegenüber wohl darüber denken könnte.

Dass diese Liv, mit Ausnahme von den Begegnungen mit Dean, jeden Abend nur für fünfzehn Minuten zum Vorschein kam, war kein Problem. Denn diese kurze Zeit war jedes Mal so erfüllt von Wärme, Glück und gegenseitiger Zuneigung, dass sie mir genug Kraft verlieh, weitere vierundzwanzig Stunden bis zum nächsten Telefonat mit Westin durchzustehen.

Wir teilten Dinge miteinander, die uns zum Lachen brachten, verloren uns in Nörgeleien über Leute, die der jeweils andere zwar nicht kannte, aber aus blanker Loyalität mit beschimpfte, und wir vertrauten einander unsere intimsten Gedanken an, die oft darin mündeten, dass wir uns mit anzüglichen Doppeldeutigkeiten und verführerischen Kommentaren neckten, bis ich vor Sehnsucht nach Westin zu verbrennen drohte.

Dennoch waren diese Momente zu dem Licht geworden, das mich durch die kalte und finstere Vorweihnachtszeit trug. Denn während alle in Festtagsstimmung kamen, Geschenke für ihre Liebsten besorgten oder das Festessen planten, wurde mir jedes Mal aufs Neue bewusst, dass ich Westin frühestens im neuen Jahr wiedersehen würde, weil alle Besuchstermine für die Feiertage seit Wochen ausgebucht waren. Klar, ich hätte Elliott um Hilfe bitten können, aber er hatte bereits genug für Westin und mich getan und sollte nicht unnötig Schwierigkeiten riskieren.

Auch wenn es hart war, würde ich die Zeit bis zu meinem nächsten Wiedersehen mit Westin tapfer durchhalten.

Insofern war es vermutlich ganz gut, dass ich in der Woche vor Weihnachten ein weiteres Mal in Deans Mercedes saß und dazu gezwungen wurde, meine Gedanken auf etwas anderes zu fokussieren – auch wenn mir dabei unangenehme Schauder über den Rücken rannen.

Dean und ich waren nämlich auf dem Weg zu Elliott.

Nachdem ich mich die letzten Tage fast ausschließlich mit der Sichtung von Dokumenten beschäftigt hatte, ohne wirklich etwas Neues herausgefunden zu haben, hatte ich Dean davon überzeugen können, dass wir einen anderen Weg einschlagen mussten.

Elliott war verständlicherweise alles andere als begeistert davon gewesen, dass Westin mir die Wahrheit über sich und ihn anvertraut hatte. Deshalb hatte es viel Überredungskunst – und einer ordentlichen Standpauke meinerseits – bedurft, bis er einem Treffen mit mir *und* einem befreundeten Anwalt zugestimmt hatte. Aber nun war es so weit, und mein Puls schien sich dessen nur allzu bewusst zu sein.

»Wie läuft es eigentlich zwischen dir und Vermont?«, fragte Dean so unvermittelt, dass ich zusammenfuhr. Bisher hatte er die Fahrt über geschwiegen, weshalb ich nicht damit gerechnet hatte, dass er das Wort an mich richten würde.

»Gut«, sagte ich reflexartig und wandte mich Dean zu. »Ich soll dich von ihm grüßen.«

Mein Freund nickte knapp.

»Das heißt, ihr habt weiterhin Kontakt?«

»Ja, wir telefonieren gelegentlich miteinander.«

»Gelegentlich? Das klingt fast nach der Beziehung, die ich zu meiner Großmutter pflege.« Er lächelte schief, was auch meine Mundwinkel in Bewegung brachte. Es war nicht so, als hätten Dean und ich Stress miteinander. Aber seit unserem gemeinsamen Besuch im Gefängnis hatte sich die Stimmung zwischen uns verändert. Dass Dean mich nun auf Westin ansprach, wertete ich als Zeichen, dass er allmählich begann, die Situation zu akzeptieren.

»Was willst du hören, Dean?« Ich lachte. »Dass er jeden Abend seine Hofpause opfert, damit wir miteinander sprechen können? Dass ich die Stunden zähle, bis ich endlich wieder seine Stimme hören kann? Ja, okay, du hast mich erwischt. So sieht die Wahrheit aus.« Mit heißen Wangen schaute ich aus der Windschutzscheibe. Dennoch bemerkte ich aus den Augenwinkeln, wie Dean an seinem Lächeln festhielt, wobei der spöttische Glanz aus seinen Augen verschwunden war.

»Du magst ihn wirklich, nicht wahr?«

Ich nickte mit zusammengepressten Lippen. Es war mir unangenehm, mit ihm über dieses Thema zu reden, weil ich nicht wusste, was Dean über meine Gefühle für Westin dachte. Aber da er das Thema von sich aus angesprochen hatte, konnte ich die folgenden Worte nicht zurückhalten.

»Ich glaube, ich habe mich in ihn verliebt.«

Jetzt lächelte Dean nicht mehr, aber dafür wirkte der Ausdruck in seinen Augen wärmer.

Einige Minuten waren wir ruhig, dann wurde mir die Stille zu viel.

»Sag mal, wie kommt es eigentlich, dass wir immer nur über mich reden?« Energisch drehte ich mich auf meinem Platz herum, sodass ich Dean ansehen konnte. »Du kennst meine Eltern, weißt, wo ich arbeite, und bist besser über mein Liebesleben informiert als mein Tagebuch.«

»Du schreibst Tagebuch?«, fiel mir Dean lachend ins Wort. »Für diesen Typ Frau hätte ich dich gar nicht gehalten.«

»Ich habe früher Tagebuch geschrieben«, erklärte ich augenrollend. »Jetzt nicht mehr. Aber darum geht es auch gar nicht. Ich will wissen, wieso ich kaum etwas über dich weiß.«

»Du weißt eine Menge über mich. Wo und was ich studiert habe. Wo ich arbeite. Du kennst sogar meine Chefin.« Er zwinkerte mir zu, was mich erneut die Augen rollen ließ. Es schien, als wäre Dean wieder der Alte.

»Ich meine es ernst.«

»Ich auch. Du warst sogar bei mir zu Hause. Das können nicht gerade viele von sich behaupten.«

»Und wieso habe ich dann das Gefühl, dich trotzdem kaum zu kennen? Zumindest nicht so, wie man annehmen sollte, wenn man bedenkt, was wir aktuell gemeinsam erleben.«

»Keine Ahnung.« Dean zuckte mit den Schultern. »Vielleicht, weil du zu hohe Ansprüche hast?«

»Okay, dann frage ich eben einfach freiheraus: Wie heißen deine Eltern? Wo arbeiten sie? Wie ist dein Verhältnis zu ihnen?

Hast du Geschwister? Dass du eine Großmutter hast, mit der du einigermaßen regelmäßig telefonierst, weiß ich ja nun. Los, erzähl mal.«

Ich grinste Dean an, doch entweder nahm er die Geste nicht wahr, oder es war ihm egal. Jedenfalls verdüsterte sich sein Blick, und sein Lächeln, das zuvor jung und frei gewirkt hatte, ähnelte inzwischen einer Fratze.

»Sorry, aber wir haben leider keine Zeit für dein Kreuzverhör. Wir sind soeben an unserem Ziel angekommen.«

Dean lenkte den Wagen auf einen kleinen Schotterparkplatz, auf dem ein gedrungenes Gebäude in Grautönen und mit schlecht geputzten Fenstern stand. Die klischeehafte Neonreklametafel mit dem Namen des Diners hing dunkel und eingestaubt über dem Eingang, und neben einem kleinen rostigen Mustang war Deans Mercedes das einzige Auto weit und breit. Elliotts Ford konnte ich nirgends entdecken.

Ich folgte Dean aus dem Wagen, nachdem er diesen geparkt hatte, und schob meine zitternden Hände in die Taschen meines Mantels. Die Vormittagsluft war erfüllt von eisiger Kälte, und mein Atem wurde in Form von kleinen weißen Wölkchen sichtbar. Dennoch bezweifelte ich, dass ich deswegen fror.

Sollte Elliott uns versetzt haben, säßen wir ordentlich in der Tinte.

Eine kleine Glocke über der Eingangstür verriet unser Erscheinen, als wir das im Stil der Achtzigerjahre eingerichtete Restaurant betraten.

Hinter einer lang gezogenen Theke, die in angelaufenem Silber gehalten war, stand eine ältere Dame in einer rot-weiß gestreiften Uniform und wischte laminierte Speisekarten sauber. Sie schaute kurz auf, beachtete uns jedoch nicht weiter, als wir zielgerichtet den hintersten Tisch auf der Fensterseite anvisierten.

Er war der einzige, der besetzt war.

270

Elliott ist hier.

Diese Gewissheit verwandelte meine Knie in Pudding. Vermutlich hatte Westins Kumpel seinen Wagen so geparkt, dass man diesen von der Straße aus nicht sehen konnte. Oder er war mit dem Bus gekommen, weil sein Auto immer noch Probleme bereitete.

Was es auch war, mir fiel mit jedem Schritt, den ich mich dem vertrauten Hoodie samt der tief in die Stirn gezogenen Baseballcap näherte, ein weiteres Stück von dem Brocken auf meinen Schultern herab.

Erst auf halbem Weg schien Elliott unsere Anwesenheit zu bemerken. Sein Kopf ruckte zu uns herum, und seine Augen weiteten sich gespenstisch.

»Alexander, wie schön, dich zu sehen«, begrüßte ich Elliott und ließ mich gemeinsam mit Dean auf die lange Polsterbank gegenüber gleiten. Mir wummerte das Herz in der Brust, und meine Finger waren taub. Dennoch hielt ich an meinem unbekümmerten Lächeln fest. Geschlagene zwei Stunden hatte ich auf Elliott einreden und ihn am Ende sogar mit Schuldgefühlen wegen Westin überhäufen müssen, ehe er eingewilligt hatte, unsere Fragen zu beantworten. All dies würde ich nicht aufs Spiel setzen, indem ich meine Nervosität preisgab.

»Das ist Dean«, sagte ich und deutete auf meinen Kumpel, der heute anstatt eines Anzugs ein einfaches Shirt mit einer dunkelbraunen Lederjacke, Jeans und Turnschuhen trug. Seine Haare hatte er wie immer locker nach hinten gekämmt, und seine Wangen waren frisch rasiert. »Dean, das ist Alexander.«

Elliott nickte Dean zu, dachte jedoch nicht daran, seine Hände herauszuholen, die er in den Ärmeln seines zu großen Hoodies verborgen hielt.

Da auch Dean schwieg, übernahm ich weiterhin die Rolle der Moderatorin.

»Wie ich bereits erklärt habe, wollen wir uns nur mit dir unterhalten. Ein paar Fragen klären, die du uns als Einziger beantworten kannst. Es geht hier *nicht* darum, dass wir dich verdächtigen, okay? Es ist mir wichtig, dass du das verstehst. Wir glauben Westin und dir, dass du in jener Nacht nicht im Country Club warst.«

Elliotts Blick blieb wachsam und argwöhnisch.

»Also, am besten erzählst du uns einfach noch mal ganz in Ruhe, was du weißt. Wir haben zwar deine Zeugenaussage gelesen, aber vielleicht fällt dir noch etwas ein, was du damals nicht erwähnt hast. Oder erwähnen wolltest.«

Elliott nestelte am Saum seiner Ärmel herum. Das tat er so lange, bis die Bedienung kam, um eine Tasse Kaffee vor ihm abzustellen.

Als die ältere Damen Dean und mich mit einer in die Höhe gezogenen Braue bedachte, bestellte ich uns beiden ebenfalls einen Kaffee.

»Da Westin dir ja bereits alles erzählt hat«, antwortete Elliott endlich, als wir wieder allein waren, »weiß ich nicht, was du noch von mir hören willst. Ja, ich war fasziniert von Sarah und habe sie auf Social Media verfolgt. Ja, ich war vielleicht etwas überengagiert und habe mehr mit ihr interagiert als andere. Aber das bedeutet *nicht*, dass ich …«

»Es geht uns nicht um dich und Sarah«, fiel ich Elliott ins Wort. »Ich weiß, dass du dich nur auf sie fokussiert hattest, weil du wegen Louisa getrauert hast.«

»Du stehst hier auch nicht vor Gericht«, sagte Dean. Die Hände locker miteinander verschränkt, stützte er die Ellbogen auf dem Tisch ab, während er sich verschwörerisch zu Elliott vorbeugte. »Eher ist es so, dass Liv und ich nun ebenfalls in der Sache drinhängen. Aktuell sieht es so aus, dass wir beide über deine gefälschte Identität und Vermonts Falschaussage Bescheid wissen, aber den Mund halten. Das macht uns automatisch zu euren Komplizen. Zwar könnte ich dich ebenfalls als Mandant aufnehmen, wodurch wir vorerst aufgrund der Schweigepflicht geschützt wären. Aber sollte jemand aus der Kanzlei mitbekommen, dass ich Liv als meine Praktikantin eingestellt und dann Vermont und dich unter Vertrag genommen habe, kämen Fragen auf, die ich nicht ehrlich beantworten könnte. Das bedeutet, dass wir, wenn wir dich verpfeifen wollten, uns so oder so nur selbst schaden würden.«

Elliott musterte Dean, und es war zu erkennen, dass er dessen Worte genauestens analysierte. Plötzlich entspannte sich seine Körperhaltung minimal. »Okay, was wollt ihr wissen?«

Innerlich jubilierte ich, doch ich bemühte mich, eine neutrale Miene zu behalten. Elliott erinnerte mich mehr denn je an ein scheues Reh, das bei der kleinsten Bewegung Reißaus nehmen könnte.

»Wir wissen nicht, wer Sarah getötet hat. Aber wir haben eine Theorie. Und zwar glauben wir, dass der Typ, der dich kontaktiert hat, etwas mit der Sache zu tun hat. *Angeblich* wollte er ja, dass du gelöschte Daten auf seinem Handy, das in Wahrheit Sarah gehörte, wiederherstellst.«

»Wahrscheinlich ist er selbst der Mörder, oder er wurde als Bote engagiert«, fügte Dean hinzu.

Elliott schien noch immer nicht überzeugt davon zu sein, dass wir es ernst meinten. Doch als wir seinem kritischen Blick standhielten, wirkte es, als gäbe er seinen Widerstand langsam auf.

»Wenn ihr recht haben solltet, habt ihr ein gehöriges Problem. Denn der Typ hat nicht nur einen falschen Namen benutzt – es gab nämlich keinen Austin Camaro in Pennsylvania –, sondern auch eine frisch registrierte SIM-Karte, deren Nummer sich nicht zurückverfolgen ließ.«

Es überraschte mich nicht, dass Elliott diese Dinge bereits recherchiert hatte. Genau deswegen hatte ich ihn unbedingt sprechen wollen. Er hatte noch einmal einen vollkommen anderen Blick auf die ganze Sache.

Nur hatte ich gehofft, eine positivere Antwort von ihm zu hören.

»Das bedeutet, der Typ wusste, was er tut«, sagte Dean, als wäre er von Elliotts Verbalschlag unbeeindruckt. »Und das wiederum deutet daraufhin, dass wir auf dem richtigen Weg sind.«

Die Bedienung brachte Deans und meinen Kaffee, und erneut mussten wir warten, bis wir allein waren.

»Bleibt jetzt nur die Frage zu klären, *wieso* er dich kontaktiert hat«, merkte Dean an. »Denn wie Liv glaube ich nicht daran, dass es bei der Anfrage tatsächlich darum ging, gelöschte Daten auf dem Handy wiederherzustellen.«

»Warum nicht?«, fragte Elliott.

»Weil es keinen Sinn ergibt«, erwiderte Dean. »Als Vermont noch als Mörder infrage kam, wäre ich jede Wette eingegangen, dass er dir das Handy zugeschoben hat, damit du seine Spuren unwiderruflich verwischst, und du die Polizei absichtlich belogen hast, um seinen Hals aus der Schlinge zu ziehen. Aber nun, da sich herausgestellt hat, dass du dem wahren Mörder gar nicht dabei helfen wolltest, die Tat zu vertuschen, muss die Sache anders abgelaufen sein. Wieso sollte der Mörder das Risiko eingehen und einem talentierten Hacker das Handy geben, um gelöschte Daten zu retten, wenn dieser mit Leichtigkeit hätte herausfinden können, wem das Handy tatsächlich gehörte und welche Daten darauf gelöscht wurden? Da zu dem Zeitpunkt bereits über Sarahs Tod berichtet wurde, hätte sich unser Mörder mit dieser Taktik nur selbst verraten.«

Ich nickte – Dean und ich hatten bereits über diese Theorie gesprochen, und ich teilte seine Ansicht. Elliott hingegen schien über Deans Worte erst einmal nachdenken zu müssen.

»Ich könnte mir vorstellen, dass es wie folgt gelaufen ist«, sagte Dean weiter. »Der Mörder stalkt Sarah monatelang im Netz. Dann, aus welchem Grund auch immer, befürchtet er plötzlich, dass Sarah hinter seine wahre Identität gekommen ist und ihn anzeigen wird. Also kommt er zur Spendengala, von der er weiß, dass sie dort sein wird, und versucht, sie einzuschüchtern. Es misslingt, und der Typ sieht keine andere Möglichkeit, als sie zum Schweigen zu bringen. Dann verschwindet er gemeinsam mit ihrem Handy.«

Im fliegenden Wechsel übernahm ich den Gesprächsfaden. »Aber weil ihm klar wird, dass er nicht nur im Besitz eines belastenden Beweismittels ist, sondern auch online viele Spuren hinterlassen hat, sucht er nach einem Ausweg – und einem Sündenbock für seine Tat.«

Dean nickte. »Und wer ist dafür besser geeignet als ein Hacker, dem man leicht unterstellen kann, die Daten auf dem Telefon so manipuliert zu haben, dass sämtliche Beweise von ihm *weg*führen?«

Elliott verfolgte unsere Erklärung sichtlich fasziniert, mit einer gehörigen Portion Entsetzen.

»Ihr denkt also, er hat mich allein deswegen kontaktiert, weil er jemanden brauchte, dem er die Polizei auf den Hals hetzen konnte? Was er getan hat, sobald ich im Besitz des Handys war?«

Dean und ich nickten.

»Ich sag es nur ungern, aber das klingt tatsächlich logisch – von dem Risiko einmal abgesehen, dass ich für die Mordnacht ein wasserfestes Alibi gehabt haben könnte. Dann wäre der Mörder nämlich immer noch in Gefahr gewesen. Das einmal außer Acht gelassen, bleibt offen, *wer* mir das Handy gegeben hat. Denn glaubt mir, nachdem Westin für mich in den Knast gegangen ist, habe ich alles in meiner Macht Stehende getan, um ihm zu helfen. Aber mehr, als ihn trotz der Verurteilung als Mörder vor dem Hochsicherheitstrakt zu bewahren, habe ich nicht vollbringen können.«

»Du hättest ihn öfter besuchen können«, sagte Dean, was Elliotts Ohren rot aufleuchten ließ. Doch ehe das Gespräch in eine Richtung driftete, die uns kein Stück weiterbrachte, mischte ich mich ein.

»Das, was Elliott getan hat, ist mehr, als Westin jemals von ihm erwartet hat. Konzentriert euch also bitte auf die wichtigen Dinge.«

Dean gab eine leise Entschuldigung von sich, während Elliott hinter seiner Kaffeetasse verschwand.

Nach einem Moment meinte Dean: »Es mag zwar stimmen, dass *wir* keine Ahnung haben, wer dir das Handy gegeben hat. Aber *du* bist dem Typen höchstpersönlich begegnet. Du kannst uns also verraten, wie er ausgesehen oder ob er irgendein besonderes Merkmal besessen hat, das dir in Erinnerung geblieben ist.«

»Ein besonderes Merkmal?« Elliott lachte auf. Deans Verbalschlag hatte ihm sichtlich zugesetzt. »Glaubst du ernsthaft, dass solche Treffen *persönlich* stattfinden?« Er schüttelte den Kopf. »Wir haben telefoniert, einen Ort abgemacht, wo er das Handy samt Kohle deponiert, und ich habe mir die Sachen geholt. Ich bin diesem Kerl nie begegnet. *Du* hättest mir damals das Handy geben können, ohne dass ich deine Stimme jetzt wiedererkennen würde. Das Einzige, was mir komisch vorkam, war sein ständiges Räuspern. Ernsthaft, das war schon ein regelrechter Tick bei ihm.«

Falls Dean Anstoß an Elliotts Retourkutsche nahm, ließ er es sich nicht anmerken. Professionell wie eh und je meinte er: »Wenn das so ist, habe ich nur noch eine letzte Frage, ehe das Thema aus meiner Sicht vorerst beendet ist. Ich würde gern wissen, ob du – entweder damals oder in jüngerer Vergangenheit – mal versucht hast, dich in Sarahs Social-Media-Accounts zu hacken. Theoretisch sollte darüber ja herauszufinden sein, mit wem sie vor ihrem Tod vermehrt Kontakt gehabt hatte, oder?«

»Natürlich habe ich das getan«, sagte er und stellte die Tasse in seinen Händen wieder ab. »Aber wie du dir vorstellen kannst, kam nichts Brauchbares heraus. Die letzten Accounts, mit denen Sarah – außer mir – interagiert hatte, waren alles Fake-Namen, die auf verschiedene E-Mail-Adressen zurückführten. Selbst die

IP-Adressen stammten alle aus unterschiedlichen Bundesstaaten. Also entweder waren es tatsächlich alles verschiedene Personen, mit denen Sarah Kontakt hatte, oder ihr Stalker wusste, wie man seine IP-Adresse verschlüsselt – was jetzt nicht *so* sonderlich schwer ist. Es gibt Apps, die das automatisch für einen übernehmen. Das Einzige, was uns vielleicht irgendwie weiterhelfen könnte, wäre Sarahs Handy. Ich hatte mich in ihre Apple-ID eingehackt und dadurch Zugriff auf das System ihres Telefons bekommen. Laut den Daten, die ich finden konnte, hatte sie kurz vor ihrem Tod ihre Kamera-App geöffnet. Ich vermute, weil sie ein Video drehen oder ein Foto aufnehmen wollte. Aber was es auch war, das Ergebnis war nicht in ihrer Galerie zu finden.«

Ich runzelte die Stirn. »Was ist daran so besonders? Vielleicht kam sie nicht dazu, das Foto oder das Video zu machen?«

»So wird es vermutlich auch gewesen sein«, erwiderte Elliott. »Aber es besteht eine winzige Möglichkeit, dass sie eben doch dazu kam, Bildmaterial zu produzieren, aber dieses nicht sichern konnte, weil ihr Handy zuvor zu Boden gefallen und ausgegangen ist. In einem solchen Fall könnte die Datei in einer Art Daten-Nirwana liegen.«

»Das heißt, wenn du das Handy hättest, könntest du überprüfen, ob sich irgendwo verstecktes Material befindet?« Aufregung schwang in Deans Stimme mit.

Ich konnte das bestens nachempfinden. Auch mich durchfuhr eine nervöse Hoffnung.

Elliott nickte. »Ich könnte es zumindest versuchen. Es ist zwar nur eine winzige Chance, aber mehr haben wir nicht.«

Auf Deans Gesicht stahl sich ein Lächeln, das ich so noch nie bei ihm gesehen hatte. Es hatte etwas Verwegenes an sich.

»Gut, dann wissen wir ja, was zu tun ist. Wir müssen Sarahs Handy beschaffen – auch wenn wir dafür in die Asservatenkammer der Polizei einbrechen müssen.«

Kapitel 35

Liv

Als ich zu Dean gemeint hatte, dass ich ihn kaum kannte, hatte ich nicht übertrieben. Eher im Gegenteil. Denn sosehr ich sein Engagement zu schätzen wusste, hatte mich sein Vorschlag, bei der Polizei einzubrechen, stark verunsichert.

Meinte er das wirklich ernst? War er bereit, so weit zu gehen?

Es stimmte zwar, dass wir unsere Bemühungen ohne Sarahs Telefon genauso gut einstellen konnten.

Aber waren Einbruch und Diebstahl nicht zu riskant?

Vielleicht machte es, juristisch betrachtet, keinen Unterschied, ob ich wegen Beihilfe zur Urkundenfälschung und Mitwissens eines gefälschten Geständnisses angeklagt wurde oder wegen Entwendung eines Beweismittels.

Aber für *mich* machte es einen Unterschied.

Auch wenn ich mich nicht entscheiden konnte, ob dieser gravierend genug war, um Westin dafür im Stich zu lassen.

Warum oblag diese Entscheidung überhaupt mir? Und wie hatte Elliott Deans Vorschlag so schnell annehmen können?

Ja, klar, seine Motivation war nachvollziehbar – nach Deans verbalem Seitenhieb fühlte er sich Westin gegenüber noch schuldiger und wollte sein eigenes Leben zurückerhalten. Zudem hatte er nur zugesichert, uns aus der Ferne mit technischem Support zu unterstützen.

Doch mit seiner Zusage hatte er mich in Zugzwang gebracht. Nun lag es an mir, die finale Entscheidung zu treffen.

Dieser Gedanke kreiste immer wieder durch meinen Kopf, während das Weihnachtsfest näher rückte.

Heute Vormittag, am 24. Dezember, würde ich Dean bei seinem Weihnachtsgeschenke-Shoppingtrip begleiten. Ich hatte keine Ahnung, welches Rentier mich geritten hatte, denn Dean hatte bisher noch kein einziges Päckchen besorgt und mich gebeten, mir bis zum frühen Abend Zeit dafür einzuplanen.

Im fliegenden Wechsel würde ich anschließend zum Abendessen bei meinen Eltern vorbeischneien, nur um am Folgemorgen früh aufzustehen, um gemeinsam mit Mrs Williams und einer Handvoll erlesener Studierender aus ihrem Psychologiekurs Geschenke an krebskranke Kinder im Krankenhaus zu verteilen.

Der zweite Weihnachtsfeiertag stand dann ganz im Zeichen der Familie Abrams, denn es ging zu meinen Großeltern. Für gewöhnlich ließ ich diese Form der Familientreffen nur allzu gern ausfallen. Aber mein Großvater hatte im Frühjahr einen schlimmen Herzinfarkt erlitten und darum gebeten, dass dieses Jahr *alle* Enkel und Enkelinnen vorbeischauten.

Doch meine mangelnde Lust war nicht das größte Problem an der Vielzahl meiner diesjährigen Verpflichtungen. Als viel quälender empfand ich die Ungewissheit, wann ich Westin das nächste Mal sprechen würde.

Bei einem unserer letzten Telefonate hatte er angedeutet, dass er nicht versprechen könne, mich auch an den Feiertagen anzurufen, weil die meisten Insassen verständlicherweise ebenfalls mit ihren Freunden und Familien sprechen wollten. Dass er dabei überraschend kühl und distanziert geklungen hatte, machte die Lage nicht gerade leichter für mich.

Dankenswerterweise riss mich das leise Klopfen an meiner Wohnheimzimmertür aus meinen Grübeleien.

»Ist offen«, rief ich und legte den Föhn zur Seite, den ich gerade aus dem Schrank geholt hatte. Dean hatte darauf bestanden, mich hier abzuholen, weil es schwer war, vorauszuplanen, wann er sich von seinem Schreibtisch lösen konnte. Dass er so früh hier auftauchte, verwunderte mich deshalb. Umso erleichterter war ich, dass ich bereits angezogen war. Fehlten nur noch Schuhe, Mantel und Schal.

Anstatt auf meinen Ruf zu reagieren, klopfte er noch einmal. Dieses Mal vernehmlicher.

Augenrollend begab ich mich zur Tür. Vermutlich hatte er keinen Parkplatz gefunden und stand in zweiter Reihe.

Welch grandioser Start für einen ohnehin viel zu stressigen Tag.

»Entspann dich«, rief ich und drückte die Türklinke herunter. »Ich komme ja scho–« Der Rest meines Satzes blieb mir im Hals stecken.

»Hi«, sagte Westin und lächelte mich auf eine bisher unbekannte Art und Weise an. Irgendwie glücklich, aber auch unsicher. Schüchternheit gepaart mit Selbstsicherheit.

Wäre mein Herz in diesem Moment nicht zum Stillstand gekommen, wäre es bei diesem Anblick sicherlich dahingeschmolzen.

»W… W… Westin?« Ich blinzelte mehrfach, doch das Bild vor mir blieb. Dabei war ich mir sicher – und zwar zu einhundert Prozent –, dass mir mein Verstand einen Streich spielte. Es *musste* einfach so sein.

Alles andere wäre undenkbar.

»Darf ich reinkommen?« Westin deutete mit dem Kopf in mein Zimmer, und ich spürte, wie ich sachte nickte.

Weiß der Geier, wie ich diese Bewegung zustande brachte.

Auf Westins Lippen bildete sich ein erleichtertes Lächeln, doch er machte keine Anstalten, sich zu bewegen. Erst da begriff ich, dass ich ihm den Weg versperrte.

Schnell trat ich zur Seite.

Westin schlüpfte herein und schloss die Tür hinter sich. Neugierig sah er sich um.

Aufgrund des ganzen Stresses der letzten Tage und meiner mangelnden Motivation bezüglich der Feiertage war in meinem kleinen Zimmer keine einzige Weihnachtskugel oder Ähnliches zu entdecken. Ich hatte nicht einmal aufgeräumt. Mein Bett war ungemacht, meine Schlafsachen lagen zerknüllt am Fußende, und mein Schreibtisch quoll von Büchern, Papieren und anderen Arbeitsmaterialien über.

»Träume ich, oder bist du wirklich hier?«

Westin drehte sich zu mir herum. Sein Lächeln war zu einem spitzbübischen Grinsen geworden, und in seinen Iriden lag ein Funkeln, das mir eine wohlige Gänsehaut bereitete.

»Ob du es mir glaubst oder nicht, ich stelle mir gerade dieselbe Frage.« Er kam langsam auf mich zu. Seine Bewegungen erinnerten an die einer Raubkatze, und mein Puls jagte uneinholbar davon.

Als er schließlich vor mir zum Stehen kam, legte er mir eine Hand an die Wange und strich mit seinem Daumen über meine Haut. Die Berührung war so zart, dass ich sie nur wahrnahm, weil sie eine kribbelige Spur hinterließ. Dennoch war mir aufgefallen, dass Westins Fingerknöchel von einer Kruste überzogen waren.

»Aber egal, ob Traum oder Realität, ich kann nicht in Worte fassen, wie sehr ich dich vermisst habe.« Westins Brust streifte bei jedem seiner gewisperten Worte die meine, und sein Blick ruhte warm auf mir.

Silben bildeten sich auf meiner Zunge, aber ich war unfähig, sie über die Lippen zu bekommen.

War Westin schon immer so ... *imposant*? Groß und breitschultrig, ja klar. Aber seine Präsenz war in diesem Moment so einnehmend, dass ich das Gefühl hatte, keinen Atemzug nehmen zu können, ohne *ihn* in mich aufzunehmen.

»Jetzt wäre der perfekte Zeitpunkt, um mir zu signalisieren, dass es dir ähnlich geht und du dich über meine Überraschung freust«, sagte er leise. »Damit ich dich endlich küssen kann. Ansonsten bleibt mir nichts anderes übrig, als mich in irgendeine Bar zu verkriechen und so viel zu trinken, bis ich die Peinlichkeit vergessen habe.« Obwohl seinen Worten ein kleines Lachen folgte, verriet der Ausdruck in seinen Augen, dass er jede Silbe ernst meinte. Wenn ich ihn jetzt abwies, würde er meine Entscheidung anstandslos akzeptieren und von hier verschwinden.

»Ich würde ja gern irgendwas sagen. Aber mir brennt die Frage auf der Zunge, aus welchem Grund du verkrustete Fingerknöchel hast. Und ich bin unsicher, ob die Antwort darauf nicht die Stimmung zerstören würde.«

Westin stutzte, doch dann verzogen sich seine Mundwinkel zu einem breiten Grinsen. »Das klingt ja stark danach, als würdest du dich um mich sorgen. Das ist aber nicht nötig.« Sein Blick intensivierte sich, und mein Herz hüpfte vor Zuneigung. »Prügeleien sind Teil des Knastalltags – leider. Und in diesem speziellen Fall ist es nicht einmal der Rede wert. Mad Eye und Fuzzy haben mir geholfen, zwei Typen zu verdeutlichen, dass sie sich besser nicht mit mir anlegen sollten.«

Obwohl Westin mir zuzwinkerte, wusste ich nicht, wie ich seine Worte einordnen sollte. War die Prügelei wirklich nichts weiter gewesen? Immerhin hatte er Hilfe von seinen Freunden bekommen, über die er mir inzwischen einiges erzählt hatte. Oder spielte er die Sache absichtlich herunter, damit wir nicht weiter über das Thema sprachen? So oder so, die Vorstellung, dass Gewalt für Westin zum Alltag gehörte, erfüllte mich mit Beklommenheit.

»Und jetzt zurück zum eigentlichen Thema: Bitte verrate mir endlich, ob ich dich küssen darf. Denn lange halte ich diese Folter nicht mehr aus.«

Eine Welle der Zuneigung und Lust drängte meine Beklommenheit in den Hintergrund. Ich senkte den Blick auf seine Brust. Erst jetzt realisierte ich, dass ich Westin zum ersten Mal ohne seinen orangefarbenen Overall sah. Zu ausgelatschten Sneakern trug er eine verwaschene Jeans. Das Hemd, das sich eine Spur zu eng um sein breites Kreuz schmiegte, sah neu und edel aus. Auch schien er frisch rasiert zu sein, und seine Haare, deren Länge sein Gesicht inzwischen weicher wirken ließ, waren lässig gestylt.

Das Herz schien in meine Libido zu rutschen und verstärkte das verräterische Pochen dort.

Als ich wieder aufsah, traf ich Westins wissendes Grinsen. Natürlich war ihm meine Musterung und die damit einhergehende Wirkung auf meinen Körper aufgefallen.

»Ich weiß nicht so recht«, sagte ich und biss mir auf die Unterlippe. »Ich habe Angst, dass ich jetzt, da du die Messlatte für deine Kussfähigkeiten so hoch gelegt hast, enttäuscht werden könnte. Das wäre ein suboptimaler Start in die Weihnachtsfeiertage, findest du nicht?«

Erleichterung durchzog Westins Gesicht und brachte jeden Quadratmillimeter davon zum Strahlen.

»Wenn das deine einzigen Bedenken sind, bin ich bereit, dieses Risiko auf mich zu nehmen.« Westin beugte sich vor, um die Distanz zwischen unseren Mündern zu überbrücken. Sofort gerieten alle vorherigen Worte und Gedanken in den Hintergrund. Denn in diesem Moment war nur eins von Bedeutung: dass Westin hier war. Bei mir. In Sicherheit.

Kapitel 36

Liv

Die Kollision unserer Lippen war mit nichts zu vergleichen. Es war kein Kuss, sondern ein Vulkanausbruch.

Unvorhergesehen.

Und über alle Maßen verzehrend.

Sämtliche Zurückhaltung und Vorsicht, die unsere erste körperliche Begegnung begleitet hatten, waren verschwunden und hatten einer animalischen Lust Platz gemacht, die sich über die letzten Wochen entwickelt hatte und nun jede Faser meines Seins dahinschmelzen ließ.

Westin schien es ähnlich zu gehen. Er öffnete gierig seine Lippen, erkundete meinen Mund und erlaubte seiner Zunge, meine zu einem wilden Tanz herauszufordern. Geschickt neckte er mich, als wüsste er genau, welche Wirkung er auf mich hatte.

War es möglich, allein durch einen Kuss zum Höhepunkt zu kommen? Jedenfalls wummerte mir das Herz in der Brust, meine Knie waren butterweich, und mir entfloh ein lustvolles Stöhnen, als Westin auch noch seine zweite Hand an mein Gesicht führte, um kurz darauf seine Finger in meinen klammen Haarsträhnen zu vergraben.

Ich hätte nicht sagen können, wie lange dieser weltenverändernde Kuss andauerte, aber ich spürte mit jedem meiner viel zu schnellen Herzschläge, dass mir diese Nähe nicht genügte.

Ich wollte mehr.

Ich *brauchte* mehr.

Von Westin und den Glücksgefühlen, die er in mir auslöste.

»Okay«, keuchte Westin gegen meinen Mund, als hätte er meine Gedanken gelesen. Er lehnte seine Stirn an meine und verstärkte den Druck seiner Arme um mich.

»Wir sollten jetzt stoppen«, sagte er, die Stimme rau und schwer. Erst jetzt gelang es mir, blinzelnd die Lider zu öffnen. Seine Augen waren nur halb offen, aber sie strahlten mit den Sternen um die Wette.

»Dir nach all der Zeit endlich so nah sein zu dürfen, wie ich es mir seit Wochen wünsche, dich aber trotzdem nur zu küssen, ist eine Strafe, die ich trotz aller Fehler in meinem Leben nicht verdient habe.« Zur Untermalung seiner Worte drückte er sein Becken gegen meinen Bauch, und ich spürte unverkennbar seine Erektion.

Unweigerlich musste ich grinsen. Gab es ein schöneres Gefühl, als zu wissen, dass die Person, die man so sehr begehrte, einem ebenfalls verfallen war?

Dennoch war ich dankbar für die Chance, meinen Gedanken einen Moment Ruhe zu gönnen. Sosehr ich Westin auch wollte, wollte ich nichts überstürzen.

Mit gesenktem Blick trat ich einen Schritt zurück.

»Du hast recht. Ehe wir hier weitermachen, muss ich wissen, wie es sein kann, dass du hier bist. Also so wirklich und tatsächlich. Bist du geflohen?«

»Obwohl ich in den vergangenen Wochen des Öfteren mit einem solchen Gedanken gespielt habe, täuschst du dich. Ich habe Hafturlaub. Und den möchte ich mit dir verbringen.«

»Du hast *Hafturlaub*?« Mir klappte der Mund auf. »Ich dachte, wegen Mordes verurteilte Straftäter haben im *Hawthrone* prinzipiell keinen Anspruch darauf?« Wäre es anders, hätte ich Westin schon vor einiger Zeit vorgeschlagen, einen Antrag zu stellen.

»Tja, was soll ich sagen?« Er zuckte lapidar, aber zufrieden grinsend mit den Schultern, während er sich von mir abwandte und entspannt in Richtung meines Bettes davonspazierte. »Ich habe eben einen guten Anwalt.«

»Was sagst du da? *Dean* ist dafür verantwortlich?«

Als Westin nickte und es sich auf meiner Matratze gemütlich machte, fanden alle Puzzleteile an ihren Platz.

Dean hatte Westin Hafturlaub ermöglicht.

Damit wir uns an Weihnachten sahen.

Er musste ihn auch vom Gefängnis abgeholt und hierhingebracht haben – woher sonst sollte Westin wissen, wo ich wohnte?

Er hat ihm das Hemd besorgt, ploppte es wie frisches Popcorn zwischen meinen Schläfen auf. Nun, da ich die Zusammenhänge begriff, war das Markenlogo auf dem dunkelblauen Stoff nur schwer zu übersehen.

Deswegen hat Dean neulich auch gefragt, wie es zwischen Westin und mir läuft. Er wollte sichergehen, dass ich diesen Besuch will.

Meine freundschaftliche Liebe für Dean wuchs so rasant an, dass es mich schwindelte. Endlich verstand ich auch, dass er mich heute gar nicht zu einer Weihnachtsgeschenke-Shoppingtour entführen wollte, sondern dafür gesorgt hatte, dass ich mir nichts vornahm.

»Wie lange hast du frei?« Ein aufgeregtes Kribbeln durchfuhr mich.

Westin war hier.

Er war tatsächlich hier.

Bei mir.

»Acht Stunden. Um sechzehn Uhr muss ich zurück sein, sonst verwandelt sich nicht meine Kutsche in einen Kürbis, sondern meine Zelle in einen fensterlosen Schuhkarton ohne die Möglichkeit, dich anzurufen.«

»So bald schon?« Meine Augen wurden groß und mein Herz

schwer. Obwohl Westin gerade erst hergekommen war, schnürte mir der Gedanke an unseren Abschied die Kehle zu. »Aber es ist bereits zehn.«

»Ja, die Fahrt vom Knast zum Rechtsverdreher, wo ich zum ersten Mal seit zwei Jahren heiß und ohne Zuschauer duschen konnte, hat ziemlich viel Zeit gefressen. Aber ich wollte nicht nach Gefängnis riechen, wenn du mich zum ersten Mal ohne Overall siehst.«

Seine Worte brachen mir das Herz, und ich schämte mich für meine Reaktion. Westin hatte diesen Hafturlaub mehr als verdient. Und egal, wie er diesen verbringen wollte oder wie viel Zeit uns hier und heute miteinander blieb, ich gönnte ihm jede Sekunde von Herzen.

»Das kann ich nachvollziehen«, sagte ich und begab mich ebenfalls zu meinem Bett. Ich ertrug keinen Zentimeter Distanz mehr zwischen Westin und mir. »Aber nur fürs Protokoll: Ich hätte dich auch miefend und in Orange in mein Zimmer gelassen.« So dicht, wie es die physikalischen Gesetze dieser Welt zuließen, setzte ich mich neben Westin. Sofort legte er einen Arm um meinen Rücken, und ich schmiegte mich an ihn.

Wie sehr hatte ich diese Nähe, diese Wärme und diesen Mann vermisst.

»Und wenn du nicht bereits duschen gewesen wärst, hätten wir jetzt gemeinsam unter die Brause steigen können«, schob ich grinsend nach und genoss es diebisch, dass Westins Körper sich anspannte.

Als ich den Kopf hob, um seine erstarrte Mimik zu sehen, brach ein herzliches Lachen aus mir heraus.

»Sorry, aber die Spitze hattest du verdient.« Ich verdrängte die Erinnerung daran, wie oft ich genau auf diesem Bett gelegen, mit Westin gesprochen und mich dabei selbst berührt hatte, um zum Klang seiner Stimme zum Höhepunkt zu kommen. »Immerhin hast du mich während unserer letzten Telefonate eiskalt gelinkt. Deine Wortkargheit hat mich so stark verunsichert, dass ich zwischenzeitlich dachte, irgendetwas falsch gemacht zu haben.« Blitzschnell legte ich ihm eine Hand an die Lippen, als er den Mund öffnete, um etwas zu erwidern, und sprach selbst weiter. »Schon klar, du wolltest nur deine Überraschung nicht zerstören. Trotzdem war es ziemlich fies von dir, mich so im Unklaren zu lassen.«

Westins Miene wurde weicher und eine hauchfeine Röte überzog seine Wangenknochen. Sofort pulsierte es überall in meinem Körper, weshalb ich mich beeilte, weiterzusprechen. »Aber keine Sorge, ich verzeihe dir. Weil heute Heiligabend ist. Sagen wir einfach, wir sind quitt.«

Westin presste seine Lippen fest aufeinander, und seine Augen verengten sich zu Schlitzen. Doch seine zuckenden Mundwinkel verrieten seine Erheiterung.

»Das ist zu großzügig von dir«, knurrte er, ehe er blitzschnell auch seinen zweiten Arm um mich schlang und sich gemeinsam mit mir rücklings auf die Matratze warf.

Mein spitzer Schrei ging nahtlos in ein heiseres Stöhnen über, als Westin mit seinen Lippen jeden Zentimeter meines Gesichtes erkundete. Ich spürte seine Küsse auf meinem Mund, an meinem Hals, an der empfindlichen Stelle hinter meinem Ohr.

Seine Hände lagen inzwischen an meiner Taille, und er presste mich mit genau dem richtigen Druck an sich.

Wenn es in der Geschichte der Welt einen Moment gab, den man als perfekt bezeichnen konnte, dann war es dieser.

Doch Westin schien sich nach mehr zu sehnen. Langsam gingen seine Hände auf Wanderschaft.

Erst verschwanden seine Finger in meinem immer noch feuchten Haar, dann strichen sie quälend langsam an meinen Seiten entlang, bis sie den Saum meines Strickkleides erreichten. Als Westin seine Hände unter den Stoff schob, wünschte ich mir, ich hätte auf die nervige Strumpfhose verzichtet. Ich wollte seine Finger auf meiner nackten Haut spüren.

Ich wollte *ihn* auf meiner nackten Haut spüren.

»Ich weiß natürlich, dass du heute nur hergekommen bist, um mit mir Backgammon zu spielen und Radio zu hören«, sagte ich und fuhr mit meinen Fingernägeln mit sanftem Druck über seinen Rücken. »Aber vielleicht interessiert es dich ja doch, dass ich in meinem Nachtschränkchen Kondome habe. Sie sind wahrscheinlich etwas eingestaubt, aber abgelaufen dürften sie nicht sein.«

Westin hielt darin inne, mich abwechselnd mit seinen Küssen und Zähnen zu reizen, und führte stattdessen seinen Mund dicht an mein Ohr.

»Wir haben fünf Stunden Zeit, Baby. An dem Punkt, an dem ich Kondome brauche, sind wir noch lange nicht.« Er hob den Kopf gerade weit genug an, damit ich sein anzügliches Grinsen sehen konnte, ehe er sich erneut Zentimeter für Zentimeter meinen Hals hinab bis zu meinem Schlüsselbein vorarbeitete.

Unfähig, mich gegen die Hitze zu wehren, die mein Innerstes bei jeder seiner Berührungen in Wellen durchfuhr, schloss ich stöhnend die Augen. Es brachte nichts, so zu tun, als besäße ich noch die Kontrolle über irgendetwas.

Westin liebkoste weiterhin meinen Hals, streichelte meinen Bauch und fuhr mit seinen Fingerspitzen am unteren Rand meines BHs entlang, bis mein gesamter Körper so voller Anspannung, Lust und Begierde war, dass ich kurz davor stand, zu schreien.

Glücklicherweise beendete Westin meine Qual, und zwar genau in dem Moment, als ich dachte, ich würde innerlich verbrennen. Er löste sich von meinem Hals und schob mein Kleid samt meinem BH so weit hoch, dass meine Brüste freilagen. Die kühle Luft auf meiner überhitzten Haut ließ meine Brustwarzen hart werden. Vielleicht lag es aber auch an dem Ausdruck in Westins Augen, als er ungeniert den sich bietenden Anblick bewunderte.

»Du bist so unbeschreiblich schön«, wisperte er, was mich berührte und gleichzeitig verlegen machte, sodass ich unsicher war, wie ich reagieren sollte. Deshalb sagte ich das Erstbeste, was mir in den Sinn kam: »Findest du es eigentlich fair, dass du dein Geschenk schon auspacken darfst und ich nicht?«

Verblüfft richtete sich Westin auf, was mir die Gelegenheit bot, mir das Kleid und den roséfarbenen BH über den Kopf zu ziehen.

Westins Blick folgte jeder meiner Bewegungen, und das Funkeln in seinen Iriden intensivierte sich.

»Fuck! Wie kann man nur so verflucht heiß sein?«, murmelte er kniend, ehe er sachte den Kopf schüttelte und schief lächelnd meine Hand zu seinem obersten Hemdknopf dirigierte.

»Du willst dein Geschenk auspacken? Hier. Nimm dir, was du willst, Baby. Es gehört alles dir. Mein Körper. Mein Verstand. Mein Herz. Ich bin ganz dein.«

Den Blick fest mit seinem verkeilt, fuhr ich mir mit der Zunge über die Lippen. Dann tat ich das, was Westin gesagt hatte.

Ich nahm mir, wonach ich mich so sehr sehnte.

Knopf für Knopf öffnete ich das Hemd, bis die beiden Stoffseiten aufklafften und ich das Kleidungsstück über Westins Schultern schieben konnte. Als ich zum ersten Mal seine Haut unter meinen Fingerspitzen spürte, sog ich scharf die Luft ein. Gleichzeitig war ich unfähig, den Blick von seiner Brust zu wenden.

Glatt und trainiert war sie. Die Haut heller, als ich angenommen hatte, und mit einer verblassten Narbe, die sich über seinen linken Rippenbogen zog. Dieses Bild war perfekter, als ich es mir jemals hätte ausmalen können.

»Du hast keine Ahnung, wie wunderschön du bist«, murmelte Westin und legte seine Hände an meine Taille, nachdem er aus dem Hemd geschlüpft war und dieses zu Boden geworfen hatte.

Meine Finger landeten wieder an seiner Brust. Sofort erkundete ich seine Muskeln.

»Und du hast keine Ahnung, wie sehr ich mir das hier gewünscht habe.« Vorgebeugt berührte ich seine Haut mit meinen Lippen. Ich musste einfach wissen, wie es sich anfühlte.

»Ich will dich, Westin«, hauchte ich zwischen meinen Küssen. »Ich will dich, seit … ich weiß nicht, seit wann. Aber ich will dich so sehr, dass es mich den Verstand kosten wird, wenn ich nicht deinen nackten Körper erkunden und dich spüren darf. Auf mir. Unter mir. In mir.«

Westin stöhnte auf, und an meinem Mund vibrierte es.

»Wo, hast du gesagt, sind die Kondome?«

»Nachtschränkchen«, wisperte ich, seine Brustwarze zwischen den Lippen. »Oberste Schublade.«

Westins Antwort bestand aus einem leisen Knurren – vermutlich, weil ich in diesem Moment meine Zähne benutzte. Spürbar widerwillig erhob er sich vom Bett und ging zum Nachtschränkchen.

»Ich dachte, bis wir die brauchen, würde es noch dauern«, meinte ich und schob mir die Strumpfhose von den Beinen. Nur meinen Slip ließ ich an. Diese Grenze konnte ich nicht überschreiten, ohne mich ein letztes Mal rückversichert zu haben.

»Das dachte ich auch«, sagte Westin und kehrte, eines der Silberpäckchen zwischen den Lippen, zu mir zurück. Sein Blick loderte vor Verlangen – was sich noch einmal intensivierte, als er merkte, dass ich inzwischen nur noch einen Slip trug.

»Aber wie soll ich mich auf irgendetwas konzentrieren, wenn allein dieser Anblick reicht, um mich zum Kommen zu bringen?«

Er wollte bereits nach dem Bund seiner Hose greifen, aber ich schüttelte den Kopf.

»Denk nicht einmal daran.« Blitzschnell rutschte ich an den Bettrand und schob seine Finger zur Seite. »Das ist *mein* Job.«

Sofort hob Westin als Zeichen seiner Kapitulation die Hände. Zufrieden grinste ich, dann ließ ich Westins Hosenknopf aufspringen. Das Geräusch, als der Reißverschluss sich öffnete, verursachte mir einen wohligen Schauder.

Westins Erektion drückte gegen den Stoff seiner Boxershorts, und ich musste mir auf die Unterlippe beißen, um mich nicht sofort auf die zuckende Beule zu stürzen. Viel zu lang hatte ich auf diesen Moment warten müssen.

»Letzte Chance, deine Meinung zu ändern«, sagte ich und hakte beide Zeigefinger in den Bund seiner Shorts. Ich traute mich nicht, aufzusehen, aus Sorge, dass Westin tatsächlich seine Meinung änderte.

Doch mit einem heiseren Lachen sagte er: »Niemals. Nicht bei dir.«

Das war für mich der Startschuss, den Stoff samt Jeans herunterzuziehen.

Wie ein Pop-up-Kunstwerk sprang mir Westins Erektion entgegen, und ich konnte nicht anders, als die samtig aussehende Haut zu bewundern, die sich mir in voller Pracht nur wenige Zentimeter vor meinem Gesicht präsentierte.

Wie magisch angezogen, glitten meine Finger darauf zu. Ehrfürchtig strich ich über die pulsierende Länge, liebkoste die zarte Haut, die noch weicher war, als sie aussah, und konnte kaum dem Drang widerstehen, all das hier mit meinen Lippen nachzumachen.

»Wenn du willst, dass das hier«, Westin wedelte mit dem Kondom, das er nun in den Händen hielt, hin und her, »noch zum Einsatz kommt, solltest du jetzt aufhören. Sonst kann ich für nichts garantieren.«

»Ich bin bereit, das Risiko einzugehen«, sagte ich und meinte es so ernst wie noch nie etwas zuvor in meinem Leben. Wenn ich Westin jetzt loslassen müsste, würde ich vermutlich sterben.

Erneut lachte Westin, doch dieses Mal klang der Laut warm und liebevoll.

»Ich weiß genau, was du meinst«, sagte er und umschloss sanft meine Hände mit seinen. Das Kondompäckchen ruhte dabei zwischen seinen Fingern. »Aber nachdem du mir in Aussicht gestellt hast, dass wir beide miteinander schlafen werden, will ich mich nicht mit weniger zufriedengeben.« Bestimmt drückte er meine Hände von sich und meinen Oberkörper damit zurück auf die Matratze.

Mit seinem eigenen Körper folgte er mir.

Erneut auf mir liegend, küsste mich Westin so intensiv und gierig, dass neben uns eine Bombe hätte einschlagen können, ohne dass ich es bemerkt hätte.

Nach einer kleinen Ewigkeit, die genauso gut auch nur ein Wimpernschlag gewesen sein konnte, arbeitete sich Westin gefährlich langsam meinen Körper hinab. Dabei hinterließ er eine Spur aus brennenden Küssen auf meiner Haut, die mich besonders im Bereich meiner steifen Brustwarzen zu versengen drohten.

»Ich wünschte, wir könnten uns mehr Zeit lassen.« Er zog meinen Slip herab, bis er über meine Knöchel rutschte und sich damit auch die letzte Grenze in Luft auflöste. »Aber wenn ich nicht auf der Stelle …« Er beendete seinen Satz, indem er seine Hände unter meine Kniekehlen schob und meine Beine so anwinkelte, dass meine Füße auf der Matratze landeten. Noch ehe ich begriff, was er vorhatte, war er vor mir in die Knie gegangen und presste seine Lippen auf meine geschwollene Klit.

So musste es sich anfühlen, wenn der Himmel und die Hölle miteinander kollidierten.

Ich stöhnte auf, wölbte mich ihm entgegen und spreizte meine Beine. Sofort nahm Westin meine Einladung an und glitt mit der Bewegung seiner Lippen erst mit einem und dann mit einem zweiten Finger in mich hinein.

Ich keuchte. Wimmerte. Flehte um Erlösung. Ließ meine Hände in Westins Haaren landen und versuchte, bis zu seinem

Rücken zu gelangen. Einfach nur, um mich irgendwo festzuhalten, während mich stürmische Wellen der Lust durchströmten.

»Fuck. Du fühlst dich so unbeschreiblich gut an.« Sein Atem strich warm über meine Klitoris, was mich schier um den Verstand brachte. Als Westin dann auch noch seine Finger nach ein paar weiteren quälenden Stößen aus mir herauszog und sich dabei so verflucht viel Zeit ließ, dass ich jeden Zentimeter genauestens spürte, war es endgültig um mich geschehen.

Ich ergab mich, kapitulierte vor meinen eigenen Empfindungen und war unsagbar froh, als sich Westin nach einem kurzen Rascheln des Kondompäckchens zwischen meine Beine schob. Über mich gebeugt, presste er seine Lippen auf meine und drang mit seiner gesamten Länge in mich ein.

Ich schrie seinen Namen in den Kuss hinein – oder geschah das nur in meinem Kopf? –, bewegte mein Becken und passte mich Westins energischem Rhythmus an, der mich mit jedem Stoß ein Stück mehr ausfüllte.

Ich loderte, bebte und glaubte mich in einem Wahn der Lust, der durch Westins tiefe Atemzüge und sein intensiver werdendes Keuchen angefacht wurde, bis die Grenzen meiner Selbstbeherrschung so dünn wurden, dass ich drohte, mich buchstäblich aufzulösen.

»Liv!« Westin meinen Namen stöhnen zu hören, und das so voller Hingabe, Zuneigung und Wärme, war zu viel für mich.

Ich erlaubte mir, loszulassen, von der Klippe getragen zu werden und in die Abermillionen Partikel zu zerstieben, die sich mit Westin vereinen wollten, um für alle Ewigkeit mit ihm zusammen sein zu können.

Schwer nach Luft ringend und am ganzen Körper bebend, schien es Westin genauso zu ergehen. Sein Schweiß vermischte sich mit meinem, und sein beschleunigter Atem kitzelte mich am Ohr, als er kraftlos auf mir zum Ruhen kam.

»Ich liebe dich«, sagte er, die Augen geschlossen, die Lippen an meinem Hals. »Ich wollte es dir schon die ganze Zeit sagen, aber ich hatte Angst, dass du denkst, dass ich dich auf diese Weise nur ins Bett bekommen will. Ich liebe dich, Liv. Ich kann gar nicht anders. Ich liebe dich, weil es unmöglich ist, dich nicht zu lieben.«

»Westin …« Ich wusste nicht, was ich erwidern sollte. Niemals hätte ich mit einem solchen Geständnis gerechnet.

»Schon gut«, wisperte Westin und strich mir eine verschwitzte Haarsträhne aus dem Gesicht. Er hatte die Augen geöffnet, und die bedingungslose Hingabe, die darin zu erkennen war, ließ mein Herz auf die doppelte Größe anschwellen. »Du musst nichts sagen. Ich wollte nur, dass du die Wahrheit kennst, ganz egal, was die Zukunft für uns bringt.«

Ich drehte meinen Kopf so zur Seite, dass ich Westins Mund mit meinem verschließen konnte.

Vielleicht war ich noch nicht bereit, ihm zu sagen, dass ich tief in meinem Inneren dasselbe für ihn empfand. Aber es gab andere Wege, ihm zu beweisen, dass er mir ebenso wichtig war wie ich ihm – auch wenn ich dafür in die Asservatenkammer der Polizei einbrechen und ein Handy stehlen musste.

Kapitel 37

Liv

»Ich kann nicht glauben, dass ich dieser Aktion wirklich zugestimmt habe.« Über mich selbst den Kopf schüttelnd, lenkte ich
Deans Mercedes über die Straße. Das Leder fühlte sich warm und
weich unter meinen Händen an, und dank der Sitzheizung hatte
es auch meine Rückseite kuschelig. Dennoch fror ich schrecklich,
was meine zitternden Finger widerspiegelten.

»Für einen Rückzieher ist es etwas spät, findest du nicht?« Dean
fuhr sich mit der Zunge über die Lippe. Dick, blutig und schmerz-
empfindlich sah sie aus. Genauso wie der Rest seines Gesichtes.

»Wer hat dir noch mal dabei geholfen, dich so in Schale zu
werfen?« Mit gehobener Augenbraue sah ich zur Seite. Die Weihnachtsfeiertage lagen hinter uns, und der Jahreswechsel stand unmittelbar bevor. Nach Westins Überraschungsbesuch war es mir
zwar leichtergefallen, zu akzeptieren, dass wir in den vergangenen
Tagen nicht so regelmäßig miteinander hatten sprechen können,
wie ich es sonst gewohnt war. Gleichzeitig vermisste ich ihn jetzt
noch intensiver, vor allem, wenn ich an die Qual denken musste, als wir uns an meiner Tür verabschiedet hatten. Westin hatte
darauf bestanden. Er hatte nicht gewollt, dass ich die Erinnerung
an unseren gemeinsamen Tag verschandelte, indem ich mitansah,
wie Dean ihn zurück in den Vollzug brachte.

Sosehr ich seinen Wunsch und die damit verbundene Begrün-

296

dung auch nachvollziehen konnte, hatte es mich alles gekostet, Westin diesen Wunsch zu erfüllen. Zum einen, weil ich gewusst hatte, dass er an einen Ort zurückkehrte, an dem Gewalt zum Alltag gehörte. Zum anderen, weil ich zu dem Zeitpunkt bereits gewusst hatte, dass sich die Stimmung zwischen uns verändern würde. Nun war *ich* diejenige, die wortkarg in der Leitung hing, während Westin krampfhaft versuchte, ein Gespräch zu führen.

Aber es musste sein.

Die Last, Westin mein Vorhaben mit Elliott und Dean zu verschweigen, wog schwer auf meinen Schultern. Dabei war es nicht allein meine Entscheidung gewesen, Westin aus der Sache rauszuhalten. Wir hatten einstimmig beschlossen, dass es so am besten war. Zum einen wollten wir ihm keine falschen Hoffnungen machen – ganz zu schweigen davon, dass er uns ohnehin nicht helfen konnte. Zum anderen hatten wir Sorge, dass er noch mehr Schwierigkeiten bekam, sollte die Sache schiefgehen und er irgendwie damit in Verbindung stehen.

Denn mein Bauchgefühl sagte mir, sie *würde* schiefgehen. Doch es gab keine andere Option. Wir mussten es riskieren.

»Ich weiß, du hättest mir am liebsten selbst geholfen, nicht wahr?« Dean zwinkerte mir zu, wurde jedoch sofort wieder ernst. »Aber ohne dir zu nahezutreten, ich bezweifle, dass du genügend Leidenschaft für diese Aufgabe aufgebracht hättest. Dabei ist Authentizität bei unserem Vorhaben von größter Wichtigkeit.« Er versuchte, eine bequeme Sitzposition zu finden. Aber seinem gequälten Gesichtsausdruck nach zu urteilen, war das alles andere als einfach.

Seufzend wandte ich mich wieder dem Verkehr zu. Ich wusste, dass Dean recht hatte. Nicht einmal ein begnadeter Hollywoodschauspieler – der Dean gewiss *nicht* war – hätte einen frisch Vermöbelten besser performen können als jemand, der tatsächlich durch die Mangel genommen worden war.

Aber niemals hätte ich damit gerechnet – geschweige denn zugelassen –, dass Dean sich verprügeln lässt, nur weil wir genau diese Story der Polizei auftischen wollten.

»Ich habe mich übrigens noch gar nicht für Westins Überraschungsbesuch bedankt«, wechselte ich das Thema. Dean würde ja doch nicht ins Detail gehen bezüglich der Prügelei. Auch wenn es mich schmerzte, hatte ich inzwischen eingesehen, dass Dean einige Geheimnisse vor mir hatte.

»Ach, hast du das nicht?« Deans Mundwinkel zuckten, was an ein Grinsen erinnerte, jedoch gequält wirkte. Vorhin, als ich ihn in seiner Wohnung abgeholt hatte, hätte ich beinahe einen Herzinfarkt erlitten. Nicht nur sein Gesicht sah ramponiert aus, sondern auch sein Hemd und die Lederjacke, die er zu seiner Markenjeans trug. Zerrissen, blutbefleckt und zerknittert waren die Sachen.

»Wofür waren dann die vier WhatsApp-Nachrichten, die zwei Mailbox-Sprachnachrichten und der Präsentkorb, den ich gestern erhalten habe?«

»Ich meine *persönlich*, du Nuss. Mir ist es eben wichtig, dass du weißt, wie viel mir deine Unterstützung bedeutet. Und damit meine ich nicht nur Westins Hafturlaub, sondern *alles*. Ohne dich wäre ich niemals so weit gekommen.« Ich legte Dean eine Hand auf den Oberschenkel und drückte diesen vorsichtig. Sofort zischte mein Beifahrer schmerzhaft, und ich zog meinen Arm beschämt weg.

»Schon gut«, sprach Dean nach einem Moment weiter. »Du musst dich nicht ständig aufs Neue bedanken. Ich sagte dir doch, dass ich dir gern helfe. Dir ist die Sache wichtig, also ist sie es mir auch.« Sein grimmiges Lächeln verlieh seiner Entschlossenheit eine Note, die mir eine Gänsehaut bereitete. Aber da Dean weitersprach, blieb mir keine Gelegenheit, diesem Eindruck auf den Grund zu gehen.

»Nun sollten wir uns auf unseren Plan konzentrieren. Jede Form der Ablenkung kann uns das Genick brechen.«

Ich nickte, tief durchatmend. Obwohl wir schon gefährlich nah an der Grenze des moralisch Verwerflichen balanciert waren, war das hier eine ganz andere Hausnummer. Sollten wir erwischt werden, würde uns Dean nicht so einfach aus der Affäre ziehen können.

Trotzdem dachte ich nicht daran, die Sache abzublasen. Auch wenn eine ganze Menge auf dem Spiel stand, wusste ich, wofür ich das Risiko auf mich nahm.

Nur hätte ich gern gewusst, was *Deans* Motivation war. Aber aus Sorge vor der Antwort unterließ ich es, ihn zu fragen.

Nach etwa zehn weiteren Minuten Fahrt erreichten wir die Polizeistation des 99. Reviers. Elliott hatte im Vorfeld herausgefunden, dass Sarahs Handy hier gelagert wurde, und nicht, wie ein Großteil der anderen Beweise, in einer anderen Wache. Dean hatte mir erklärt, dass es nicht unüblich war, Beweismittel eines Falls an verschiedenen Standorten zu sichern. So konnte die Polizei verhindern, dass alles auf einmal verschwand, sollte es zu unvorhergesehenen Zwischenfällen kommen.

Wie beispielsweise einem Einbruch.

Meine Nerven drohten erneut zu flattern, weshalb ich mir in Erinnerung rief, dass wir nicht wirklich etwas stahlen.

Wir würden uns Sarahs Handy nur borgen – beziehungsweise es gegen die Attrappe in meiner Hosentasche austauschen. Denn der Akku von Sarahs Telefon musste nach über zwei Jahren ohne Nutzung derart tiefenentladen sein, dass Elliott die Daten auf dem Gerät nur noch retten konnte, wenn er das Telefon vor sich hatte. Er würde die Daten via einem winzigen Chip, der in dem Fake-Handy eingebaut war, transferieren, sodass niemand jemals herausfinden dürfte, dass es sich bei dem Telefon in der Asservatenkammer nicht um Sarahs handelte.

Wir schaffen das, wiederholte ich immer wieder gedanklich. *Es gibt keine andere Option. Wir müssen es schaffen.*

Immerhin hatte Dean für mich sogar einen Plastikbeutel der Spurensicherung beschafft, sodass der Tausch zumindest in der Theorie problemlos klappen müsste.

Mit einem letzten tiefen Atemzug und einem Stoßgebet gen Himmel schnappte ich mir meine Handtasche und verließ den geparkten Wagen.

Dean herauszuhelfen, stellte noch einmal einen ziemlichen Kraftakt dar, doch schließlich standen wir beide halbwegs aufrecht und bewegten uns in Richtung Polizeistation. Da sich Dean dabei immer wieder mit einem Teil seines Gewichtes auf mich stützte, mussten wir ein überzeugendes Bild abgeben.

»Hallo? Ist hier jemand?« Meine Stimme hallte dünn und zittrig durch das leer stehende Großraumbüro. Verlassene Schreibtische waren zwischen grauen Wänden und einem tristen Linoleumboden verteilt. Hier und da hing Weihnachtsdekoration, und ich konnte sogar einen mickrigen Weihnachtsbaum entdecken, der so mitgenommen aussah, dass ich unweigerlich Mitleid mit ihm hatte. Doch im Großen und Ganzen schien der Spirit der Feiertage an der Polizeistation vorbeigegangen zu sein.

Umso dankbarer war ich, dass Elliott recht behalten hatte und diese Polizeistation trotz offensichtlicher Weihnachtsmuffel nur mit dem absoluten Minimum an Personal besetzt war.

»Hallo, wie kann ich Ihnen helfen?«, rief eine Stimme, ehe die dazugehörige Person in mein Blickfeld trat. Der Officer war schätzungsweise in unserem Alter, in Jeans und Strickpulli gekleidet. Unter seinen Arm hatte er eine Flasche Wasser geklemmt, und in seinen Händen balancierte er einen Teller mit Essen, das verdächtig nach aufgewärmten Nudeln nach China-Art roch.

Ich ergriff die Chance, meiner Anspannung ein Ventil zu geben, und schlüpfte in meine Rolle. »Hallo. Wir möchten Anzeige erstatten.« Schwerfällig hievte ich Dean weiter in den Raum hinein, bis wir vor dem Schreibtisch ankamen, hinter dem der junge Polizist in dieser Sekunde Platz nahm. »Mein Ex-Freund hier«, sagte ich und half Dean, sich auf einen der zwei freien Stühle zu setzen, ehe ich neben ihm Platz nahm. »Er wurde letzte Nacht ziemlich übel zugerichtet, wie unschwer zu erkennen ist.«

Der Polizist, der laut Namensschild *Mr Samberg* hieß, musterte Dean knapp, dann wandte er sich seinem in die Jahre gekommenen Computer zu. Mir war so warm, dass ich am liebsten aus meinem Mantel geschlüpft wäre. Aber das durfte ich auf keinen Fall.

»Gut, dann bräuchte ich bitte einmal die Ausweise und eine detaillierte Schilderung des Vorfalls.«

»Also«, begann ich die Märchenstunde, ohne auch nur daran zu denken, meinen Ausweis hervorzuholen. »Heute Morgen habe ich Michael«, ich deutete mit einem Nicken auf Dean, »so in seiner Wohnung angetroffen. Zwar war ich während des Vorfalls nicht anwesend, aber ich bin mir ziemlich sicher zu wissen, was passiert ist.«

Mr Samberg fuhr mit der Computermaus über den Tisch, klickte hier und da etwas an und schien uns bereits wieder vergessen zu haben. Daher führte ich das Gespräch selbst weiter.

»Ich war gestern Abend nämlich mit ein paar Freundinnen im *Roses* feiern. Sie wissen schon, das ist die Diskothek, die damit wirbt, dass Frauen keine Sorgen haben müssen, von betrunkenen Neandertalern angemacht zu werden. Ja, von wegen!« Demonstrativ sah ich zu Dean, was dieser mit einem Augenrollen und Schnauben kommentierte. An den Polizisten gewandt, fügte ich hinzu: »Jedenfalls haben wir uns bestens amüsiert, haben was getrunken und viel getanzt. Nach einiger Zeit hat mich ein sehr netter Typ angequatscht, der mich auf einen Drink einladen wollte. Aber gerade, als ich mein Getränk erhalten hatte und einen Schluck davon trinken wollte, kam Michael wie ein Stier angerauscht und hat mir das Glas aus der Hand geschlagen.«

»Ich sagte doch bereits, dass ich gesehen habe, wie dir der

Wichser etwas in deinen Drink getan hat! *Deswegen* sollten wir Anzeige erstatten. Und nicht, weil ich gestern Abend auf meinem Nachhauseweg auf Jimmy gest–«

»Ich wusste es!«, fiel ich Dean ins Wort und wirbelte auf dem Stuhl sitzend zu ihm herum. »Ich wusste, dass du gestern Nacht auf Jimmy gestoßen bist. Deswegen hatte er heute Morgen auch so Bombenlaune.« Wieder zum Polizisten herumgedreht, erklärte ich: »Jimmy ist der beste Freund meines neuen Partners Derek. Michael und Derek konnten sich noch nie wirklich leiden, und Jimmy fängt gern mal Stress mit Michael an.«

»Weil dein heiß geliebter Derek sich für zu fein hält, seine Kämpfe selbst auszufechten.« Dean funkelte mich erbost an, was ich erwiderte. Wir hatten dieses Gespräch nicht im Detail geplant, damit es authentisch wirkte. Lediglich, dass wir für Verwirrung sorgen und einen Streit inszenieren wollten, hatten wir festgelegt, damit ich einen Vorwand hatte, um mich auf die Toilette zu verkrümeln. Diese lag laut Dean an der Treppe zum Keller, wo wiederum die Asservaten untergebracht waren. Zwar hätte Dean sich auch um den Handytausch gekümmert, aber ich hatte darauf bestanden, diesen Teil zu übernehmen. Zum einen hätte ich viel zu viel Sorge, mich aus Nervosität zu verraten, wenn ich allein mit dem Polizisten bleiben würde. Zum anderen wollte ich Dean noch mehr Schwierigkeiten ersparen. Er steckte bereits zu tief mit mir darin fest.

»Und überhaupt … Warum sollte ich Derek mögen?«, zeterte Dean weiter. »Immerhin hat der Kerl uns auseinandergebracht! Seit seinem ersten Tag in der Firma hatte er ein Auge auf dich geworfen. Ständig habe ich ihn in deinem Büro getroffen, ihn dabei erwischt, wie er dir Mittagessen oder Kaffee mitgebracht hat. Und dann diese kitschigen Nachrichten … *Was Süßes für meine Süße* oder *Vernasch mich, solange ich heiß bin.*« Dean gab Würgegeräusche von sich, die mich gefährlich nah an ein verräterisches

Grinsen brachten. Der Typ war wirklich gut. Aber ich durfte jetzt nicht aus der Rolle fallen.

»Ja, klar, Derek hat uns auseinandergebracht. Und Beatrice ist natürlich absolut unschuldig.« Ich schnaubte abfällig. »Sie ist doch diejenige, die dich ständig antatscht, mit dir flirtet oder sich bei dir im Büro ausheult, weil die Kollegen mal wieder über sie lästern.«

»Was interessiert mich Beatrice?«, echauffierte sich Dean und sah mir so intensiv in die Augen, dass sich in meiner Brust etwas zusammenzurrte.

»Ich will niemanden außer dich, Lea! Begreifst du das denn nicht? Seit du dich von mir getrennt hast, bin ich nur noch ein Schatten meiner selbst. Ich höre diese peinlichen Herzschmerzlieder, die du so liebst, esse nur noch deine Lieblingsgerichte und schaue mir diese ganzen Telenovelas an, mit denen du mich immer quälen wolltest. Erst jetzt, wo du nicht mehr an meiner Seite bist, ist mir klar, was ich für ein sturer Hornochse war. Anstatt ständig mit den Jungs abzuhängen, hätte ich mich um dich und unsere Beziehung kümmern müssen. Aber so ist es immer, nicht wahr? Man weiß erst, wie sehr man etwas geliebt hat, wenn es weg ist.«

»Ich … ich …« Ich wusste nicht, was ich sagen sollte. Deans Worte hatten mich so unvorbereitet erwischt, dass mir der Puls in der Brust donnerte, meine Hände zitterten und meine Knie weich wie Wackelpudding waren.

Vielleicht mochten diese Worte nicht an mich gerichtet sein, aber dennoch sprach Dean aus dem Herzen.

Irgendetwas muss in seiner Vergangenheit passiert sein …

Dean schien zu merken, dass er eine Spur *zu* überzeugend gewesen war. Mit einem kraftlosen Seufzen wandte er sich von mir ab und murmelte leise: »Tut mir leid, ich habe die Kontrolle verloren. Eigentlich hättest du nichts von alldem jemals erfahren sollen. Ich würde es dir nicht verübeln, wenn du jetzt das Weite suchst und mich zurücklässt.«

Dieser Hint brachte meine kurzzeitig zum Erliegen gekommenen Gedanken wieder in Schwung und katapultierte mich auf die Beine.

»Nein«, sagte ich entschieden. Mein Gesicht glühte, und das Fake-Handy in meiner Hosentasche schien plötzlich eine Tonne zu wiegen. »Ich lasse dich jetzt nicht einfach allein. Nicht in deinem Zustand. Wenn du dich schon weigerst, dich im Krankenhaus durchchecken zu lassen, will ich wenigstens, dass du Jimmy anzeigst. Denn egal, was zwischen Derek und dir läuft, er hätte niemals zulassen dürfen, dass sein Kumpel dich so fertigmacht.« Ich riss meinen Blick von Dean los und widmete mich Mr Samberg. »Entschuldigen Sie bitte. Das ist alles ein bisschen heftig. Dürfte ich vielleicht Ihre Toilette benutzen? Ich brauche einen Moment, um mich zu sammeln.«

Der Polizist sah mich mit großen Augen an. Ihm stand deutlich ins Gesicht geschrieben, dass er nicht wusste, wie er die Situation einschätzen sollte.

»Den Flur runter, die dritte Tür links«, sagte er schließlich und deutete mit einem Finger hinter sich. Vor Erleichterung hätte ich am liebsten losgeheult.

Stattdessen nickte ich und eilte davon, ohne Dean noch einmal anzusehen.

Im Vorfeld hatten wir grob überschlagen, wie viel Zeit realistisch war, wenn eine Frau nach einem Streit mit ihrem Ex-Freund auf der Toilette verschwand.

Wir hatten uns auf acht Minuten geeinigt, was, wenn ich vor einer Uhr saß und den Sekundenzeiger im Blick behielt, mir unfassbar lang vorkam.

Da ich in diesem Moment jedoch darauf und dran war, eine Polizeibehörde zu bestehlen, waren acht Minuten kaum mehr als ein Wimpernschlag.

Ich schaffe das, wiederholte ich unablässig mein Mantra, während ich den Flur entlangging. Als ich die Stufen zum Keller erreichte, zuckten meine Finger gen Lichtschalter, aber den durfte ich nicht benutzen. Glücklicherweise besaß meine Smartwatch eine Taschenlampenfunktion.

Stufe für Stufe schlich ich auf Zehenspitzen tiefer in die Dunkelheit hinab, nachdem ich mich mit einem raschen Blick davon überzeugt hatte, dass mich niemand verfolgte oder beobachtete.

Meine Augen gewöhnten sich einigermaßen schnell an die schlechten Lichtverhältnisse, jedoch war es hier deutlich kühler als im Bürobereich. Dean hatte zwar den Vorschlag gemacht, dass ich mich möglichst sexy anzog, damit ich uns im Notfall mit meinen weiblichen Reizen rausboxen konnte. Aber zum Glück hatte ich einen langen Strickpullover angezogen, der mir bis über den Po reichte und so auch das Handy in meiner Hosentasche verbarg.

Im Keller angekommen, fokussierte ich mich wieder auf die Wegbeschreibung, die mir Dean einzutrichtern versucht hatte. Aber viel Zeit war uns dafür nicht geblieben. Wir hatten diese ganze Aktion so holterdiepolter entschieden und geplant, dass irgendwie alles wie übers Knie gebrochen wirkte. Aber Deans Argument, dass unsere Erfolgschancen zwischen den Feiertagen am höchsten standen, da die Wache nur notbesetzt war, war einfach unschlagbar gewesen.

Als ich nach einigen Sekunden tatsächlich vor einer Tür ankam, die durch ein Schild an der Wand als *Asservatenkammer* gekennzeichnet war, überkam mich Erleichterung.

Leider dauerte die nur so lange an, bis ich feststellte, dass die Tür verschlossen war. Mit meinem Ellbogen, um keine Fingerabdrücke zu hinterlassen, hatte ich die Klinke erfolglos heruntergedrückt.

Jetzt nur keine Panik, redete ich mir selbst gut zu. *Genau damit haben wir gerechnet.*

Dennoch biss ich mir vor Anspannung die Lippe wund, als

ich wie vereinbart Elliott über meine Smartwatch anrief. Ich hatte zwei Minuten bis hierher gebraucht. Blieben nur noch sechs, bis ich wieder oben bei Dean sein musste – abzüglich der zwei Minuten, die ich für den Rückweg brauchte.

Ich hatte also genau vier Minuten, um in den Raum zu gelangen, Sarahs Handy zu finden und es auszutauschen.

Ein Kinderspiel.

Nicht.

Um mich nicht selbst kribbelig zu machen, fokussierte ich mich auf das Klingeln in meinem Ohr. Wie glücklich es mich in diesem Moment machte, dass Dean mich an Kopfhörer erinnert hatte, die mit meiner Uhr gekoppelt unter meinen offenen Haaren verborgen waren.

Nach genau einem Ton drang Elliotts Stimme blechern zu mir hervor.

»Nummer?« Natürlich wusste er genau, warum ich anrief.

Ich beleuchtete mit meiner Uhr den Bereich rund um das Türschloss. Gemeinsam mit Dean hatte Elliott vorab herausgefunden, dass die Türschlösser in diesem Revier nicht länger mit Schlüsseln auf- und abgesperrt wurden, sondern über ID-Karten, die alle Mitarbeitenden erhielten.

Das sollte angeblich sicherer sein.

Und vielleicht war es das auch, wenn nicht gerade ein begnadeter Hacker zur Verfügung stand, der solch ein digitales Türschloss laut eigener Aussage schneller knackte als ein Eichhörnchen eine Nuss.

»Acht-neun-drei-sieben-zwei-zwei«, las ich die Zahlenkombination vor, die an einer kleinen schwarzen Platte über der Türklinke angebracht war.

Einen Wimpernschlag später ertönte das erlösende Klicken, und Elliott beendete das Gespräch ohne Verabschiedung.

Ich erlaubte mir noch einen Moment, diesen kleinen Sieg zu

genießen, bevor ich die Lederhandschuhe aus meiner Mantel-tasche holte, sie überstülpte und die Klinke mit angehaltenem Atem herabdrückte. Die Tür ließ sich öffnen, und als ich die Schwelle passiert hatte und die Tür hinter mir ins Schloss fiel, überwältigte mich eine solche Welle der Erleichterung, dass ich machtlos gegen die aufsteigenden Tränen war.

Aber ich musste mich beeilen. Schnell tastete ich die Wand neben der Tür nach dem Lichtschalter ab.

Blendende Helligkeit erfüllte das Zimmer, und ich musste mir die Hände vor die Augen pressen, weil es so wehtat.

Weitere wertvolle Sekunden verstrichen, die ich mit Blinzeln und Tränen verbrachte, ehe es mir gelang, wieder etwas zu erken-nen. Doch dann gab es für mich kein Halten mehr.

Laut meiner Uhr blieben mir noch dreieinhalb Minuten. Das war durchaus zu schaffen, wenn ich mich ranhielt.

Nur leider schien das Glück nicht länger auf meiner Seite zu sein. Ich konnte beim besten Willen kein System in den arran-gierten Schachteln und Tüten entdecken, die in die Regale rein-gestopft waren.

Wie sollte ich so Sarahs Handy finden?

Panik drohte mich zu übermannen, aber ich kämpfte sie nie-der.

Ich war nicht so weit gekommen, um jetzt wegen dieser Hürde aufzugeben.

Entschlossen, die anderen – und vor allem mich selbst – stolz zu machen, begab ich mich auf die Suche.

Ich wühlte mich Tüte für Tüte, Karton für Karton durch die Sachen, während der Countdown auf meinem Uhrendisplay sich beharrlich dem Ende näherte.

Meine Sinne waren in absoluter Alarmbereitschaft, meinen Herzschlag spürte ich wie ein Donnergrollen zwischen meinen Schläfen, und mir rauschte das Blut in den Ohren.

Wenn ich nicht innerhalb der nächsten Minute das Handy fand, musste ich abbrechen. So hatte ich es mit Dean und Elliott abgemacht.

Ich legte noch einen Zahn zu, um bloß nicht zu schei–

Endlich!

Da war es!

Sarahs Handy.

Das kaputte Display sah genauso aus wie auf den Fotos der Spurensicherung und wie wir die Attrappe bearbeitet hatten, damit die Optik stimmte. Überraschenderweise hatten wir nur fünf Handys schrotten müssen, bis wir mit dem Ergebnis zufrieden gewesen waren.

Im Eiltempo stopfte ich Sarahs Telefon samt der Plastiktüte in meine Manteltasche. Dann zog ich das Fake-Handy in der von Dean besorgten Verpackung hervor und legte die Attrappe in den Karton.

In unter dreißig Sekunden hatte ich den Tausch vollbracht und war wieder auf dem Weg hinaus auf den Flur.

Doch erst nachdem ich das Licht in der Kammer gelöscht und die Tür schwer hinter mir zugefallen war, wagte ich es, Luft zu holen.

Wir haben es geschafft! Wie haben es tatsächlich geschafft!

Noch kam mir der Gedanke surreal vor, doch mit jedem Schritt, den ich mich von dem Beweismittelraum entfernte, wurde mir leichter ums Herz.

Jetzt musste es Elliott nur noch gelingen, die Daten auf dem Telefon zu retten und herauszufinden, wer wirklich hinter Sarahs Tod steckte.

Dann würden wir Westin aus dem Gefängnis befreien, und er und ich könnten endlich unser Happy End bekommen.

Unweigerlich musste ich bei dieser Vorstellung lächeln.

Noch nie hatte ich mich meinem Ziel näher geglaubt.

Kapitel 38

Liv

Die letzten Tage des Jahres waren wie im Zeitraffer an mir vorbeigewirbelt. Ich konnte kaum glauben, dass wir heute Silvester hatten und unser Einbruch bei der Polizei inzwischen zweiundsiebzig Stunden zurücklag.

Zweiundsiebzig Stunden, in denen ich bei jedem Tür- oder Telefonklingeln zusammengefahren war, aus Sorge, jemand habe uns erwischt.

Aber das Schicksal meinte es offenbar gut mit uns. Niemand schien etwas von einem Diebstahl im 99. Revier mitbekommen zu haben.

Und als Frau bei der Zeitung hätte ich als eine der Ersten davon erfahren.

Daher erlaubte ich mir heute zum ersten Mal seit Tagen, meine Anspannung zumindest so weit herunterzufahren, dass ich nicht mehr jede Sekunde des Tages an unsere Straftat dachte. Stattdessen genoss ich vorsichtig unseren kleinen Sieg. Elliott arbeitete auf Hochtouren daran, Hinweise auf Sarahs Handy zu finden, und der arme Mr Samberg hatte hoffentlich das Ex-Pärchen vergessen, das wie ein Wirbelsturm über ihn hinweggefegt war.

Nach dem erfolgreichen Tausch von Sarahs Handy war ich auf direktem Weg zu Dean zurückgekehrt, um den zweiten Teil unserer Show zu starten – die Versöhnung. Obwohl Dean und ich auch die nicht im Detail besprochen hatten, hatte mir Deans vermeintliches Liebesgeständnis die perfekte Vorlage geliefert, um die Anzeige für den Moment zu verschieben. Ich hatte vorgeschlagen, in Ruhe über uns beide zu reden. Angeblich hätten mir seine Worte vor Augen geführt, dass ich tief in meinem Inneren doch noch mehr für ihn empfand, als ich mir bisher hatte eingestehen wollen.

Im Schutz von Deans Mercedes hatte ich dann lauthals gekreischt, hysterisch gelacht und hemmungslos geheult. Alles gleichzeitig.

»Was *genau* missfällt dir noch einmal an dem Kleid, das du dir für heute Abend besorgt hast?«, fragte ich meine Mom und sah bedeutungsvoll zu dem Kleidersack auf dem Bett neben mir. Ein deutliches Funkeln drang durch den Stoff.

»Es ist golden und glitzert. Und es ist viel zu kurz für eine Frau in meinem Alter«, sagte Mom mit gefurchter Stirn, ehe sie das Kleid, das sie gerade an einem Kleiderbügel in die Höhe hielt, ebenfalls wieder in die Dunkelheit ihres Schrankes verbannte. Schwarz, bodenlang und aus Samt durfte das Stück ihrer Wahl wohl auch nicht sein.

Stöhnend rollte ich mit den Augen. Seit inzwischen einer Stunde beobachtete ich meine Mom dabei, wie sie ein Kleidungsstück nach dem anderen aus ihrem Schrank hervorholte, nur um es dann wieder mit einem abschätzigen Kopfschütteln zurückzuhängen.

Was für ein Aufwand. Dabei wollten meine Eltern heute Abend nur auf die x-te High-Society-Veranstaltung gehen – eine Silvestergala mit Liveband und dem Spendenaufruf *Verabschiede das Jahr mit einer guten Tat.*

Meine Eltern hatten dies als Anlass genommen, fünftausend Dollar für drei Eintrittskarten zu bezahlen – Geld, das sie nicht zurückbekommen würden, wenn ich zu Hause blieb, wie ich von Beginn an angekündigt hatte.

Aber das war meinen Eltern egal. Mit den Worten »Es ist für einen guten Zweck« und »Du kannst es dir jederzeit anders überlegen« hatten sie mir das Ticket zugesteckt.

»Mom!«, rief ich, nachdem ich mich aus meinen Gedanken befreit hatte. »Was soll das heißen, *für eine Frau deines Alters*? Du bist in der Blüte deines Lebens und wunderschön! Ich bin sicher, dass alle, die dir diese unnötige Unsicherheit eingeredet haben, für einen Körper wie deinen *morden* würden.«

Mom warf mir einen Blick über die Schulter zu, der mich zum Schmunzeln brachte, aber mir auch das Herz schwer werden ließ. Es tat weh, dass es Leute gab, die ihr Gift so zielgerichtet versprühten, dass sogar meine Mutter davon betroffen war.

»Was haben Dad und du mir von klein auf beigebracht?«, fragte ich mit liebevoller Strenge.

»Dass du nicht den ganzen Tag Süßigkeiten essen kannst, egal, wie viel Spaß dir das macht?«

Lachend schüttelte ich den Kopf.

»Das auch. Aber vor allem habt ihr mir beigebracht, mich nicht von meiner Umwelt verbiegen zu lassen, sondern immer auf mein eigenes Herz zu hören. Und das solltest du jetzt ebenfalls tun. Ganz davon abgesehen, dass Gold absolut deine Farbe ist – es passt perfekt zu deinem Teint – und wir Silvester haben. Da muss es glitzern und funkeln.«

Mom wirkte semiüberzeugt von meiner kleinen Ansprache, aber ich kam nicht dazu, meinen Monolog fortzuführen. Das Vibrieren meiner Smartwatch unterbrach mich. Jemand rief mich an.

»Wenn du mir nicht glauben willst«, sagte ich und schlich mich unauffällig zur Zimmertür, ich wollte das Gespräch nicht in Gegenwart meiner Mom annehmen, »frag Dad. Er wird dasselbe sagen.« Mit diesen Worten huschte ich hinaus, über den Flur und ab in mein eigenes Zimmer. Dort angekommen, schloss ich die Tür hinter mir und rannte zum Schreibtisch, wo mein Handy am Ladekabel hing. Schätzungsweise in der Hundertstelsekunde, ehe die Mailbox angesprungen wäre, gelang es mir, den Anruf anzunehmen. Nachdem ich der Tonbandstimme bestätigt hatte, die Gesprächskosten zu übernehmen, klickte es in der Leitung, und ich sagte: »Westin! Wie schön, dass du dich meldest. Ich wollte mein Glück heute Abend bei dir versuchen.« Mein Herz pochte viel zu schnell, was jedoch weder an seinem Überraschungsanruf noch an dem kleinen Sprint in mein Zimmer lag. So reagierte ich *immer*, wenn ich mit Westin sprach. Er hatte diese Wirkung auf mich.

»Momentan scheinst du dich ja sehr gern auf dein Glück zu verlassen.« Westins Stimme war so eiskalt und granithart, dass mir ein Schauder den Rücken hinabperlte. Ich konnte förmlich vor mir sehen, wie er die Finger viel zu fest um den Hörer schlang, um die Beherrschung zu behalten.

Automatisch stöpselte ich mein Handy ab, um mit dem Telefon zum Bett zu gehen. Ich musste mich setzen.

»Was meinst du?«, fragte ich. Selbst wenn mein Leben davon abgehangen hätte, hätte ich nicht sagen können, worauf er anspielte.

»Tu nicht so, Liv. Du weißt genau, wovon ich rede.« Seine Stimme peitschte wie ein Blizzard durch die Leitung.

Meine Hirnzellen ratterten, um zu begreifen, wovon Westin sprach. Aber das war nicht so einfach. Gedanklich schwebte ich noch irgendwo zwischen der kleinen Standpauke für meine Mom und der Freude, Westin endlich hören zu können.

»Ich habe wirklich keine Ahnung, was du meinst. Wovon red–«

In meinem Kopf hatte es klick gemacht, und mir entfloh ein leiser Fluch.

»Elliott hat es dir gesagt, nicht wahr?« Auch ohne Westins bestätigendes Brummen wusste ich, dass ich ins Schwarze getroffen hatte. Dean hätte Westin niemals eingeweiht. Und ich hatte Westin gegenüber bereits vor unserer Tat erwähnt, dass ich die Tage nach Weihnachten vermutlich keine Zeit haben würde, mich bei ihm zu melden. Zwar hatte es mir das Herz gebrochen, so lange auf ein Telefonat mit ihm zu verzichten. Aber da ich keine Ahnung gehabt hatte, wie unser Vorhaben mit Sarahs Handy ablaufen würde, hatte ich vermeiden wollen, dass sich Westin unnötig Gedanken machte, falls ich nicht ans Handy gehen konnte. Und nachdem alles gut gegangen war, hatte ich nicht die Nerven besessen, Westin anzurufen, aus Sorge, mich zu verplappern.

»Wann hat er dir davon erzählt?« Nun, da ich wusste, worüber sich Westin so aufregte, kam mir seine Reaktion moderat vor. Vermutlich wusste er bereits länger Bescheid und hatte schon Gelegenheit habt, seine Wut rauszulassen.

»Vor drei Tagen«, knurrte Westin. »Wir haben telefoniert, und er meinte, dass er mich künftig öfter besuchen kommen will. Als ich sagte, dass er sich nicht verpflichtet fühlen muss, bestand er darauf. Dann meinte er auf einmal – mit seinem typischen nervösen Lachen –, dass das vielleicht ohnehin nicht mehr lange nötig sein wird. Als ich nachbohrte, hat er mir auf sehr umständliche Art und Weise gestanden, dass ihr etwas getan habt, das euch in Teufels Küche bringt, wenn es auffliegt.«

Ich verbiss mir einen Fluch. Elliott hatte Westin noch am selben Tag kontaktiert? Da war es kein Wunder, dass er sich verplappert hatte. Doch sosehr ich Elliotts liebe und sentimentale Art zu schätzen wusste, hätte ich mir gewünscht, dass er sein Mundwerk besser im Griff gehabt hätte. Zumindest schien er gegenüber Westin nicht ins Detail gegangen zu sein. Das bot uns allen wenigstens einen kleinen Schutz, wenn die Sache aufflog.

»Habt ihr eigentlich eine Ahnung, was ihr da riskiert habt? Die letzten Jahre könnten umsonst gewesen sein, und am Ende landet ihr *alle* hier.«

»Ich werde nicht behaupten, dass es mir leidtut.« Natürlich

wusste ich, dass Westin recht hatte. Trotzdem bereute ich nichts. Im Gegenteil sogar. Obwohl ich mich über Elliott ärgerte, überwog die Erleichterung, dass Westin jetzt eingeweiht war und ich ihm gegenüber ehrlich sein konnte. Und insgeheim glaubte ich, dass es ihm ähnlich ging, immerhin hatte er mich trotz seiner Wut angerufen.

»Natürlich wirst du das nicht«, schimpfte Westin, doch nun bildete ich mir ein, einen Funken Resignation in seiner Stimme zu hören. Und vielleicht auch Stolz. »Andernfalls wärst du nicht die Frau, in die ich mich verliebt habe.«

Ein Lächeln stahl sich auf meine Lippen, das sich trotz – oder vielleicht auch gerade *wegen* – seiner folgenden Worte hartnäckig dort hielt.

»Du kannst froh sein, dass du gerade nicht in meiner Nähe bist. Ich hätte jetzt Lust, dich für deinen Leichtsinn übers Knie zu legen.«

Sofort flammte mein Gesicht vor Hitze auf, und zwischen meinen Beinen pochte es verräterisch. Westins Worte, in Kombination mit den Erinnerungen an seinen Besuch bei mir, als ich zum ersten Mal seinen nackten Körper hatte spüren und seine Muskeln berühren dürfen, drohten meinen Verstand zu versengen.

»Also, wenn du das *so* sagst, hätte ich, ehrlich gesagt, gar nichts dagegen, jetzt bei dir zu sein«, wisperte ich und kaute auf meiner Lippe. Wie sehr wünschte ich mir, Westin jetzt wieder nah sein zu können.

»Liv«, knurrte Westin, und der Laut detonierte wie eine Bombe zwischen meinen Beinen. »Hör auf, mich mit anzüglichen Kommentaren von meiner Wut abzulenken. Das ist unfair!«

»Wer hat denn damit angefangen?«, konterte ich halb verärgert, halb amüsiert, besann mich jedoch darauf, dass hier und jetzt der absolut falsche Zeitpunkt war, auch nur an Telefonsex zu denken. Davon abgesehen, dass meine Eltern im Haus waren, konnte ich mein Zimmer nicht abschließen.

Westin schien in einer ähnlich unprivaten Situation zu stecken, denn er nahm einen tiefen Atemzug, ehe er mit gedämpfter Stimme sagte: »Erzähl mir, was du heute Abend vorhast – immerhin besteht die Gefahr, dass das dein letzter Silvesterabend in Freiheit ist.«

So schwer es mir auch fiel, zwang ich meine Fantasien in den Hintergrund und nahm den Themenwechsel dankend an.

»Was soll ich schon vorhaben?«, sagte ich mit einem lockeren Schulterzucken, auch wenn Westin mich nicht sehen konnte. »Erst treffe ich mich mit meinen Panzerknacker-Freunden, mit denen ich ein paar Juweliergeschäfte plündern will. Dann helfe ich dem Professor, sich die spanische Banknotendruckerei unter den Nagel zu reißen, und wenn ich am Ende noch Luft habe, werde ich wohl mit Bonnie und Clyde um die Häuser ziehen.«

Westin brummte lachend. »Das klingt sehr viel lustiger als die Werbesendungsdauerschleife, die mich im Gemeinschaftsraum erwartet. Aber mal im Ernst, Liv. Ich will nicht, dass du heute Abend allein zu Hause herumhängst – besonders, da ich nicht weiß, ob ich heute Abend noch einmal ans Telefon komme. Die Warteschlange ist bereits länger als an den Weihnachtsfeiertagen.«

Auch wenn ich diese Erklärung durchaus nachvollziehen konnte, flutete Enttäuschung meine Erheiterung, und meine Schultern sackten herab. Obwohl ich ihn just in dieser Sekunde am Ohr hatte, vermisste ich Westin so sehr, dass die Aussicht wehtat, später nicht noch einmal seine Stimme hören zu dürfen.

»Komm schon, Baby«, sagte Westin, als wüsste er genau, was ich gerade empfand. »Ich will, dass du dich amüsierst. Geh feiern, trink völlig überteuerte Cocktails und tanz, bis dir die Beine bluten – immerhin brauchst du etwas, worüber du mir in deinem ersten Brief aus dem Knast schreiben kannst.« Sein mitschwingendes Augenzwinkern war so deutlich, dass ein heiseres Lachen aus mir herausbrach.

»Du *willst*, dass ich ausgehe? Hast du denn gar keine Angst, dass ich um Mitternacht irgendeinen wildfremden Typen küsse, nur weil du nicht da bist?«

Nun war es Westin, der leise lachte. Der tief klingende Ton brachte mein Innerstes zum Vibrieren.

»Das hätte ich vielleicht, wenn ich nicht mit Sicherheit wüsste, wie sehr du auf mich stehst. Immerhin hast du für *mich* getan, was du getan hast – was auch immer das war.«

Ich schnaubte lachend, widersprach jedoch nicht. Wozu auch? Westin hatte absolut recht. Ich war ihm vollends verfallen.

»Ich überlege es mir«, gab ich widerwillig nach.

»Das wollte ich hören. Denn ich will nicht, dass du auf irgendetwas verzichtest, nur weil ich nicht dabei sein kann. Du sollst dein Leben in vollen Zügen genießen.«

Ich nickte, und wir verfielen in Schweigen. Gebannt lauschte ich Westins gleichmäßigem Atem, der einen harmonischen Rhythmus mit meinem Herzschlag ergab.

»Ich liebe dich, Westin«, flüsterte ich so leise, dass ich mich selbst kaum verstand. Doch Westin schien mich gehört zu haben, denn er hatte die Luft angehalten, als sorgte er sich, ansonsten etwas zu verpassen. »Deswegen habe ich es getan. Und wenn ich die Wahl hätte, die Zeit zurückzudrehen, um die Sache rückgängig zu machen, oder die Zeit vorzudrehen, bis wir uns wiedersehen können – und sei es nur durch Gefängnisgitterstäbe –, würde ich immer wieder dich wählen.«

Westin schluckte hart. »Ich liebe dich auch, Liv. Und auch wenn ich immer noch wütend auf dich bin, sollst du wissen, dass ich dir und den anderen unbeschreiblich dankbar bin. Noch nie hat jemand sein eigenes Leben für meins riskiert. Aber damit wir uns richtig verstehen: Solltet ihr doch noch auffliegen, werde ich unter Eid schwören, dass ich euch zu allem genötigt habe. Und zwar unter Drohungen gegen euer Leben und das eurer Familien. Niemals lasse ich zu, dass einer von euch meinetwegen in den Knast kommt.«

Ich nickte lächelnd. »Dann hoffen wir, dass es niemals so weit kommt.«

Kapitel 39

Liv

Nach meinem Telefonat mit Westin verkündete ich meinen Eltern, dass ich doch mit zur Gala kommen würde. Noch immer hielt sich meine Motivation dafür in Grenzen, aber Westin sollte sich nicht schlecht fühlen, indem ich ihm bei unserem nächsten Gespräch beichtete, dass ich doch zu Hause geblieben war.

Außerdem bestand zumindest die geringe Chance, dass ich mich amüsieren würde.

Gegen achtzehn Uhr war ich fertig – im Gegensatz zu meiner Mom hatte ich mich sofort für ein Kleid entschieden – und fuhr gemeinsam mit meinen Eltern zum Country Club, wo die Gala stattfand.

Obwohl es sich bei dem opulent dekorierten Ballsaal um dieselbe Räumlichkeit handelte wie bei der Spendengala im September, wirkte der Raum wie ausgewechselt. Der dunkle Parkettboden bildete einen starken Kontrast zu den elfenbeinfarbenen Wänden, die von weißen Seidentüchern mit verborgenen Lichterketten verhangen waren und damit einen himmlischen Glanz ausstrahlten.

Die Bühne für die Liveband war auf der gegenüberliegenden Seite des Eingangs arrangiert worden, und die lange, dunkle Theke, hinter der ein Barmann stand und auf die ersten Bestellungen wartete, wirkte durch die Spiegelfront hinter seinem Rücken geradezu majestätisch.

»Möchtet ihr erst etwas trinken oder essen?«, fragte Dad und deutete abwechselnd von der Bar zum Büfett, wo unzählige Köstlichkeiten angerichtet waren und uns mit ihrem Aroma zu sich lockten.

Mom, die sich ganz zu meiner Freude doch für das goldene Kleid entschieden hatte, deutete auf das Büfett, und im Kielwasser meiner Eltern trat ich darauf zu. Meine leuchtend roten High Heels klackerten laut auf dem edlen Parkettboden, und der Saum meines trägerlosen silbergrauen Chiffonkleides, das ich mit feinem Silberschmuck und offenen Haaren kombiniert hatte, umwehte meine Beine.

Während wir uns über Mini-Tramezzini, Vitello Tonnato vom Kalb mit Thunfischcrème und frittierten Kapern und mediterranes Gemüse mit Pesto-Kartoffelsalat hermachten, glitten meine Gedanken immer wieder zu dem Handy in meiner Handtasche. Eigentlich hatte ich vorgehabt, es zu Hause zu lassen. Aber kurz bevor ich das Haus verlassen hatte, war es dann doch in meiner Handtasche gelandet.

Es hatte sich falsch angefühlt, es dort zu lassen. Dabei machte ich mir keine Illusionen, dass Westin doch noch bei mir anrief oder Elliott ausgerechnet heute Abend das Geheimnis um Sarahs Mörder knackte.

Nach dem Essen mischten wir uns unter die stetig mehr werdenden Gäste. Ich war überrascht und erfreut, als wir die Hensons entdeckten, die in Begleitung ihrer Tochter Josephine gekommen waren. Wir hatten einander so lange nicht mehr gesehen, und trotzdem war es, als läge unser letzter Kontakt gerade einmal wenige Tage zurück. Sofort verfielen wir in reges Geplauder über unser Studium, schwelgten in Erinnerungen an unsere gemeinsame Schulzeit und konnten uns eine kleine Lästerrunde nicht verkneifen, als wir Eric Thomsen, Melissa Carlisle und den Rest ihrer Clique entdeckten, die in der Nähe standen und verblüffend nüchtern wirkten. Jedoch waren Josephine und ich uns schnell einig, dass sich das bald ändern würde.

Als sich Josephine wegen eines Telefonats mit ihrem Freund, der in Kanada studierte, kurzzeitig entschuldigte, wollte ich die Chance nutzen und zur Toilette gehen. Doch weit kam ich nicht. Jemand, mit dessen Anwesenheit ich heute Abend als Letztes gerechnet hatte, trat mir in den Weg.

»Dean? Was machst du denn hier? Ich dachte, du und Sheila wolltet über den Jahreswechsel nach New York?«

Wie ich es von Moms Kollegen gewohnt war, trug er einen dunkelgrauen Anzug, ein weißes Hemd und eine helle Krawatte. Doch seine Haare fielen ihm ungekämmt ins Gesicht, ein zarter Bartschatten überzog seine Wangen, und noch immer waren ihm die Blessuren seiner Prügelattacke anzusehen. Grün-gelb-Schattierungen mischten sich zu lila Veilchen, und auch wenn die Schwellung seiner Lippe zurückgegangen war, war noch immer eine dunkelrote Blutkruste zu sehen.

»Unsere Pläne haben sich geändert«, zischte er so leise, dass ich glaubte, mir seine Lippenbewegungen nur eingebildet zu haben. Dass er seinen Blick hektisch durch den Saal wandern ließ, während er die Champagnerflöte in seinen Fingern umklammerte, als hinge sein Leben davon ab, trug nicht gerade zu meiner Beruhigung bei.

»Hast du Alexanders Nachricht gelesen?«, fragte Dean, und noch immer mied er meinen Blick. »Du hast nicht reagiert, deswegen bin ich hergekommen. Ich wollte sichergehen, dass du mitbekommen hast, was er geschrieben hat.«

Obwohl Dean stur in die Menge starrte, konnte ich meine Augen nicht von ihm abwenden.

Was zum Henker war hier los? Wieso benahm sich Dean wie ein Undercover-Agent? Und was meinte er mit Alexanders Nachricht? Ich hatte absichtlich meine Smartwatch angelassen, um nichts zu verpassen, auch wenn sie überhaupt nicht zu meinem Look passte.

»Nein, ich habe keine Nachricht erhalten«, antwortete ich und machte mich sogleich daran, das Handy aus meiner Handtasche zu befreien. Wenn Dean extra seinen Kurztrip mit Sheila gecancelt hatte, um hierherzukommen, musste es sich um etwas Wichtiges handeln. Und wenn die Nachricht von Elliott kam, musste es etwas mit Sarah zu tun haben.

»Shit! Mein Akku ist leer!« Erbost starrte ich auf das tiefschwarze Display. »Nach meinem Telefonat mit Westin heute Vormittag habe ich vergessen, mein Handy weiter zu laden.«

Dean starrte beharrlich nach vorn. Es war unmöglich, zu sagen, ob er mich nicht ansehen oder die anderen nicht aus den Augen lassen konnte.

»Was hat Alexander denn herausgefunden?«, hakte ich nach. Gleichzeitig packte ich mein Handy zurück in die Tasche.

Endlich richtete Dean seinen Blick auf mich. Seine Augen schimmerten dunkel und unheilvoll. »Er hatte recht mit seiner Fototheorie. Er hat eine Aufnahme gefunden, die Sarah auf dem Balkon gemacht, aber nicht mehr hatte speichern können. Daraufhin hat er noch einmal die falschen Accounts geprüft und irgendeine technische Verbindung entdeckt, die ihm zuvor nicht aufgefallen war. Diese bestätigt aber, dass hinter einem Großteil der Fake-Namen ein und dieselbe Person steckt.«

»Was?« Ein eisiger Schauder rann mir den Rücken hinab und brachte mich von innen heraus zum Frösteln. »Wer ist es?«

»Derselbe Typ, der Elliott Sarahs Handy untergejubelt hat. Alexander hat ein altes Video von ihm im Internet gefunden und seine Stimme wie auch den Räusper-Tick wiedererkannt. Wir hatten von Anfang an recht, Liv. Sarahs Mörder steckte hinter dem Internet-Stalking und der Kontaktaufnahme mit Elliott. Er hat alle Fäden von Beginn an in den Händen gehalten.«

»Aber *wer* ist er?« Meine Stimme klang vor Anspannung rau.

»Das hat Alexander nicht geschrieben. Er will persönlich mit uns sprechen. Deswegen sollen wir so schnell wie möglich zu ihm fahren.«

Mir klappte der Mund auf. Wir sollten zu ihm fahren? Jetzt?

»Hallo, zusammen. Störe ich?« Die mir inzwischen vertraute und in dieser Sekunde dennoch herzlich unwillkommene Stimme zerschnitt den Blickkontakt zwischen Dean und mir wie ein Katanaschwert ein Blatt Papier.

Widerwillig drehte ich mich zu Caleb herum, der mit einem Scotchglas zu uns getreten war.

Wie ein Großteil der Anwesenden hatte auch er sich in Schale geworfen. In einem dunkelblauen Anzug samt silbrig schimmernder Weste und dazu passender Krawatte strahlte er uns frisch rasiert an.

»Ich wollte euch nicht unterbrechen«, sprach Caleb weiter. »Ich wollte nur schnell Olivia Hallo sagen.« An Dean gerichtet, sagte er: »Caleb Sanders. Freut mich.« Er reichte Dean die Hand, doch dieser schlang besitzergreifend einen Arm um meine Schultern und zog mich fest an seine Seite.

»Sorry, aber wir waren gerade im Begriff zu gehen.« Dean bedachte Caleb mit einem Blick, den ich nicht einordnen konnte, der jedoch genau das verhinderte, was wir gerade gebrauchen konnten. Eine Chance, unauffällig von dieser Party zu verschwinden.

»Caleb, das ist Dean Storm«, sagte ich, da Dean damit beschäftigt war, Caleb in Grund und Boden zu starren. »Er ist Anwalt und arbeitet in derselben Kanzlei wie meine Mom.«

»Du bist *Anwalt*?« Caleb betonte das Wort mit einer amüsierten Faszination. »Sorry, ich dachte, ich würde dich kennen. Aber offenbar habe ich dich verwechselt. Ich dachte, du würdest im Service arbeiten.«

»Dean hat erst letztes Jahr seinen Abschluss gemacht«, klärte ich auf. »Davor hat er sein Studium durch Nebenjobs finanziert. Vielleicht kennst du ihn ja daher?«

»Möglich.« Caleb zog eine Braue in die Höhe, als er seinen Blick von mir zu Dean wandern ließ. »Hast du vor zwei Jahren auf der HRA-Spendengala hinter der Bar gestanden und Cocktails gemixt? Ich meine, du wärst es gewesen, der meine Ex-Freundin Sarah mit seinen Flaschenwirbeltricks beeindruckt hat.«

»Wie gesagt, wir wollten gerade gehen«, zischte Dean mit verengten Augen. Sein Verhalten irritierte mich immer mehr – ebenso wie der Umstand, dass er nie auch nur mit einem Wort erwähnt hatte, dass er Sarah gekannt hatte.

Ein absurder Gedanke schoss mir durch den Kopf, für den ich mich sofort schämte. Aber wäre es nicht eine grausame Ironie des Schicksals, wenn Dean Sarah getötet und mir die ganze Zeit nur aus dem Grund geholfen hatte, um meine Fortschritte bei meiner Recherche zu kontrollieren und diese gegebenenfalls in eine falsche Richtung zu lenken?

Es ließ sich nicht abstreiten, dass ich Dean weniger gut kannte, als ich anfangs geglaubt hatte. Auch war mir die Intensität seiner Unterstützung teilweise fragwürdig erschienen.

Er hat mir nie erklärt, warum *er so viel auf sich nimmt, um mir zu helfen.*

In meiner Brust verkrampfte sich etwas.

»Kein Problem.« Caleb hob beschwichtigend die Hände und trat einen Schritt zurück. »Ich wollte euch nicht aufhalten. Ich war nur neugierig, mit wem Liv heute hergekommen ist. Und jetzt, wo ich mich wieder an dich erinnere, bleibt mir nichts anderes zu sagen, als dass ich wohl auch mal einen Barkeeping-Workshop besuchen sollte. Der Trick mit den Flaschen scheint ein echter Frauenmagnet zu sein.«

Calebs unterschwelliger Tonfall ließ mich unter Deans Arm versteifen. Meine herzlich unwillkommenen Zweifel an Dean leuchteten inzwischen wie ein lichterloh brennender Weihnachtsbaum, und Calebs Worte bei unserem letzten Treffen drängten sich mir auf. Als wir gemeinsam durch den Garten seiner Eltern spaziert waren, hatte er gemeint, dass Mörder eiskalte und manipulative Persönlichkeiten seien. Was wäre, wenn dies – ohne dass Caleb oder ich es zu dem Zeitpunkt gewusst hatten – auf Dean zuträfe?

Bei der Vorstellung zog sich mein Magen zu einem harten Ball zusammen und drohte, sich um seine eigene Achse zu drehen. Obendrein verstärkte Dean den Druck seines Arms um meine Schultern, um mir anzudeuten, dass es Zeit war, zu gehen.

»Ich wünsche dir einen guten Rutsch ins neue Jahr, Caleb«, sagte ich, um den Schein zu wahren. In Wahrheit jedoch raste mein Puls, meine Handflächen waren nass geschwitzt, und ich musste mich dazu zwingen, in Deans Nähe zu bleiben.

Mit der Frage im Kopf, ob ich mich tatsächlich so sehr in Dean getäuscht und er mich permanent manipuliert hatte, ließ ich mich von ihm herumdrehen und in Richtung Ausgang führen.

»Das wünsche ich dir auch, Olivia«, rief Caleb zum Abschied. »Vielleicht sieht man sich bald wieder.«

Ja, vielleicht. Wenn ich die Begegnung mit einem potenziellen Mörder überstehen sollte.

Kapitel 40

Liv

Was zum Henker tue ich hier?

Diese Frage begleitete mich, als ich an Deans Seite den Country Club verließ und gemeinsam mit ihm zu seinem Mercedes ging. Er hatte mir nicht die Gelegenheit gegeben, meinen Mantel zu holen, sondern war mit mir aus dem Club geeilt, als brenne dieser. Doch ich spürte die eisige Kälte kaum. Dafür pulsierte das Adrenalin viel zu heiß durch meine Adern.

Wenn Dean tatsächlich etwas mit Sarahs Mord zu tun hat, wird er sicherlich nicht hergekommen sein, um mich über Elliotts Nachricht zu informieren.

Falls es eine solche Nachricht überhaupt gab. Vielleicht hatte Dean sich das nur ausgedacht, um einen Vorwand zu haben, mich von der Party zu locken.

Mein Puls beschleunigte sich, und ich spürte, wie die kalten Klauen einer sich anbahnenden Panikattacke meine innere Hitze dämpften. Dean wusste, dass mein Handyakku leer war und ich somit keine Hilfe rufen könnte.

Meine Güte! Worüber denke ich hier überhaupt nach?, schalt ich mich selbst und hätte mir am liebsten gegen den Hinterkopf geschlagen. *Dean ist nicht Sarahs Mörder. Das ist unmöglich.*

Ich konnte mich vielleicht nicht mit vielem brüsten, aber gewiss mit einer guten Menschenkenntnis. Und ebenso wie bei

Westin *spürte* ich einfach, dass Dean niemals in der Lage wäre, eine solche Tat zu begehen. Dafür hatte ich in der Vergangenheit zu viele Gelegenheiten gehabt, ihn besser kennenzulernen.

Entschlossen, mich selbst von meinen Gedanken zu überzeugen, drehte ich mich zu Dean herum, nachdem ich mich auf den Beifahrersitz gesetzt und angeschnallt hatte. Dean hatte den Wagen währenddessen vom Parkplatz des Clubs gelenkt.

»Was genau stand eigentlich in Elliotts Nachricht? Du hast so viel gesagt, dass ich kaum was verstanden habe.«

»Er hat den Mörder identifiziert«, meinte Dean knapp. »Die Details kann er dir selbst nennen.«

»Das heißt, wir fahren zu ihm? Hast du denn seine Adresse?« Mein Atem bildete selbst im Wagen weiße Wölkchen, weshalb ich schützend die Arme vor der Brust verschränkte, meine Clutch dazwischen eingeklemmt.

Dean steigerte das Tempo, statt zu antworten.

»Kann ich die Nachricht vielleicht mal sehen?«, fragte ich mit hörbarer Nervosität. Bisher war mir Dean stets wie ein verantwortungsbewusster Autofahrer erschienen. Doch in diesem Augenblick war davon nicht viel zu erahnen. Die Lippen zu einer schmalen Linie zusammengepresst, flog er regelrecht über den dunklen Asphalt.

»Dean«, rief ich. »Fahr langsamer! Oder willst du uns umbringen?«

Es dauerte einen Moment, dann reduzierte er die Geschwindigkeit. Aber meine Erleichterung hielt sich in Grenzen, weil Dean zeitgleich meinte: »Mein Handy ist in meiner Hosentasche. Da komme ich jetzt nicht dran.«

Innerlich stöhnend, sackte ich ein Stück in mich zusammen. Ohne Elliotts Nachricht gesehen zu haben, fiel es mir schwer, die Zweifel Dean gegenüber zu ignorieren.

»Okay, dann kannst du ja die Fahrtzeit nutzen und mir erklären, wieso du Caleb gegenüber derart feindselig warst. Ihr kennt euch doch gar nicht, oder?«

»Wieso ich Caleb gegenüber so feindsel– Meinst du die Frage ernst, Liv?« Deans Kopf ruckte zu mir herum, die Augen groß und rund. »Hast du denn überhaupt nicht zugehört, was ich dir vorhin gesagt habe?« Er wandte sich wieder der Straße zu. »Der Typ, der Elliott den Hackerauftrag erteilt hat, ist Sarahs Mörder. Und was hat Elliott über den Typen erzählt? Dass er einen auffälligen Räusper-Tick hat!« Dean schüttelte schwach den Kopf. »Jetzt sag mir bitte nicht, dass du nicht mitbekommen hast, wie sich dieses Arschloch gerade nach jedem verdammten Satz geräuspert hat!«

Meine Brauen schossen in die Höhe. Deutete Dean hier etwa gerade an, dass *Caleb* Sarahs Mörder sein sollte?

Den Gedanken verdrängend, dass Dean mit dieser Anschuldigung womöglich nur von sich selbst ablenken wollte, fragte ich: »Du denkst, *Caleb* hat Sarah umgebracht?« Zugegeben, jetzt, da Dean mich darauf aufmerksam gemacht hatte, fiel mir auf, dass Caleb sich unverhältnismäßig oft räusperte.

Aber war das Beweis genug, um ihn als Mörder zu deklarieren?

In meinem Kopf drehte sich alles, und ich wusste nicht, was ich noch glauben sollte.

Dean schwieg, den Blick konzentriert auf die Straße gerichtet. Daher führte ich das Gespräch allein fort.

»Wieso hast du mir eigentlich nicht erzählt, dass du in der Mordnacht auf der Gala warst? Oder dass du Sarah vor ihrem Tod getroffen hast?«

»Ich dachte nicht, dass dir diese Information wichtig ist«, antwortete Dean mit zusammengebissenen Zähnen. »Denn entgegen der Andeutung dieses miesen Kerls haben Sarah und ich kaum miteinander gesprochen – und gewiss haben wir nicht miteinander geflirtet oder Ähnliches. Sarah war nur bei mir, weil sie filmen wollte, wie ich ihren Cocktail mixe. Ich habe mich geweigert, was sie nicht so leicht akzeptieren konnte. Das war es. Mehr lief da nicht.«

Diese Erklärung klang so einleuchtend, dass ich sie Dean unbedingt glauben wollte. Aber mit jedem Kilometer, den wir uns vom Country Club entfernten, fiel es mir schwerer.

Ich muss herausfinden, ob Dean in Bezug auf Elliotts Nachricht die Wahrheit gesagt hat.

Erst dann würde die Unsicherheit, die Caleb mir eingepflanzt hatte, Ruhe geben.

Zum Glück hatte ich die perfekte Idee, um herauszufinden, welche Absichten Dean mit mir verfolgte.

»Können wir einen Abstecher zum Haus meiner Eltern machen, bevor wir zu Elliott fahren?«, fragte ich und bemühte mich um einen lockeren Tonfall. »So hübsch das Kleid auch ist, es ist nicht gerade bequem. Außerdem friere ich schrecklich.« Bedeutungsvoll sah ich hinab auf meine nackten Arme, die von einer dicken Gänsehaut überzogen waren.

Mein versteckter Vorwurf schien an Dean abzuprallen. Den Blick weiterhin stur nach vorn gerichtet, murrte er: »Muss das sein? Ich will so schnell wie möglich zu Elliott. Dort kannst du dir sicherlich was Warmes überziehen.«

Meine Anspannung wuchs exponentiell. Wenn Dean nicht auf meine Bitte einging, wenn er mir meinen Wunsch verweigerte, dann säße ich ordentlich in der Tinte.

Denn das würde bedeuten, dass er …

Ich schluckte hart, und meine Finger verkrampften sich um meine Oberarme.

»Klar könnte ich mir etwas zum Anziehen von Elliott leihen. Aber es gibt wirklich Schöneres, als den Jahreswechsel in fremden Klamotten zu feiern.« Als Dean keine Anstalten machte, zu reagieren, klopfte mir das Herz bis zum Hals.

»Komm schon, Dean«, flehte ich. »Bitte! Ich beeile mich auch.«

Dean presste die Lippen noch fester aufeinander. Unweigerlich hielt ich die Luft an. Dean war anzusehen, wie sehr ihm meine Bitte widerstrebte. Als er mir einen Seitenblick zuwarf, war der Ausdruck in seinen Augen unmöglich einzuschätzen.

Die verstreichenden Sekunden kamen mir wie eine Ewigkeit vor. Doch schließlich setzte Dean den Blinker und wendete in einem halsbrecherischen Manöver, um zurückzufahren.

Vor Erleichterung hätte ich mich am liebsten übergeben. Ich begnügte mich jedoch damit, kraftlos in mich zusammenzusacken.

Ich wusste es! Ich wusste, dass Dean unschuldig ist.

Jetzt blieb nur die Frage zu klären, ob er mit seiner Theorie gegenüber Caleb richtiglag.

»Fünf Minuten«, sagte Dean, nachdem wir mein Elternhaus erreicht hatten. »Dann fahre ich weiter – mit dir oder ohne dich.«

Ich nickte eilig und hetzte mit meiner Handtasche im Schlepptau aus dem Wagen. In Rekordzeit erreichte ich die Stufen zum Haus und fand mich kurz darauf im Obergeschoss wieder. Mir war bewusst, dass Dean niemals ohne mich wegfahren würde. Aber die Neugier, die von einer ordentlichen Portion Furcht angefacht wurde, trieb meinen Körper zu Höchstleistungen an.

In meinem Zimmer angekommen, holte ich mein Handy aus der Tasche und stöpselte es an das Ladekabel. Mein Puls raste, während mein Telefon im Schneckentempo zum Leben erwachte. Schließlich leuchtete mir das Foto meiner Eltern entgegen, und nachdem ich der Aufforderung gefolgt war und meine PIN eingegeben hatte, dauerte es nicht mehr lange, bis eine Nachricht von Elliott auf meinem Display eintrudelte.

Ich raffte den Saum meines Kleides hoch, bis ich mich im Schneidersitz auf den Boden neben mein Handy setzen konnte.

Eilig überflog ich die Zeilen, die in etwa dem entsprachen, was ich von Deans Erklärung verstanden hatte. Dann wählte ich Elliotts Nummer.

Nach dem vierten Klingeln ging er endlich ran.

»Seid ihr schon auf dem Weg?«, fragte er. Im Hintergrund weinte Lexis.

»Nicht ganz«, antwortete ich atemlos. »Und ehrlich gesagt weiß ich nicht, ob wir es heute Abend schaffen. Deswegen rufe ich an. Du musst mir den Namen verraten, Elliott. Bitte, ich flehe dich an!«

»Das kann ich ni– Ja, mein Schatz. Ich weiß, dass dir dein Bauch wehtut. Schhh.« Es folgte ein Moment Stille, der allein von Lexis Weinen gefüllt wurde. »Sorry, Lexis scheint sich einen Magen-Darm-Virus eingefangen zu haben. Seit einer Stunde bricht sie in einer Tour. Deswegen ist es gar nicht so verkehrt, das Treffen zu verschieben. Wir können morgen oder übermor–«

»Nein«, fiel ich Elliott rüde ins Wort. »So lange können wir nicht warten. Dean ist sich sicher, den Mörder bereits zu kennen. Und er ist fuchsteufelswild, weil wir ihm vorhin begegnet sind. Wenn du mir nicht den Namen verrätst, kann es sein, dass Dean heute Nacht einen gigantischen Fehler begeht.«

»Schhhh«, redete Elliott beruhigend auf seine Tochter ein. »Gleich gebe ich dir noch etwas Medizin, meine kleine Maus.« Es raschelte in der Leitung, und ich nahm an, dass Elliott das Telefon von einem Ohr zum anderen wechselte. »Ich wollte erst persönlich mit euch über die Sache reden. Euch aufzeigen, was ich entdeckt habe, damit es nicht zu Missverständnissen kommt. Ich will sichergehen, dass wir alle zu demselben Ergebnis kommen.«

»Ich vertraue dir, Elliott. Und Dean vertraut dir ebenfalls. Wir wissen beide, dass du gewissenhaft gearbeitet hast und niemals irgendwelche Behauptungen aufstellen würdest, ehe du dich nicht mehrfach rückversichert hast, dass es der Wahrheit entspricht.« Meine Stimme polterte, ebenso wie es mein Herz in der Brust tat. Ich wusste nicht, wie viel Zeit mir blieb, ehe Dean die Geduld verlor und sich bemerkbar machen würde. Aber ich wollte auf keinen Fall riskieren, dass dieses Gespräch unterbrochen wurde. So lange hatte ich darauf gewartet, zu erfahren, wer Sarahs wahrer Mörder war.

»Lexis ist krank«, sagte ich eilig, als Elliott schwieg. »Sie braucht jetzt ihren Papa und viel Ruhe. Aber wenn du mir den Namen nicht am Telefon verraten willst, setze ich mich auf der Stelle ins Auto und fahre zu dir. Ich warte bestimmt nicht noch länger, um die Wahrheit über Sarahs Tod zu erfahren.«

Elliott rang hörbar mit sich selbst, doch mein Instinkt sagte mir, dass ich auf dem richtigen Weg war. Und weil es hier im wahrsten Sinne des Wortes um Leben und Tod ging, hielt sich mein schlechtes Gewissen in Grenzen.

»Es ist Caleb Sanders. Sarahs Ex-Freund«, gab Elliott schließlich klein bei. »Er war oben bei ihr auf dem Balkon, kurz bevor ihr Telefon zu Boden fiel und ausging. Ich habe ein verwackeltes Bild von seinem Gesicht finden können. Das beweist zwar noch nicht, dass er sie über die Brüstung geschubst hat, aber er war kurz zuvor bei ihr und ist auf jeden Fall derjenige, der sie monatelang unter falschen Namen im Netz gestalkt hat.«

»Danke, Elliott.« Ich seufzte vor Erleichterung, während es gleichzeitig in meiner Brust eng wurde.

Dean hatte recht. Caleb war der Mörder.

Da dieser Gedanke drohte, einen ganzen Tsunami aus Emotionen über mich hereinbrechen zu lassen, beendete ich schnell, mit einem Genesungsgruß an Lexis und einem *Guten Rutsch* für Elliott, das Gespräch.

Erst danach erlaubte ich dieser Neuigkeit, sich vollumfänglich in meinem Kopf auszubreiten.

Mein Handy ruhte heiß und von Schweiß überzogen in meiner kraftlosen Hand, während ich vor mich hin starrte.

Caleb war es. Er hat Sarah umgebracht.

Erneut geisterte mir durch den Kopf, was er im Garten seiner Eltern zu mir gesagt hatte.

Mörder sind Spezialisten darin, Menschen zu manipulieren.

Fast musste ich über diese Aussage lachen.

Es war kein Wunder, dass Caleb diese Meinung vertrat. Schließlich hatte er alle Menschen in seinem Umfeld zwei Jahre lang getäuscht, indem er ihnen den trauernden Ex-Freund vorgespielt hatte.

Dabei hatte er Sarah eigenhändig über die Balkonbrüstung geschubst.

Kapitel 41

Liv

Die Neuigkeiten des Abends lasteten schwer auf meiner Seele, und am liebsten hätte ich mich in mein Bett verkrochen, um sie ausgiebig zu verdauen. Aber dazu war jetzt der falsche Zeitpunkt. Ich musste mit Dean reden. Erst, wenn wir alle Karten offen auf den Tisch gelegt hatten, konnten wir uns Gedanken darüber machen, wie es weitergehen sollte.

Das Handy in meine Clutch stopfend, zwang ich mich zurück auf die Beine. Ich rannte die Stufen hinab ins Erdgeschoss und ab zur Haustür. Mit Schwung riss ich diese auf, doch ich kam keinen Schritt weiter. Dean lehnte mit der Schulter am Türrahmen, die Hände locker in die Taschen seiner Anzughose gesteckt.

»Und? Glaubst du mir jetzt?« Ein trauriges Lächeln umspielte seine Mundwinkel.

Mich durchfuhr ein schlechtes Gewissen, und ich schämte mich grauenhaft dafür, dass ich auch nur die geringsten Zweifel an Dean gehabt hatte. Das Einzige, was noch schlimmer war, war der Umstand, dass Dean es mitbekommen hatte.

»Es tut mir leid.« Ich senkte den Blick. »Es ist nur …« Mit heißen Wangen sah ich auf. »Ist es wirklich so verwerflich, dass ich eine Hundertstelsekunde die *Möglichkeit* in Betracht gezogen habe, du könntest *eventuell* etwas mit der Sache zu tun haben? Immerhin habe ich mehrfach angemerkt, dass ich das Gefühl habe, dich kaum zu kennen. Und den Grund, *wieso* du all die Risiken auf dich nimmst, hast du mir auch nicht verraten. Es ist schwer, jemandem zu vertrauen, wenn dieser Geheimnisse hat.«

»Das stimmt. Und ich mache dir keine Vorwürfe. Es ist nur …« Er zuckte mit den Schultern und richtete sich auf. »Können wir reingehen? Es gibt da etwas, das ich mit dir bereden muss. In Ruhe. Und bei einer Tasse Kaffee.«

Obwohl Deans Worte ein flaues Gefühl in meinem Magen verursachten, kehrte ich mit ihm auf den Fersen zurück ins Haus.

Wir setzten uns in die Küche, und nachdem ich uns beiden einen Kaffee gemacht hatte, eröffnete Dean das Gespräch.

»Du hast recht. Ich war nicht ganz aufrichtig zu dir. Es gibt durchaus einen sehr guten Grund, wieso ich dir helfe, auch wenn ich dabei einiges riskiere.« Die Finger um die Tasse in seiner Hand geschlungen, sah er mir fest in die Augen. »Ich bin dein Bruder, Liv. Dein leiblicher Bruder.«

Ich riss die Brauen hoch. Hatte er gerade gesagt, er wäre …?

Ein Kichern bildete sich in meiner Kehle, das als Schnauben einen Weg in die Welt fand.

»Du bist mein Bruder«, wiederholte ich, was Deans Worte nur noch absurder erscheinen ließ. Als Dean mit ernster Miene nickte, war es vorbei mit mir.

Lachend schüttelte ich den Kopf. »Ja, klar, und ich bin die Cousine von Freddie Mercury.« Augenrollend hob ich meine Tasse an den Mund. Doch das Zittern meiner Finger verriet meinen wahren Gefühlszustand.

Bis auf meine Eltern und mich wusste niemand, dass ich adoptiert war. Dass Dean nun behauptete, mein leiblicher Bruder zu sein, konnte also nur ein schlechter Scherz sein.

Es sei denn, er sagt die Wahrheit.

Mein Puls drohte zu explodieren, als ich Dean über den Rand meiner Tasse hinweg ansah.

»Wieso behauptest du, du wärst mein Bruder? Du weißt genau, dass meine Eltern nur ein Kind haben. Und zwar *mich*.«

»David und Jasmin haben nur ein Kind, das stimmt. Aber Rachel und Jim, deine leiblichen Eltern, hatten, bevor du auf die Welt kamst, bereits mich.«

Ich presste meine Finger in die Keramik, als wollte ich sie mit bloßer Kraft auseinanderreißen.

Wie konnte Dean es wagen, völlig fremde Personen als meine leiblichen Eltern zu bezeichnen, nachdem sie mich im Alter von wenigen Monaten weggegeben hatten, als wäre ich ein Spielzeug, dessen sie überdrüssig geworden waren? Natürlich bestand die Möglichkeit, dass sie für diese Entscheidung triftige Gründe gehabt hatten. Aber diese wollte ich weder heute noch im Alter von zwölf Jahren wissen, als mir meine Eltern die Wahrheit anvertraut hatten. Die Personen, die von klein auf für mich da waren, meine Ängste ernst und meine Träume noch viel ernster nahmen. Eine fehlende Blutsverwandtschaft änderte nichts an meiner Liebe und Verbundenheit, sodass es für mich nie einen Grund gegeben hatte, dieses Thema wieder anzuschneiden.

»Ich weiß, diese Neuigkeit ist krass.« Dean suchte meinen Blick. »Und ich hätte gern dafür gesorgt, dass du es auf andere Weise erfährst – und vor allem nicht heute Abend. Aber ...« Er zog die Brauen zusammen, wodurch sich eine kleine Falte über seinem Nasenrücken bildete. »Ich wusste einfach nicht, wie ich es dir sagen sollte. Wir hatten durch deine Bitte, Vermont deinen Brief zu überreichen, gerade erst wieder engeren Kontakt gehabt. Ich hatte einfach Angst, wie du auf diese Nachricht reagieren würdest. Ich wollte dich nicht gleich wieder verlieren, kaum dass ich dich gefunden hatte.«

»Das heißt«, ich versuchte, meine wirren Gedanken zu sortieren, »du weißt *wie lange* davon?«

»Nicht lange, das schwöre ich. Erst vor einem halben Jahr habe ich erfahren, dass ich überhaupt eine Schwester habe. Das war lange nach unserem Date – was irgendwie weird ist, wenn ich so darüber nachdenke.« Er versuchte sich an einem kleinen Lächeln, wurde jedoch sofort wieder ernst, als er merkte, dass es wirkungslos war. »Jedenfalls erhielt ich ein Schreiben von einem Nachlassverwalter, der mich über den Tod von Rachel und Jim informierte. Zudem wollte er wissen, wie er mit den knapp dreihundert Dollar umgehen sollte, die wir geerbt hatten.«

Dean zuckte mit den Schultern. »Ich habe ihn alles an ein Kinderheim spenden lassen. Danach habe ich mich auf die Suche nach meiner Schwester gemacht. Du kannst dir sicherlich vorstellen, wie sprachlos ich war, als ich ausgerechnet auf *deinen* Namen gestoßen bin.«

Das konnte ich mir in der Tat gut vorstellen. Denn ich war gerade genauso sprachlos, während es in meinem Kopf rumorte.

Zu gern hätte ich etwas erwidert. Irgendetwas. Aber mir wollte nichts einfallen. Das lag eindeutig an dem Schock, unter dem ich stand. So leid es mir für Dean tat, dass *seine* Eltern verstorben waren, hielten sich meine Emotionen in Grenzen.

Nachdem ich meine Kaffeetasse zur Hälfte geleert hatte, traf ich eine Entscheidung.

»Okay, das ist alles megaverwirrend und aufwühlend und … ja, *krass* trifft es sehr gut. Aber gerade habe ich echt keinen Nerv, mich damit zu beschäftigen.« Ich trank einen weiteren Schluck meines inzwischen lauwarmen Getränks.

Es würde noch einige Zeit dauern, bis ich bereit war, mich mit dieser Neuigkeit auseinanderzusetzen. In diesem Augenblick gab es zudem ein wichtigeres Thema, das angegangen werden musste. »Ist es okay, wenn wir dieses Du-bist-mein-Bruder-Thema ins neue Jahr verschieben?«

Deans Mundwinkel hoben sich zu einem Lächeln. Einem, das von Herzen kam.

»Das ist absolut okay, Liv.«

Ich nickte. Dankbar. Erleichtert. Aber vor allem über alle Maßen mit der Situation überfordert. Daher war ich froh, mich auf etwas anderes konzentrieren zu können.

»Gut, dann lass uns jetzt überlegen, was wir tun sollen. Denn wie du längst weißt, ist tatsächlich Caleb Sarahs Mörder. Elliott hat es mir bestätigt. Ebenso hat er mir erzählt, dass Lexis einen Magen-Darm-Virus hat und wir unser Treffen verschieben sollten.«

»Gut, dann bleiben wir eben hier. Oder, besser noch, wir fahren zu mir. Dort sichten wir die Lage und überlegen uns unsere nächsten Schritte. Auf jeden Fall müssen wir ab sofort sehr vorsichtig vorgehen. Ich kenne diesen Typen kaum, aber ich traue ihm vieles zu.«

Dem konnte ich nur zustimmen. Auch ich hatte das Gefühl, dass Caleb unberechenbar war. Obendrein schien es, als wäre er uns jederzeit einen Schritt voraus. Er hatte von meinem ersten Besuch bei Westin erfahren, und vermutlich wusste er auch über die anderen Treffen mit Elliott und Dean Bescheid. Ich glaubte Caleb jedenfalls nicht, dass er seine Abmachung mit dem Gefängnisdirektor widerrufen hatte.

Vielleicht weiß er auch längst, dass wir ihm auf der Schliche sind ...

So arrogant, wie er sich vorhin gegeben hatte, war jedenfalls nicht auszuschließen, dass er noch das ein oder andere Ass im Ärmel hatte.

Bei der Vorstellung wurde mir abwechselnd heiß und kalt. Wie sollte ich in einer Situation wie dieser ruhig bleiben und gemeinsam mit Dean brainstormen? Das war schier unmöglich.

»Wir können jetzt nicht zu dir fahren«, sagte ich zu Dean und sah ihm fest in die Augen. »Nicht, solange Sarahs Mörder auf der Party ist und wer weiß was tut.«

Dean erwiderte meinen Blick. Lange. Schweigsam. Dann

seufzte er ergeben. »Die wenigen Minuten, die du allein hier im Haus warst, habe ich mir einzureden versucht, dass wenigstens die *Hoffnung* besteht, dass dieses Jahr anders endet, als Elliotts Nachricht es fordert. Das waren schöne Minuten.«

Mitleidig lächelte ich Dean an. »Falls es dir hilft, ich habe zuvor gründlich darüber nachgedacht, ob ich bereit dazu bin, unser aller Leben aufs Spiel zu setzen, um Westins zu retten.«

Dean erwiderte mein Lächeln. »Wer soll dir das denn glauben? Aber keine Sorge, Liv. Elliott und ich haben von Anfang an gewusst, worauf wir uns einlassen. Und wir haben schon vor Tagen beschlossen, mit all deinen Entscheidungen d'accord zu gehen – vollkommen egal, wie sie ausfallen. Denn es geht hier nicht allein um dich. Elliott hat es satt, ständig von Schuldgefühlen gequält zu werden, wenn er seiner Tochter ins Gesicht sieht. Tja, und ich … Meinen Grund kennst du jetzt. Wir haben alle dasselbe Ziel, Liv. Und wir sind bereit, jedes Risiko dafür einzugehen.«

Dean erhob sich von seinem Platz und bot mir seine Hand an. Reflexartig ergriff ich sie und stand ebenfalls auf.

»Also?«, fragte er und führte mich zurück in Richtung Haustür. »Ich hoffe, du hast einen Plan, wie du Sarahs Mörder überführen willst.«

Kapitel 42

Liv

Zurück auf der Gala, war ich erfüllt von einem Gefühl, das ich nicht in Worte fassen konnte. Es war eine krude Mischung aus Adrenalin, innerem Frieden und der Gewissheit, dass, egal, wie dieser Abend heute enden würde, Dean – *mein Bruder* – und Elliott hinter mir standen.

Zwar hatte ich keine Ahnung, was ich getan hatte, um solche Unterstützer zu verdienen, aber ich war unbeschreiblich froh und dankbar, sie zu haben.

Da es inzwischen nach zweiundzwanzig Uhr war, war die Stimmung im Saal deutlich ausgelassener als vorhin. Die Musik spielte lauter, die Songs waren rhythmischer und die Tanzfläche voll.

Ich entdeckte meine Eltern, die einander fröhlich über das Parkett wirbelten, sodass ich es vermied, ihre Aufmerksamkeit auf mich zu ziehen. Sie sollten den Abend genießen, ehe ihnen bewusst wurde, dass ich sie seit Monaten belog und Geheimnisse vor ihnen verborgen hielt.

Ein weiteres Thema, das mir unweigerlich auf die Füße fallen würde, sobald wir die Sache mit Caleb durchzogen.

Um nicht darüber nachzudenken, was alles auf dem Spiel stand, ließ ich meinen Blick umherschweifen. In der Nähe der Bar entdeckte ich Caleb. Er war in eine Unterhaltung mit einer jungen

Frau vertieft, die ich nicht kannte, die jedoch Teil von Erics und Melissas Clique sein musste, denn diese redeten immer wieder auf die Brünette ein.

Ich nahm einen tiefen Atemzug, straffte die Schultern und schritt zielstrebig auf die Gruppe zu. Ohne mir Gedanken darüber zu machen, wie unhöflich es war, so plump in ein Gespräch zu grätschen, schob ich mich zwischen Caleb und seine Gesprächspartnerin.

»Caleb? Kann ich dich kurz sprechen?« Hoffentlich hörte niemand außer mir, dass mir das Herz bis zum Hals pochte. *Nervös* war nicht annähernd der treffende Begriff für meinen aktuellen Zustand.

»Olivia?« Calebs Brauen wanderten in die Höhe. »Was machst du denn wieder hier?« *Räusper.* »Ich dachte, du wärst mit dem Anwalt abgehauen.« *Räusper.*

»So war es auch«, erwiderte ich, den Blick auf meine zitternden Finger gerichtet. Zumindest passten die körperlichen Auswirkungen meiner mentalen Überforderung hervorragend zu meiner zurechtgelegten Geschichte. Gleichzeitig hätte ich am liebsten über mich selbst gelacht. Wie hatte ich nur so blind sein und Calebs unentwegtes Räuspern nicht bemerken können? Es war buchstäblich nicht zu überhören. Schnell fokussierte ich mich wieder auf mein Vorhaben und sprach weiter.

»Aber als wir im Wagen waren, haben wir uns total gestritten. Ich habe ihn auf Sarah angesprochen und ihn gefragt, ob zwischen ihnen was gelaufen ist. Dann ist er ausfallend geworden, hat mich beleidigt und an der nächsten Bushaltestelle rausgeschmissen.« Diese Worte über die Lippen zu bekommen, fiel mir alles andere als leicht. Insbesondere, da ich förmlich spürte, dass die Aufmerksamkeit aller anderen um uns herum an mir haftete. Aber Dean hatte darauf bestanden, dass ich diese Lüge erzählte. Er meinte, dass ein Typ wie Caleb auf die Jungfrau-in-Nöten-Nummer anspringen würde. Hinzu kam, dass diese Geschichte gut zu dem stattgefundenen Gespräch im Garten der Sanders passte. Schließlich war unsere Unterhaltung über Sarah ebenfalls sehr persönlich und intim gewesen, obwohl wir einander kaum kannten.

»Jedenfalls habe ich mir dann ein Taxi bestellt und bin hergefahren, um meinen Mantel zu holen. Als ich zu meinen Eltern wollte, um ihnen zu sagen, dass ich heute Abend nicht bei Dean, sondern in ihrem Haus schlafen würde, hab ich dich hier gesehen und …« Ich zuckte mit den Schultern und biss mir gespielt unsicher auf die Lippe. »Keine Ahnung, was ich mir dachte.« Mit einem langsamen Kopfschütteln trat ich einen Schritt zurück. Das hier war ein entscheidender Moment. Wenn Caleb mich kommentarlos ziehen ließ, mussten Dean und ich auf Plan B zurückgreifen. Aber dieser beinhaltete eine furchtbar peinliche Streitszene inmitten aller Anwesenden des Abends, was ich nach Möglichkeit verhindern wollte.

»Sorry, dass ich euch gestört habe. Es war unpassend, herzukommen. Einen … einen schönen Abend noch.« Schnell kehrte ich Caleb den Rücken und tat so, als wollte ich davoneilen. Glücklicherweise kam ich nicht weit.

»Olivia, warte!« Knie erweichende Erleichterung durchflutete mich, als Calebs Stimme, begleitet von einem weiteren Räuspern, zu mir drang. Darauf, dass er mein Handgelenk umfasste, hätte ich zwar verzichten können. Aber mir war bewusst gewesen, dass Caleb nach einer solchen Show unweigerlich Körperkontakt aufbauen würde.

»Bleib hier.« Caleb räusperte sich und sah mich mit einem Blick an, der mir Übelkeit bescherte. Viel zu intensiv und eindringlich war er. »Ich meine, du kannst bleiben, wenn du magst. Du hast Sophie und mich nicht gestört.« Er räusperte sich erneut und nippte an seinem Scotchglas, das ich bisher nicht bemerkt hatte. Da es jedoch voller war als das vorhin, war es wohl nicht sein erstes Getränk. »Wir können gemeinsam bei den anderen bleiben und über Thomson lachen – das hebt jede noch so miese Laune. Oder, wenn dir das im Augenblick lieber ist, gehen wir ein wenig spazieren und unterhalten uns einfach.« Räuspernd streichelte er mit seinem Daumen über meinen Handrücken, was meinen Würgereflex ordentlich herausforderte. Doch ich schluckte meinen Ekel hinunter. Ich musste in meiner Rolle bleiben.

Glücklicherweise hatte ich dank der vergangenen Wochen Übung darin, meine wahren Emotionen und Gedanken geheim zu halten.

»Du darfst dich auch mit allen Schimpfwörtern, die dir in den Sinn kommen, über den Anwalt auslassen«, schob Caleb mit einem Räuspern nach und schenkte mir ein Grinsen, das vermutlich charmant wirken sollte, mein Unbehagen jedoch nur verstärkte.

»Macht es dir wirklich nichts aus, deine Freunde allein zu lassen?«, fragte ich leise und entzog Caleb langsam meine Hand. Ich kaschierte diese Geste, indem ich ein Kaugummi aus meiner Handtasche hervorholte. Nachdem ich mir den weißen Streifen in den Mund geschoben hatte, breitete sich der Geschmack von Minze in meinem Mund aus, und meine Nerven beruhigten sich ein wenig. »Denn ehrlich gesagt würde ich mich tatsächlich lieber allein mit dir unterhalten, als mir noch mehr Quatsch von Eric anzuhören, der mir dann wieder wochenlang durch den Kopf geistert.«

Calebs Grinsen wurde breiter. Gleichzeitig hob er seine freie Hand, um mir über den Oberarm zu streichen. Ich nahm an, dass er mir auf diese Weise Trost und Sicherheit spenden wollte. Doch da es den Streit mit Dean nie gegeben hatte und ich nun wusste, was hinter Calebs Fassade des trauernden Ex-Freundes steckte, hätte ich mir am liebsten die Körperstellen, die Caleb berührte, mit einer Drahtbürste geschrubbt.

»Ob du es glaubst oder nicht, ich kann dich absolut verstehen. Ich hole schnell deinen Mantel, damit du dich nicht noch verkühlst.« Calebs erneutes Räuspern zerrte an meinen Nerven. »Deine Haut ist schon total kalt.«

Ehe Caleb auf die Idee kam, mir über die Arme zu rubbeln, löste ich mich von seinen Fingern und rieb mir selbst über die Haut.

»Das wäre lieb von dir. Aber ehrlich gesagt hatte ich in der letzten Stunde genug frische Luft für den Rest des Jahres. Vielleicht finden wir hier im Haus eine Ecke, wo es ruhiger ist und uns nicht ein Dutzend Menschen beobachten.« Bedeutungsvoll glitt mein Blick über Calebs Schulter in Richtung seiner Freunde.

Calebs Augen weiteten sich minimal, und ein Glänzen trat in seine Iriden, das mich erst stutzen und anschließend warme Wangen bekommen ließ.

Verflixt!

Wie hatte mir die unterschwellige Anzüglichkeit meiner Aussage entgehen können?

Hoffentlich ließ Caleb das nicht argwöhnisch werden. Bisher hatte ich keinerlei Andeutungen gemacht, dass ich auf diese Art an ihm interessiert war. Doch wie es schien, waren meine Sorgen unbegründet. Caleb grinste mich weiterhin an und trank den Rest seines Glases leer.

Inzwischen bezweifelte ich, dass er bloß Alkohol zu sich genommen hatte. Sein Blick wirkte so glasig und seine Reaktionen so langsam, da musste noch mehr in seinem Blut schwimmen.

Wenn ich heute noch etwas aus ihm rausbekommen möchte, sollte ich mich ranhalten ... Es darf nicht alles umsonst gewesen sein.

Ich schluckte meinen aufkommenden Widerwillen bezüglich meiner folgenden Worte hinunter und senkte die Stimme, damit die anderen mich nicht hörten. Obwohl Eric und Joseph garantiert keinen Anstoß an meinem Flirt mit Caleb nehmen würden – immerhin hatten sie mir von der ersten Sekunde unseres Wiedersehens sexuelles Interesse an Caleb angedichtet –, war ich mir bei Melissa nicht sicher. Und das Letzte, was ich gebrauchen konnte, war, dass jemand Verdacht schöpfte und uns nachspionierte.

»Wir können ja vielleicht nach oben gehen«, schlug ich Caleb vor und musste mich zusammenreißen, um nicht wegzurennen. Jetzt, da ich die Wahrheit kannte, kostete es mich Unmengen an Überwindung, mich überhaupt im selben Raum wie er aufzuhalten.

Ich tue das für Westin. Für Elliott. Dean. Und für mich selbst, redete ich mir gut zu.

Caleb erwiderte meinen Blick und leckte sich dabei langsam über die Lippen. Wie war es möglich, dass er trotz seiner grauenhaften Tat durch eine solche Kleinigkeit *noch* verabscheuungswürdiger wirkte?

Ich schüttelte diesen Gedanken ab und fokussierte mich auf mein Vorhaben. Mit Dean war abgesprochen, dass er sich im Hintergrund hielt, bis ich es geschafft hatte, Caleb von der Masse zu separieren. Da ich ihn bisher nicht hatte ausmachen können, schien er erfolgreicher zu sein als ich.

Gemeinsam mit Caleb verließ ich den Ballsaal. Seine Freunde riefen uns doppeldeutige und unanständige Dinge zu, aber wir ignorierten sie. Er vermutlich, weil er sich wie ein Gentleman benehmen wollte, ich hingegen, weil ich ansonsten Gefahr lief, alles zu zerstören, was ich bisher aufgebaut hatte.

Wir erreichten den Eingangsbereich, wo ich sogleich die Freitreppe anpeilte, die in die oberen Etagen führte.

Stufe für Stufe erklommen wir diese, während ich immer wieder über meine Schulter linste. Aber entweder war Dean verflucht gut darin, sich zu verstecken, oder er war aufgehalten worden.

So oder so, ich konnte nur hoffen, dass er zeitig zu uns stoßen würde. Lange würde ich es nicht allein mit Caleb aushalten.

Im ersten Stock angekommen, wollte mich Caleb in einen der

Herrensalons führen, die sich durch dunkle Möbel, prasselnde Kamine und schwere Ledersessel auszeichneten. Aber ich hatte andere Pläne und schüttelte den Kopf.

Caleb folgte mir zum Glück ohne jedweden Protest, sodass wir kurz darauf die Bibliothek im zweiten Stock erreichten. Da Sarah sich zuletzt hier aufgehalten hatte, hoffte ich, dass Caleb sich getriggert fühlen und seine Zunge lockerer agieren würde.

Und tatsächlich. Mitten im Raum blieb Caleb stehen und sah sich mit erstarrter Mimik in dem in Dunkelheit gehüllten Zimmer um. Mondlicht fiel schwach durch die bodentiefen Buntglasfenster, wo sich auch der Zugang zum angrenzenden Balkon befand.

Jener Balkon, von dem Caleb Sarah gestoßen hatte …

Die Erinnerung daran kroch mir wie eine faustgroße Geisterspinne den Nacken empor, und sämtliche Härchen an meinem Körper richteten sich auf. Reflexartig schluckte ich mein Kaugummi herunter.

Ob Caleb ähnliche Gedanken hatte? Jedenfalls schienen seine Überlegungen zumindest für den Moment nicht länger in irgendwelche Fantasien zu münden. Das war doch schon mal etwas.

Ich schritt tiefer in den Raum herein. Einerseits wollte ich möglichst viel Abstand zwischen Caleb und mich bringen. Andererseits erweckte der Anblick der deckenhohen Bücherregale eine wohlige Wärme in mir. Die Gewissheit, dass Westin hier gewesen war, dieses Holz mit seinen Händen berührt und bearbeitet hatte, wirkte wie ein strahlender Schutzschild gegen die eisige Kälte, die Calebs Anwesenheit in mir auslöste.

Ehrfürchtig strich ich mit meinen Fingern über das glatte Holz. Die Arbeit brillierte durch Hingabe und Perfektion.

»Ich habe dir neulich im Garten deiner Eltern gar nicht erzählt, wieso ich Vermont im Gefängnis besucht habe«, eröffnete ich das Gespräch, da ich die Stille nicht länger aushielt. Ich spürte, dass mir die Zeit davonrannte, sowohl im Hinblick auf Calebs Bewusstseinszustand als auch auf meine eigene Selbstbeherrschung. Denn jetzt, da ich allein mit Sarahs Mörder in einem Raum war, kämpften in meinem Inneren Furcht und die Aussicht, endlich Gerechtigkeit für Westin erwirken zu können, unerbittlich miteinander. Doch ich war zu weit gekommen, um mich jetzt von meinen Ängsten unterkriegen zu lassen. Immerhin hatte ich überhaupt erst mit der ganzen Sache begonnen, um meine Albträume durch die Bearbeitung dieses Falls in den Griff zu kriegen.

Caleb ließ sich nicht anmerken, ob er sich darüber wunderte, dass ich unsere Unterhaltung ausgerechnet mit diesem Thema begann. Während er den Blick weiterhin durch den Raum schweifen ließ, näherte er sich mir langsam.

»Willst du es mir denn jetzt verraten?«, fragte er, und nach einem Räuspern sah er mir zum ersten Mal, seit er sich in diesem Raum wiedergefunden hatte, in die Augen. Seltsam leer und traurig wirkte sein Blick.

»Ich habe mit dem Gedanken gespielt, meine Masterarbeit über Sarahs Tod zu schreiben«, sagte ich und grub meine Finger fest in meine Clutch. »Ich wollte den psychologischen Aspekt hinter der Tat beleuchten. Wieso der Mörder getan hat, was er getan hat.«

»Und? Zu welchem Ergebnis bist du gekommen?«

»Dass ich, wenn ich über Sarahs Mord schreiben will, ihren *echten* Mörder interviewen sollte. Nicht den armen Kerl, der unschuldig im Knast sitzt.«

Da waren sie.

Die Worte, die ich so lange hatte für mich behalten müssen, obwohl ich sie am liebsten in die Welt hinausbrüllen wollte.

Westin Vermont ist unschuldig! Er hat Sarah Mills nicht getötet!

Auf Calebs vom Alkohol ausgelöste Lethargie wirkten meine Worte wie ein Elektroschocker. Sein Blick wurde schlagartig klar und strotzte nur so vor Energie. Ich meinte sogar, einen Ruck durch seine Muskeln gehen zu sehen, als streifte er eine unsichtbare Last von sich.

»Wie bitte?« Er lachte leise und näherte sich mir. Dabei ähnelte er mehr einem Wolf als einem betrunkenen Schaf wie zuvor. »Du glaubst noch *immer*, dass Vermont Sarah gar nicht getötet hat? Warum? Ich dachte, ich hätte dir klargemacht, dass du diesem manipulativen Arschloch kein Wort glauben darfst.«

Mein Gegenüber beobachtend, wich ich schrittweise vor Caleb zurück. In seinem aktuellen Zustand war Caleb unberechenbar.

Meine Lippen teilten sich für eine Erwiderung, doch diese blieb mir im Hals stecken, als ich mit dem Rücken gegen etwas Hartes stieß, das sich unangenehm in meinen Steiß bohrte. Ich hatte mein Umfeld vernachlässigt – was sich nun rächte. Die Türklinke der Balkontür drückte in meinen Körper.

Mein Puls explodierte. Blut rauschte mir in den Ohren, und meine Sinne waren so geschärft, dass ich sogar den dünnen Schweißfilm auf Calebs Oberlippe erkannte.

Jetzt nur keine Panik, befahl ich mir selbst, was nicht so einfach war. Der Ausgang der Bibliothek lag auf der entgegengesetzten Raumseite.

Noch kann ich das Ruder herumreißen. Noch ist nichts Schlimmes passiert.

Sofort stieß ich ein affektiertes Lachen aus und griff hinter mich. Obwohl Caleb eine Armlänge von mir entfernt war, verspürte ich das dringende Bedürfnis, mich weiter von ihm zu distanzieren – auch wenn ich dafür auf den Balkon ausweichen musste.

»Wenn man es genau nimmt, hast du davon gesprochen, dass ich Westin nicht vertrauen darf, weil er Sarah getötet haben soll. Aber da ich inzwischen stichhaltige Beweise für seine Unschuld habe, denke ich, es ist okay, ihm zu vertrauen.« Mit einem Lächeln drückte ich die Türklinke herab und die Doppelflügeltüren auf.

Ich taumelte einige Schritte zurück, ehe ich mich fangen konnte. Der Wind peitschte hier oben erbarmungslos über das ungeschützte Plateau und trieb meine offenen Haarsträhnen von einer Seite zur anderen. Der dünne Stoff meines Kleides presste sich wie eine zweite Haut an meinen Körper und bot keinerlei Widerstand gegen die eisigen Temperaturen. Doch das Adrenalin, das mir siedend heiß durch die Adern pumpte, wärmte mich.

Es war widersprüchlich. Aber nun, da ich mich exakt an der Stelle befand, an der Sarah vor über zwei Jahren ihr Leben verloren hatte – und das auch noch in Begleitung ihres Mörders –, verspürte ich nicht den geringsten Anflug von Angst.

»Ich meine, was spricht überhaupt dagegen, Westin zu trauen? Immerhin hat er nur deswegen den Mord gestanden, weil ansonsten sein bester Freund und Vater seiner Nichte ins Gefängnis gekommen wäre. Und das auch nur, weil diesem durch einen hinterhältigen Trick Sarahs Handy untergejubelt wurde, ehe die Polizei einen anonymen Tipp erhielt, wo diese das Telefon findet.«

Caleb war bei jedem Satz näher gekommen, doch ich weigerte mich, weiter zurückzuweichen. Ich würde mich nicht erneut von ihm in die Enge treiben lassen.

Stattdessen hob ich meine Clutch auf Brusthöhe. Zwar bezweifelte ich, dass sie mir im Ernstfall helfen würde, aber ich fühlte mich sicherer und stärker mit etwas in der Hand, womit ich mich verteidigen konnte.

»Das klingt ja nach einer richtigen Hollywood-Geschichte.« Caleb trat so dicht vor mich, dass mir seine Atemwölkchen beim Sprechen entgegenflogen. »Aber sag mal, von welchen Beweisen redest du? Ich meine, ich kann mir kaum vorstellen, dass es welche gibt, die die Polizei noch nicht selbst entdeckt hat. Und diese deuten nun mal alle darauf hin, dass Vermont der Mörder ist.«

»Das mag sein. Aber im Gegensatz zur Polizei arbeite ich mit einem überaus talentierten Hacker zusammen, für den es ein

Kinderspiel war, die wahre Identität hinter den zahlreichen Fake-Accounts herauszufinden, die immer wieder auf Sarahs Beiträge im Netz reagiert haben. Und wie es der Zufall will, passt genau dieser Name zu der Person, die auf dem Foto zu sehen ist, das Sarah kurz vor ihrem Tod hier auf diesem Balkon gemacht hat. Und weißt du, was witzig ist? Dass dieselbe Person besagten Hacker kontaktiert und diesem Sarahs Handy unter einem Vorwand zugeschoben hat. Mein Kumpel hat seine Stimme und ein überaus auffälliges Räuspern in seiner Sprechweise identifiziert.«

»Du bluffst!«, fauchte Caleb, das Gesicht dunkelrot vor Zorn. Seine Stimmung war so rasant gekippt, dass ich mich in meinem Verdacht bestätigt fühlte, dass Caleb auf Drogen war. Doch schien er nun sein Räuspern unter Kontrolle zu haben. »Der Typ ist längst tot. Er kann gar nichts mehr bezeugen.«

»Ach, denkst du das?« Ich hielt Calebs Blick stand, obwohl in meinem Inneren ein Sturm tobte. Zwar hatte ich Caleb genau dort, wo ich ihn haben wollte. Aber dieser kleine Sieg brachte mir herzlich wenig, wenn Dean nicht an seinem Posten war.

»Wenn du mir nicht glaubst, können wir ihn gemeinsam anrufen«, schlug ich vor, um meine Angst zu verbergen. »Ich bin mir sicher, Elliott erklärt dir nur allzu gern, wie er seinen eigenen Tod im Netz verbreitet hat.« Zur Untermalung meiner Worte fummelte ich an meiner Clutch herum. Meine Finger zitterten wie Espenlaub, und ich hatte keine Ahnung, was ich hier eigentlich tat. Ich hatte mich von Caleb zu einer Abweichung von meinem Plan verführen lassen und war nun gezwungen, zu improvisieren.

Caleb schien sich unterdessen mit seinen eigenen Gedanken und Ängsten konfrontiert zu sehen. Die Augen kugelrund aufgerissen, presste er die Lippen zu einem dünnen Strich zusammen.

»Du bluffst!«, wiederholte er plötzlich in einem Schreiton, der mir schmerzhaft in den Ohren klingelte, und entriss mir meine Handtasche. Mit roher Gewalt öffnete er diese. »Der Typ ist tot!

Tot! Er ist tot!« Ohne mich aus den Augen zu lassen, beförderte er den gesamten, wenn auch überschaubaren, Inhalt zutage. Zwischen seinen langen Fingern hielt er mein Handy zusammen mit ein paar Geldscheinen in die Luft. Dass das Telefon kaum noch Akku hatte und jeden Moment ausgehen würde, schien er überhaupt nicht zu realisieren.

»Ich weiß genau, was du vorhast«, zischte Caleb, den Blick so fest mit meinem verkeilt, dass ich diesen Moment sicher für immer im Gedächtnis behalten würde. »Du willst mich in die Irre führen, damit ich ein Geständnis ablege, nicht wahr? Damit du meine Beichte auf deinem Handy gespeichert hast.« Er lachte mir höhnisch ins Gesicht. »Aber das kannst du vergessen.« Mit voller Wucht donnerte er das Telefon auf den Boden. Ich hörte Glas splittern, ehe Caleb gleich mehrmals mit dem Absatz seines Schuhes darauf trat. Dann beugte er sich hinunter, um den Klumpen Altmetall in die Hand zu nehmen.

Mit einem gehässigen Grinsen in meine Richtung holte er aus und warf das Telefon in hohem Bogen über die Balkonbrüstung.

Zu gern hätte ich die Sekunden gezählt, bis das hauchfeine und kaum wahrzunehmende Klirren erklang, das den Aufprall meines einstigen Smartphones verkündete.

Doch auch wenn mich die Tatsache faszinierte, wie rasend schnell und gleichzeitig zähflüssig die Zeit mit einem Mörder verlief, hatte ich keine Möglichkeit, länger darüber nachzudenken.

Denn Caleb stand kurz davor, die Kontrolle über sein Handeln zu verlieren.

Die Augen blutunterlaufen, sprach er so schnell, dass ihm Speichel aus dem Mundwinkel rann.

»Da wir dieses Problem jetzt aus der Welt geschafft haben«, raunte er mit gefährlich ruhiger Stimme, »wird es Zeit, mich um das nächste zu kümmern.«

Kapitel 43

Liv

Mit einer Schnelligkeit, die ich dem unter Alkohol und Drogen stehenden Caleb gar nicht zugetraut hätte, rannte er knurrend auf mich zu. Ich wollte gerade ausweichen, da hatte er mich bereits mit einem Schlag in den Magen getroffen. Der Schmerz raubte mir den Atem, und ich beugte mich keuchend vor, schlang die Arme um meine Mitte. Wenn Caleb nicht meine Haare gepackt hätte, wäre ich bestimmt zu Boden gestürzt.

Brutal riss er meinen Kopf zur Seite, wodurch ich gezwungen war, mich ebenfalls herumzudrehen.

Ich wusste nicht, was geschah, meine Füße bewegten sich wie von allein. Dann spürte ich etwas Hartes und Kaltes an meinem Rücken.

Dieses Mal musste ich mich nicht herumdrehen, um zu wissen, was ich hinter mir entdecken würde.

Es war der Abgrund, über den mich Caleb jeden Moment stoßen würde.

Derselbe Abgrund, über den er bereits Sarah gestoßen hat.

Reflexartig umklammerte ich mit beiden Händen das frostige Geländer, dessen Kälte sich wie ein loderndes Feuer durch den Stoff meines Kleides fraß.

»Ich habe dich gewarnt, Olivia. Ich habe dir gesagt, dass du aufhören sollst, Vermont im Knast zu besuchen. Aber hast du auf mich gehört?« Er riss weiter an meinen Haaren, wodurch mir nichts anderes übrig blieb, als meinen Kopf noch mehr in den Nacken zu legen. Mein Hals lag entblößt vor Caleb, und mein Blick war gen Sternenhimmel gerichtet.

Doch ich weigerte mich, meine Finger von dem Geländer zu nehmen. Es allein bot mir Sicherheit.

»Nein, du hast *nicht* auf mich gehört!« Caleb klemmte meinen Körper mit seinem fest, was meine Übelkeit nicht nur wegen seines Aftershaves intensivierte. Der Schmerz trieb mir Tränen in die Augen, und ich musste mir auf die Wange oder Lippe gebissen haben, denn ich schmeckte Blut in meinem Mund.

»Immer wieder bist du zu ihm gefahren, hast mit ihm gesprochen und dich sogar auf Telefonsex mit ihm eingelassen.« Abfällig schüttelte er den Kopf, wie ich am Rand meines Blickfeldes bemerkte. Obwohl ich damit recht behalten hatte, dass Caleb bestens über meine Treffen mit Westin informiert war, verspürte ich keine Genugtuung. Eine viel wichtigere Frage drängte sich mir auf.

»Wieso bist du dann mit mir hier hoch gekommen, wenn du wusstest, wie ich zu Westin stehe?« Der Wind riss mir die Worte von den Lippen, sodass sie kaum zu hören waren. Aber Caleb grinste gespenstisch.

»Warum? Weil ich wissen wollte, ob du was planst oder dich wirklich nur ein wenig mit mir amüsieren willst. Ich wollte dir einen Ausweg bieten. Tja, dein Pech, wenn du dich für die falsche Seite entschieden hast. Jetzt gehörst du offiziell zu meinen Feinden.« Er riss noch einmal kräftig an meinen Haaren, was mir einen Schmerzensschrei entlockte.

»War das der Grund, wieso du Sarah erst gestalkt und dann getötet hast?«, fragte ich, ohne zu wissen, welcher Teil meines Verstandes noch ausreichend funktionierte, um diese Worte hervorzubringen. »Weil sie durch eure Trennung zu deiner Feindin wurde? Weil sie mit anderen Typen geflirtet und durch ihren wachsenden

Ruhm drohte bekannter zu werden als du, der Sohn eines Immobilienmoguls?«

»Du hast doch keine Ahnung!«, fauchte Caleb und riss meinen Kopf wieder nach vorn. Mit Schwung beförderte er mich zurück in die Mitte des Balkons.

Meine Beine reagierten nicht schnell genug, und ich fiel der Länge nach hin. Meine Haut schrammte über den Boden und riss stellenweise auf. Mein Kleid hatte sich irgendwo verhakt und hing nun an einer Seite schief herunter. Meine Haare waren das reinste Durcheinander.

So muss es Sarah kurz vor ihrem Ende ergangen sein.

Ich wusste nicht, woher dieser Gedanke kam, doch er erfüllte mich mit einer grotesken Ruhe.

»Ach, ich habe keine Ahnung?«, hörte ich mich sagen. Wenn ich schon diese Nacht starb und Westin nicht die Freiheit schenken konnte, die er verdiente, dann wollte ich wenigstens das Mysterium um Sarahs Tod gelöst haben. »Das bezweifle ich. Denn ich bin mir ziemlich sicher, wieso du Sarah umgebracht hast. Wieso du wolltest, dass sie stir–«

»Ich wollte *nicht*, dass sie stirbt!«, kreischte Caleb und bäumte sich vor mir auf. Die Hände zu Fäusten geballt, stierte er wie von Sinnen auf mich herab. »Ich wollte *nichts* von dem, was geschehen ist. Ich habe Sarah geliebt! Selbst nachdem sie sich von mir getrennt hatte, habe ich sie geliebt. Ich war immer für sie da. Habe sie zu jedem Event begleitet und ihre Hand gehalten, wenn sie irgendwohin fliegen musste, obwohl sie unter Flugangst litt.« Ein Ruck ging durch seinen Körper, und es schien, als verließe Caleb mit einem Mal sämtliche Kraft. »Ich habe ihr sogar verziehen, dass sie auf der Party, die sie zu meinem Uniabschluss für mich geschmissen hat, mit einem anderen Kerl rumgemacht hat«, sagte er mit matter Stimme.

»Aber wieso hast du sie dann getötet?«, fragte ich verwirrt. So absurd es auch sein mochte, glaubte ich Caleb. Seine Augen hatten bei keinem Wort auch nur gezuckt, was ihn sofort als Lügner entlarvt hätte.

Er sagt die Wahrheit.

»Es war ein Unfall«, gestand Caleb. »Ich wollte sie gar nicht im Netz stalken. Aber in den Wochen zuvor hatte sie sich immer mehr von mir distanziert. Dass sie nicht mehr mit mir zusammen sein wollte, konnte ich irgendwie akzeptieren. Aber dass sie sogar den Kontakt abbrach, war zu viel für mich. Ich wollte doch einfach nur herausfinden, warum sie sich so verhielt. Was hatte ich ihr getan, dass ich es verdiente, von ihrem Leben ausgeschlossen zu werden?« Tränen rannen ihm aus den Augenwinkeln und über seine inzwischen gespenstisch blassen Wangen.

»Du hast dich unter falschem Namen in ihr Leben geschleust, weil sie dich als Caleb nicht wollte.«

Mein Gegenüber nickte mit schwerem Haupt und hängenden Schultern.

»Und als du ihr auf der Spendengala hier hoch gefolgt bist, um ihr die Wahrheit zu sagen, hat sie nicht so reagiert, wie du es dir vorgestellt hast.«

Caleb schüttelte den Kopf.

»Sie hat damit gedroht, mich anzuzeigen und mich vor der gesamten Welt bloßzustellen. Sie hat mich *ausgelacht*, weil ich sie noch immer liebte.«

Unweigerlich verspürte ich einen Anflug von Mitgefühl. Obwohl ich niemals gutheißen würde, was er getan hatte, glaubte ich Caleb, dass er Sarah geliebt und unter ihrer Reaktion auf seine Beichte gelitten hatte.

Und es noch immer tat.

Der Schmerz, den ich bei unserer ersten Begegnung in seinen Augen gesehen habe, war echt. Genauso wie meiner.

Deswegen nimmt er auch die Drogen …

Nicht, weil er sich wie seine Freunde amüsieren wollte. Er wollte den Schmerz betäuben, der zu einem Teil seiner selbst geworden sein musste.

Demnach hatte er es tatsächlich ernst gemeint, als er sagte, dass er das Gefühl hatte, uns würde etwas miteinander verbinden.

»Als sie ihr Handy aus der Tasche geholt und gesagt hat, dass dieses Video ihr großer Durchbruch werden würde, habe ich einfach die Kontrolle verloren. Ich wollte sie nicht angreifen, mit ihr kämpfen oder sie gar verletzen. Ich wollte ihr nur das Telefon wegnehmen, das schwöre ich.«

»Ich glaube dir«, sagte ich und war überrascht, wie aufrichtig ich diese Worte meinte. Es war unglaublich, dass Sarahs Überlebenskampf einem kleinen Elektrogerät geschuldet war, das es millionenfach auf der Welt gab.

»Ich glaube dir auch«, ertönte es plötzlich von der Seite, und zeitgleich mit Caleb drehte ich meinen Kopf ruckartig zur Seite. Dean stand in der offenen Tür zur Bibliothek, sein Handy auf uns gerichtet. Ich wusste nicht, wann er hergekommen war oder wie viel er von dem, was Caleb von sich gegeben hatte, auf Video hatte. Aber ich hoffte inständig, dass es ausreichte, um Westins und Elliotts Unschuld zu beweisen.

»Was …?« Calebs Mimik, die kurzzeitig so offen und ehrlich gewirkt hatte wie vermutlich seit Jahren nicht mehr, verschloss sich binnen einer Hundertstelsekunde. Zurück kehrte der durch Drogen und Alkohol angefachte Zorn.

»Nein. Ihr werdet mich nicht drankriegen. Ich gehe nicht ins Gefängnis!« Wie ein Stier, der rotsah, stürmte Caleb auf Dean los. Doch Dean war nicht nur größer und breitschultriger als Caleb, er war auch stocknüchtern und seine Reflexe sehr viel besser.

Er trat einfach zur Seite, sodass Caleb der Länge nach zu Boden fiel.

»Es ist vorbei«, sagte Dean emotionslos und steckte das Handy weg. »Das Video ist gleich mehrfach an verschiedenen Stellen im Netz und Darknet gesichert.« Er trat auf Caleb zu und reichte ihm die Hand. »Gib auf, Mann. Stell dich und akzeptiere deine Strafe.«

Im ersten Moment glaubte ich, Caleb würde auf Dean hören. Doch dann schien etwas in seinem Kopf umzuspringen, und Caleb schlug Deans Hand weg.

Ungelenk rappelte er sich auf die Beine. Dann, noch bevor ich begriff, was er vorhatte, machte Caleb auf dem Absatz kehrt und rannte in Richtung Balkonbrüstung. Ich hatte nicht einmal die Chance, mich vom Boden zu erheben, da war er bereits auf das Geländer geklettert.

»Caleb!«, rief ich erschrocken, blieb jedoch an Ort und Stelle.

Auch Dean schien zur Salzsäule erstarrt zu sein.

»Ihr wollt die Wahrheit über den Tod von Sarah Mills erfahren?«, rief Caleb unterdessen in sein eigenes Handy. Er hatte das Telefon aus der Hosentasche gefischt und hielt es nun von sich. »*Ich*, Caleb Sanders, habe Sarah getötet. Es war ein Unfall. Denn ich habe sie geliebt. Mehr, als ich jemals jemanden davor oder danach geliebt habe. Und mehr, als ich jemals wieder jemanden lieben werde. Denn mit Sarah ist auch ein Teil von mir gestorben.« Er griff sich mit der freien Hand an die Brust, genau auf Höhe seines Herzens. »Deswegen ist es jetzt an der Zeit, ihrem sterblichen Körper zu folgen, in der Hoffnung, dass unsere Seelen wieder zueinanderfinden.«

Mit diesen Worten ließ Caleb sein Handy los. Das Telefon schlug scheppernd auf dem Balkonboden auf, aber ich bezweifelte, dass ihn das interessierte. Denn im selben Moment hatte er sich selbst der Schwerkraft übergeben und war von exakt der Brüstung gefallen, von der er zwei Jahre zuvor seine große Liebe gestoßen hatte.

Epilog

Zwei Monate später …

Westin

Zweieinhalb Jahre.

So lange saß ich nun im Gefängnis.

Zweieinhalb Jahre meines bisher fünfundzwanzig Jahre andauernden Lebens. Prozentual betrachtet mochte das nicht viel erscheinen. Aber der Gedanke, dass die Prozentanzeige mit jedem meiner Atemzüge weiter anstieg, bis sie irgendwann so hoch war, dass sie mich wortwörtlich ins Grab brachte, hatte stets wie eine tiefdunkle Gewitterwolke über mir gehangen.

Aber jetzt ist alles anders …

»Ich kann nicht glauben, dass du die ganze Welt über zwei Jahre lang verarscht hast.« Fuzzy verschränkte die Arme vor der Brust und schob die Unterlippe vor. Nachdem er sich für mich mit Watson angelegt hatte, war er auf direktem Weg in Einzelhaft gewandert. Aber glücklicherweise hatte ihn Dean nach einem Anruf meinerseits dort rausgeboxt.

Grinsend schüttelte ich den Kopf, während Mad Eye seinem verbliebenen Jüngling einen Klaps gegen den Hinterkopf verpasste.

»Vitali Fuzzokov. Ist das der Abschied, denn du dir selbst wünschst, wenn du endlich aus diesem Loch rauskommst?«

Fuzzys Wangen leuchteten rot auf, während er sich mit einem widerwillig hervorgebrachten »Nein« den Hinterkopf rieb.

Nun konnte ich nicht anders.

Aus mir brach ein heiseres Lachen hervor.

»Du hast Glück, dass für dich ein ganz besonderer Tag ist«, brummte Mad Eye nun an mich gewandt. »Ansonsten würdest du dir jetzt auch eine fangen.« Grimmig funkelte er mich an. »Lügst mir einfach über zwei Jahre frech ins Gesicht. Ich dachte, wir wären eine Familie.«

»Ich habe dich nicht belogen«, erwiderte ich und schlüpfte aus meinem Overall. Nachdem ich – bis auf den kurzen Weihnachtsbesuch bei Liv – seit dreißig Monaten nichts anderes getragen hatte, fiel es mir noch immer schwer, zu begreifen, dass ich dieses hässliche und kratzende Ding im besten Fall nie wiedersehen musste. Stattdessen warteten dank Liv eine frisch gekaufte Jeans, ein nagelneues T-Shirt und ein Hoodie mit Etikett auf mich. Sogar neue Sneakers standen für mich bereit, was meine Kehle eng werden ließ.

Ich hatte dieser Frau mehr zu verdanken, als ich jemals würde in Worte fassen können – und damit meinte ich nicht die Klamotten.

Sie hatte ihr eigenes Leben aufs Spiel gesetzt, um meines zu retten.

Bei dieser Erinnerung schwoll mein Herz so stark an, dass ich das Gefühl hatte, kaum noch Luft zu bekommen. Meine Brust war plötzlich zu klein für all die Liebe, die ich für Liv empfand.

Bisher hatte ich diesen Gedanken mit niemandem geteilt, aber eins hatte ich mir geschworen: Ich würde die zweite Chance, die sie mir geschenkt hatte, zu nutzen wissen und irgendwann, wenn ich meinen Kram geregelt hatte und wieder mit beiden Beinen fest im Alltag stand, Liv das Wertvollste schenken, das ich besaß. Meine Zukunft.

»Keiner von euch hat danach gefragt, ob ich die Influencerin getötet habe«, sagte ich an Mad Eye und Fuzzy gerichtet. »Ihr habt einfach den Medienberichten geglaubt, die kursierten.«

Ich milderte meine Worte mit einem aufrichtig gemeinten Lächeln ab und steckte erst meinen Kopf und dann meine Arme durch die T-Shirt-Öffnungen. Mad Eye und Fuzzy sollten nicht denken, dass ich ihnen grollte. Denn ich an ihrer Stelle hätte es nicht anders gehandhabt. Schließlich hatten sie mich zuvor gar nicht gekannt, und ich hatte den Mord gestanden.

»Aber ihr habt recht«, sagte ich, nachdem ich die Jeans angezogen und den Knopf geschlossen hatte. »Wir sind eine Familie. Und für mich bedeutet das, dass ich auch an euch denken werde, wenn wir nicht länger gemeinsam hier einsitzen.« Ich schlüpfte in die Sneakers. »Fuzzy, wie versprochen hole ich dich in zwei Monaten ab, wenn du entlassen wirst. Ich kann dir zwar nicht sagen, wie ich mich bis dahin in der Welt zurechtgefunden habe, aber ich bin für dich da. Und dir, Mad Eye, garantiere ich, dass ich deine Frau Rosa besuche und ihr ausrichte, worum du mich gebeten hast. Ich hoffe nur, sie wird wissen, was du damit meinst, und mich nicht mit einem Besen vor die Tür jagen.«

Mad Eye lachte brummend, während Fuzzy noch immer beleidigt zu sein schien. Aber das war okay. Heute gab es nichts auf der Welt, das meine Laune trüben konnte.

Nachdem ich auch den Hoodie übergestreift hatte, wandte ich mich ein letztes Mal an meine Freunde. In wenigen Sekunden würde ich allein durch eine Tür in den Flur treten, wo ich meine Entlassungspapiere und verbliebenen Habseligkeiten erhielt.

»Ohne dich wird hier etwas fehlen«, sagte Mad Eye mit belegter Stimme, ehe ich das Wort ergreifen konnte, und schlang seine bärenstarken Arme um mich. Er drückte mich so fest an sich, dass ich kaum die Gelegenheit hatte, seine Umarmung zu erwidern. »Aber du hast das verdient.« Er löste sich von mir und sah mir ein letztes Mal mit väterlicher Zuneigung ins Gesicht. »Du hast das *Mädchen* verdient. Also versau es nicht, sonst werde ich dir den Arsch aufreißen müssen.«

Lachend nickte ich und klopfte Mad Eye zum Abschied auf die Schulter. Dann wandte ich mich Fuzzy zu.

»Mach's gut, Kumpel.«

Fuzzy brummte etwas Unverständliches, was ich ebenfalls mit einem freundschaftlichen Klopfen auf seine Schulter quittierte. Spätestens dann, wenn er selbst entlassen wurde, würde sich seine Laune heben und der Abschiedsschmerz vergessen sein. Bis dahin musste sich Mad Eye mit dem Knaben herumärgern.

Mit einem Nicken gab ich dem Wärter zu verstehen, dass ich so weit war. Es war ein neuer Kerl, der Watsons Posten eingenommen hatte, nachdem dieser wegen Missbrauchs eines Häftlings angeklagt worden war. Liv hatte das nach meiner Auseinandersetzung mit ihm und Hunderson in die Wege geleitet.

Mit einem letzten Lächeln winkte ich meinen Freunden zu, dann trat ich über die Schwelle der nun geöffneten Tür in mein neues Leben als freier Mann.

＊＊＊

In den vergangenen Wochen hatte ich mir oft ausgemalt, wie es sich wohl anfühlen würde, das Gefängnisgelände zu verlassen – und zwar ohne auf die Erlaubnis von jemandem warten oder mich irgendwo an- oder abmelden zu müssen. Denn so wundervoll der Hafturlaub auch gewesen war, hatte ich ihn nicht annähernd so genießen können wie diesen Moment gerade. Immerhin hatte ich gewusst, dass ich wenige Stunden später in diesen Albtraum zurückkehren musste.

Doch nicht allein Freude dominierte meine Gefühlswelt, nun, da ich offiziell frei war. Nachdem Liv und Dean Sarahs wahren

Mörder entlarvt hatten, war ihnen nichts anderes übrig geblieben, als der Polizei die gesamte Wahrheit offenzulegen. Glücklicherweise hatte Livs Mom mit der Staatsanwaltschaft einen Deal für Liv ausgehandelt: dreihundert Sozialstunden für den Diebstahl von Sarahs Handy aus der Asservatenkammer. Für ihr Mitwissen bezüglich Elliotts gefälschter Identität und meines Falschgeständnisses war Liv mit einem blauen Auge davongekommen, weil sie nicht vorbestraft gewesen und ungewollt in den Besitz dieser Informationen gelangt war.

Mir hatte das Gericht für mein unter Eid falsch abgelegtes Geständnis vierundzwanzig Monate Haft aufgebrummt. Aber diese Zeit war mit der verrechnet worden, die ich bereits im Gefängnis abgesessen hatte. Somit gab es keine Schuld mehr, die beglichen werden musste.

Und das überforderte mich ungemein. Zusammen mit den Fragen und Gedanken, die ich so niemals für möglich gehalten hätte.

Wo würde ich künftig wohnen? Zwar bestand Liv darauf, dass ich zu ihr in das Studierendenwohnheim zog. Aber da konnte ich nicht für alle Zeiten bleiben. Und überhaupt, wie sollte ich eine Wohnung oder einen Job finden? Wer stellte einen Ex-Sträfling ein? Und was wäre, wenn Liv einsah, dass das Einzige, was sie an mir fasziniert hatte, mein Ruf als Mörder und dieser grauenhafte Overall gewesen waren? Würde sie mich immer noch wollen, jetzt, da ich einfach nur Westin war?

Mit einem innerlichen Kopfschütteln zwang ich diese Überlegungen in den Hintergrund. Ich würde jetzt ohnehin keine Antworten erhalten – und selbst, wenn es anders wäre, würde ich sie nicht ändern können.

»Mach's gut, Vermont«, sagte der Wärter, der mich bis zum Haupteingang des Gefängnisgebäudes geführt hatte. »Ich hoffe, wir sehen uns hier nicht wieder.« Er schloss die Tür hinter mir und ließ mich allein auf dem Parkplatz zurück.

Zumindest fast.

»Hallo, hübscher Mann. Suchst du eine Mitfahrgelegenheit?« Die vertraute Stimme wehte aus einem dunklen Mercedes zu mir herüber, und ich spürte, wie sich meine Mundwinkel hoben. Gleichzeitig beruhigte sich mein beschleunigter Puls, und in mir breitete sich ein Gefühl von innerem Frieden aus. Obwohl Liv angekündigt hatte, dass sie mich abholen würde, hatte ich es nicht wahrhaben wollen.

Aber sie war gekommen.

Meinetwegen.

Wegen uns, rief ich mir in Erinnerung und musste breit grinsen.

Eilig trat ich auf den Wagen zu. Liv öffnete zeitgleich die Tür und stieg aus dem Auto aus. Dean saß hinter dem Steuer und tat so, als würde er uns nicht beachten. Von uns allen hatte er am meisten Glück gehabt. Da er durch seine Schweigepflicht als Anwalt geschützt und nicht selbst in den Beweismittelraum eingebrochen war, war er um eine Anklage herumgekommen. Allein seinen Job hatte er aufgrund seiner *moralisch fragwürdigen Taten* eingebüßt. Aber Liv war sich sicher, dass diese Entscheidung primär dem geschuldet war, dass er Liv als seine Praktikantin eingestellt hatte.

Inzwischen wusste ich von Liv, wieso Dean all das auf sich genommen hatte. Und ich musste gestehen, mir gefiel die neue Beziehung, in der die beiden zueinander standen. Zumindest war sie mir lieber als meine Befürchtung, dass Dean Liv nur deswegen geholfen hatte, weil er auf sie stand. Nun konnte ich ihm problemlos dankbar für seine Hilfe sein. Ebenso wie Liv und Elliott.

Liv überbrückte die letzten Meter zwischen uns, indem sie mir buchstäblich in die Arme sprang, und ich fing sie nur allzu bereitwillig auf.

Gierig presste ich meinen Mund auf ihren.

»Du bist wirklich gekommen«, sagte ich, nachdem wir uns ausgiebig begrüßt hatten. Selbst jetzt, da ich sie in meinen Armen hielt, ihre Beine um meine Hüften spürte und ihren Duft in der Nase hatte, glaubte ein Teil von mir, dass es sich um einen Traum handelte.

»Natürlich«, keuchte sie atemlos und mit geröteten Wangen. »Als würde ich mir diesen besonderen Moment entgehen lassen.«

»Aber hättest du heute nicht deine letzten Sozialstunden ableisten müssen?« Ich löste eine Hand von ihrem Rücken, um ihr eine ihrer goldenen Haarsträhnen aus dem Gesicht zu streichen.

»Für die Sozialstunden habe ich noch den restlichen Monat Zeit«, sagte Liv und drückte ihren weichen Mund ein weiteres Mal auf meinen. Unweigerlich stöhnte ich auf. Sie schmeckte so unfassbar gut, dass ich nichts dagegen gehabt hätte, für den Rest meines Lebens nur noch sie auf der Zunge wahrzunehmen.

»Genauso wie für die Abgabe meiner Masterthesis«, fügte sie hinzu, ehe ich das Wort ergreifen konnte. Nachdem sich der Trubel der Silvesternacht gelegt hatte, war Liv entschlossener denn je gewesen, ihre Abschlussarbeit über diesen Fall und Sarahs mörderischen Ex-Freund zu schreiben, dessen Suizidversuch gescheitert war und der nun in der psychiatrischen Abteilung des *Hawthrone* einsaß, wo er für sehr – *sehr* – lange Zeit bleiben würde.

Glücklicherweise war Livs Professorin, nachdem Liv ihr alles erklärt hatte, ebenfalls Feuer und Flamme gewesen.

»Du brauchst also gar nicht erst zu hoffen, dass du in den nächsten Tagen deine Ruhe vor mir haben wirst«, sprach Liv weiter. »Ich habe ein volles Programm für uns erstellt. Und heute Nachmittag beginnt es. Ich habe Elliott versprochen, dass ich heute Lexis *und* dich zu meinem Besuch bei ihm mitbringe. Wir müssen sie nur vorher bei ihren Großeltern abholen.«

»Was?« Ich lachte. »Ich bin noch keine zehn Minuten aus dem Knast raus, und du willst schon, dass ich dorthin zurückkehre?« Dass Elliott trotz allem, was ich auf mich genommen hatte, nun doch im Gefängnis gelandet war, bereitete mir noch immer Magenschmerzen. Allein der Umstand, dass er dank Livs Mutter eine Haftstrafe von gerade einmal drei Monaten erhalten hatte, weil er a) sich selbst angezeigt hatte und b) dazu beigetragen hatte, dass Sarahs wahrer Mörder gefasst worden war, besänftigte meinen Groll.

Aber ich war nicht nur ein großer Fan von Livs Mom, sondern von ihren beiden Eltern. Nachdem die ganze Sache aufgeflogen war, hatten David und Jasmin stets zu ihrer Tochter gehalten. Zwar meinte Liv, dass sie aufgrund ihrer Lügen und Geheimnisse einen Bruch in der Beziehung zu ihren Eltern spürte. Aber ich wusste mit unumstößlicher Sicherheit, dass Liv und ihre Eltern dieses Tief gemeinsam überwinden würden. Sie waren – auch ohne Blutsverwandtschaft – eine Familie, und als solche überstand man alle Schwierigkeiten.

»Glaub mir, ich könnte mir heute auch Schöneres vorstellen. Aber es ist sein Geburtstag. Und mein Bauchgefühl sagt mir, dass du ihn sehen willst.«

Mit gespielter Entrüstung schüttelte ich den Kopf, doch meine zuckenden Mundwinkel verrieten mich. Es war absurd, aber seit Liv mir gesagt hatte, dass sie mich liebte, musste ich unaufhörlich lächeln.

»Du und dein Bauchgefühl. Ihr bringt mich noch mal ins Grab.«

Zart strich Liv mit ihren Lippen über meine.

»Du solltest dich lieber schnell daran gewöhnen. Denn heute ist der erste Tag deines neuen Lebens. Und ich habe vor, jeden einzelnen an deiner Seite zu verbringen.«

Ich quittierte ihre Worte mit einem Kuss, der ihr hoffentlich zeigte, wie genial ich ihr Vorhaben fand.

ENDE

Danksagung

Man könnte meinen, das Schwierigste am Bücherschreiben ist, das Buch zu schreiben. Oder es hinterher zu überarbeiten. Auch das Lektorat stellt viele AutorInnen vor Probleme.

Bei mir sind es aber tatsächlich die Danksagungen, die mich jedes Mal stressen. Denn es gibt immer so viele Leute, denen ich danken will, weil das Buch ohne sie niemals zu dem geworden wäre, was ihr jetzt in den Händen haltet.

Der Druck, da jemanden zu vergessen, ist echt enorm. XD

Aber ich gebe mein Bestes.

Anfangen möchte ich mit Christine Härle, meiner Agentin. Sie hat nicht nur den Kontakt zum Verlag hergestellt, sondern auch meiner Panik standgehalten, als ich erfuhr, welches Projekt Moon Notes gern mit mir realisieren wollte. Denn so ganz unter uns: Mein erster Gedanke, als ich das Wort *Gefängnisliebe* las, war: *Auf keinen Fall! Nicht mit mir!*

Aber Christine hat mich herausgefordert, gemeinsam mit ihr darüber zu sprechen und ein paar Ideen zu jonglieren.

Und was soll ich sagen?

Mit jedem Satz, den wir einander zugespielt haben, wuchs meine Begeisterung für das Projekt, bis ich unserer Idee vollkommen verfallen war.

Umso glücklicher war ich, dass meine damalige Lektorin Lena ebenso für den Plot brannte.

Generell möchte ich mich an dieser Stelle von Herzen bei

dem gesamten Moon-Notes-Team bedanken. Ich spüre bei jedem Kontakt, dass die Leute dort ebenso verliebt in die Geschichten sind wie wir AutorInnen.

Aber mein größter Dank gilt eindeutig Diana Steigerwald, die mich nicht nur durch ihre Begeisterung und Liebe für die Geschichte mehr angefeuert hat als jede Cheerleaderin, sondern mich mit ihren Anmerkungen auch bis zum Äußersten herausgefordert hat.

Nie wieder werde ich telefonieren können, ohne daran zu denken, wie knapp fünfzehn Minuten sind, wenn zwei Leute miteinander flirten.

Diana, sollte Dean jemals seine eigene Geschichte bekommen, widme ich sie dir. <3

Nun verabschiede ich mich mit der stillen Hoffnung, dass EUCH, liebe Lesende, die Geschichte genauso gut gefallen hat wie allen daran Beteiligten.

Wenn das so ist, teile deine Begeisterung gern mit anderen Bücher- und Lesesuchtis. Sprich darüber, empfiehl die Geschichte weiter oder schreib ein paar nette Sätze als Bewertung auf den einschlägigen Plattformen.

Ich danke dir von Herzen.

Wir lesen uns in der nächsten Geschichte.

Xoxo, Lana

Potenziell belastende Inhalte des Buchs:

- körperliche Gewalt
- Tod von geliebten Menschen
- tödliche Krankheit
- Suizidversuch

Playlist

Elvis Presley – Jailhouse Rock

Bosse – Der letzte Tanz – Akustisch

Udo Lindenberg, Apache 207 – Komet

SDP, Clueso – Die schönsten Tage

FASO – Richtiger Mensch Falscher Moment

SDP – Ich muss immer an dich denken

Florian Künstler, Elen – Wovor hast du Angst

JORIS – Herz über Kopf

Adel Tawil – Ist da jemand – Akustik Version

Alexa Feser – Mein Name ist

Staubkind – Träumer

Florian Künstler – Plötzlich Liebe

Revolverheld, Antje Schomaker – Liebe auf Distanz
(feat. Antje Schomaker)

Wincent Weiss – Wie es mal war

Mark Forster, VIZE – Bist du Okay – Pianoversion